ANNETTE KRUHL

Tausche Ex gegen SEX

ROMAN

DROEMER

Besuchen Sie uns im Internet:
www.droemer.de

FSC
www.fsc.org
MIX
Papier aus verantwortungsvollen Quellen
FSC® C013736

Ein Unternehmen der Droemerschen Verlagsanstalt
Th. Knaur Nachf. GmbH & Co. KG, München

Umschlaggestaltung: ZERO Werbeagentur, München
Umschlagabbildung: FinePic®, München
Satz: Adobe InDesign im Verlag
Druck und Bindung: Kösel, Krugzell
Printed in Germany
ISBN 978-3-426-22630-8

2 4 5 3 1

Kapitel 1

»Hast du einen Orgasmus gehabt?«, fragt Albert pampig und starrt dabei auf den zwei Meter hohen, fertig geschmückten Weihnachtsbaum, den er gestern im Schweiße seines Angesichts neben der Terrassentür im Wohnzimmer aufgebaut hat.

»Warum willst du das wissen?«, frage ich ebenso pampig zurück, obwohl ich froh bin, dass er überhaupt wieder etwas sagt, nachdem wir uns gerade unerträgliche zehn Minuten lang angeschwiegen haben.

Albert hockt mit verschränkten Armen in seinem Sessel, starrt weiter reglos auf den Baum und sagt wie ein trotziger kleiner Junge: »Weil ich es wissen will!«

»Was spielt das für eine Rolle?«, erwidere ich ungehalten.

Albert ist zwar mein Ehemann, aber trotzdem finde ich seine Frage nicht nur absurd, sondern auch mehr als indiskret. Ich fühle mich genauso unangenehm berührt, als würde mich mein Nachbar im Treppenhaus fragen, welche Unterwäsche ich gerade trage. Andererseits, wenn einem die eigene Frau beim gemeinsamen Schmücken des Weihnachtsbaums eröffnet, dass sie zum ersten Mal seit vierzehn Jahren Beziehung fremdgegangen ist, kann einem vielleicht schon mal eine absurde und indiskrete Frage über die Lippen kommen.

Albert richtet seinen stoischen Blick fest auf mich, und ganz plötzlich bricht es aus ihm heraus wie eine Explosion: »ICH

HABE DICH GEFRAGT, OB DU EINEN ORGASMUS HATTEST!«
Er lässt seine Faust auf den gläsernen Couchtisch krachen, woraufhin der Porzellanteller mit den selbstgebackenen Plätzchen seiner Mutter einen Satz vom Tisch macht und mit lautem Scheppern zu Bruch geht. Um seiner Frage weitere Dringlichkeit zu verleihen, schnappt Albert sich eine Kokosmakrone und schmeißt sie mit voller Wucht auf den Weihnachtsbaum. Sie trifft eine der roten Billigkugeln, die ich heute noch schnell bei Drospa gekauft habe. Klirrend landet sie auf dem Boden. Dass Albert zu derartigen Gefühlsausbrüchen fähig ist, macht mich einen kurzen Moment sprachlos. Ich habe ihn während unserer gesamten Ehe weder schreien noch heulen sehen, Albert trägt immer die ewig gleiche Fassade von Ratio und Selbstbeherrschung zur Schau. Ich freue mich regelrecht über die Chance, mich endlich mal richtig mit ihm zu fetzen. Das war schon lange fällig.
»NEIN!«, schreie ich angriffslustig zurück. »Habe ich NICHT!« Ich haue ebenfalls mit voller Wucht auf den Tisch. Damit bereite ich auch der Existenz meines Rotweinglases – eins der »guten«, die wir von meinen Eltern zur Hochzeit geschenkt bekommen haben – ein jähes Ende und füge dem cremefarbenen Läufer – ein Mitbringsel aus unseren Flitterwochen in Marokko – unschöne Flecken hinzu. »Bist du nun zufrieden, verdammt noch mal?«
Ich springe auf und hole aus der Küche einen feuchten Lappen und eine Packung Salz. Albert schnaubt verächtlich durch die Nase, wirkt aber tatsächlich etwas besänftigt und starrt wieder vorwurfsvoll den Weihnachtsbaum an, als wäre der an allem schuld. Schade eigentlich, ich fand ihn wütend viel lebendiger. Aber offenbar arbeitet nun die quälende Frage in ihm, ob er mir angesichts meiner Orgasmuslosigkeit mildernde Umstände einräumen soll. Ich kann es ihm regelrecht von der Stirn ablesen: fieberhaft grübelt er darüber nach, welche

Bedeutung dem Orgasmus, der nicht stattgefunden hat, beizumessen ist. Schließlich hat er ja mit einem anderen Mann nicht stattgefunden. Und da stellt sich natürlich die Frage, ob ein Orgasmus, der mit einem anderen Mann nicht stattgefunden hat, immer noch besser ist als ein Orgasmus, der mit ihm, Albert, nicht stattgefunden hat? Oder ist allein die Tatsache, dass ich überhaupt in der Situation gewesen bin, einen Orgasmus mit einem anderen Mann haben zu können, Grund genug, mich zum Teufel zu schicken?

»Ist das alles, was dich daran interessiert?«, frage ich zynisch, während ich auf dem Boden herumkrieche und mit einem feuchten Tuch an den Rotweinflecken rubbele.

»Neeiiin …«, sagt Albert in einem Tonfall, als müsse er sich schwer zusammenreißen.

»Na, da bin ich aber froh«, kontere ich und schütte eine Riesenladung Salz auf den Teppich.

Während ich demütig zu Alberts Füßen herumkrieche, als würde ich nicht nur die Rotweinflecken, sondern auch meine befleckte Tugend ins Reine bringen wollen, sieht er mich von oben herab an und zischt: »Was mich außerdem interessieren würde, ist, hast du ihm einen …?« Er bricht den Satz ab – vermutlich, weil ihm in dem Moment klarwird, dass er es so genau nun doch nicht wissen will. Er lässt es sich aber nicht nehmen, eine weitere Kokosmakrone Richtung Tannenbaum zu pfeffern. Der wirft wie aufs Stichwort eine der mundgeblasenen Kugeln ab, die ich von unserem letzten Trip nach Schweden mitgebracht habe.

»Könntest du bitte damit aufhören«, sage ich und weiß nicht, was mich wütender macht – Alberts dreiste Fragerei oder sein Umgang mit unseren Urlaubsandenken.

Ich springe auf und beginne, aufgewühlt im Wohnzimmer umherzulaufen. Was für eine Frechheit! Albert reduziert mein wundervolles Erlebnis mit Gabriel auf einen Orgasmus und einen Blowjob! Schon klar: Für Männer ist es nun mal das

Nonplusultra beim Vögeln, ihr klebriges Zeug loszuwerden. Das Entleeren ihrer Latte ist die Messlatte für guten oder schlechten Sex. Natürlich habe auch ich nichts gegen einen Höhepunkt beim Liebesspiel. Drei oder vier sind auch nicht zu verachten. Aber für mich ist es nicht das alles entscheidende Kriterium. Und insbesondere die Begegnung mit Gabriel hat mir etwas ganz anderes gegeben als den Austausch von Körperflüssigkeiten und rhythmische Muskelkontraktionen im Genitalbereich. Gabriel hat mich wachgeküsst aus dem Dornröschenschlaf meiner Ehe. Gabriel hat mich zum Brennen gebracht, mir das Gefühl gegeben, eine begehrenswerte, schöne Frau zu sein. Und die Leidenschaft unserer Küsse und Berührungen war viel berauschender als jeder multiple Orgasmus, den ich hätte haben können. Mein Körper fühlt sich immer noch an, als würde es in ihm lodern.

Albert straft mich mit einem verächtlichen Blick. »Ein Dreiundzwanzigjähriger! Das kann doch wirklich nicht dein Ernst sein. Kommst du dir nicht selbst lächerlich vor?«

»Oh nein! Ich komme mir endlich mal alles andere als lächerlich vor. Lächerlich fühle ich mich in letzter Zeit nur an *deiner* Seite! Weil du ständig versuchst, mich runterzumachen. Du behandelst mich doch wie ein kleines Kind!«

»Weil du dich wie eins benimmst«, entgegnet Albert und verschränkt die Arme.

»Und für dich ist Lebensfreude ein Fremdwort geworden! Mit dir kann man ja noch nicht mal mehr ein Glas Wein trinken.«

Mit diesen Worten starte ich einen neuerlichen Angriff auf den Couchtisch und das, was er zum Kaputtmachen hergibt. Diesmal entscheide ich mich für den scheußlichen russischen Porzellanaschenbecher, ein Andenken von Albert an seinen Stipendiums-Aufenthalt in Moskau. Das Teil war mir immer schon ein Dorn im Auge. Seit meinem Moskaubesuch bei Albert vor dreizehn Jahren hasse ich Russland, die Russen und alles, was auch nur annähernd damit zu tun hat, wie die Pest – und das nicht nur, weil Albert damals vor meinen Augen hemmungslos mit einer seiner nuttigen russischen Kommilitoninnen flirtete. Also lege ich jede nur erdenkliche Genugtuung in die Zerstörung dieses hässlichen Machwerks russischer Porzellanmanufakteure und schmeiße es Albert direkt vor die Füße.

»Glaubst du, dass ich das toll finde? Einen Mann, mit dem man keinen Spaß mehr haben kann? Der abends um zehn ins Bett geht und dann wie ein Raubtier schnarcht, statt wie ein Raubtier zu …«

»Ja, sprich es nur aus, nur zu!«, schreit Albert.

»Zu VÖGELN!«, schreie ich zurück.

»Geht es dir neuerdings darum? Ums Vögeln?!«, brüllt Albert.

»Warum nicht?!«, keife ich. »Dass es DIR darum nicht mehr geht, ist mir klar. DEIN Verständnis von Einen-Draufmachen ist ja mittlerweile, beim Grillfest im Gemeinschaftsgarten alkoholfreies Bier zu trinken und *Das Nilpferd in der Achterbahn* zu spielen!«

Ich schnappe mir Alberts Glas, schütte den Rest seines *Jever Fun* in den Weihnachtsbaum und schmeiße zur Untermalung meiner Ausführungen das Glas gegen die Wand. Es zersplittert auf einem von Alberts Vater gemalten Ölbild und fügt dem Gemälde einen großen, feuchten Fleck und mehrere Risse hinzu. Was es meiner Meinung nach wesentlich interessanter macht. Alberts Vater ist pensionierter Chef-Ingenieur mit Neigung zu Größenwahn, weshalb er sich für einen verkannten genialen Künstler hält und sämtliche Familienmitglieder regelmäßig mit extrem mittelmäßigen, öden Landschaftsmalereien oder wahlweise extrem mittelmäßigen, öden Stillleben von Blumensträußen bedenkt, die seine Frau bei *Pflanzen Kölle* kauft. Es wird sowieso höchste Zeit, dass dieses Zeugnis kreativer Verirrung von unserer Wohnzimmerwand verschwindet.

In diesem Moment geht die Tür auf. Julian, unser siebenjähriger Sohn, schaut verschlafen herein.
Auch das noch.
»Was ist das für ein Krach?«, murmelt er.
»Nichts weiter, das war nur … äh … der Weihnachtsmann …«, versuche ich Julian zu beruhigen und komme mir extrem albern vor.
»Ist der Weihnachtsmann betrunken?«, fragt Julian, rümpft die Nase und betrachtet misstrauisch das Scherben- und Fleckenchaos auf dem Teppich.
»Nein, nur ein bisschen tolpatschig. Wahrscheinlich ist er völlig überarbeitet vom vielen Geschenkeaustragen«, murmele ich.
Aus dem Augenwinkel sehe ich, wie Albert genervt das Gesicht in seinen Händen vergräbt. Dann steht er auf, wuschelt Julian durch den Haarschopf und sagt: »Komm, Papa bringt dich wieder ins Bett. Nicht, dass Sophie auch noch wach wird …«

Nachdem Albert mit Julian verschwunden ist, lasse ich mich aufs Sofa fallen, genehmige mir ein Glas Rotwein auf ex und schließe die Augen. Sofort tauchen die aufwühlenden Bilder wieder auf. Die Bilder dieser Nacht in München. Die halbdunkel ausgeleuchtete Bar des Hilton-Hotels. Die Gala zur Premiere des neuen Films von Hagen Bruns, zu dem ich den Soundtrack geschrieben habe. Hagen Bruns, *der* neue deutsche Szene-Regisseur. Mann, war ich stolz darauf, an diesem Projekt beteiligt zu sein. Der Film gilt bei Insidern als Bruns' bislang bester, und auch meine Arbeit wurde mit reichlich Lob bedacht. Dementsprechend habe ich an jenem Abend gefeiert, getrunken und getanzt. Und war ziemlich aufgekratzt, als plötzlich vom anderen Ende des Raums dieser attraktive, junge Mann langsam auf den Tresen der Bar zugeschlendert kam, an dem ich saß, um mich von einer ausgelassenen Tanzsession zu erholen. Eine Hand hatte er in seiner Hosentasche vergraben, in der anderen hielt er ein Glas Wein. Seine Krawatte war über dem aufgeknöpften Kragen seines Anzughemdes gelockert, und ein schelmisches Lächeln umspielte seine Lippen: Gabriel. Zugegeben, anfangs machte er einen ziemlich selbstverliebten Eindruck auf mich, und ich dachte noch, der Typ hält sich wohl für einen wahrgewordenen Traum aus einem Hochglanzmagazin. Amüsiert beobachtete ich, wie er auf mich zukam, und rechnete nicht im Entferntesten damit, dass ich es war, die er meinte – bis er direkt vor mir stand und ich in sein leicht gebräuntes Gesicht mit den mandelförmigen, dunklen Augen blickte, das von tiefschwarzem, kurzem Haar umrahmt wurde. In diesem Moment wurde mir klar: Der Typ *war* ein wahrgewordener Traum aus einem Hochglanzmagazin. Er sagte nichts, sondern blickte mich nur an, holte dann eine Schachtel Zigaretten aus der Innentasche seines Jacketts, öffnete sie und hielt sie mir hin. Wortlos nahm ich eine Zigarette, und Gabriel gab mir Feuer. Dann zündete er sich selbst eine an. Auf mich wirkte das alles so eingespielt wie ein Ritual – und zwar eins, das er schon unzählige Male vollzogen hatte, da machte ich mir nichts vor. Und natürlich wusste ich auch, wer Gabriel war. Schließlich hatte ich ihn bereits vor der Premiere oft genug in den fertig geschnittenen Szenen bewundern können, zu denen ich die Musik schrieb. Szenen, in denen Gabriel überwiegend unbekleidet zu sehen war, immer abwechselnd im Liebesspiel mit seinen beiden Filmpartnern Elena und Jakob. Denn in Hagen Bruns' neuestem Streifen verkörperte Gabriel die männliche Hauptrolle: einen in seiner Bisexualität zerrissenen Tauchlehrer. Klar hatte ich wahrgenommen, dass es sich bei Gabriel um einen extrem gutaussehenden jungen Mann mit einem makellosen Körper handelte, ihn aber während meiner Arbeit am Film nur aus einer professionell-distanzierten Perspektive betrachtet. Doch jetzt stand Gabriel zum ersten Mal leibhaftig vor mir, und ich musste mir eingestehen, dass sein Anblick und sein Charisma schon ziemlich atemberaubend waren. Dennoch, ich würde mich doch von diesem Filmstar-Jungspund mit übersteigertem Ego nicht aus dem Konzept bringen lassen!

Dann machte er den Mund auf und sagte im gleichgültigsten Ton der Welt und ohne mich dabei aus den Augen zu lassen: »Hi. Ich bin Gabriel. Man nennt mich auch ›Mister Erzengel‹. Ich bin dreiundzwanzig Jahre alt, ich spiele in Hagen Bruns' neuem Film die männliche Hauptrolle, und ich will mit dir schlafen.«

Er lächelte. Ein umwerfendes, spitzbübisches Lächeln.

Ich konnte nicht anders, als laut loszulachen. Nicht nur wegen Gabriels dreister Direktheit, sondern auch, weil ich nicht glauben konnte, dass er wirklich *mich* meinte. Verdammt, ich stand kurz vor meinem vierzigsten Geburtstag, ich hatte einen Ehemann und zwei Kinder, und das letzte Mal, dass ich auf diese Art mit einem Mann geflirtet hatte, war mindestens fünfzehn Jahre her.

»Freut mich«, erwiderte ich, immer noch lachend. »Ich bin Marlene, die kleine Schwester der Jungfrau Maria. Gott sei Dank weißt du nicht, wie alt ich bin. Ich habe für Hagen Bruns' neuen Film ein bisschen Musik geschrieben und werde über dein Angebot nachdenken.«

Gabriel lächelte. »Nicht nachdenken«, sagte er und zog an seiner Zigarette. »Einfach machen.« Er prostete mir zu und nippte an seinem Weinglas.

Dies war der Moment, in dem mir das erste Mal der Gedanke durch den Kopf schoss: Warum nicht? Warum, verdammte Scheiße, eigentlich nicht? Gabriel hatte etwas erstaunlich Entschlossenes an sich, gemessen daran, wie jung er war. Er wirkte wie jemand, der genau wusste, was er wollte, und vor allem, der genau wusste, was für andere gut war.

Ich merkte, wie mir die Knie weich wurden, trank meinen Gin Tonic in einem Zug leer und fragte scheinbar gelassen:

»Wie kommst du auf mich? Hier laufen tausend wunderschöne und viel jüngere Frauen rum.«
Gabriel beugte sich zu mir und raunte mir zu: »Ich hab dich tanzen sehen. Und dein Alter ist mir vollkommen egal.«
Und dann geschah es. Er drehte mein Gesicht mit seiner Hand zu sich und küsste mich. Endlose, wahnsinnige Minuten lang. Ich konnte es immer noch nicht fassen, aber er wollte wirklich mich. Wenn dies ein Traum war, war es ein phantastischer Traum. Und wenn ich mich gerade in einem Film befand, war es genau der richtige Film.
Der Gedanke daran jagt mir jetzt noch einen Schauer durch den Körper. Es war einfach göttlich gewesen. Diesen Mann hatte mir der Himmel geschickt. Und wenn ich bedenke, dass Gabriel Gabriel heißt, dann ist dies die reinste Magie. So sehr ich mich auch bemühe, es will einfach keine Reue aufkommen wegen dem, was passiert ist. Es hat sich alles viel zu richtig angefühlt.

Albert betritt wieder das Zimmer und reißt mich grausam aus meinen süßen Tagträumen – bewaffnet mit Kehrschaufel, Besen, einer Mülltüte und dem unzugänglichen Gesichtsausdruck, den er immer dann aufsetzt, wenn er versucht, Herr der Lage zu bleiben.
Er schließt die Tür und baut sich vor mir auf: »Hör zu, Marlene. Ich weiß zwar nicht, was in dich gefahren ist, aber übermorgen kommen meine Eltern, und ich erwarte von dir, dass du dich wenigstens in diesen Tagen zusammenreißt. Schon um der Kinder willen. Weihnachten ist für sie etwas ganz Besonderes, und ich will nicht, dass du ihnen das Fest verdirbst.«
Ich kann mir nicht helfen, aber Alberts Tonfall erinnert mich extrem an meinen Klassenlehrer in der Siebten, wenn er mich ermahnte, in Mathe nicht mehr abzuschreiben.
Mit vorwurfsvollem Blick nimmt Albert das ramponierte Ölbild seines Vaters ab und stellt es, mit der Rückseite zur Wand,

auf den Boden. Dann beginnt er, die Glas- und Porzellanscherben zusammenzukehren. Entsetzt starre ich ihn an. Den Weihnachtsbesuch seiner Eltern habe ich bei all der Aufregung schlichtweg verdrängt! Oder zumindest das, was er bedeutet. Das wird mir in diesem Moment in vollem Ausmaß klar: Nicht nur eine Generalreinigung des Wohnzimmers, sondern auch eine penible Säuberung der gesamten Hundertfünfzig-Quadratmeter-Wohnung sowie nicht enden wollendes Kuchenbacken und Kochen. Nach vierzehn Jahren Beziehung mit Albert mache ich mir trotz seiner ständigen »Mach dir doch keinen Stress«-Sprüche nichts mehr vor: Meine Schwiegermutter hat einen Putz- und Aufräumfimmel, der an eine Zwangsneurose grenzt. Das weiß ich spätestens, seit ich sie mal dabei ertappt habe, wie sie ein Regalfach in ihrem Kleiderschrank mit einem Lineal vermessen hat. Und zwar, um einen Stapel Pullover – der so akkurat sortiert war, als solle er für einen Lenor-Werbespot zur Verfügung stehen – genau in der Mitte des Schrankfachs plazieren zu können. Und mein Schwiegervater hatte bislang noch alles, was ich auf den Tisch brachte, als Zumutung für seinen von den Kochkünsten seiner Gattin verwöhnten Gourmetgaumen empfunden. Nun, die hatte ja auch nicht viel mehr zu tun, als neue Alfons-Schuhbeck-Rezepte auszuprobieren. Nachdem sie ihre hautfarbenen Schiesser-Schlüpfer zentimetergenau in ihre Kommoden einsortiert hatte, versteht sich. Ganz abgesehen davon sehe ich bereits die üblichen krampfig-uninspirierten Konversationsrunden beim Leeren mehrerer Flaschen Wein auf mich zukommen. Nicht zu vergessen der obligatorische, öde Opernbesuch mit anschließendem Essen im maßlos überteuerten *Lutter & Wegner* – einem dieser sogenannten Feinschmeckerrestaurants, wo die Picassos der Haute Cuisine ihr Unwesen treiben. Ich erinnere mich noch genau, dass mir letztes Mal eine mit zwei Broccoliröschen verzierte Kinderportion blutiges Fleisch und ein lieblos auf den Teller geschmiertes Häufchen Kartoffelpüree als Gipfel kulinarischer Gaumenfreuden verkauft worden war. Das alles sind Aussichten, die mir jetzt schon den kalten Schweiß auf die Stirn treiben. Das Allerfurchtbarste aber ist, dass Albert und ich einen auf Familienidylle machen und seinen Eltern heile Welt vorgaukeln sollen. Dass wir die Scherben unserer gerade endgültig zu Bruch gegangenen Ehe im wahrsten Sinne des Wortes unter den Teppich beziehungsweise den Läufer kehren sollen. So zumindest stellt Albert es sich vor. Wenn ich all das schon früher schwer ertragen habe, so überlebe ich es jetzt garantiert nur, wenn ich sämtliche Marihuana-Vorräte konsumiere, die ich noch im Studio deponiert habe. Und ob das der Gesamtsituation zuträglich ist, wage ich zu bezweifeln.

»Warum sagen wir den Besuch deiner Eltern nicht einfach ab?«, schlage ich mit einem Anflug von Flehen in der Stimme vor.

Albert wuchtet einen Schwung Scherben in die Mülltüte und macht wieder einen auf Klassenlehrer: »Wir sagen nichts ab. Meine Eltern haben sich darauf eingestellt und die Flüge schon gebucht. Die Kinder freuen sich auch auf ihren Besuch. Ich sehe nicht ein, dass ich sie auslade, nur weil du dich aufführst wie ein durchgedrehter Teenager!«

Dass Albert so reagieren würde, hätte mir eigentlich klar sein müssen. Einmal gemachte Pläne wieder umzuwerfen, ist definitiv ein rotes Tuch für ihn – mögen die Gründe dafür auch noch so triftig sein. Aber dass es ihm selbst in dieser Situation – wo nichts Geringeres als unsere Ehe auf dem Spiel steht – offenbar wichtiger ist, vor seinen Eltern zu buckeln, macht mich doch sprachlos. Aber ich hatte von Anfang an keine guten Karten. Ich bin das komplette Gegenteil dessen, was Alberts Eltern als ihre Traumschwiegertochter bezeichnen würden, die im Idealfall natürlich eine Kopie seiner Mutter in jung wäre: verklemmt, spießig und demütig in ihrer Rolle als Hausfrau, Gattin und Mutter aufgehend. Wieder einmal frage

ich mich ernsthaft, warum Albert mich überhaupt geheiratet hat.
Kurz entschlossen schnappe ich mir mein Handy und wähle die Nummer unserer Putzhilfe: »Ich rufe Christel an. Sie soll die Wohnung morgen noch mal grundreinigen. Ansonsten bestelle ich zwei Torten bei der Konditorei, und um das Abendessen solltest *du* dich besser kümmern. Dann können deine Eltern wenigstens nicht wieder mich dafür verantwortlich machen, falls ihnen zu wenig Pfeffer in der Bratensoße und zu viel Salz im Salat ist!«, verkünde ich schlecht gelaunt.
»Wie du meinst«, giftet Albert, hebt ein großes Stück des russischen Aschenbechers auf, hält inne und betrachtet es kurz. Dann sagt er: »Vielleicht hätten wir schon damals in Moskau erkennen sollen, dass wir nicht zusammenpassen.«
Mir bleibt der Mund offen stehen. Das sagt ausgerechnet *er!*
»Oh ja! Wenn man bedenkt, dass ich, obwohl ich die Chance gehabt hätte, an einem wichtigen Kompositionswettbewerb teilzunehmen, trotzdem in dieses verschissene Moskau gekommen bin, um dich zu sehen, und du nichts Besseres zu tun hattest, als dich an deine Kommilitonin heranzumachen! Ganz zu schweigen von diesem Aufseherfuzzi, der mich im Puschkin-Museum beinahe über das Terrassengeländer befördert hätte! Aber dir war das egal. Mich vor diesem wildgewordenen Russenarsch zu beschützen, kam dir noch nicht einmal in den Sinn!«
Albert schüttelt den Kopf: »Du klingst fast wie unsere dreizehnjährige Tochter.«
»Ist es so gewesen oder nicht?«, fahre ich ihn an.
»Schon damals musstest du doch überall anecken. Warum musstest du auch auf diese Terrasse gehen, obwohl dick und fett ein Schild da hing, dass es verboten ist! Nur, weil du den Sonnenuntergang sehen wolltest«, schnaubt Albert.
»Weil ich ein romantischer Mensch bin!«, kreische ich. »Und weil ich kein Russisch kann, im Gegensatz zu dir! Du hättest

das regeln können. Ein paar Dollar Bestechungsgeld, und die Sache wäre geritzt gewesen. So haben es die anderen Touris auch ständig gemacht. Aber dafür warst du ja wieder zu feige! Du schaust lieber zu, wie ein bulliger, russischer Museumswärter mich tätlich angreift!«
Albert ringt sichtlich um Beherrschung. Dann sagt er möglichst gefasst: »Ich habe dir noch nie genügt. Ich bin nicht dein Beschützer und dein Retter, der auf einem Schimmel angeritten kommt. Ich bin auch nur ein Mann mit Schwächen. Und ich wünsche mir eine Frau, die mir mit ihren Eskapaden nicht ständig das Leben schwermacht!«
Eskapaden. Sicher. Das kenne ich bereits. Alles, was Alberts mangelndes Rückgrat entlarven könnte, wird bei ihm unter »Eskapaden« abgestempelt. Hauptsache, sein Gutmensch-Image bekommt keinen Kratzer.
Mir steigen Tränen in die Augen, und ich sage verzweifelt: »Und ich will leben, Albert. Ich kann nicht mehr. Ich muss noch mal *leben!*«
Albert schmeißt den Rest Aschenbecher in die Mülltüte und erwidert kalt: »Dann leb. Aber leb dieses Leben bitte ohne mich.«
Dann geht er aus dem Zimmer.

Kapitel 2

Diese Nacht verbringe ich auf der Wohnzimmercouch. Direkt neben dem geschändeten Weihnachtsbaum. Aber ich kann nicht einschlafen. »Noch mal leben«. Was das heißen soll, weiß ich selbst noch nicht so genau, es ist mir einfach rausgerutscht.
In Gabriels Armen jedenfalls habe ich mich so lebendig gefühlt wie schon lange nicht mehr.

Wir hatten noch eine ganze Weile wild knutschend am Tresen verbracht und dann eng umschlungen getanzt, auch dabei die meiste Zeit knutschend. Gabriel hatte währenddessen immer wieder in mein Ohr geraunt: »Du bist so süß. Du bist so unglaublich süß«, und jedes Mal, wenn er das sagte, musste ich kichern. Als neununddreißigjährige Frau von einem dreiundzwanzigjährigen Burschen mit dem Attribut »süß« tituliert zu werden, war für mich ein absolutes Kuriosum. Und gleichzeitig natürlich der Himmel auf Erden. Auch wenn ich mich fragte, ob das Ganze womöglich eine abgefeimte Flirtmasche von Gabriel war, die er bei jeder Frau durchzog, egal, wie alt sie war, genoss ich es in vollen Zügen. Irgendwann hatte ich endgültig kapituliert und Gabriel ins Ohr geflüstert: »Ich würde gerne auf dein Angebot zurückkommen …«
Worauf er nur gegrinst, mich an der Hand genommen und aus der Bar geführt hatte.

Kaum hatten wir den Hotellift betreten, machte Gabriel erneut einen auf Frontalattacke, drückte das höchste Stockwerk und begann, mich auszuziehen. Überrascht stellte ich fest, dass mir seine stürmische Art extrem gut gefiel. Außerdem war um vier Uhr morgens sowieso fast niemand mehr im Hotel unterwegs.

Gabriel öffnete den Neckholder meines rückenfreien Cocktailkleids und fragte lächelnd: »Zu dir oder zu mir?«

Mein schon stark ins Abseits geratener Verstand rief noch »Was ist *das* denn für ein billiger Aufreißerspruch?!«, als Gabriel mich auch schon auf unwiderstehliche Art an sich zog, sich so dicht zu mir herunterbeugte, dass sich unsere Nasenspitzen berührten, und schmunzelnd hinzufügte: »Oder direkt hier?«

Keine Ahnung, ob es an dieser jungenhaften und gleichzeitig männlichen Art lag, die Gabriel an den Tag legte, aber ich schickte meinen Verstand zum Teufel und die laszive Femme fatale erwachte endgültig in mir – eine Facette meiner Persönlichkeit, die mir vollkommen abhandengekommen war. Oder begann ich gerade erst, sie zu entdecken? Jedenfalls sagte ich halblaut, aber mit einem entschlossenen Ton in der Stimme, den ich von mir selbst noch nie gehört hatte: »Bleib, wo du bist, Kleiner!«, und begann, Gabriels Hemd aufzuknöpfen. Oder besser gesagt, es ihm vom Leib zu reißen. Gabriel gab ein gespielt überraschtes »Oho« von sich und ließ mich machen. Als ich gerade damit anfangen wollte, ihm auch seine Hose auszuziehen, erreichten wir das oberste Stockwerk, und die Fahrstuhltür ging auf. Wir fuhren erschrocken zusammen und starrten auf die sich öffnende Tür. Glück gehabt, niemand da.

Gabriel verdrehte, eine Ohnmacht vortäuschend, die Augen und drückte auf den Erdgeschoss-Knopf. Wieder fielen wir übereinander her. Auf einmal hob Gabriel mich hoch, drückte mich gegen die Wand des Fahrstuhls und schob mein kurzes

Kleid nach oben. Ich konnte es nicht fassen: Er wollte es tatsächlich gleich hier mit mir treiben! Ich hatte es noch NIE im Lift mit einem Mann getrieben, ja eigentlich musste ich mir sogar mit Entsetzen eingestehen, dass ich in meinem ganzen Leben noch keinen Sex an einem wirklich »ungewöhnlichen Ort« gehabt hatte. Mit Albert hatte ich ein paar Versuche unternommen, als wir noch ein kinderloses Paar gewesen waren, aber weder am nächtlichen Strand von Kreta noch auf dem Billardtisch im Keller seines Elternhauses hatte Albert sich der Angst entledigen können, von jemandem entdeckt zu werden. Und am Ende hatten wir uns doch wieder ins stille Kämmerlein zurückgezogen.

Doch im Fahrstuhl mit Gabriel gab es kein Halten mehr. Gabriel drang einfach in mich ein und vögelte mich. In dem bordeauxrot ausgekleideten Fahrstuhl des piekfeinen Hilton-Hotels. In diesem Moment erreichten wir das Erdgeschoss, und ehe wir etwas dagegen tun konnten, ging ein zweites Mal die Lifttür auf. Dieses Mal stand allerdings jemand davor: Hagen Bruns. Sturzbetrunken, mit wirrem Haarschopf und nicht minder wirrem Blick, sein Hemd fast bis zum Bauchnabel aufgeknöpft und eine giggelnde, ebenso sturzbetrunkene Rothaarige am Arm, die sich seine Krawatte als Stirnband umgebunden hatte.

Er starrte uns verdattert an und sagte lallend: »Tach, die Herrschaften!«

Gabriel und ich starrten – in unserer Position standhaft verharrend – verdattert zurück, und Gabriel entfuhr ein peinlich berührtes: »Hagen …«

Der erkannte erst in diesem Moment, wen er bei welcher Beschäftigung überrascht hatte. Wobei ich inständig hoffte, dass er so betrunken war, dass er es am nächsten Tag wieder vergessen haben würde.

Jedenfalls gab er der Rothaarigen einen Klaps auf den Hintern, wandte sich zum Gehen und lallte: »Der Lift is schon besetzt, Süße. Komm, wir nehmen die Treppe.«

Und wie auf Bestellung schloss sich die Fahrstuhltür wieder. Gabriel atmete tief durch, schloss die Augen, lehnte seine Stirn an meine und sagte leise: »Okay, vielleicht sollten wir doch lieber einen Ort aufsuchen, der ein wenig ... privater ist.«
Dann brachen wir beide, halbnackt, wie wir waren, in einen hemmungslosen Lachkrampf aus und sackten auf dem Fußboden des Fahrstuhls zusammen, während wir Satzfetzen japsten wie: »... seinen Blick gesehen ...«, »... ausgerechnet die verklemmte Visagistin ...« und »... gedacht, er ist auf Koks ...«
Ich wusste nicht genau, was ich hier gerade tat, ich wusste nur eins: Ich hatte schon verdammt lange nicht mehr so unglaublich viel Spaß gehabt.

Ich schalte die Leselampe neben der Wohnzimmercouch an, stehe auf und hole mir einen Zettel und einen Stift. Dann setze ich mich wieder auf die Couch und schreibe auf den Zettel: *Leben heißt: tanzen, lachen, trinken, flirten, rumknutschen, albern sein, Spaß haben.* Ich zögere, dann füge ich *im Fahrstuhl vögeln* hinzu und muss grinsen.
Ich schnappe mir mein Handy. Es ist bereits 1:30 Uhr. Noch einmal öffne ich Gabriels SMS, die mich erreichte, als ich am Münchner Flughafen auf den Rückflug nach Berlin wartete. Ich lese sie bestimmt schon zum zwanzigsten Mal: *War wundervoll mit dir. Du bist so süß. Sehen uns bald in Berlin. Kuss, Gabriel.*
In zwei Monaten hat er einen längeren Dreh in Tokio, aber vorher will er noch versuchen, mich in Berlin zu besuchen. Der Gedanke daran, ihn wiederzusehen, ihn zu berühren und mit ihm zu schlafen, berauscht mich. Aber wie soll das funktionieren? Soll ich Albert gegenüber verheimlichen, dass ich mich mit ihm treffe? Will ich eine heimliche Affäre anfangen? Auch wenn Alberts und meine Beziehung offensichtlich im

Eimer ist, fällt es mir doch schwer, ihn zu belügen. Ich war noch nie gut im Pokerfacemachen.
Mir geht durch den Kopf, dass Albert und ich in den Winterferien eine Woche Skiurlaub mit den Kindern geplant haben. Was, wenn ich einfach nicht mitfahre? Verdammt, ich werde definitiv nicht mitfahren! Ich werde in Berlin bleiben und Gabriel treffen!

Nachdem wir uns wieder beruhigt und unsere Klamotten aufgesammelt hatten, waren wir in den fünften Stock gefahren. Dort befand sich Gabriels Zimmer. Wie zwei Teenager auf Klassenfahrt waren wir über den Flur geschlichen, und kaum war die Hotelzimmertür hinter uns ins Schloss gefallen, hatte Gabriel mich – wieder einmal ganz Mann der Tat – auf das große Bett gezogen und direkt an unseren Quickie im Fahrstuhl angeknüpft. Erst da – als ich mit ihm im Bett lag – merkte ich, wie eigenartig und elektrisierend es war, von einem Mann berührt zu werden, den ich so gut wie gar nicht kannte und vor allem: der nicht Albert war.
Alberts und mein Sexleben – sofern es überhaupt noch stattfand – war in den letzten Jahren unserer Ehe in völliger Routine erstarrt und folgte einem stets gleichen Muster: Wenn einer von uns beiden Lust hatte, kroch er zum anderen unter die Bettdecke. Wir küssten uns halbherzig, mir fiel Alberts zunehmender Mundgeruch auf, woraufhin ich es vorzog, Albert einen zu blasen, mich dann auf ihn zu setzen, so lange auf ihm herumzurutschen, bis ich einen Orgasmus bekam, Albert zu informieren, dass ich fertig sei, und in die Missionarsstellung zu wechseln, wo Albert seinerseits so lange auf mir herumrutschte, bis er ebenfalls einen Orgasmus bekam und wir uns schließlich wieder auf unsere jeweiligen Betthälften rollten und einschliefen. Als wäre das alles nicht schon einfallslos genug, war der Schauplatz dieses traurigen Begattungsszenarios ausnahmslos unser Ehebett und dessen Zeitpunkt ausschließ-

lich die zehn Minuten vor dem Einschlafen. Genau betrachtet die miserabelsten zehn Minuten, die wir uns hätten aussuchen können, da wir beide fix und fertig von einem langen Tag voller Arbeit und Kinderversorgung waren und unsere Lustreserven dementsprechend ihren Nullpunkt erreicht hatten. Das alles wäre immer noch verständlich, verzeihlich und im Vergleich zu manch anderem Ehepaar aus unserem Freundeskreis von hochgradigem Erotikpotenzial gewesen, wenn nicht ein Umstand hinzugekommen wäre, der das Ganze endgültig pervertierte: Ich stellte mir dabei jedes Mal einen anderen Mann vor. Manchmal war es ein real existierender Mann, für den ich gerade schwärmte – jemand aus meinem Jobumfeld oder jemand, mit dem wir befreundet waren. Manchmal war es auch einfach ein Typ, den ich mir zusammenphantasierte. Meistens jedoch war es Hinrich, meine platonische Langzeitliebe. Das Perverseste aber daran war: Ich hatte verdrängt, dass ich an jemand anderen dachte, während ich mit Albert schlief. Ich hatte mich damit arrangiert. Wie konnte ich mich nur mit einer derartigen Scheiße abfinden? Wie konnte ich diesen Irrsinn so lange mitmachen?

Der Sex mit Gabriel hatte mir allerdings noch weitere Aha-Erlebnisse beschert.

»Hast ja ’nen echt tollen Body …«, hatte Gabriel anerkennend gemurmelt, nachdem wir bestimmt eine geschlagene Dreiviertelstunde Stellungen ausprobiert hatten, die ich entweder vergessen hatte oder von denen ich gar nicht wusste, dass es sie gab. Danach hatten wir ineinander verschlungen auf seinem Bett gelegen und gedöst.

»Findest du?«, hatte ich zweifelnd gefragt.

Ehrlich gesagt hatte ich etwas Sorge gehabt, was dieser taufrische Kerl wohl zu meinem neununddreißigjährigen Körper sagen würde, wenn er ihn in unbekleidetem Zustand sehen würde. Gut, ich war trotz zweier Schwangerschaften sowohl von Cellulitis und Hängetitten als auch von Übergewicht ver-

schont geblieben, aber ein »toller Body«? Sagte Gabriel das jetzt nur, um mir ein Kompliment zu machen? Weil er das zu jeder Frau sagte, mit der er Sex hatte?
Gabriel drehte sich zu mir und zog die Brauen hoch: »Klar. Haben dir doch bestimmt schon einige Männer gesagt, oder?«
Wenn Gabriel wüsste, dass es, außer Albert, die letzten vierzehn Jahre keine Männer gegeben hatte, die mir das hätten sagen können. Oder besser: Es hätte welche geben können, aber die hatte ich dumme Kuh mir verkniffen.
»Nicht wirklich …«, murmelte ich.
Gabriels Worte gingen mir runter wie Butter, verwirrten mich aber auch. Warum, verdammt noch mal, wusste ich nichts von meinem angeblich »tollen Body«? Litt Albert bereits dermaßen an Kurzsichtigkeit, dass ihm dieser nie aufgefallen war? Und warum war es mir selbst nie aufgefallen? Hätte ich schon längst dafür sorgen müssen, dass es mal jemand bemerkte?
Gabriel warf einen Blick auf seine Uhr und sagte: »Puh, schon halb sechs. Zeit für 'nen Absacker!«
Er stand auf, holte zwei Piccoloflaschen Sekt und zwei Gläser aus der Minibar und lümmelte sich wieder neben mich aufs Bett.
Während er die Sektflaschen öffnete, grinste er und sagte kopfschüttelnd: »Der gute Hagen Bruns … Wenn das seine Frau wüsste … Na ja, wer viel arbeitet, muss sich auch mal vergnügen dürfen. Geht mich ja nichts an …«
Ich schluckte. Ohne es zu beabsichtigen, hatte Gabriel mich mit diesen Sätzen jäh auf den Boden der Tatsachen zurückgeholt. Scheiße, ich hatte Albert betrogen. Ich hatte es wirklich getan.
Ich nahm das Glas, das er mir anbot, setzte mich auf und senkte den Blick: »Hör zu, ich muss dir was sagen …«, begann ich zögernd.
Gabriel musterte mich prüfend. »Du hast einen Freund …«, schlussfolgerte er lächelnd.

Ich lächelte ebenfalls. Ein »Freund«. Ach du liebes bisschen, das klang wie ein Begriff aus einer Epoche meines Lebens, die gefühlte Jahrhunderte zurücklag.
»Ich hab sogar einen Mann«, sagte ich und sah ihn mit angehaltenem Atem an, um auszuloten, wie er wohl reagieren würde. Aber Gabriel betrachtete mich nur neugierig, was mich ermunterte, hinzuzufügen: »Und zwei Kinder …«
Gabriel glitt ein ehrlich überraschtes Lächeln übers Gesicht: »Nicht dein Ernst. Hätte ich nie im Leben gedacht.« Er hob sein Glas, um mit mir anzustoßen, und sagte schmunzelnd: »Dann erst recht mein Kompliment.«
Das, was für mich eine von Gewissensbissen und moralischen Skrupeln geschwängerte Hammer-Beichte war, schien ihn nicht mal ansatzweise umzuhauen. Umso besser. Dieser Mann strahlte eine derartige Leichtigkeit aus, es hätte mich nicht gewundert, wenn ihm im nächsten Moment Flügel gewachsen wären – Engelsflügel.
»Und du?«, fragte ich.
Gabriel nahm einen Schluck aus seinem Glas. »Ich hab auch 'ne Freundin, keine Sorge …«, sagte er und warf nun wiederum mir einen prüfenden Blick zu, um zu sehen, wie ich die Information aufnahm.
»Na, dann hätten wir das ja geklärt«, stellte ich fröhlich fest und prostete ihm zu.
Überrascht nahm ich zur Kenntnis, dass es mir nicht das Geringste ausmachte. So einfach war das? Es ging also wirklich: Auch Frauen konnten guten Sex ohne Gefühle haben.
Gabriel lachte. »Du bist echt klasse. Ich fühl mich wohl mit dir.«
Wenn ich seinen Kommentar richtig deutete, konnten das wohl nicht viele Frauen. Wäre ich erst Anfang zwanzig, ich hätte das Ganze sicherlich auch nicht so locker gesehen, so war ich damals nicht drauf. Vielleicht betrat man als Frau um die vierzig tatsächlich eine Ära sexueller Reife und Gelassen-

heit, die einem völlig neue Perspektiven eröffnete. Ein wohliges Gefühl breitete sich in mir aus. Gabriel griff nach seinem Handy, tippte darauf herum und reichte es mir. Das Display zeigte das Foto einer hübschen, noch sehr jungen, dunkelhaarigen Frau – offenbar seine Freundin. Sexuelle Reife und Gelassenheit in Ehren, aber so konkret wollte ich mit der Frau, die von Gabriel gerade mit mir betrogen wurde, dann doch nicht konfrontiert werden.

»Attraktiv …«, kommentierte ich ein wenig hilflos und gab Gabriel das Handy zurück.

Gabriel nahm es und sagte ironisch: »Klar. Dein Mann ist ja bestimmt auch ›attraktiv‹, oder?«, so als wolle er zum Ausdruck bringen: Warum sollte das ein Garant dafür sein, nicht trotzdem auch andere Menschen anziehend zu finden?

Ich hatte Albert tatsächlich schon lange nicht mehr unter dem Aspekt der Attraktivität betrachtet. Ich hatte keinen Abstand mehr zu ihm. Aber alle anderen sagten, er sei gutaussehend. Also kam ich zu dem Schluss: »Ja, ist er. Aber manchmal vermisse ich einfach die Leidenschaft. Das Feuer, den Kitzel … Warum geht das in einer langjährigen Beziehung irgendwann verloren? Muss das so sein?«

Gabriel sah mich wieder mit dieser jugendlichen Unbekümmertheit an und sagte achselzuckend: »Keine Ahnung. Aber mir geht's genauso. Man braucht halt beides, die Stabilität und das Abenteuer.«

Wie oft schon hatte mich dieser Widerspruch gequält. Und jetzt kam dieser hübsche Kerl daher und erklärte ganz lapidar: Man braucht halt beides, die Stabilität und das Abenteuer. So, als wäre es das Selbstverständlichste der Welt. In diesem Moment wusste ich, das alles hier war kein Zufall. Gabriel sollte mir eine Botschaft überbringen. Gabriel *war* definitiv ein himmlisches Geschöpf, so oder so. Aber wie kriegte man die Stabilität und das Abenteuer unter einen Hut, ohne bei allen Beteiligten Schaden anzurichten? Darauf wollte ich von meinem Lehrmeister irdischer Leichtigkeit eine Antwort haben.

»Und wie habe ich mir das genau vorzustellen?«, fragte ich neugierig. »Machst du so was öfter?«

»Hin und wieder. Selten. Nur, wenn ich nicht widerstehen kann«, grinste Gabriel.

»Hm ...«, gab ich zur Antwort. »Und erzählst du es deiner Freundin?«

»Natürlich nicht«, entgegnete Gabriel erstaunt. Er sah mich eindringlich an und ergänzte, als würde er einem kleinen Kind etwas erklären: »Nichts erzählen, hörst du? Mach nicht alles kaputt, was du dir aufgebaut hast.«

Für seinen Auftritt als Engel, der seine Mission erfüllt hat, wäre dies der perfekte Moment gewesen, seine Flügel auszuklappen und davonzuschweben. Stattdessen beugte er sich lächelnd zu mir herunter, küsste mich noch einmal lange und leidenschaftlich und sagte dann zärtlich: »Ich muss jetzt los.«

»Du musst es Albert unbedingt erzählen!«, ruft Tilda aufgeregt ins Telefon.

Es ist bereits zwei Uhr, Tilda ist ein Nachtmensch und die Einzige, die ich um diese Zeit noch anrufen kann. Meine freakige Freundin Tilda: Drehbuchautorin, radikale Boykotteurin jeglicher Konventionen, immer verstrickt ins Chaos und zurzeit im Rahmen einer offenen Beziehung sowohl mit einer Frau als auch mit einem Mann liiert. Tilda kann ich immer dann befragen, wenn es um komplizierte Lebens- und Liebeslagen geht. Dafür ist sie Expertin.

»Ich habe es ihm bereits erzählt«, sage ich nur matt in den Hörer.

»Sehr gut, sehr gut ...«, bestätigt mir Tilda, und ich höre, wie sie angespannt an einer Zigarette zieht. »Offenheit ist die Grundlage für die Integrität jeder zwischenmenschlichen Beziehung. Alles andere ist ...«

»... verlogene Doppelmoral und die feige Kapitulation vor den Prämissen unzeitgemäßer Monogamie, ich weiß«, ergänze ich, denn Tilda hat es mir oft genug vorgebetet. »Deshalb zeichnet sich dein Beziehungsleben ja auch durch eine so bemerkenswerte Harmonie aus.«
»Ich habe nie gesagt, dass Offenheit Harmonie zur Folge hat«, kontert Tilda.
»Na, großartig ...«, bemerke ich trocken.
»Wie hat er reagiert?«, fragt Tilda und zieht wieder hörbar aufgeregt an ihrer Zigarette.
»Er ist natürlich total verletzt. Ich denke, seine Geduld mit mir ist am Ende«, resümiere ich düster.
»Seine Geduld mit *dir?*«, ereifert sich Tilda. »Was, bitte, ist mit deiner Geduld mit *ihm?* Ich denke mal, *die* ist an einem Ende angekommen!«
»Ja, sicher. Das auch. Und was jetzt?«, frage ich ratlos.
»Du gehst erst mal zu deiner Therapeutin«, schlägt Tilda vor.
»Es ist ein Tag vor Weihnachten!«, entgegne ich.
»Sie *muss* dir noch einen kurzfristigen Termin geben. Das ist ein Notfall!«, empört sich Tilda.
»Mal sehen ...«, antworte ich zweifelnd, obwohl ich selbst auch schon daran gedacht habe.
Eine Pause entsteht, und ich höre, wie Tilda Zigarettenqualm ausatmet. Dann fragt sie mit einem Lächeln in der Stimme: »Wie war er denn, dein Erzengel?«
Ich schließe die Augen und sage seufzend: »Himmlisch ... Um nicht zu sagen: göttlich!«
Tilda kichert: »Oh Mann, Marlene, das freut mich so für dich. Das war echt mal 'ne Superaktion. Männer um die vierzig nehmen sich schließlich auch jüngere Geliebte.«
»So gesehen ...«, sage ich lächelnd. »Aber was soll ich jetzt tun? Was sind die Konsequenzen? Ich kann doch nicht einfach so mir nichts, dir nichts Albert und die Kinder verlassen! Oder?«

»Was heißt hier ›Mir nichts, dir nichts‹?«, Tilda lacht ironisch. »Zwischen Albert und dir ist es doch schon ewig am Kriseln. Wenn ich allein an dieses ganze Hinrich-Drama denke. Mein Gott, warst du verknallt in den! Mit ihm hättest du auch einfach vögeln sollen. Wann fing das an? Nach Julians Geburt?«
»Nach Sophies Geburt …«, berichtige ich Tilda und bin selbst völlig schockiert darüber, wie lange ich mich mit dieser Geschichte herumgeschlagen habe.
»Also seit etwa zwölf Jahren«, bringt Tilda die Dinge mit grausamer Klarheit auf den Punkt. »Und spätestens seit eurem Umzug in diese Wilmersdorfer Spießerwohnung vor drei Jahren geht es nur noch bergab. Du lebst doch ein Leben, das überhaupt nicht zu dir passt. Mal ehrlich, Marlene, seitdem hast du doch auch die Therapie angefangen, oder?«
»Richtig«, murmele ich, ganz benommen von Tildas niederschmetternder Bilanz meines Ehelebens. »Nicht zu vergessen die Paartherapie, durch die wir uns zusätzlich seit eineinhalb Jahren quälen …«, füge ich resigniert hinzu.
»Super!«, ereifert sich Tilda jetzt. Die Dramen anderer wühlen sie mindestens genauso auf wie ihre eigenen. »Ich sag mal so: Was, bitte, ist das für ein Leben, das man nur mit Hilfe einer Armada von Therapeuten ertragen kann?«
»Das falsche Leben …«, mutmaße ich tonlos. Dann stehe ich auf, hole mir meine Zigaretten aus dem Geheimfach des Wohnzimmerschranks, zünde mir eine an und lege mich wieder auf die Ausziehcouch. Rauchen im Wohnzimmer ist eigentlich strengstens verboten, aber was soll's – im Vergleich zu meinen jüngsten »Eskapaden« dürfte das nur geringfügig ins Gewicht fallen. »Aber Gabriel hat auch gesagt, ich soll nicht alles kaputt machen, was ich mir aufgebaut habe. Und ich weiß nicht mal, ob ich ihn wiedersehen werde …«, gebe ich zu bedenken und ziehe mit vor Aufregung zitternden Fingern an meiner Zigarette.

»Darum geht es doch gar nicht«, sagt Tilda, plötzlich ganz ruhig. »Und ist nicht auch ohne das schon viel zu viel kaputt gegangen?« Dann spricht sie aus, was ich im Grunde genommen längst selbst weiß: »Es gibt sowieso kein Zurück mehr, Marlene. Du hast eine Tür geöffnet. Du hast eine Schwelle überschritten. Dein neues Leben hat bereits angefangen. Mit oder ohne Albert. Mit oder ohne Gabriel.«
Und obwohl es Grund genug gäbe, diese Wahrheit zu bejubeln, kann ich nur eins: hemmungslos anfangen zu heulen.

Kapitel 3

Beate Anhalt-Brinkenbach mustert mich mit unverhohlener Skepsis über den Rand ihrer Lesebrille hinweg. Ich führe das darauf zurück, dass ich sie einen Tag vor Weihnachten noch zu diesem kurzfristigen Termin genötigt und ihr damit ihren letzten freien Nachmittag vor Heiligabend versaut habe. Dass sie mir überhaupt eine Audienz gewährt, verdanke ich wohl nur dem in Tränen aufgelösten Gejammer, das ich mitten in der Nacht – kurz nach meinem Telefonat mit Tilda – auf ihrem Anrufbeantworter hinterlassen habe. So etwas habe ich während der drei Jahre Gesprächstherapie bei Frau Anhalt-Brinkenbach noch nie gemacht. Bislang habe ich meine Gefühlsäußerungen ihr gegenüber immer wohldosiert an den richtigen Stellen plaziert – hier ein bisschen Geheule, da ein bisschen Glücklichsein, immer genau da, wo Frau Anhalt-Brinkenbach es von mir erwartete. Darin, die Erwartungen anderer zu erfüllen, war ich ja sowieso schon immer Weltklasse. Und habe darüber oft genug versäumt, mich zu fragen, was *ich* eigentlich will. Und wenn man dann noch bedenkt, welchen Perfektionsanspruch ich mir selbst gegenüber an den Tag lege – was Frau Anhalt-Brinkenbach natürlich nicht entgangen sein dürfte –, bin ich vermutlich die ideale Patientin für sie: pünktlich, einsichtig, lernwillig, pflegeleicht. Nur heute bin ich alles andere als perfekt. Heute entspreche ich in keiner Weise ihren Erwartungen.

»Ich habe so gut wie kein Wort verstanden, Frau Berger«, bemerkt Frau Anhalt-Brinkenbach etwas pikiert, spitzt die Lippen und zupft ihren knielangen Tweedrock zurecht. »Können Sie mir also bitte erklären, worum es eigentlich geht?«
Ich begreife, dass ich jetzt mit einer wirklich guten Begründung dafür aufwarten muss, dass ich Frau Anhalt-Brinkenbach zumute, heute ihre kostbare Zeit für mich zu opfern. Also sage ich im dramatischsten Tonfall, zu dem ich fähig bin: »Ich habe meinen Mann betrogen.«
Frau Anhalt-Brinkenbach sieht mich nur ausdruckslos an. Ob sie völlig baff, gelangweilt oder einfach nur gleichgültig ist, lässt sich schwer ausmachen.
»Mit einem Dreiundzwanzigjährigen!«, fahre ich fort. Und als würde das die Brisanz des Ganzen irgendwie noch erhöhen, füge ich hinzu: »Mit dem Hauptdarsteller von Hagen Bruns' neuem Film!«
Frau Anhalt-Brinkenbachs Miene wechselt nun von völlig ausdruckslos zu völlig verständnislos, als wolle sie sagen: »Ja und?« Offenbar begreift sie nicht ansatzweise, was das alles für mich bedeutet. Womöglich hat sie auch einfach keine Ahnung, wer Hagen Bruns ist, geschweige denn, der Hauptdarsteller seines neuen Films. Jedenfalls sagt sie kein Wort. Etwas, das ich hasse. Dass sie dasitzt, mich reden lässt und nichts sagt. Schließlich komme ich hierher, um ihre professionelle Meinung zu meinem Leben einzuholen. Frau Anhalt-Brinkenbach hat immerhin nicht nur eine Ausbildung als Psychotherapeutin vorzuweisen, sondern auch Fortbildungen in Gestalttherapie, Verhaltenstherapie, Sexualtherapie und Neurolinguistik. Aber Madame sitzt nur da, schweigt vornehm und zupft an ihrem Tweedrock. Eine glatte Zumutung!
»Und ich bereue es nicht!«, versuche ich sie aus der Reserve zu locken. »Er sieht aus wie der junge Robbie Williams. Er sieht *besser* aus als der junge Robbie Williams!«, schwärme

ich, und dann rutscht mir plötzlich unter glücklichem Kichern heraus: »Da kann man richtig neidisch werden, was?«
Frau Anhalt-Brinkenbachs Blick wirkt einen Moment lang gereizt, um ihre Mundwinkel bildet sich ein verkniffener Zug, und in diesem Moment wird mir klar: Sie IST neidisch. Ich finde, das geschieht ihr recht. Soll sie sich ruhig alle Details meiner Sexabenteuer anhören, wenn sie schon nichts dazu zu sagen hat.
Aber jetzt regt sich etwas in ihr, oha: Sie räuspert sich und schließt kurz die Augen. Als sie sie wieder öffnet, gleitet ein gezwungen wirkendes Lächeln über ihr Gesicht. Dann macht sie eine ausladende Geste und sagt: »Na, herzlichen Glückwunsch!«
Das war schon alles?
»Wie jetzt?«, erwidere ich.
Ein bisschen mehr Aha und Oho vonseiten meiner Therapeutin hatte ich ob meiner sensationellen Neuigkeit nun doch erwartet.
Frau Anhalt-Brinkenbach führt ihre Fingerspitzen wichtigtuerisch unter dem Kinn zusammen und sagt gönnerhaft: »Nun, ich freue mich, dass Sie endlich ein wenig lockerer werden und die Dinge nicht mehr so eng sehen.«
Ich starre sie entgeistert an. Okay: Beate Anhalt-Brinkenbach ist eine abgeklärte Frau Mitte fünfzig, eine Altachtundsechzigerin, emanzipiert, unabhängig, lebenserfahren, und – wie sie während unserer Sitzungen nie müde wird zu betonen – kein Kind von Traurigkeit. Sie hat alles gesehen und alles gehört, insbesondere zahllose Tragödien aus dem Leben ihrer Patienten. Aber bislang dachte ich, Frau Anhalt-Brinkenbachs Strategie sei, mich unter allen Umständen von der Richtigkeit meiner Ehe mit Albert zu überzeugen.
»Aber, aber …«, stammele ich, völlig aus dem Konzept geraten.
»Frau Berger: Wir kochen doch alle nur mit Wasser …«, unterbricht mich Frau Anhalt-Brinkenbach, als wolle sie mich

zum Mitwisser einer Information machen, die bislang nur einem elitären Kreis von Menschen zugänglich gewesen ist. Wow, na *das* ist ja mal eine Offenbarung! Will die Tante mich eigentlich für blöd verkaufen?
»Tun wir das?«, bringe ich nur perplex heraus.
»Natürlich«, nickt Frau Anhalt-Brinkenbach gütig. »Holen Sie sich doch einfach bei anderen Männern, was Ihr eigener Ihnen nicht geben kann. Und kommen Sie bloß nicht auf den irrsinnigen Gedanken, Ihrem Mann davon zu erzählen oder ihn gar deswegen zu verlassen.«
Spontan denke ich: Wie abgeschmackt ist das denn!? Mir kommt das Gespräch mit Tilda in den Sinn, und ich spüre einen stechenden Kopfschmerz. Mir ist schon klar, dass Leute fremdgehen. Gabriel tut es, ich tue es, viele tun es. Aber dass ausgerechnet meine Therapeutin mich ausdrücklich dazu ermuntert, finde ich absurd. Heißt das jetzt, dass Fremdgehen okay ist? Dass ich das schon längst hätte machen können und Frau Anhalt-Brinkenbach mir sogar ihren Segen dazu gegeben hätte? Warum sagt mir denn keiner was?
»Sie wollen mir jetzt nicht allen Ernstes raten, dass ich meinen Mann betrügen und belügen soll, oder?«, frage ich, um mir endgültig darüber Klarheit zu verschaffen, ob ich meine Therapeutin noch ernst nehmen kann oder nicht.
»Aber Frau Berger! Belügen und betrügen! Seien Sie doch nicht immer so schrecklich wahrheitsliebend. Sie nehmen sich immer alles gleich so zu Herzen«, intoniert Frau Anhalt-Brinkenbach kopfschüttelnd und entfernt einen Fussel von ihrer Strickjacke.
»Vielleicht trage ich das Herz ja einfach nur am rechten Fleck …«, erwidere ich grimmig.
Frau Anhalt-Brinkenbach steht wortlos auf, geht zu ihrem Regal, holt ein Buch heraus, reicht es mir und setzt sich wieder auf ihren Sessel. Der Titel lautet: *Ich gönn mir meinen Seitensprung – 10 Frauen berichten.*

»Lesen Sie das«, sagt Frau Anhalt-Brinkenbach bedeutungsvoll. »Damit Sie sehen, wie andere Frauen das machen.«
Ich lege das Buch genervt zur Seite und sehe Frau Anhalt-Brinkenbach herausfordernd an. Wut steigt in mir auf und kriecht mir bis unter die Haarwurzeln. Was bildet diese blöde Kuh sich eigentlich ein? Hat sie auch nur ansatzweise verstanden, worum es hier geht?
»Hören Sie: Ich erzähle Ihnen seit drei Jahren, dass ich in meiner Ehe unglücklich bin. Sie erzählen mir seit drei Jahren, ich hätte maßlose Ansprüche an mein Leben, solle positiver denken und nicht immer das wollen, was ich gerade nicht habe. Ich habe mich wirklich bemüht, das so zu sehen, aber wissen Sie was: Ich habe keinen Bock mehr! Es geht hier nicht nur darum, dass ich mal wieder aufregenden Sex haben möchte. Es geht hier um viel mehr.«
»Um was denn?«, fragt Frau Anhalt-Brinkenbach spitz dazwischen.
»Darum, dass meine Ehe definitiv in einer Sackgasse steckt! Dass es so nicht weitergeht! Und dieses Erlebnis, das ich mit diesem wunderschönen Mann hatte, ist nur ein Spiegel dafür.«
Warum, verdammt noch mal, muss ich eigentlich meiner eigenen Therapeutin immer erklären, was Sache ist?
»Na, wenn Sie das alles schon so klar erkannt haben: Dann gehen Sie hinaus in die Welt, und machen Sie Ihre Erfahrungen! Sie werden ja sehen ...«, tönt Frau Anhalt-Brinkenbach und nestelt eingeschnappt am Kragen ihrer fliederfarbenen Bluse.
»Sie klingen wie meine Mutter ...«, stelle ich fest.
»Jetzt projizieren Sie wieder Ihre Mutter auf mich!«, Frau Anhalt-Brinkenbach rollt mit den Augen. Dann beugt sie sich vor und sagt besänftigend: »Ich kann Sie ja verstehen. Sie haben Blut geleckt. Jetzt wollen Sie mehr. Sie wissen, ich war selbst nie ein Kind von Traurigkeit. Mein Gott, was habe ich Männer verschlissen! Aber ich sage Ihnen: Es lohnt sich nicht.«

»Für Sie vielleicht nicht, aber für mich!«, sage ich aufmüpfig.
»Jetzt seien Sie doch mal realistisch. Sie sind Künstlerin! Wovon wollen Sie denn leben? Ihre Ehe gibt Ihnen doch die Stabilität und Sicherheit, die Sie brauchen. Das wollen Sie doch nicht wirklich aufgeben, oder?«, gibt Frau Anhalt-Brinkenbach sorgenvoll zu bedenken und hat mit diesen Worten endgültig bei mir verschissen.
So ist das also? Sie hält mich für ein unwiderruflich an meinen solventen Ehemann gekettetes Opfer meines brotlosen Künstlerberufs. Wäre ich doch mal besser Therapeutin geworden, dann wär mir das nicht passiert. Dann könnte ich jetzt hier sitzen, Kaffeepause machen, wahlweise an meinem Tweedrock oder meiner fliederfarbenen Bluse nesteln und bekäme auch noch Geld dafür! Ich schaue Frau Anhalt-Brinkenbach tief in die Augen und antworte dann entschlossen:
»Doch!«
Nun kann sich meine Therapeutin nicht mehr beherrschen: »Was ist bloß in Sie gefahren, Frau Berger! Man könnte meinen, Sie wären wieder in der Pubertät!«
»Sie klingen wie mein Mann ...«, stelle ich fest.
»Jetzt projizieren Sie auch noch Ihren Mann auf mich!«, sagt sie einigermaßen um Contenance bemüht, bevor es aus ihr herausbricht: »Wissen Sie eigentlich, wie sehr ich mir immer einen Mann wie Ihren gewünscht habe? Mit dem ich morgens aufwachen und abends vorm Fernseher sitzen und mit dem ich alt werden kann?! Sie haben das und wollen es aufgeben wegen ein bisschen ...«, Frau Anhalt-Brinkenbach legt alles an Verachtung in ihre Stimme, was sie aufbieten kann: »... SEX!!!«
Ich erhebe mich aus meinem Sessel. Unsere Sitzungszeit ist noch nicht abgelaufen, aber mir reicht es für heute.
Frau Anhalt-Brinkenbach starrt mich entgeistert an und sagt: »Bitte, dann gehen Sie! Offenbar haben Sie gar nichts gelernt in den letzten drei Jahren!«

Meine Hand liegt bereits auf der Klinke der Tür, dann drehe ich mich noch einmal um und erwidere ruhig: »Doch, ich habe etwas gelernt: Wenn dir Therapeuten Ratschläge geben, hat das nicht das Geringste mit *deinen* Problemen zu tun!«

Als ich – auf dem Arm zwei große Kartons mit Torten darin – die Wohnungstür aufschließe, tönen mir bereits laute Staubsaugergeräusche entgegen, und es riecht nach Essigreiniger. Christel präpariert unsere Wohnung für den Besuch meiner Schwiegereltern.

Ich habe kaum meinen Mantel ausgezogen, als mir auch schon Julian entgegenstürmt und aufgeregt ruft: »Mama, Mama! Papa und Christel haben die Wohnung umgeräumt, und ich habe mitgeholfen!«

Bevor ich etwas antworten kann, taucht Sophie auf und stellt sich mit verschränkten Armen vor mich: »Mom, stimmt das? Papa und du schlaft nicht mehr in einem Zimmer?«

Ich blicke von einem Kind zum anderen. Ich bin fix und fertig. Ich habe höchstens zwei Stunden geschlafen, kaum etwas gegessen, zu viel Kaffee getrunken, zwei aufwühlende Gespräche über meine desolate Ehe hinter mir und schwere Torten im Arm. Aber ich komme nicht zum Durchatmen. Albert betritt die Szene. Er hält den Stapel Bücher im Arm, der auf dem Nachttisch neben meinem Bett lag.

In einem möglichst unverfänglichen Ton sagt er: »Hallo Marlene. Ich dachte, es ist das Beste, wenn wir über Weihnachten wenigstens auf diese Art ein bisschen auf Abstand gehen. Am besten räumst du deine Kleider selbst noch ins Gästezimmer rüber.«

Dann verschwindet er mit den Büchern ebendorthin.

Sophie steht immer noch mit verschränkten Armen vor mir und betrachtet mich skeptisch. »Mama, was ist eigentlich los?«, fragt sie.

»Tja«, antworte ich und ziehe meine Stiefel aus. »Papas Schnarchen hat mich immer schon gestört, weißt du. Und ich brauche dringend mal wieder meinen ungestörten Schlaf. Er will mir nur eine Freude machen.«
Dann gehe ich in die Küche, um mir den fünften Kaffee des Tages zu machen. Sophie folgt mir, und es ist klar, dass sie mir nicht glaubt. Sophie kann man nichts mehr vormachen. Zumal sie eine überdurchschnittlich gute Intuition für Stimmungslagen hat.
»Stimmt was nicht mit dir und Papa?«, fragt sie mit gesenktem Kopf.
»Ich weiß nicht«, sage ich, denn ich weiß gerade wirklich nichts mehr. »Wir hatten ein bisschen Streit. Aber das wird schon wieder.«
Sophie scheint ein wenig beruhigter. Es ist ihr immer die größte Hilfe, wenn man ihr einfach die Wahrheit sagt. Oder zumindest die halbe Wahrheit.
Sie nickt und sagt: »Ach so. Wenn du reden willst – du kannst immer zu mir kommen, ja?«
Ich kann mich nicht entscheiden, ob ich lachen oder schon wieder zu heulen anfangen soll. Sophie sagt manchmal Sätze, die eigentlich für mich vorgesehen wären. Bin ich dieser freakige Typ Mutter, der nie erwachsen wird? Haben Albert und Frau Anhalt-Brinkenbach recht? Vollzieht meine Tochter bereits einen Rollentausch, weil ich mich aufführe wie ein Teenager?
»Danke, das ist ganz lieb von dir, aber so schlimm ist es nicht«, sage ich, Gelassenheit vortäuschend, zu Sophie und streichle ihr übers Haar.
Sie lächelt, sagt »Okay!« und lässt mich allein.
Albert kommt in die Küche.
Während ich die Espressomaschine anwerfe, sage ich: »Wie wäre es, wenn du mich erst mal fragen würdest, bevor du die Wohnung umräumst?«

Aktionen dieser Art kenne ich bereits von Albert. Über meinen Kopf hinweg Entscheidungen treffen, die eigentlich uns beide etwas angehen, ist eine seiner Spezialitäten.
»Du warst ja weg!«, rechtfertigt sich Albert und kann nicht verhehlen, dass er sich über meinen Ärger freut. »Ich musste doch die Gelegenheit nutzen, dass Christel gerade da ist!«
»Wir hätten das gemeinsam tun können. Außerdem habe ich ein Handy!«, antworte ich genervt.
»Das war ausgeschaltet«, sagt Albert. »Und was weiß ich, wann du wiederkommst! Wo warst du überhaupt?«, setzt er misstrauisch hinzu.
Mir wird klar, dass Albert mir ab jetzt bei allem, was ich tue, unlautere Absichten unterstellen wird.
»Bei meiner Therapeutin«, sage ich matt und schäume Milch auf.
Albert schnaubt kurz durch die Nase: »Einen Tag vor Weihnachten ... Und wir dürfen hier alles alleine vorbereiten.«
»Und wenn schon. Sonst habe *ich* ja immer alles alleine gemacht!«, zische ich und gieße den Espresso in das Glas mit der aufgeschäumten Milch. »Während du auf den letzten Drücker Geschenke besorgt hast.«
Albert fragt schnippisch: »Und? Hat's wenigstens was gebracht?«
»Nein, ich werde diesen Unsinn jetzt auch beenden. Meine Therapeutin ist ganz deiner Meinung: Ich bin in der Postpubertät und erkenne nicht, welchen Traummann ich an meiner Seite habe. Du würdest dich blendend mit ihr verstehen«, erkläre ich und nehme einen großen Schluck von meinem Latte macchiato. »Und falls wir uns wirklich trennen sollten: Sie ist interessiert.«
Albert kann sich ein Grinsen nun doch nicht verkneifen. Einen flüchtigen Moment lang weicht die Anspannung zwischen uns, und wir lachen uns ob dieser ganzen absurden Situation an. Auf eine Art, wie wir es schon lange nicht mehr

getan haben. Auf eine Art, die klarmacht, dass zwischen uns noch längst nicht alles im Eimer ist. Und plötzlich fällt mir auf, dass Albert anders aussieht als sonst. Besser. Albert hat tolle blaue Augen.

»Wo hast du denn deine Brille gelassen?«, frage ich verdutzt.

Albert wendet sich verlegen ab und gibt vor, etwas im Kühlschrank zu suchen. »Ich hab mir heute neue Kontaktlinsen besorgt.«

Ich muss lächeln. Alberts Art, sich um mich zu bemühen, kommt oft durch die Hintertür und ist nicht immer auf Anhieb zu erkennen. Seit Jahren rede ich auf ihn ein, er solle sich doch mal wieder Kontaktlinsen zulegen, weil ich seine Augen so schön finde – die leider extrem kurzsichtig sind und durch seine Brille regelrecht entstellt werden. Albert hat jedes Mal mit stolzer Verachtung reagiert und gesagt, Kontaktlinsen würden ihn nun mal nerven, und wenn ich ihn nicht auch mit Brille lieben und begehren würde, wäre ich oberflächlich. Was so ein Seitensprung doch auslösen kann …

»Steht dir gut«, sage ich schmunzelnd und schlürfe meinen Kaffee.

»Danke!«, erwidert Albert und lässt das »e« dabei ein bisschen hochhüpfen, damit es möglichst lässig klingt. Dann dreht er sich zu mir und sagt mit dem Anflug eines Lächelns, aber auch mit Traurigkeit in seinen schönen Augen: »Ich muss mich ja offenbar ins Zeug legen, um dich noch beeindrucken zu können.« Dann verlässt er die Küche. Ich lehne an der Geschirrspülmaschine und bin – obwohl ich heute eine Menge Ratschläge bekommen habe – völlig ratlos.

Kapitel 4

Draußen vor dem Haus ertönt eine Autohupe, und wir alle wissen: Alberts Eltern sind da. Es ist ein Ritual, dieses Gehupe. Dreimal kurz, einmal lang. Bengt und Gisela Maier mieten sich immer direkt am Flughafen einen Wagen, denn erstens sind sie gerne unabhängig und zweitens hassen sie die Berliner Taxifahrer. Generell verabscheuen sie den Dreck und die Unfreundlichkeit dieser Stadt. Kein Wunder, sie leben in München, und wer München liebt, kann Berlin nur hassen. Und umgekehrt.

»Oma und Opa sind da!«, ruft Julian aufgeregt und stürmt zu mir ans Küchenfenster.

Draußen ertönt noch einmal lautes Hupen. Bengt liebt laute und polternde Auftritte. Er ist nun mal der klassische Managertyp. Jeder soll mitbekommen: Jetzt ist Bengt Maier da, und jetzt hat Bengt Maier das Sagen. Ganz im Gegensatz zu seiner Frau. Im Geiste höre ich sie bereits mit angespannter Stimme ihren Lieblingssatz sagen: »Jetzt lass das doch, Bengt!«

Alberts Eltern steigen aus ihrem gemieteten BMW aus, beladen mit Tüten, in denen sich vermutlich Weihnachtsgeschenke befinden. Dass sie sich überhaupt darauf eingelassen haben, Heiligabend bei uns zu verbringen, grenzt an ein Wunder. Normalerweise verbringen sie ihn zu Hause. Schließlich möchten sie weder den falschen Wein trinken noch das falsche Essen zu sich nehmen, und schon gar nicht die falsche Musik hören – was in unserem Haushalt schnell der Fall ist, denn Bengt hat mir nicht nur mehrfach bescheinigt, dass ich eine Niete in der Küche bin, sondern auch, dass unser Musikgeschmack diametral auseinandergeht. Leider hat Albert seine Eltern bereits im Sommer zu diesem Besuch überredet, und da Alberts Eltern an einmal gemachten Plänen ebenso stoisch festhalten wie er selbst, sind sie nun da. Und ich muss sie ertragen.

Es klingelt, und Julian stürmt zur Haustür.

Ich höre Bengts sonore Stimme durch den Flur dröhnen: »Na, Freundchen, nicht so stürmisch, sonst furzen noch die Weihnachtsengel!«, gefolgt von einem ebenso dröhnenden Lachen. Wenn Bengt gute Laune hat, sondert er bevorzugt unsinnige und vor allem unlustige Kommentare ab, die er mit diversen Kraftausdrücken anreichert.

Und schon höre ich auch meine Schwiegermutter in ihrem typisch gepressten Tonfall sagen: »Ach, Bengt, jetzt lass das doch!«

Durch die geöffnete Küchentür beobachte ich, wie die beiden ihren Sohn wie immer freundlich-distanziert begrüßen: eine steife Umarmung von seiner Mutter und ein kameradschaftliches Schulterklopfen seines Vaters, begleitet von den Worten: »Na, Großer! Du bist ja zu Hause und nicht in der Firma!«

»Vater, es ist Heiligabend«, antwortet Albert, worauf Bengt sofort großspurig tönt: »Ich hab früher immer bis zum Anschlag gearbeitet, egal, ob Heiligabend war oder nicht!«

Sicher, denke ich nur, und deine Gattin durfte bis zum Anschlag im Haushalt schuften – willkommen in der fabelhaften Welt der Maiers.

»Kommt, ihr beiden. Wir decken schon mal den Tisch«, sagt Albert zu Sophie und Julian und verschwindet mit den beiden im Esszimmer.

Ich atme tief durch und versuche, all meine Kraftreserven zu mobilisieren, um das alles hier möglichst schadlos zu überstehen. Und da kommt Gisela auch schon zu mir hereinmarschiert wie ein kleiner Zinnsoldat. Zackig schnellt ihre kleine Hand vor, so dass sie mir fast einen Schlag in die Magengrube versetzt. Es ist wirklich bemerkenswert: Seit nunmehr vierzehn Jahren bin ich Alberts Lebensgefährtin, aber Gisela und Bengt haben es bis heute nicht geschafft, mich zur Begrüßung in den Arm zu nehmen. Aber das gelingt ihnen ja schon kaum bei ihrem eigenen Sohn.

»Ja, hallo Marlene!«, sagt Gisela und bemüht sich so sehr, herzlich zu klingen, dass sich mein Magen zusammenkrampft. Ich schüttele kurz ihre Hand, die sich trotz ihrer Feldwebelgeste schlaff und weich anfühlt. »Hallo Gisela«, sage ich und bemühe mich ebenfalls um ein Lächeln.

Gisela sieht sich in der Küche um. »Ich wundere mich immer wieder, wie gut doch diese rote Küche aussieht!«, sagt sie und überprüft ihre Prinz-Eisenherz-Frisur auf ihren durch Haarspray betonierten Sitz. »Weißt du, als Albert mir damals am Telefon sagte, du hättest eine rote Küche ausgesucht, da wurde mir ganz anders. Ich dachte, oh mei, wie kann man nur! Aber das ist ein schönes, dezentes Rot, wirklich!«

Diesen Vortrag hält mir Gisela jedes Mal, wenn sie bei uns zu Besuch ist. Gisela liebt es, sich zu wiederholen. Etwas, das ich hasse. Und dass die Farbe Rot ihr ein Dorn im Auge ist, glaube ich nur zu gern. Schließlich steht sie für Sinnlichkeit und Lebensfreude. Giselas eigene Küche ist dementsprechend mausgrau.

Sie geht zum Küchenfenster und sieht hinaus. »Und schön, dass das Küchenfenster zur Straße geht. Als Bengt und ich damals unser Haus geplant haben, habe ich von Anfang an gesagt: Wenn ich am Küchenfenster stehe, will ich auf die Straße blicken. Denn ich will am Leben teilhaben.«

Ich werfe Gisela einen befremdeten Blick zu. Es gibt keinen Zweifel: Sie meint das ernst. Nur fürs Protokoll, die ›Straße‹ vor Bengts und Giselas Küchenfenster ist eine verkehrsberuhigte Asphaltallee, welche sich durch eine ausgestorbene Ein-

familienhaussiedlung zieht, wo maximal alle dreißig Minuten ein übergewichtiges, rollschuhfahrendes Kind oder eine Rentnerin mit Gehhilfe vorbeikommt. Ich muss mich schwer zusammenreißen, um nicht auf der Stelle depressiv zu werden. Am liebsten würde ich Gisela meine Liste zeigen, die ich zum Thema ›Leben‹ angefangen habe, aber spätestens bei dem Punkt *Im Fahrstuhl vögeln* würde sie vermutlich in Schockstarre verfallen.
Bengt taucht in der Küche auf. Die Küche ist ein Ort, den er normalerweise tunlichst meidet, denn sie ist seiner Ansicht nach das unantastbare Reich der Frau. Mir gegenüber meidet er jeden Körperkontakt so konsequent, dass ihm selbst ein Handschlag zu viel ist. Stattdessen steigt er gleich in sein Lieblingsspiel ein: streiten.
»Grüß dich, Marlene! Hab gehört, du warst in München die Tage …«, beginnt er, vorerst noch eine harmlose Unterhaltung vortäuschend.
»Richtig«, antworte ich und muss sofort wieder an Gabriel denken.
»Filmpremiere, hab ich mir sagen lassen …«, fährt Bengt lauernd fort.
Bengt erfährt alles, was mich betrifft, ausschließlich über Albert. Vermutlich ist es unter seiner Würde, sich direkt bei mir zu erkundigen, wie es mir geht und was ich so treibe. Das könnte ja offensichtliches Interesse an mir bekunden. Und Schwiegertöchter stehen in der Maierschen Familienhierarchie so weit unten, dass sie allerhöchstens gnädig geduldet werden.
»Ja, der neue Film von Hagen Bruns, *Zwielicht.* Wird dir nichts sagen …«, erkläre ich.
»Wieso soll mir das nichts sagen?«, reagiert Bengt pampig. »Ich bin nicht so hinterwäldlerisch, wie ihr immer denkt. Ich habe alles über diesen Film gelesen. Irgend so eine krude Story über einen Schwuli, der am Ende Selbstmord begeht. Als hätten wir keine anderen Sorgen …« Bengt winkt verächtlich ab.

»Jetzt lass doch, Bengt«, interveniert Gisela mit sorgenvoller Miene.
»Er ist nicht schwul, er ist bisexuell«, erwidere ich.
»*Was* ist er?«, fragte Bengt und kneift die Augen zusammen, als wäre allein der Klang dieses Wortes etwas, was ihm Schmerzen bereitet.
»Bisexuell. Falls du weißt, was das ist.«
»Natürlich weiß ich, was das ist. Das ist, wenn ein Schwuli auch noch mit Frauen schläft – dieses ganze abnorme Zeug!«, wettert Bengt.
»So in der Art. Aber man sagt nicht ›Schwuli‹, das ist ziemlich hinterwäldlerisch«, kommentiere ich.
»Und dieser Brüns ... ist das nicht so ein Ausländer, so ein Zigeuner?«
»Hagen ist kein Zigeuner, er hat rumänische Wurzeln, aber seine Eltern sind in Deutschland aufgewachsen«, versuche ich Bengt aufzuklären.
»Wenn er rumänische Eltern hat, dann ist er ja wohl kein Deutscher!«, zeigt sich Bengt uneinsichtig.
»Doch, er ist in Deutschland geboren und hat einen deutschen Pass!«, erwidere ich nun leicht gereizt.
»Dass solche Leute überhaupt Filme machen dürfen ...«, wundert sich Bengt. »Und du hast dir die Schwuli-Musik dazu ausgedacht oder wie?«
Ich schaue Bengt an. Ich bin es so leid. Dieser Mann wird es immer nötig haben, mich runterzumachen. Ich bin eine Frau, die mit einem ungewöhnlichen Beruf – und zwar in einer Männerdomäne – ihr Geld verdient. Noch dazu arbeite ich in einer kreativen Branche, und da Bengts Traum vom großen Künstler kläglich gescheitert ist, bin ich für ihn die wandelnde Provokation. Schlimmer noch: Ich mache ihm Angst!
»Bengt, wir sollten nicht über meine Arbeit sprechen. Das regt dich einfach jedes Mal zu sehr auf«, sage ich und bemühe

mich um einen milden Tonfall angesichts des inzwischen höchst alarmierten Gesichtsausdrucks von Gisela.
»Ach was, mich regt gar nichts auf!«, erwidert Bengt erhitzt. »Wenn mich etwas aufregt, dann ist es die Tatsache, dass du ständig in der Weltgeschichte herumgurkst und Albert und die Kinder hier alleine klarkommen müssen!«
»Erstens, ich war nur in München. Zweitens, es war nur für zwei Tage. Und drittens, unsere Kinder sind bereits dreizehn und sieben, und Albert hat Unterstützung durch unsere Putzhilfe und unseren Babysitter!«, fauche ich Bengt an, denn ich kann mich nicht mehr beherrschen.
»Putzhilfe und Babysitter!«, ereifert sich Bengt. »So was hätte es bei uns nie gegeben! Gisela hat das immer alles hervorragend alleine geschafft!«
In diesem Moment kommen Albert und Sophie in die Küche. Albert erkennt sofort, was sich gerade abspielt, sagt aber nichts. Er hat mir angesichts der Attacken seines Vaters noch nie zur Seite gestanden. Und angesichts der gegenwärtigen Situation wird er natürlich erst recht den Teufel tun, sich für mich einzusetzen. Ich habe einen Kloß im Hals. Ich fühle mich so was von fehl am Platz. Und das in meiner eigenen Küche.
»Wie wär's denn jetzt mit Kaffee und Kuchen?«, fragt Albert freundlich in die Runde. »Marlene hat zwei leckere Torten beim französischen Konditor gekauft.«
»Einundzwanzig, zweiundzwanzig«, zähle ich im Geiste, und voilà, Bengt greift Alberts Satz als willkommene Vorlage auf: »Ich warte auf den Tag, an dem in diesem Haushalt mal was Selbstgebackenes angeboten wird«, mosert er und verlässt die Küche.
Gisela lächelt unergründlich und sagt: »Komm, ich helf dir beim Kaffeekochen, Marlene.«
Nicht mal das traut sie mir zu. Aber wenigstens muss sie heute nicht einmal einen Blick durch das Küchenfenster werfen, um am Leben teilzuhaben.

Kapitel 5

Drei Stunden später. Ich bin angetrunken. Obwohl das Weihnachtsessen noch gar nicht begonnen hat. Während seine Eltern ihre Sachen ins Hotel gebracht haben, hat sich Albert in die Küche gestellt, um eine Lasagne zuzubereiten. Die Ankündigung, dass Albert heute kochen würde – an Weihnachten! –, hat bei Bengt spontan heftiges Hyperventilieren ausgelöst, das nur dank Giselas gutem Zureden nicht nahtlos in einen Tobsuchtsanfall übergegangen ist. Jedenfalls ist mein Image als schlechteste Hausfrau aller Zeiten nun endgültig felsenfest untermauert. Daran konnte auch mein Einwurf, ein leckeres Tiramisu zum Nachtisch zu machen, nichts mehr ändern. Aber was soll's: Ich hatte noch nie den Ehrgeiz, eine perfekte Hausfrau zu sein. Das exakte Vermessen von Regalfächern zur korrekten Stapelung von Pullis liegt mir einfach nicht. Hausarbeit mache ich nur, wenn ich zu lange an einem Werbejingle für Weichspüler oder Abflussreiniger gearbeitet habe. Und Albert kocht gern. Also habe ich mich mit einer Flasche Weißwein ins Gästezimmer zurückgezogen und Weihnachtsgrüße per E-Mail verschickt. Dann haben Sophie und ich uns schön gemacht und über die Vor- und Nachteile von wasserfester Wimperntusche gefachsimpelt. Zu anspruchsvolleren Gesprächsthemen wäre ich auch gar nicht in der Lage gewesen.
Nun sitzen wir alle gut frisiert und gestylt bei Kerzenschein um den langen Tisch im Esszimmer herum und machen einen

auf Happy Family. Das Ganze trieft nur so vor schmieriger Scheinidylle, und jeder IKEA-Katalog-Fotograf hätte seine helle Freude an uns. Albert trägt sogar die absurde Fliege mit Paisley-Muster, die ihm Bengt letztes Jahr zu Weihnachten geschenkt hat, Gisela schwarze Lackschuhe und Bengt seine obligatorische Lodenjacke aus feinstem Wildleder. Um einem weiteren Angriff meines Schwiegervaters von vornherein den Boden zu entziehen, habe ich mir meine Lieblings-CD des brasilianischen Musikers Joao Bosco verkniffen und stattdessen barocke Kammermusik aufgelegt. Ich finde, es ist ein guter Kompromiss, wenn man bedenkt, dass Bengt bevorzugt Wagner-Opern hört. Aber diesem selbsternannten Oberguru des guten Geschmacks kann man es nun mal nicht recht machen.

»Was habt ihr da eigentlich für ein seichtes Gedudel laufen?«, dröhnt er, während er skeptisch in seiner Portion Lasagne herumstochert.

Ich ignoriere seine Bemerkung und überlasse Albert die Konversation.

»Seit wann magst du keine Barockmusik mehr, Vater?«, fragt Albert freundlich.

Albert hat sich stillschweigend damit abgefunden, dass sein Vater ein Kotzbrocken ist. Möglicherweise hat er auch einfach aufgegeben. Etwas, das ich hasse. Dass Albert sogar bei Bengts anmaßendem Gehabe immer diplomatisch bleibt. Wenn ich bedenke, dass mein mittlerweile ach so gesettelter Mann mit neunzehn von einem Tag auf den anderen, und ohne sich zu verabschieden, von zu Hause ausgezogen ist! Dass er seine neue Freiheit mit Lederjacke, Springerstiefeln und am Hinterkopf einrasiertem ›A‹ gefeiert hat. Dass er in Berlin-Kreuzberg Häuser besetzt, gekifft und auf Demos Steine geschmissen hat. Und E-Bassist einer wüsten Underground-Band war, zu deren Konzerten die Studentinnen nur gingen, um die Musiker abzuschleppen. Ich habe Albert zwar erst nach seiner

Anarcho-Phase kennengelernt, aber er hat mir Fotos gezeigt und mir die Mucke seiner Band auf Kassette vorgespielt. Die konnte man zugegeben in die Tonne treten. Aber so ein Typ war Albert mal!

»Barockmusik ist nicht gleich Barockmusik!«, lässt Bengt nun den Möchtegern-Fachmann raushängen. »Bachs Weihnachtsoratorium zum Beispiel – das hat Biss! Das hat Pfeffer unterm Hintern! Aber das hier – was soll das sein? Musik für Weicheier?«

Bengt duldet nur Formen der Kunst, die seiner Alphatier-Natur entsprechen. Sprich, es muss poltern, knallen, furzen und krachen, nur dann ist es gut. Ich überlege kurz, ob ich aufstehen und irgendeine Heavy-Metal-CD aus Alberts Bestand einlegen soll, oder besser noch: eine der alten Kassetten mit seiner eigenen unsäglichen Krach-Mucke. Ich verkneife es mir aber angesichts der Tatsache, dass eine solche Aktion die für die Kinder inszenierte Weihnachtsidylle komplett zerstören würde.

Außerdem legt Gisela nun wieder ihre ganz persönliche Schallplatte auf, indem sie anmerkt: »Jetzt lass doch, Bengt.«

»Und? Mal wieder was vom Kleinen gehört?«, versucht Albert verzweifelt das Thema zu wechseln, manövriert das ohnehin schon schwankende Schiff aber nur vom Regen in die Traufe. Der Kleine ist sein zehn Jahre jüngerer Bruder Lutz, der gerade seine langjährige Freundin Ines geheiratet hat und Vater geworden ist. Ein Dauerproblemthema auf der Wohnzimmercouch von Gisela und Bengt.

»Was soll ich sagen, der Junge ist total überfordert! Die Ines meint ja, sie müsste ihn auch noch für die Kinderversorgung einspannen. Das geht natürlich nicht, bei dem Job, den er macht!«, beklagt sich Bengt und fährt sich durch sein graumeliertes Haar.

Ich schenke mir Rotwein nach. Ich brauche eine doppelte und dreifache Trübung meines Bewusstseins, um Bengts Meinungsäußerungen über Kindererziehung, die Rolle der Frau und das natürlich komplett falsch verlaufende Leben von Lutz ertragen zu können.

»Die jungen Frauen von heute glauben ja, sie müssten drei Monate nach der Geburt ihres Kindes schon wieder arbeiten gehen, das ist ja der helle Wahnsinn! Frauen sind dazu da, ihren Männern den Rücken freizuhalten, alles andere ist Firlefanz!«, wettert Bengt in die Runde und wirft mir einen provozierenden Blick zu. Ich trinke mit aller Ruhe, die ich noch aufbringen kann, mein Glas halb leer und stelle es dann mit zitternden Fingern auf dem Tisch ab, so dass ein Spritzer Rotwein auf einen Weihnachtsengel aus dem Erzgebirge niedergeht, der Harfe spielend neben meinem Teller hockt. Wo der eigentlich herkommt, ist mir schleierhaft. Wahrscheinlich hat Gisela ihn mitgebracht. Sophie schaut mich befremdet an und gibt einen amüsierten Kicherlaut von sich. Sie tut das einzig Richtige: Sie nimmt Bengt gar nicht ernst.

»Vielleicht liebt die Ines ihren Beruf ja, Bengt ...«, meldet sich nun unerwartet Gisela zu Wort.

Bengt legt Messer und Gabel zur Seite und wirft ihr einen ungläubig-empörten Blick zu. »Ich bitte dich, Gisela! Die Tante hat eine Furz-Stelle als Steuerfachgehilfin!«

»Nun, auch die Steuer muss ja gemacht werden, Bengt ...«, gibt Gisela zu bedenken und lächelt hilflos in die Runde.

Schlagfertigkeit war noch nie ihre Stärke. Aber was soll man auch erwarten von einer Frau, die ihre Bestimmung darin gefunden hat, als fanatische Schrankabmesserin und masochistische Blitzableiterin ihres Gatten zu fungieren.

»Die Ines war von Anfang an weit unter Lutz' Niveau, aber der Junge ist ja ein Sturkopf vor dem Herrn!«, poltert Bengt und gießt sich ebenfalls Rotwein nach. »Und das Kind wird total verzogen. Das braucht doch nur Piep zu machen, und schon kommt die Ines angerannt. So ein Schwachsinn! Ein Baby muss man schreien lassen, sonst wird's verweichlicht.

Und diese Stillerei – so was hätt's bei uns nie gegeben, dieses Gesabber!«
Sophie lässt ihre Gabel schlagartig auf den Teller sinken und verzieht angeekelt das Gesicht. Julian findet das Wort »Gesabber« superlustig, und um es auch gleich in die Praxis umzusetzen, prustet er lachend seinen Apfelsaft über den Tisch. Bengt ruft streng »Na, na!«, und Gisela wendet sich nun mir zu und sagt mit sehr ernster Miene: »Ich muss zugeben, ich fand Stillen immer widerlich, Marlene. Diese ganze Sauerei mit der tropfenden Milch. Einfach widerlich. Ich war so dankbar, dass es Fläschchen gibt.«
Diese widerlichen Ansichten sind mir keineswegs neu. Gisela geruhte sie mir bereits mitzuteilen, als ich selbst junge Mutter war und es wagte, mich direkt neben sie auf ihr Sofa zu setzen und Sophie zu stillen. Das hatte tagelange Migräne bei Gisela und ein monatelanges Familiendrama zur Folge. Und wenn sie jetzt noch auf ihre Gebärmutter-OP zu sprechen kommt, hätten wir all ihre Lieblingsthemen an einem Abend abgearbeitet. Halleluja.
»Ich muss auch ehrlich sagen, ich war nach meiner Gebärmutter-OP furchtbar erleichtert, Marlene«, sagt Gisela wie auf Kommando. »Es war wie eine Befreiung für mich!«
Was auch sonst. Wenn man bedenkt, welches Ausmaß an widerlichen Zuständen dieses Organ dem weiblichen Körper beschert. Diesmal ist es ausnahmsweise Bengt, der ein genervtes »Jetzt lass doch, Gisela!« absondert. Sophie hat endgültig genug, steht wortlos auf und geht ins angrenzende Wohnzimmer. Julian, der schon die ganze Zeit gelangweilt auf seinem Stuhl herumgerutscht ist, ergreift die Gelegenheit und folgt ihr. Erst jetzt bemerken Gisela und Bengt den superkurzen Minirock, den Sophie heute trägt.
Gisela fällt schockiert die Kinnlade runter, und Bengt stutzt erst und empört sich dann: »Sagt eurer Tochter mal, sie soll sich anständig kleiden! Und wieso dürfen die überhaupt einfach aufstehen?«

»Unsere Kinder dürfen immer aufstehen, wenn sie fertig gegessen haben«, erklärt Albert, nun tatsächlich etwas ungehalten. »Ich schlage vor, wir gehen jetzt zur Bescherung über.«
»Ja! Bescherung!«, ruft Julian aufgeregt aus dem Wohnzimmer.
Ich gehe zu den beiden, mein Rotweinglas fest umklammert. Bengt erhebt sich grummelnd und folgt uns. »Wo ist denn mein Bild?«, ist natürlich seine erste Frage, als sein Blick auf die leere Stelle über dem Fernseher fällt.
»Ach, das Bild«, windet sich Albert, der gerade das Zimmer betritt. »Äh ... das wollen wir ins Gästezimmer hängen. Wir finden, da passt es besser.«
»Also, ich fand, das Bild hing da sehr gut«, sagt Bengt beleidigt. »Aber macht, was ihr wollt, ich hol jetzt den Schampus.«
Nur eine halbe Stunde später ist der Wohnzimmerfußboden ein Schlachtfeld aus zerknülltem Geschenkpapier, Verpackungen und weggeworfenen Grußkarten. Julian hat sich mit seiner neuen Carrera-Bahn in sein Zimmer zurückgezogen, und Sophie telefoniert mit ihrem neuen iPhone sämtliche Freundinnen durch. Albert steckt gewissenhaft Kerzen auf den Tannenbaum, und Bengt und Gisela thronen selbstzufrieden auf dem Sofa und süffeln ihren eigens mitgebrachten Edelchampagner, während aus dem CD-Player nun irgendein bläserlastiges Gepolter von Händel wummert. Ich bin auf die Terrasse geflüchtet, um eine Zigarette zu rauchen. Natürlich nicht, ohne mir vorher Bengts missbilligendes »Seit wann rauchst du eigentlich?« anhören zu müssen. Das Nikotin gibt mir den Rest, ich befinde mich in genau dem angenehm berauschten Zustand, den ich herbeiführen wollte. Mein Handy in meiner Manteltasche piept. Ich hole es heraus und registriere mit Herzklopfen den Eingang einer Nachricht von Gabriel: *Merry christmas! Denke an dich. Kuss, Gabriel.*
Ich nehme noch einen Zug von meiner Zigarette und schließe die Augen. Mein ganzer Körper brennt. Nicht nur von Alko-

hol und Nikotin. Sondern vor Sehnsucht. Vor Lebenshunger. Vor Verlangen. Ich kann dieses Leben mit Albert nicht mehr weiterführen. Es ist alles so meilenweit weg von dem, was mich ausmacht. Tilda hat recht. Es hat definitiv etwas Neues angefangen. Ich überlege kurz, ob ich Gabriel anrufen soll. Aber ich habe keine Ahnung, wo er sich gerade befindet – möglicherweise in Gesellschaft seiner Freundin –, also lasse ich es bleiben und schreibe stattdessen eine SMS zurück: *Dir auch. Vermisse dich. Sehen wir uns in Berlin? Kuss, Marlene.*
Als ich wieder ins Wohnzimmer trete, kommt Gisela mir entgegen und hält mir ein Geschenk hin. »So, jetzt noch mal in Ruhe, Marlene, fröhliche Weihnachten!«
»Danke«, sage ich abwesend und betrachte die mittelgroße Schachtel in meinen Händen. Es ist ein Handstaubsauger.
Gisela lächelt mich erwartungsvoll an. Sie hat dieses seltsame, unergründliche Mona-Lisa-Lächeln, bei dem man nie weiß, ob es freundlich oder boshaft gemeint ist. In diesem Fall interpretiere ich es eindeutig als boshaft.
Sie kommt näher an mich heran und sagt halblaut: »Bei unserem letzten Besuch habe ich bemerkt, dass es bei euch hinter der Heizung im Wohnzimmer Spinnweben gibt. Nicht, dass du denkst, ich kontrolliere das, es ist mir nur zufällig aufgefallen. Da dachte ich, du könntest den Handstaubsauger gut gebrauchen. Ich habe denselben. Der ist wahnsinnig praktisch. Damit kommt man noch in die hintersten Ecken.«
Gisela hat es perfekt raus, Gemeinheiten mit vermeintlicher Hilfsbereitschaft und Aufmerksamkeit zu bemänteln. So, wie sie mir kurz nach Sophies Geburt einmal einen Hunderteuroschein in die Hand gedrückt hat: »Kauf dir was Schönes zum Anziehen, Marlene. Nach einer Schwangerschaft hat man nun mal nicht mehr dieselbe Figur wie vorher.« Zu ihrer Enttäuschung habe ich ihre Prophezeiung Lügen gestraft und hatte bereits nach zwei Monaten wieder Größe 38. Gisela liebt es, sich im »Wir Frauen sind doch alle Opfer«-Schlamm zu suh-

len. Mittlerweile bin ich fest davon überzeugt, Gisela leidet aus Passion, und das Schlimmste ist: Sie will auch alle anderen Frauen leiden sehen. Und sollte man es wagen, auf Giselas prüfende Frage »Wie geht es dir?« mit einem fröhlich-beschwingten »Gut!« zu antworten, ruft das bei ihr unter Garantie mindestens zwei neidbedingte Migräneanfälle hervor. Aber mein Gabriel-Höhenflug, der Wein und das Nikotin umnebeln meine Sinne zu stark, als dass mich ein dämlicher Handstaubsauger und eine frustrierte Hausfrau aus der Bahn werfen könnten. Und als dass ich noch irgendeine Entschuldigung finden könnte, Gisela ihre Gemeinheiten länger durchgehen zu lassen.

Ich lächle sie breit an und sage: »Gisela, nichts für ungut, aber wusstest du nicht, dass Spinnweben hinter der Heizung sehr, sehr wichtig für die Gesamtatmosphäre eines Raumes sind? Christel, unsere Putzhilfe, behauptet sogar, dass nach Feng-Shui ein paar Spinnweben regelrecht unverzichtbar sind, um das Raumkarma zu erhalten. Und dass Handstaubsauger nur deshalb erfunden worden sind, um Hausfrauen das Gefühl zu geben, wenigstens den Staub zu beherrschen – wenn schon nichts anderes in ihrem Leben. Wie zum Beispiel den eigenen Ehemann. Trotzdem danke für das Geschenk, war bestimmt lieb gemeint.«

Gisela steht einen Moment perplex da, dann wendet sie sich mit eingeschnappter Miene ab und setzt sich wieder zu Bengt aufs Sofa. Zum Glück ist der gerade damit beschäftigt, Albert sein Weihnachtsgeschenk zu überreichen: eine sündhaft teure, protzige Armbanduhr. Ich finde, dass sie zu Albert so gut passt wie ein Schottenrock zu einem Eskimo. Aber Bengt und Gisela beschenken andere bekanntermaßen nicht, um ihnen eine Freude zu bereiten, sondern um ihnen gemeine Botschaften zu übermitteln.

»Das ist eine Omega. Die brauchst du jetzt, wo du doch bald in die Chefetage aufsteigst, Großer! Da muss man schon was

hermachen, lass es dir gesagt sein!«, kommentiert Bengt selbstzufrieden und schlürft seinen Champagner.
Bengt hat sich aus bescheidenen Verhältnissen mit einem soliden Ingenieurdiplom in die Chefetage von Siemens hochgearbeitet. Obwohl er eigentlich Maler werden wollte. Diesen Werdegang erwartet er auch von seinem Sohn. Obwohl der eigentlich Musiker werden wollte. Ein Psychologe hätte seine helle Freude an den Maiers. Ich schätze, das ist auch der Grund, warum die Maiers Psychologen hassen. Dass Albert und ich seit geraumer Zeit eine Paartherapie machen, wissen seine Eltern natürlich bis heute nicht. Und Albert selbst hat es genauso viel Überwindung gekostet, sich darauf einzulassen, als hätte man von ihm verlangt, er solle bei der Weihnachtsfeier seiner Firma im rosa Tutu auftreten.
Albert packt das Geschenk meines Vaters aus, das sich im Weihnachtspaket meiner Mutter befunden hat. Es ist das kritische Buch eines bekannten Historikers über den Nationalsozialismus. Mein Vater selbst ist Politikwissenschaftler und ein glühender Kämpfer gegen den Rechtsextremismus. Sofort versuche ich, Albert das Buch unauffällig zu entwenden, aber es ist bereits zu spät.
»Was hast du denn da für ein Buch?«, erkundigt sich Bengt misstrauisch und lugt Albert über die Schulter.
Wenn Bengt das in die Finger bekommt, ist jede Hoffnung auf einen Heiligabend ohne familiären Kollateralschaden endgültig dahin. Seine Ansichten zu diesem Abschnitt der deutschen Geschichte sind noch katastrophaler als seine Ansichten zur Kindererziehung und der Rolle der Frau und bringen mich regelmäßig zur Weißglut – selbst, wenn ich nichts getrunken habe.
»Ein Geschenk von Hans-Jörg, nichts weiter«, sagt Albert schnell und will das Buch gerade weglegen, als Bengt es ihm aus der Hand nimmt.

Albert und ich sehen uns an. Albert lächelt hilflos. Ich schnappe mir mein Glas Champagner, das noch unangetastet auf dem Couchtisch steht, und leere es in einem Zug.
Bengt studiert den Klappentext. »Dass der gute Hans-Jörg es nicht einfach dabei bewenden lassen kann. Soll er doch endlich mal einsehen, dass dieses Kapitel unserer Geschichte weitaus positiver war als sein Ruf.«
Sollte es noch irgendeinen Rest an Willen in mir gegeben haben, mich zusammenzureißen, hat der Champagner diesen nun endgültig weggespült. »Was genau, würdest du sagen, war daran bitte *positiv?*«, höre ich mich in scharfem Tonfall fragen.
Alle starren mich an. Außer Albert – dem steht das Entsetzen ins Gesicht geschrieben.
Bengt pfeffert das Buch auf unseren Couchtisch und sagt: »Jetzt reg dich nicht wieder auf, Mädchen. Der Hitler wurde völlig verkannt, der hatte wenigstens Führungsstil. Prost!« Er hebt sein Glas und trinkt einen Schluck Champagner.
Es ist zu spät. Alles ist zu spät. Endgültig. Ich habe heute, nein, ich habe *jahrelang* versucht, mich mit Alberts Eltern zu arrangieren, und dabei eine Menge ertragen, runtergeschluckt und weggesteckt, aber jetzt reicht es. Ich bin fest entschlossen, mir von Bengts geistigen Fürzen nicht länger die Luft verpesten zu lassen. Wenn dieser Mann es unbedingt auf eine Konfrontation anlegt, soll er auch die Konsequenzen tragen. Zumindest mit mir muss er ab heute rechnen, wenn er es wagt, mir weiter seine gequirlte Scheiße um die Ohren zu hauen.
Ich erhebe mich langsam aus meinem Sessel und baue mich vor ihm auf: »Ich werde dir jetzt mal etwas sagen, Bengt. Du bist ein armseliges, rassistisches, arrogantes, chauvinistisches Arschloch, und ich werde dein dummdreistes Gequatsche in dieser Wohnung nicht mehr länger dulden!«
»Marlene, jetzt komm mal runter …«, meldet sich Albert zu Wort, der wieder ganz in seiner Diplomatenrolle aufgeht.
»Ich komme nicht runter!«, fahre ich Albert an.

Gisela zuckt erschrocken zusammen und greift spontan nach der Champagnerflasche.
»Wir hatten uns darauf geeinigt, uns an Weihnachten zusammenzureißen! Nimm bitte darauf Rücksicht, dass …«, setzt Albert an.
»Ich nehme auf gar nichts mehr Rücksicht! Dein Vater nimmt auch auf niemanden Rücksicht! Auf mich jedenfalls ganz sicher nicht! Ich ertrage ihn nicht mehr! Ich ertrage euch alle nicht mehr!«, brülle ich dazwischen.
Gisela gießt wie in Trance Champagner in die Gläser nach, während sie schon wieder ihr albernes Mona-Lisa-Lächeln aufsetzt und säuselt: »Jetzt lasst doch, Kinder. Es ist doch Weihnachten.« Dabei zittern ihre Hände so stark, dass sie sämtliche Gläser zum Überlaufen bringt.
»Hör auf, meine Eltern zu beleidigen!«, ruft Albert zornig und erhebt sich ebenfalls.
»DEINE ELTERN BELEIDIGEN?!«, schreie ich. »Was ist mit den Beleidigungen, die ich mir ununterbrochen von deinem Vater anhören muss?! Aber im Zweifelsfall waren dir deine Eltern ja immer schon wichtiger als ich, du Muttersöhnchen!«
»Du übertreibst wie immer maßlos«, erwidert Albert zähneknirschend.
»Entschuldige, Marlene, aber du bist eine sehr überempfindliche Person, und es wäre doch schön, wenn du uns diesen Abend nicht verleiden würdest«, wagt Gisela anzumerken.
Ich wirbele zu ihr herum und belle sie hasserfüllt an: »ÜBEREMPFINDLICH? Und das sagst ausgerechnet du, du migränegebeutelte Heulsuse?«
Gisela jault auf wie ein getretener Hund und rückt hilfesuchend zu Bengt.
»Jetzt reicht's aber, du bist ja hysterisch! Du gehst am besten mal zum Psychologen!«, blökt dieser wie aufs Stichwort.
»Das habe ich bereits getan!«, schreie ich Bengt an. »Und zwar gemeinsam mit deinem lieben Sohn. Und wenn ihr es

genau wissen wollt, Albert und ich werden uns trennen! Und wisst ihr, was das Beste daran sein wird?! Dass ich mit EUCH nichts mehr zu tun haben werde!«

»Das beruht ganz auf Gegenseitigkeit! Du warst von Anfang an nicht die Richtige für Albert!«, poltert Bengt mit hochrotem Kopf zurück.

Ich stelle fest, dass ich immer noch Giselas bescheuerten Handstaubsauger in der Hand halte, und schmeiße ihn mit voller Wucht auf den Fußboden, Bengt direkt vor die Füße. Gisela lässt vor Schreck die Champagnerflasche fallen. Zischend verteilt sich ihr Inhalt auf den Teilen, die mal ein Handstaubsauger waren, und sickert in den Teppich. Na toll, wenn ich das gewusst hätte, hätte ich mir das Gerubbel mit Salz vorgestern sparen können. Jetzt ist der Teppich endgültig versaut.

»Behalt deinen beschissenen Staubsauger, du frigide Sauberkeitsfanatikerin! Oder besser noch, drück ihn mal deinem Gatten in die Hand, damit er sich nicht die ganze Zeit wie ein Pascha aufführt«, schnaube ich.

»Das lasse ich mir von dieser nichtsnutzigen Emanze nicht bieten!«, schreit Bengt.

Die Wohnzimmertür fliegt auf. Sophie und Julian stehen erschrocken auf der Schwelle. Alle verstummen und sehen schuldbewusst die Kinder an. Gisela versucht, die Überreste des Handstaubsaugers mit den Füßen unters Sofa zu schieben. Aus dem CD-Player dudelt immer noch Händel.

Mit hochgezogenen Brauen betrachtet Sophie Giselas schwarze Lackschuhe in der Champagnerpfütze und fragt ganz cool in die Runde: »Irgendwelche Probleme?«

»Nein, nein, Sophie, alles in Ordnung«, vermeldet Albert sofort beflissen.

»Gar nichts ist in Ordnung«, sage ich laut und deutlich und schaue erst Albert und dann Bengt und Gisela an, die stocksteif auf dem Sofa hocken.

»Hab ich doch gesagt, die unterhalten sich nur«, sagt Julian zu Sophie. »Opa brüllt immer so.«
»Ich brülle gar nicht!«, erhebt Bengt seine polternde Stimme, aber Gisela geht sofort mit einem weinerlichen »Lass jetzt, Bengt« dazwischen.
Ich atme tief durch und verkünde: »Kinder, es gibt etwas, das wir euch sagen müssen. Papa und ich werden uns trennen.«
»Wie kannst du nur«, keucht Gisela und fasst sich tastend an die Stirn, um einen neuerlichen Migräneanfall anzudrohen. »Und das vor den Kindern!«
»Ganz locker, Oma, hab ich mir eh schon gedacht«, sagt Sophie und schüttelt ihren Pony aus der Stirn.
»Wie jetzt?«, fragt Albert verblüfft.
Ich falle in den nächsten Sessel und starre Sophie an.
Sophie zuckt mit den Schultern und sagt gelassen: »Mein Gott, ist ja jetzt auch nicht der Riesenweltuntergang. Ich meine, alle meine Freundinnen sind Scheidungskinder. Ist doch total normal heute. Wenn sich zwei nicht mehr verstehen, warum sollen sie dann ewig aufeinander rumhocken und sich annerven? Ist doch voll uncool. Ich hab mich ja auch von Tobias getrennt, als der nur noch mit seiner Xbox rumgespielt hat.«
Julian legt angestrengt seine Stirn in Falten. Offenbar lösen Sophies Worte Erinnerungsschübe an etwas aus, das ihm bekannt vorkommt. Plötzlich strahlt er übers ganze Gesicht, so dass seine neueste Zahnlücke zum Vorschein kommt, und sagt: »Stimmt, der Papa und die Mama von Lisa sind auch getrennt. Lisa hat jetzt zwei Papas und fährt auch zweimal im Jahr in den Urlaub. Und wenn ihre Mama keine Zeit hat, weil sie arbeiten muss, passt ihre Oma auf sie auf. Die schenkt ihr auch immer ganz viel.« Und mit einem neugierigen Blick auf Gisela fügt er hinzu: »Passt du dann auch auf mich auf, Oma?«
Gisela und Bengt starren die beiden Kinder verstört an, und es ist klar, dass die wunderbare Welt der Maiers gerade komplett

in sich zusammenbricht. Sogar Bengt fällt kein Kommentar mehr ein. Etwas, was weder Albert noch ich je geschafft haben. Und auch wir sind so überrascht, dass wir vergessen, uns das Grinsen zu verkneifen. Eins ist jetzt klar, unsere Kinder sind kein wirkliches Argument mehr dafür, dass wir so weitermachen wie bisher.
Ich stehe auf, gehe zum CD-Player, stoppe das Händel-Gepolter und lege Joao Bosco ein. Dann greife ich nach einem von Gisela frisch eingeschenktem Glas Champagner und sage: »Fröhliche Weihnachten. Auf das Leben. Prost!«

Kapitel 6

»Hör mal, Marlene, langsam frage ich mich, ob das alles wirklich eine so gute Idee war«, keucht Tilda.

»Was meinst du? Albert zu verlassen?«, keuche ich zurück und bleibe so abrupt stehen, dass der verpackte IKEA-Sessel mit dem gefühlten Gewicht eines Kleinlasters, den Tilda und ich gerade das Treppenhaus hochschleppen, beinahe meinem verzweifelten Klammergriff entgleitet und mir auf die Füße kracht.

»Quatsch. Ich meine, ausgerechnet in ein Loft zu ziehen, das sich im fünften Stock ohne Fahrstuhl befindet«, japst Tilda und bückt sich, um den Sessel auf dem Boden abzusetzen.

»Es ist ja nur eine Übergangslösung. Bis ich was Richtiges gefunden habe«, sage ich atemlos und wische mir den Schweiß von der Stirn.

»Soll das heißen, dass wir den ganzen Kram irgendwann wieder fünf Stockwerke runtertransportieren müssen?«, ruft Tilda entsetzt aus und bindet sich ihre rote Lockenmähne zu einem Zopf. »Ohne mich!«

»Wer weiß, was bis dahin alles passiert«, erwidere ich. »Es ist ja erst mal nur eine Auszeit …«

Tilda wirft mir einen ironischen Blick zu: »›Auszeit‹? Hört sich mehr nach Football an als nach Liebesleben …« Sie ahmt den Tonfall eines Sportkommentators nach und witzelt: »Die beiden Teams brauchen eine kurze Auszeit, um dann wieder in alter Frische aufeinander einschlagen zu können!«

»Tilda, bitte! Jetzt keine Grundsatzdiskussionen, ja? Im Moment geht es nur um dich, um mich und diesen IKEA-Sessel hier«, sage ich eindringlich und füge hinzu: »Mit Dreierkonstellationen kennst du dich doch aus, also bitte lass uns das jetzt durchziehen!«

Tilda lächelt milde: »Sicher. Ich finde nur, ihr solltet einen klaren Schlussstrich ziehen.«

In diesem Moment kommt Liesbeth die Treppe hochgehastet.

»Na, wer macht denn hier Kaffeekränzchen? So werden wir aber nie fertig«, ruft sie scherzhaft-rügend und lacht ihr lautes Liesbeth-Lachen.

Tilda verdreht die Augen. Liesbeth und Tilda sind zwar beide Freundinnen von mir, haben aber ungefähr so viel gemeinsam wie eine Segeljacht mit einem Koalabären. Liesbeth zeichnet sich aus durch chronisches Gut-gelaunt-Sein mit Tendenz zum nervtötenden Überschwang, gepaart mit einem großzügigen Schuss Naivität und dem festen Willen, in allem – auch in sich selbst – nur das Gute zu sehen. Und das Verblüffende daran ist: Sie braucht dafür keine Drogen. Tilda zeichnet sich aus durch chronisches Problemewälzen mit Tendenz zum nervtötend Zermürbenden, gepaart mit einem großzügigen Schuss Zynismus und dem festen Willen, nichts und niemandem – auch nicht sich selbst – über den Weg zu trauen. Und sie braucht dafür eine Menge Nikotin. Tilda findet, Liesbeth ist »eine gutgläubige Nervensäge«. Liesbeth findet, Tilda ist »eine komische Frau«. Und keine von beiden versteht, wie ich mit der jeweils anderen befreundet sein kann.

»Kommt, ich helfe euch«, ruft Liesbeth voller Tatendrang und macht sich geschäftig daran, den Sessel hochzuhieven.

Tilda ergibt sich seufzend in ihr Schicksal, und zu dritt schaffen wir es relativ zügig, das sperrige Möbelstück in mein Arbeitsloft zu schaffen. Dort ist Guido gerade dabei, das dritte

Mal die Kaffeemaschine anzuwerfen, seit er vor zwei Stunden meine kleine Yuccapalme und eine Klemmlampe nach oben getragen hat.

»Käffchen ist fertig, Mädels«, tönt Guido uns mit seinem sanften Tenor entgegen.

Guido zeichnet sich aus durch chronisches Schwulsein mit Tendenz zum Schmächtig-Knabenhaften, gepaart mit einem großzügigen Schuss Esoterik und dem festen Willen, sich bei diesem Umzug weder Schweißflecken auf seinem weißen Markensweater noch Schwielen an seinen manikürten Händen einzuhandeln.

»Wenn ich noch einen einzigen Kaffee trinke, kriege ich entweder 'nen Herzinfarkt oder 'nen Tobsuchtsanfall«, kommentiert Tilda trocken.

Guido zieht einen pikierten Flunsch.

»Ist doch nett von ihm«, verteidigt Liesbeth Guido, was ihm aber nur ein gezwungenes Lächeln entlockt.

»Netter wär's, wenn er mal mit anpacken würde«, bemerkt Tilda leicht genervt. Dann holt sie eine Schachtel Zigaretten aus ihrer Jackentasche, geht kommentarlos auf den winzigen Balkon, der eigentlich mehr ein Austritt ist, und zündet sich eine an.

»Scheiße, ist das kalt! Aber 'n tollen Blick über die Stadt hast du hier!«, hören wir sie durch die geschlossene Balkontür von draußen rufen.

»Ich weiß wirklich nicht, was die eigentlich will, ich habe hier bereits Staub gewischt, die Blumen gegossen und mich rund um die Uhr um euer leibliches Wohl bemüht. Meine Mutter hat sogar eigenhändig einen Kuchen gebacken«, entrüstet sich Guido mit hochgezogenen Augenbrauen und macht eine dramatische Geste Richtung Zimmerdecke.

»Wo willst du den Sessel denn hinstellen?«, fragt Liesbeth, deren Arbeitseifer im Gegensatz zu Guidos nicht zu bremsen ist.

»Ich dachte, da vorne, neben dem Flügel …«, murmele ich erschöpft, denn Liesbeths penetrante Betriebsamkeit wird auch mir langsam zu viel.

Guido, der mir fürsorglich einen Kaffee reicht, zuckt jäh zusammen und lässt beinahe die Tasse fallen. »Um Gottes willen, da wär ich aber gaaanz vorsichtig, Liebes! Das bringt doch das Raumkonzept komplett durcheinander. Ich würde Arbeits- und Privatbereich strikt voneinander trennen. Ich meine, es ist ja schon mal grenzwertig, dass dein Bett neben der Stereoanlage steht. Die ganze elektrische Strahlung und so. Da werden gaaanz schlechte Energien freigesetzt, Süße.«

Liesbeth kichert, denn sie hält das für einen Scherz. Sie ist viel zu bodenständig, als dass sie Dinge wie Feng-Shui für etwas anderes halten könnte als die absurde Geschäftsidee irgendwelcher Alt-Hippies.

»Das Grundproblem ist wohl, dass hier einfach zu wenig Platz für alles ist«, sagt sie und sieht sich sorgenvoll um. »Ich meine, wie willst du denn auf so engem Raum leben?«

Wenn ich mich nicht täusche, schleicht sich ein Hauch Mitleid in ihren Blick.

Liesbeth, die vor kurzem mit Mann und Sohn eine Haushälfte in der Ödnis des Berliner Umlands bezogen hat, erscheint meine neue Wohnsituation offenbar wie die letzte Etappe vor dem Pennerdasein.

Ich zucke die Achseln. »Irgendwo muss ich ja hin. Und ich wollte so schnell wie möglich raus aus unserer gemeinsamen Wohnung.«

»Aber bist du sicher, du verkraftest das?«, insistiert sie. »Ich meine, der ganze Lebensstandard, den du mit Albert hattest und an den du dich gewöhnt hast … Und wie soll das werden, wenn die Kinder bei dir sind? Das hier ist ja mehr wie …«, Liesbeth sucht nach Worten und ergänzt dann missbilligend, »… wie eine Studentenbude.«

Tilda kommt vom Rauchen herein und kommentiert sogleich Liesbeths letzten Satz: »Eine Portion Studentenleben kann Marlene nur guttun. Was nützt einem der ganze Luxus, wenn man nicht glücklich ist?«

Liesbeth zuckt trotzig mit den Schultern, dann sagt sie: »Mein Gott, war Albert wirklich so schlimm? Ich fand ihn immer ganz nett …«

Darauf bin ich nicht vorbereitet. Ich öffne sprachlos den Mund, aber bevor ich etwas erwidern kann, springt Tilda für mich in die Bresche.

Sie wirft Liesbeth einen scharfen Blick zu und fährt sie an: »Glaubst du, DAS ist es, was Marlene jetzt braucht, wo sie gerade umzieht und ein neues Leben anfängt? Na, schönen Dank auch!«

So anstrengend Tilda zuweilen auch sein kann, in solchen Momenten liebe ich sie.

»Kinder, jetzt streitet euch doch nicht«, mischt Guido sich in mütterlichem Tonfall ein und schneidet den Kuchen an. »Marlene muss jetzt erst mal zu sich kommen und das alles verarbeiten. Meditieren, reflektieren, analysieren. Trauerarbeit leisten. Und vor allem ihr Studio ausräuchern und von schlechten Energien befreien. Am besten ist übrigens weißer Salbei, Schatz.«

Tilda schnaubt verächtlich durch die Nase. Liesbeth schmollt. Wenn das so weitergeht, werde ich mein Loft vor allem von der geballten Ladung schlechter Energien reinigen müssen, die meine Freunde hier verbreiten. Und zwar nicht nur mit weißem Salbei, sondern mit Hilfe schwarzer Magie.

»Schön, dass ihr alle so genau wisst, was für mich gut ist, aber ich komme schon klar«, sage ich etwas genervt und trinke einen Schluck von Guidos extrem plörrigem Kaffee. Als ich das Chaos in meinem Studio betrachte, rutscht mir das Herz doch ein wenig in die Hose. War das alles wirklich richtig? Und wie soll es jetzt weitergehen?

»Na, jetzt schau nicht so verzweifelt«, sagt Liesbeth, die ihre Bemerkung von vorhin offenbar wiedergutmachen will, dabei aber nur ins nächste Fettnäpfchen tappt. »Du wirst bestimmt in null Komma nix einen anderen Mann kennenlernen. Hey, du bist doch so eine tolle Frau, das wär ja wohl gelacht! Ich könnte dir übrigens einen Kollegen von Jochen …«

»Liesbeth, entschuldige, ich bin gerade seit drei Tagen von Albert getrennt«, unterbreche ich sie ungehalten. »Deine Verkupplungsaktionen kannst du dir sparen!«

Was geht nur in Liesbeths Kopf vor? Schon klar, heutzutage konsumiert man Partner wie Tütensuppen aus dem Supermarktregal. Auf Partner eins folgt Partner zwei, nur mit noch blaueren Augen, noch blonderen Haaren und noch durchtrainierterem Körper. Und insbesondere Liesbeth kann sich ein Leben ohne männlichen Beschützer an ihrer Seite schwer vorstellen. Aber auch, wenn ich von »Trauerarbeit« und weißem Salbei nicht viel halte, bin ich ebenso wenig der Typ Fließbandbeziehung, der nach einer Woche Trennung vom letzten Partner schon wieder den nächsten an der Angel hat. Langsam gehen mir die besserwisserischen Kommentare meiner Freunde gehörig auf die Nerven.

Wie aufs Stichwort lässt Tilda hinter uns verlauten: »Marlene braucht jetzt keinen festen Freund, sondern viel wilden Sex!« Dann fragt sie in meine Richtung: »Apropos, hast du eigentlich was von Gabriel gehört?«

»Nein«, antworte ich, und in diesem Moment wird mir klar, dass mich diese Tatsache extrem runterzieht. Gabriel hat sich seit Heiligabend nicht mehr gemeldet, und das ist jetzt genau drei Tage her.

»Hm …«, macht Tilda und sieht mich nachdenklich an.

Zwei Stunden später haben wir ganze Arbeit geleistet. In meinem Studio türmen sich meterweise Kartons, und trotz der Fläche von immerhin fast siebzig Quadratmetern ist kaum noch ein Durchkommen. Guido und Liesbeth haben sich inzwischen verabschiedet, und Tilda und ich versuchen, ein wenig Struktur ins Chaos zu bringen. Immerhin haben wir bereits den IKEA-Sessel aufgestellt und meine Yuccapalme daneben plaziert, und die Ecke neben dem Flügel sieht nun schon richtig gemütlich aus. Meine Stimmung bewegt sich irgendwo zwischen Euphorie und Panik.

»Komm, wir machen Schluss für heute. Es ist schon fast sieben«, schlage ich vor und lasse mich müde in meinen nagelneuen Sessel fallen.

»Magst 'n Bier?«, fragt Tilda.

»Gerne«, sage ich.

Tilda holt zwei Bierflaschen aus dem altmodischen kleinen Kühlschrank, der tatsächlich noch aus meiner ersten Berliner Studentenbude stammt, und reicht mir eine. Dann holt sie sich den Drehstuhl, der an meinem Arbeitsplatz vor dem großen Mischpult steht, und setzt sich mir gegenüber. Wir prosten uns zu.

»Also, was ist los mit Gabriel?«, steigt Tilda sofort in das Thema ein, das ihr gerade am elementarsten erscheint.

»Keine Ahnung«, antworte ich tonlos und trinke einen Schluck. »Ich habe ihm seit Heiligabend noch zwei SMS geschickt, und auf keine kam irgendeine Reaktion ... Ich versteh das nicht ...«

»Wart ihr nicht in Berlin verabredet?«, will Tilda wissen.

»Na ja, verabredet ist vielleicht zu viel gesagt. Es stand im Raum, dass wir uns in Berlin sehen könnten, bevor er nach Tokio fliegt«, erkläre ich.

»Was genau hast du ihm denn geschrieben?«, fragt Tilda.

»Na, dass ich ihn so bald wie möglich sehen will, und wann es mir gut passen würde und so ...«, resümiere ich.

Tilda sagt lächelnd: »Marlene ...«

»Was denn? Hab ich was falsch gemacht?«

»Nein, aber setz ihn doch nicht so unter Druck«, erklärt Tilda.

Ich sage nichts und genehmige mir einen großen Schluck von meinem Bier.
»Schau mal, der Typ ist dreiundzwanzig«, erklärt Tilda mir. »Der ist blutjung, der lebt im Hier und Jetzt. Der sagt heute ›Ich will mein Leben mit dir verbringen‹, und morgen beschließt er, als Matrose anzuheuern und nach Südamerika zu schippern. Ich würde an deiner Stelle nichts erwarten.«
Ich trinke noch mehr Bier. Mag ja sein, dass ich etwas aus der Übung bin, was den postkoitalen Umgang mit Männern Anfang zwanzig betrifft, aber deshalb muss Tilda mich noch lange nicht so behandeln, als wäre ich ein Teenie, der seine ersten Erfahrungen macht.
»Du warst ja nicht dabei. Du weißt ja gar nicht, was zwischen uns war«, kontere ich, alarmiert von Tildas Worten und deren möglichem Wahrheitsgehalt.
»Okay, was genau war zwischen euch? Ihr hattet eine heiße Nacht, ihr hattet irre viel Spaß, ihr habt gevögelt, was das Zeug hält. Glückwunsch! Aber mehr war es nicht, oder?«
»Natürlich war es mehr!«, protestiere ich, obwohl ich mir plötzlich nicht mehr sicher bin, ob es wirklich mehr war. Aber wir hatten doch auch dieses gute Gespräch über den Umgang mit Beziehungen, und Gabriel erschien mir wie ein Seelenverwandter. Oder habe ich mich da in etwas reingesteigert? War das, was für mich einer überirdischen Offenbarung glich, für Gabriel nur einer von vielen Seitensprüngen?
»Warum sagt er dann, er will mich wiedersehen?«, beharre ich.
»Männer sagen viel, wenn sie betrunken sind und mit dem Schwanz denken«, bringt Tilda die Dinge in der für sie typischen Schonungslosigkeit auf den Punkt.
»Aber als er mir gesimst hat, war er nicht betrunken«, sage ich verzweifelt.
»Woher willst du das wissen?«, lacht Tilda. Dann wird sie wieder ernst. »Vielleicht meldet er sich ja auch noch bei dir.

Aber wenn er es nicht tut, dann hak es ab und versuch, die ganze Sache als ein wunderbares Erlebnis zu betrachten, das dein Leben verändert hat.«
»Die Vorstellung, dass es nicht weitergeht mit Gabriel … dass da nichts mehr kommt …« Ich versuche mit aller Macht, das maßlose Gefühl der Enttäuschung abzuschütteln, das mich gerade zu überfluten droht.
Tilda steht auf, hockt sich vor mich und legt ihre Hände auf meine Knie: »Marlene, jetzt mach doch nicht alles an diesem Gabriel fest. Es *wird* weitergehen. Klar, das ist jetzt erst mal alles schwer, dieser totale Umbruch in deinem Leben. Und klar wär es schön, wenn es einen netten jungen Lover gäbe, der dir alles versüßen würde. Aber vielleicht ist es sogar besser, wenn du das alleine durchstehst.«
»Ja, vielleicht …«, erwidere ich.
»Du, ich muss jetzt los«, sagt Tilda und steht wieder auf. »Lena hat versprochen, heute zu kochen.«
Tildas Satz versetzt mir einen kurzen Stich. So chaotisch ihr Beziehungsleben auch sein mag, immerhin gibt es heute Abend jemanden, der für sie kocht. Wann wird jemals wieder jemand für mich kochen?
»Okay«, antworte ich und erhebe mich ebenfalls. »Also, danke noch mal für alles. Wir telefonieren, ja?«
»Klar. Und Kopf hoch! Kann mir schon vorstellen, wie du dich fühlst, aber das wird alles.«

Als Tilda gegangen ist, stehe ich mindestens zehn Minuten lang einfach nur da und starre auf das Durcheinander um mich herum. Es erscheint mir unmöglich, da jemals wieder Ordnung reinzubringen – weder in das Durcheinander meiner Umzugskartons noch in das Durcheinander in meinem Leben. Dann atme ich tief durch, ziehe meine Winterjacke und meine Mütze an und betrete den winzigen Balkon. Draußen ist es schon seit zwei Stunden dunkel. Ich hole meine Zigaretten aus der Manteltasche, zünde mir eine an und blicke fröstelnd über die Dächer von Berlin-Schöneberg. Beim Anblick des Lichtermeeres unter mir durchflutet mich ein Gefühl von Zuversicht. In mir pulsiert es – genau wie diese Stadt. Ich spüre dieselbe innere Aufgeregtheit wie damals, als ich mit neunzehn zum ersten Mal von zu Hause auszog und mich aufmachte, die Welt zu erobern. Nichts ist mehr, wie es war, und alles, was in der Zukunft liegt, ist ungewiss.

Mein Handy piept, ich habe eine SMS bekommen. Diesmal ist es Gabriel, ich weiß es! Mein Gott, langsam führe ich mich wirklich auf wie ein Teenager. Hektisch wühle ich alle meine Taschen durch, bis ich das Telefon endlich finde und das Display überprüfen kann: Fehlanzeige. Nur eine Mitteilung meines Mobilfunkanbieters über irgendein neues Tarifangebot. In einem Anflug von Übermut überlege ich, ob ich Gabriel nicht einfach irgendetwas Lockeres und Unverfängliches schreiben soll wie *Hey, bin gerade umgezogen. Was machst du?*. Doch dann fallen mir Tildas Worte ein, und ich stecke das Handy entschlossen weg. Tilda hat recht. Ich nehme mir vor, Gabriel ab sofort keine einzige SMS mehr zu schicken. So schwer es mir auch fällt. Er wird seine Gründe dafür haben, dass er sich nicht meldet. Und wenn es letztlich nur diese eine Begegnung mit ihm gewesen sein sollte, dann hat sie trotzdem eine Lawine in mir losgetreten, die nicht mehr zu stoppen ist.

In diesem Moment bemerke ich, dass es angefangen hat zu schneien. Langsam und regelmäßig schweben die weißen Flocken vom Himmel und lassen sich auf meinem Balkon nieder. Es hat etwas unglaublich Beruhigendes. Ein zartes Glücksgefühl breitet sich in mir aus. Ja, es wird weitergehen. Ich habe keine Ahnung *wie*, aber genau deshalb erscheint mir alles auf einmal wahnsinnig reizvoll.

Kapitel 7

Eineinhalb Stunden später stecke ich erschöpft den Schlüssel ins Schloss zu Alberts und meiner Wohnung. Wir haben vereinbart, dass ich erst dann im Loft übernachte, wenn es einigermaßen wohnlich eingerichtet ist. Auch, um den Kindern den Übergang etwas zu erleichtern. Möglicherweise auch, um uns selbst den Übergang zu erleichtern. Was absurd ist, denn nach dem Desaster an Heiligabend hat die Stimmung zwischen uns einen absoluten Tiefpunkt erreicht, und unsere Kommunikation beschränkt sich auf das Allernötigste. Aber was soll's, mir ist es ganz lieb, wenn ich heute noch nicht in meiner Chaos-Bude übernachten muss. Als ich die Wohnung betrete, kommt mir ein angenehmer Essensduft entgegen.
Albert steht in der Küchentür und sagt freundlich: »Falls du Hunger hast, ich hab was gekocht.«
»Okay …«, sage ich und bin irritiert über diese unerwartete Begrüßung.
Vor zwei Stunden hat mir die Vorstellung von jemandem, der für mich kocht, noch Tränen in die Augen getrieben, aber nun bin ich unschlüssig, ob ich mich darüber freuen soll oder nicht. Natürlich ist eine warme Mahlzeit genau das, was ich jetzt brauche, aber als ich einen Blick ins Esszimmer werfe, wird mir klar, dass Albert nicht nur »was gekocht«, sondern ein perfektes Candle-Light-Dinner zubereitet hat. Für mich und für ihn. Dafür hat er nicht nur die weiße Damast-Tisch-

decke und den Messingkerzenleuchter zum Einsatz gebracht, sondern auch einen teuren Wein und Klaviermusik von Chopin – und zwar genau die CD, die wir immer gehört haben, als wir noch ein frisch verliebtes Paar waren. Und die folgerichtig seit etwa vierzehn Jahren in unserem Regal vor sich hin staubt. Bei mir läuten alle Alarmglocken. Was um Himmels willen soll *das* werden? Albert geht doch nicht etwa noch mal auf Rückeroberungskurs? Ausgerechnet jetzt, wo ich ausgezogen bin! Zu allem Überfluss höre ich nun auch noch im Geiste Frau Anhalt-Brinkenbachs Stimme mahnen: *»Ihre Ehe gibt Ihnen die Stabilität und Sicherheit, die Sie brauchen. Wollen Sie das wirklich aufgeben?«* Aber vielleicht will Albert es mir auch nur so schwer wie möglich machen und mir zeigen, welch einzigartiges Prachtexemplar von Kerl ich mit ihm verliere.

Nachdem ich geduscht und mich umgezogen habe, sitzen Albert und ich uns bei Kerzenschein verkrampft gegenüber. Vor mir steht ein Teller mit einer Riesenportion Kalbsfilet, Röstkartoffeln, Gemüse und Salat. So lecker das aussieht, ich traue dem Ganzen nicht über den Weg. Will Albert mich vielleicht dazu überreden, ihm den XXL-Flatscreen-Fernseher zu überlassen? Oder irgendwelche finanziellen Ansprüche geltend machen? Früher hatte er ja auch immer nur dann Blumen mitgebracht, wenn er mal wieder zwei Stunden zu spät nach Hause kam oder mir irgendeine unangenehme Nachricht überbringen musste: dass er leider nicht in den Urlaub mitfahren könne, weil ihm eine kurzfristige Dienstreise dazwischengekommen sei. Oder noch schlimmer: dass seine Eltern uns an unserem Urlaubsziel einen Spontanbesuch abstatten würden. Oder beides! Aufmerksamkeiten von Albert sind für mich inzwischen untrennbar verbunden mit Hiobsbotschaften. Insofern kann ich mir nicht vorstellen, dass er das alles hier nur veranstaltet, um mir eine Freude zu bereiten. Bei genauem Hinsehen registriere ich zudem alarmiert, dass Albert nicht

nur mit Kalbsfilet, Tischdecke, Kerzen, Wein und Chopin zu punkten versucht, sondern auch mit einem ausgesprochen schicken Hemd, das ich noch nie an ihm gesehen habe und das neu sein muss. Außerdem trägt er wieder Kontaktlinsen. Ich muss jetzt *sehr* wachsam sein!
»Wo sind denn eigentlich die Kinder?«, frage ich.
»Sophie übernachtet bei Hanna, und Julian schläft schon«, antwortet Albert und schenkt uns Weißwein ein.
»Verstehe«, sage ich und stochere misstrauisch in meinem Kalbsfilet herum. Plötzlich kommt mir der irre Gedanke, Albert habe vielleicht das Essen vergiftet. »Sieht übrigens toll aus, danke. Wär aber wirklich nicht nötig gewesen.«
»Ich dachte, heute ist ein besonderer Tag. Und den muss man irgendwie … besonders begehen …«, sagt Albert etwas verlegen und prostet mir zu.
Hellhörig geworden, nippe ich an meinem Glas und überprüfe den Chardonnay auf geschmackliche Auffälligkeiten.
»Alles gut gelaufen mit dem Umzug?«, erkundigt sich Albert, als würde er nach dem Wetter fragen.
»Ja, alles klar so weit. Liesbeth und Tilda haben sich wie immer gehasst, aber sonst …«, antworte ich so locker wie möglich, während ich halb verhungert auf meinen Teller starre und mich nicht recht zum Essen überwinden kann.
Albert räuspert sich: »Ich wollte noch mal sagen, dass du von mir aus so lange hier schlafen kannst, wie du willst. Du musst dir keinen Druck machen.«
Im Geiste höre ich Liesbeths Stimme: *»War Albert wirklich so schlimm?«*, und gleich im Anschluss Tildas Stimme: *»Ihr solltet einen klaren Schlussstrich ziehen!«*
»Nett von dir«, antworte ich. »Aber ehrlich gesagt halte ich es für das Beste, wenn ich so schnell wie möglich ausziehe. Das wolltest du doch selbst, oder?«
»Sicher. Aber ich habe noch mal nachgedacht«, sagt Albert und legt Messer und Gabel zur Seite.

Oha: Albert hat nachgedacht. Das bedeutet erfahrungsgemäß, dass er einen Plan ausgebrütet hat, bei dem ich den Kürzeren ziehe. Zumal er es wunderbar raushat, mich auszubremsen, wenn ich gerade dabei bin, durchzustarten.

Albert beugt sich vor, verschränkt distinguiert die Finger ineinander und sieht mich eindringlich an. »Ich wäre bereit, dir zu verzeihen. Schließlich habe ich auch den einen oder anderen Fehler gemacht. Von mir aus können wir auch wieder zur Paartherapie gehen. Ich finde, um der Kinder willen sollten wir uns ein letztes Ultimatum setzen.«

»Was denn für ein Ultimatum?«, frage ich und kann mein Entsetzen kaum verbergen. »Die Kinder haben das Ganze doch schon längst akzeptiert.«

»Ein Ultimatum für unsere sogenannte Auszeit«, erklärt Albert.

Das ist wieder typisch für ihn. Albert muss alles reglementieren. Selbst unsere Trennung.

»Ich schlage vor, wie nehmen uns ein halbes Jahr Zeit«, doziert Albert und lehnt sich zurück.

Genauso stelle ich ihn mir vor, wenn er in einem Meeting sitzt und seiner Firma ein neues Konzept unterbreitet.

»Wir leben zwar in getrennten Wohnungen, sehen uns aber regelmäßig. Du sicherst mir zu, dass du dich währenddessen nicht auf andere Männer einlässt. Ich sichere dir natürlich dasselbe in Bezug auf andere Frauen zu. Und dann schauen wir, ob wir nicht doch noch einmal zueinanderfinden.«

Ich starre Albert an. Im Geiste höre ich Guidos Stimme: *»Marlene muss jetzt erst mal zu sich kommen und das alles verarbeiten. Meditieren, reflektieren, analysieren.«* Vor meinem inneren Auge läuft ein Horrorszenario ab: Ich kehre zu Albert zurück, ich hocke mit ihm und seinen Eltern um den Wohnzimmertisch und führe verkrampfte Gespräche, ich laufe an Alberts Seite durch die Straßen, ich fühle mich wie im falschen Film, ich habe mit Albert langweiligen Routinesex in unserem Ehebett.

Mich schüttelt es, und ich stehe auf, um die Bilder zu verscheuchen. Ich gehe hinüber zum Fenster und schaue hinaus in die Dunkelheit. Es darf nicht wahr sein: Endlich schaffe ich es, mich loszureißen und ein neues Leben anzufangen, und Albert will mir schon wieder Steine in den Weg legen.
»Hör zu, Albert«, sage ich ruhig und drehe mich zu ihm um. »Ich habe keine Lust mehr, dir irgendetwas zuzusichern. Ich will endlich frei sein. Du kannst nicht immer an mir herumzerren, je nachdem, wie dir gerade der Sinn steht. Vor drei Tagen hast du noch gesagt, wir passen nicht zueinander.«
Alberts Miene verdüstert sich. »Wie du meinst.«
»Albert, was soll das denn? Warum stellst du noch einmal alles in Frage? Ich bin heute ausgezogen!«, rufe ich fast flehentlich.
Albert sieht mich an, dann sagt er plötzlich ausdruckslos: »Ich liebe dich, Marlene. Ich will mit dir alt werden.«
Ich kann mir nicht helfen, aber es klingt, als würde er den Text aus einer schlechten RTL-Romanze aufsagen. Die abgenudelten Nocturnes von Chopin untermalen seine Worte wie der traurige Abgesang auf eine längst vergangene Zeit. Mich erfasst Grauen. Altwerden ist zurzeit das Allerletzte, was ich will. Weder mit Albert noch mit sonst irgendjemandem. Im Gegenteil, ich habe mich noch nie so jung gefühlt! Ganz abgesehen davon hat Albert noch kein einziges Mal während unserer vierzehnjährigen Beziehung »Ich liebe dich« zu mir gesagt. »Ich liebe dich« ist ein Satz, den ich nur aus Filmen kenne. Und jetzt, wo ich bis zum Äußersten gehe und mich trennen will, schafft er es endlich, diese drei Worte auszusprechen? Vielleicht bin ich herzlos, aber für mich ist das nur noch ein weiteres Argument gegen Albert.
»Albert …«, sage ich streng und sehe ihm direkt in die Augen. »Lass mich bitte endlich gehen!«
Albert wirft mir einen provozierenden Blick zu: »Du bist dir hoffentlich im Klaren darüber, welche Konsequenzen das hat?«

»Welche denn?«, frage ich verdattert.
Das Einzige, was mir gerade klarwird, ist, dass Diskussionen mit Albert immer dem gleichen Muster folgen: Wenn Einschleimen und Reglementieren nichts nützt, kommt die Tour mit den Drohungen.
»Dass ich mich scheiden lassen werde«, sagt Albert knapp.
»Bitte!«, entgegne ich. Das wäre früher oder später wohl sowieso das Beste.
»Und dass wir ab sofort getrennte Konten führen«, fügt Albert bissig hinzu. »Wenn du schon alleine klarkommen willst, dann bitte ohne mein Geld!«
Es ist erstaunlich, wie schnell Albert von »Ich liebe dich« zu getrennten Konten überleitet.
»Kein Problem«, sage ich.
»Das werden wir ja dann sehen, ob das kein Problem ist ...«, antwortet Albert zickig.
In diesem Moment wird mir bewusst, dass ich heute unmöglich in dieser Wohnung übernachten kann. Ich gehe in den Flur und ziehe mir meinen Mantel und meine Stiefel an.
»Wo willst du denn jetzt hin?«, fragt Albert irritiert.
»Ich übernachte heute doch schon im Loft«, antworte ich. »Ich komme morgen vorbei und hol die restlichen Sachen. Grüß die Kinder von mir.«
Albert starrt mich an: »Du kannst das doch nicht wirklich durchziehen, Marlene!«
»Doch, ich kann«, entgegne ich und verlasse die Wohnung.

Auf der Suche nach einem Parkplatz fahre ich mindestens zum fünften Mal an meinem Studio vorbei. Mit jeder Runde, die ich drehe, spüre ich, dass mir alles andere als danach zumute ist, mich auf meine Matratze auf den Boden meines ausgekühlten Lofts zu legen – inmitten von unausgepackten Kartons. Spontan beschließe ich, noch was trinken zu gehen. Alkoholisiert überstehe ich sicher nicht nur die erste Nacht in meinem neuen Domizil besser, sondern kann auch das aufwühlende Gespräch mit Albert leichter verdrängen. Endlich entdecke ich in einer ruhigen Seitenstraße einen Parkplatz. Und als habe es das Schicksal so gewollt, befindet er sich direkt vor einer Bar. Eine Bar, die mir noch nie aufgefallen ist. *Maigrün* steht in matt leuchtenden Buchstaben über dem Eingang. Durch die große Frontfensterscheibe sind ein spärlich beleuchteter Raum und die Umrisse einiger Gestalten zu erkennen. Gedämpfte Klänge von Musik und Stimmengewirr dringen nach draußen. Das Lokal scheint gut besucht zu sein. Das kommt mir entgegen, denn ich will unter keinen Umständen auffallen. Ich bleibe ein paar Minuten in dem dunklen Auto sitzen und nehme all meinen Mut zusammen. Dann krame ich Lippenstift und Puderdose aus meiner Handtasche hervor und frische vor dem Rückspiegel mein Make-up auf. Sollte ich jemals alleine eine Bar aufgesucht haben, dann ist es so lange her, dass ich mich nicht mehr daran erinnern kann. Mein Magen krampft sich vor Nervosität zusammen. Ich atme tief durch, steige aus meinem Wagen und betrete das Lokal.

Die Tür fällt quietschend hinter mir ins Schloss, und ich stehe in einem relativ kleinen, von Zigarettenqualm erfüllten Raum. Ein Dutzend Augenpaare richten sich auf mich und scannen mich ab. Es gibt ein paar Tische mit Stühlen drum herum, auf denen coole Leute sitzen, und einen Tresen gegenüber vom Eingang. Groovige Musik dringt aus den Boxen, die von einem DJ aufgelegt wird, der ganz rechts hinter dem Tresen steht. Er trägt eine Schirmmütze im Zwanziger-Jahre-Stil, und um seinen Hals schlingt sich ein fetter Kopfhörer, dessen rechte Muschel er sich ans Ohr hält, während er versunken im Takt der Musik wippt. Ich schaue mich nervös um und setze mich an den Tresen. So machen es doch bekanntlich die einsamen Wölfe und Nachtschwärmer, die noch nicht nach Hause wollen. Nur sind die in der Regel männlich, wie mir jetzt bewusst wird, denn ich bin in dieser Tresen-Hocker-Runde die einzige Frau. Zwei Barhocker weiter links von mir sitzt ein Glatzkopf, der ein schwarzes Sakko und darunter ein lässig aufgeknöpftes, weißes Hemd trägt. Er zieht an einer Zigarette und meditiert über einem großen Bier. Neben ihm hockt ein Typ, der mich ein bisschen an den jungen John Malkovich erinnert – blasser Teint, hohe Stirn, Sommersprossen, leichter Silberblick. Zwei Barhocker weiter rechts von mir sitzt ein extrem hässlicher, gedrungener Typ mit Eierkopf und ungepflegten Haaren, der einen beigen Trenchcoat trägt und nicht so recht hierherzupassen scheint. Um meine Nerven zu beruhigen, zünde ich mir eine Zigarette an – gut, dass man hier rauchen darf. Kaum habe ich den ersten Zug genommen, kommt auch schon der Barkeeper zu mir rüber, und einen Moment bleibt mir der Atem weg. Der Typ ist ein Prachtkerl: groß, gut gebaut, mit südländisch gebräuntem Teint, tiefschwarzem, kurzem Haar und einem Leuchten in den Augen, als wolle er die Bar in Brand stecken.

»'N Abend«, begrüßt er mich gut gelaunt. »Dich hab ich ja noch nie hier gesehen.«

Ich finde, das ist eine nette Eröffnung, und sage: »Tja, das kommt wohl daher, dass ich noch nie hier war.«

»Dann wird's aber höchste Zeit«, erwidert der schöne Barkeeper. »Was kann ich dir anbieten?« Noch bevor ich die Chance habe, etwas zu erwidern, beugt er sich zu mir über den Tresen und zwinkert mir zu. »Und jetzt sag bitte nicht ›heiße Schokolade mit Sahne‹. Die gibt es hier nämlich nur *hinterm* Tresen.«

Auch wenn das ein Schmalspurwitz war, muss ich grinsen. An Selbstbewusstsein scheint es dem Herrn ja nicht zu mangeln. Zugegeben, dazu hat er auch keinen Grund.

»Zu dumm, genau das wollte ich gerade bestellen«, sage ich grinsend. »Was hast du denn stattdessen anzubieten?«

»Wie wär's mit einem Cocktail?«, lacht die heiße Schokolade und reicht mir eine Karte. Dann ergänzt er mit großen Scho-

koladenaugen: »Das hier ist nämlich eine Cocktailbar. Übrigens die beste in ganz Schöneberg. Um genau zu sein, meine eigene.«
»Gut zu wissen«, erwidere ich belustigt, obwohl ich immer noch ein bisschen angespannt bin. Ich blättere die Karte durch und entscheide mich für einen Cocktail namens *Voodoozauber.*
»Gute Wahl«, werde ich gelobt. »Du wirst gleich feststellen, dass du nie wieder woanders einen Cocktail trinken möchtest als hier.« Der glutäugige Barkeeper, der sich als Barbesitzer entpuppt hat, lächelt mich an und reicht mir seine große, kräftige Hand über den Tresen. »Ich bin übrigens Ulrich.«
Ich lache spontan laut auf. Ulrich ist nun wirklich der allerletzte Name, den ich bei einem Mann vermutet hätte, der aussieht, als wäre er Floßbauer am Amazonas.
Ulrich zieht seine Hand zurück und schaut mich beleidigt an: »Was gibt's denn da zu lachen?«
»Sorry, aber ›Ulrich‹ ist schon eine Überraschung«, antworte ich, immer noch lachend.
»Ich bin immer eine Überraschung«, grinst Ulrich breit und zeigt seine makellosen weißen Zähne. »Meine Mutter hat es nur gut gemeint. Wie sollte sie einen Jungen nennen, der halb Kubaner, halb Grieche ist und ohne Stress in Berlin-Spandau aufwachsen soll?«
Die guten Absichten der guten Frau in allen Ehren, aber welchen Effekt Ulrichs Name in Kombination mit seiner Optik hat, wurde ja soeben deutlich.
»Ich schätze, du hast eine Menge Stress gehabt«, sage ich schmunzelnd.
Ulrich schaut mich streng an. »Dreimal darfst du raten.« Dann lacht er: »Und mein Bruder erst.«
»Sag jetzt bitte nicht, sein Name ist Heinz …«, albere ich.
»Nein, Karl«, grinst Ulrich.
»Ach du Scheiße«, entfährt es mir. »Und er sieht aus wie du?«

»Nein, *viel* schlechter«, blödelt Ulrich. »Ich meine, er sieht noch weniger nach Karl aus als ich nach Ulrich. Da drüben steht er.«
Dezent deutet Ulrich mit dem Daumen nach links zum äußeren Tresenende. Ich drehe mich herum und erblicke einen ebenfalls dunkelhäutigen Typen von der Größe Ulrichs, nur schlaksiger, der eine wilde schwarze Lockenmähne auf dem Kopf, eine runde John-Lennon-Brille im Gesicht und eine lange bunte Holzkette um den Hals hat. Ich will mir lieber nicht vorstellen, was die beiden während ihrer Kindheit in Berlin-Spandau durchgemacht haben. Während ich mich wieder zu Ulrich herumdrehe, bemerke ich, dass ich von dem Glatzkopf im Sakko beobachtet werde. Ich bin so überrascht, dass ich ihm flüchtig zulächle, doch dann werde ich gleich wieder von Ulrich abgelenkt.
»Und du?«, fragt dieser und beginnt, mit ein paar geübten Griffen meinen Cocktail zu mixen. »Wie ist denn *dein* weltbewegender Wahnsinnsname, wenn ich fragen darf?«
»Marlene«, sage ich.
»Marlene …«, Ulrich lässt den Namen prüfend auf der Zunge zergehen und zieht die Stirn kraus, als müsse er scharf nachdenken, ob der Name etwas taugt oder nicht. Dann schaut er mich begeistert an und ruft: »Doch, das ist ein toller Name, da denkt man gleich an Marlene Dietrich.«
Er hat es wirklich raus, einen um den Finger zu wickeln.
»Ja, jeder denkt an Marlene Dietrich. Eine andere berühmte Marlene gibt es ja auch nicht, oder? Außer mir natürlich«, sinniere ich, während ich an meiner Zigarette ziehe und mich wundere, wie wohl ich mich bereits nach zehn Minuten in dieser Bar fühle – und das, nachdem ich eben vor Nervosität fast gestorben wäre. Genau genommen fühle ich mich nicht nur wohl, ich fühle mich wie ein Fisch im Wasser. Vor lauter Begeisterung werfe ich dem Glatzkopf einen unmissverständlichen Flirtblick zu, den er sofort erwidert. Mein Gott, was

mache ich hier nur? Wenn Albert mich sehen könnte, er würde mich endgültig für verrückt erklären.
Ulrich reicht mir den von ihm persönlich gemixten *Voodoozauber:* »Wohl bekomm's!«
Kaum habe ich meine Hand um das Cocktailglas geschlossen, dreht sich der Glatzkopf demonstrativ zu mir um und prostet mir zu. Ich proste zurück und trinke einen großen Schluck. Der *Voodoozauber* ist unbestritten phantastisch. Und haut rein wie flüssiges Dynamit. Ulrich hat es offensichtlich gut gemeint mit dem Alkoholanteil.
»Cheers!«, ruft der Glatzkopf herüber. »Ich bin Klaus.«
»Marlene«, erwidere ich.
Wenigstens dieser Mann hört auf einen Namen, der nicht in krassem Widerspruch zu seinem Äußeren steht. Obwohl es definitiv cool gewesen wäre, wenn er sich als José oder Guilherme vorgestellt hätte.
»Klaus Schulte-Dupont«, ergänzt Klaus prompt und lächelt überlegen.
Es klingt fast ein bisschen nach »Mein Name ist Bond – James Bond«. Ich blicke ihn verdattert an. Seit wann stellt man sich in Bars mit dem Nachnamen vor?
»Macht's dir was aus, wenn ich mich zu dir setze?«, fragt Klaus.
Und schon ist es so weit. Nicht-Auffallen war ja ein netter Vorsatz, erweist sich in dieser Bar aber als komplett unrealistisch. Zumal, wenn man die einzige Frau in einer Tresen-Hocker-Runde ist. Aber was soll's, inzwischen bin ich warm gelaufen und bereit für den nächsten Small Talk.
»Von mir aus«, antworte ich locker-unverbindlich, damit Klaus sich nicht gleich zu viel von meiner Einladung verspricht.
Er rückt zu mir auf. Ulrich schmunzelt. Und wie ich bemerke, schmunzelt nicht nur Ulrich, sondern auch der DJ am rechten Ende des Tresens, der offenbar aus seiner Mitwipp-

Trance erwacht ist und mich bemerkt hat. Hübscher Kerl. Genau betrachtet, schmunzelt er nicht nur, sondern bedenkt mich mit einem regelrecht süffisanten Grinsen. Außerdem schaut John Malkovich herüber und beobachtet sehr interessiert, was da zwischen Klaus und mir im Gange ist. Na, das kann ja heiter werden. Dass ich hier solche Aufmerksamkeit erregen würde, hatte ich nicht erwartet. Ich scheine offenbar auch auf andere Männer attraktiv zu wirken, nicht nur auf Gabriel. Oder hat Gabriel meinem weiblichen Selbstwertgefühl einen derartigen Kick gegeben, dass sich meine Ausstrahlung komplett verändert hat? Oder verleiht mir einfach der *Vodoozauber* magische Kräfte? Wie auch immer, mir kommt es so vor, als könnte ich jeden Kerl in dieser Bar aufreißen, wenn ich wollte. Na, das sind ja phantastische Aussichten. Was habe ich mir eigentlich die letzten vierzehn Jahre entgehen lassen, verdammt?
Ich nehme einen weiteren großen Schluck von meinem Drink. Möge er seine Wirkung entfalten.
»Und du bist so ganz allein hier …«, stellt Klaus als Gesprächsanfang in den Raum und taxiert mich mit seinen graugrünen Augen.
»Sieht so aus«, erwidere ich. Was soll ich auch sonst dazu sagen?
»Wie kommt's?«, hakt er nach. »Ich meine, ist ja nicht unbedingt üblich, dass Frauen alleine in Bars gehen.«
»Ist es nicht?«, frage ich achselzuckend. »Ich habe keine Ahnung, was üblich ist. Schließlich leben wir im einundzwanzigsten Jahrhundert.«
Klaus sieht mich fragend an und lacht dann auf, als hätte er die Pointe eines Witzes zu spät verstanden: »Höhö, du bist 'ne ganz Spitzfindige, was?«
Wenn er meint. Seine Spitzfindigkeit hält sich bislang ja eher in Grenzen.
»Zigarette?«, fragt Klaus.

Ich nehme eine, er zündet sie mir an.
Ich schaue mich um. Ulrich amüsiert sich immer noch über Klaus und mich. Der DJ ist schon wieder in wippende Trance verfallen, versäumt es aber nicht, mir zwischendurch kess zuzuzwinkern. In mir dreht sich alles. John Malkovich starrt mich an, und auch der Trenchcoat-Typ glotzt rüber. Gott, ist das anstrengend! Männliche Aufmerksamkeit ist ja schön, aber langsam fühle ich mich doch etwas überfordert.
»Also solo?«, will es Klaus nun ganz genau wissen.
Ich überlege kurz. Dann sage ich, als würde es mir in diesem Moment selbst erst bewusst werden: »Stimmt!«
Es fühlt sich merkwürdig an. Ich bin wieder solo! Und Klaus ist der erste Fremde, der das erfährt. Jetzt ist es wohl offiziell.
»Hm …«, macht Klaus bedächtig und mustert mich durchdringend. »So 'n bisschen auf der Suche, was?«
So ist das also, wenn eine Frau alleine ausgeht. Sie wird sofort auf ihr Alleinsein angesprochen und als einsamer Single eingetütet, der auf der Suche ist. Kann man denn nicht mal alleine was trinken gehen, Herrgott noch mal? Einfach so? Wie es Männer auch machen?
»Ja, ich bin auf der Suche«, antworte ich und blicke Klaus direkt in die Augen. »Auf der Suche nach mir selbst.«
»Wow«, sagt Klaus und trinkt sein Bierglas in einem Zug leer. »Hört sich ja existenziell an …«
»Ist es auch«, bestätige ich. »Und ob du's glaubst oder nicht, ich bin heute Abend zum ersten Mal seit vierzehn Jahren alleine in einer Bar.«
»Hört sich *verdammt* existenziell an«, befindet Klaus, offenbar ehrlich beeindruckt.
Vielleicht ist er aber auch nur schockiert darüber, wie man so bescheuert sein kann.
»Darauf sollten wir einen trinken!«
»Tun wir doch bereits«, sage ich verständnislos.
»Aber dein Glas ist schon fast wieder leer …«, stellt er fest.

Tatsache. Das ist wohl auch der Grund, warum mir so angenehm schummerig zumute ist. So schummerig, dass noch nicht mal eine Flachpfeife wie Klaus mir die gute Laune verderben kann. Außerdem habe ich die letzte halbe Stunde weder an Albert noch an Gabriel gedacht, und das ist schon mal viel wert. Klaus bestellt bei Ulrich noch einen *Voodoozauber* und ein Bier.

Ulrich grinst mich breit an: »Willkommen im Maigrün, sage ich nur. Ich seh schon, du passt hierher.«

Was auch immer das zu bedeuten hat.

Klaus wirft mir einen prüfenden Blick zu: »Sei ehrlich, du hast dich gerade getrennt oder so was, oder?«

»Oder so was ...«, sage ich und stütze meinen Kopf in meine Hand.

»Dein Typ hat dich betrogen ...«, rät Klaus weiter.

Sicher, das ist das klassische Muster. Aber ich bin schon immer aus der Reihe getanzt.

»Nein, ich habe ihn betrogen ...«, sage ich und lächle müde.

In diesem Moment stellt Ulrich unsere Getränke auf den Tresen. Seinem feixenden Blick nach zu urteilen, hat er meinen letzten Satz gehört.

»Was du nicht sagst ...«, kommentiert Klaus und mustert mich mit einer eigenartigen Mischung aus Erstaunen und irgendetwas anderem – ich glaube, es ist Angst.

Aber Klaus fängt sich schnell wieder und hebt sein Glas: »Na, dann würd ich mal sagen: Auf diese unerwartete und erfreuliche Begegnung! Die Runde geht auf mich.«

Unerwartet und erfreulich. Ja, das beschreibt in etwa, was ich gerade empfinde. Wer hätte schließlich gedacht, dass ich heute Abend noch *hier* landen würde? In einer Bar namens Maigrün, deren Besitzer die kubanisch-griechischstämmigen Brüder Ulrich und Karl aus Berlin-Spandau sind und in der ich mit Klaus Schulte-Dupont einen oder mehrere *Voodoozauber* trinke. Ganz abgesehen von den ständigen Flirtattacken, die

auf mich gestartet werden und die meinem Ego eine gewaltige Aufbauspritze verpassen.
»Wie kommst du eigentlich zu deinem extravaganten Nachnamen?«, erkundige ich mich, um das Thema von mir wegzulenken.
»Dupont ist der Name meiner Ex-Frau. Sie ist Französin. Ich war so frei und hab mir erlaubt, ihn beizubehalten«, erklärt Klaus und grinst hinterfotzig.
Wie armselig ist *das* denn? Klaus gehört also zu der Sorte Typen, für die der Schlussstrich unter einer Beziehung nur so weit gezogen wird, dass sie daraus noch irgendeinen Nutzen ziehen können. Je länger ich mich mit ihm unterhalte, desto unsympathischer wird er mir.
»Ich bin übrigens nur geschäftlich in Berlin«, kommt er nun ins Reden. »Eigentlich wohne ich in Frankfurt. Hab mir hier für zwei Wochen 'ne Wohnung gemietet. Übermorgen muss ich zurück.«
Wenn ich es richtig verstehe, heißt das übersetzt: *Wir haben nichts zu verlieren, Baby, ich bin eh in zwei Tagen wieder weg, lass uns zusammen in die Kiste gehen.* Aber ich bin mir nicht ganz sicher.
»Und du? Wohnst du hier in der Nähe?«, fragt Klaus.
»Äh … ja. Wohnen ist allerdings etwas zu viel gesagt. Ich bin quasi heute erst umgezogen«, erzähle ich.
In diesem Moment stellt Ulrich drei Wodka auf den Tresen. »Die gehen aufs Haus.« Er hebt sein Glas. »Auf unsere beiden Neuzugänge!«
Wir tun es ihm gleich und kippen alle drei das Zeug hinunter. Ich habe keine Ahnung, wie ich diesen Abend ohne Alkoholvergiftung überstehen soll, wenn das so weitergeht. Immerhin habe ich bereits mit Tilda Bier und mit Albert Wein getrunken, bevor ich herkam.
Aber ich bin schon längst nicht mehr Herrin der Lage. Ich weiß es nur noch nicht.

»Was machst'n so?«, will Klaus wissen, und auch er klingt schon leicht angeschickert.
»Ist das hier eine Ausfragestunde oder was?«, entgegne ich etwas genervt. »Eigentlich wollte ich nur wie ein einsamer Wolf am Tresen sitzen und was trinken.«
Klaus lacht auf: »Einsamer Wolf! Höhö. Du bist echt lustig, weißt du?« Er beugt sich vertrauensvoll zu mir herüber und sagt mit schwerfälliger Zunge und treuherzigem Blick: »Ich mag dich …«
Ich ihn aber nicht. Aber mir soll's recht sein, Hauptsache, er kommt mir nicht mit »Ich liebe dich«. Und eigentlich würde ich viel lieber mit Ulrich flirten, als mich von diesem Klaus vollsülzen zu lassen. Auch der süße DJ könnte mir gefallen. Ich werfe ihm einen unmissverständlichen Blick zu, den er erwidert. Ich frage mich, wann ich das letzte Mal so offensiv meinen weiblichen Charme eingesetzt habe? Ich weiß es nicht. Aber eines weiß ich sicher: Klaus nervt. Ich brauche eine Auszeit von ihm und beschließe, auf die Toilette zu gehen.
»Bin gleich wieder da«, erkläre ich ihm, schwinge mich vom Barhocker und begebe mich auf die Suche nach dem Klo.
Sobald ich stehe, wird mir klar, dass ich betrunken bin. Aber so was von. Ich kann nur hoffen, dass niemand außer mir meinen wackligen Gang bemerkt. Ich muss jetzt *sehr* wachsam sein. Was ich aber logischerweise nicht sein *kann,* da ich ja betrunken bin. Mist. Vielleicht sollte ich einfach nach Hause gehen. In mein kaltes, ungemütliches Loft? Och nö.
Während ich gefühlte zwanzig Minuten auf der Toilette sitze, schließe ich die Augen und denke: Was mach ich hier nur? Was mach ich hier nur? Was mach ich hier nur?
Als ich zurück in die Bar gehen will, wird mir schwindelig, und ich muss mich an den Rahmen der Toilettentür lehnen. In diesem Moment taucht er aus dem Halbdunkel vor mir auf: der DJ. Ich erkenne seine Umrisse. Er lehnt neben dem Zigarettenautomaten im Gang, als habe er auf mich gewartet. Ich

rühre mich nicht vom Fleck – hauptsächlich, um nicht umzufallen. Wie in Zeitlupe kommt der DJ auf mich zu. Eine dramatische Tangomelodie beginnt in meinem Kopf zu spielen. Sie untermalt jede seiner Bewegungen. Ich kenne das schon, das ist eine der Nebenwirkungen meines Jobs – ohne, dass ich etwas dagegen tun kann, werden bestimmte Situationen in meinem Leben mit einer imaginären Musik unterlegt, als wären sie Filmszenen. Und jetzt gerade tanzt der DJ grazil und elegant zu einer pathetischen Tangomelodie auf mich zu. Die Musik in meinem Kopf wird immer lauter, bis er ganz dicht vor mir steht und mich ruckartig an sich zieht. Dann blickt er mir tief in die Augen – sofern das bei meinem vernebelten Blick möglich ist. Eine Violine, begleitet von einem schmachtenden Akkordeon, setzt zu einer leidenschaftlichen Melodie an, und ich weiß, dass er gleich etwas Wundervolles sagen wird, etwas Originelles, etwas Einzigartiges, ich fühle es! Und voilà, er öffnet seinen Mund und sagt leise: »Na?«

Einfach nur »Na?«. Schlagartig setzt die Musik aus.

Ich starre ihn verdattert an und sage auch: »Na?«

Was für ein geistreicher Dialog – das Drehbuch sollte dringend überarbeitet werden. Vielleicht sollte ich ihn auch einfach küssen und das Reden ganz lassen? Kaum habe ich das gedacht, da küsst er mich auch schon. Einfach so. Ungefähr zwei Minuten lang. Zwischendurch schlafe ich zwar fast ein vor Müdigkeit, aber es ist trotzdem schön. Was ist nur los mit mir? Bin ich verrückt geworden? Da gehe ich nach vierzehn Jahren zum ersten Mal alleine aus, und dann so was!

Der DJ – dessen Namen ich Gott sei Dank nicht kenne – lässt mich los, grinst mich an und raunt mir mit französischem Akzent zu: »Isch 'offe, du kommst ab jetz' öfter 'er.«

Okay, dieser Satz ist schon wesentlich drehbuchtauglicher, und der Akzent ist definitiv süß.

Während ich noch selig vor mich hinlächele, dreht sich der süße DJ einfach um und geht zurück in die Bar. Ich bin perplex. Macht man das heute so? Wildfremde Frauen am Klo abfangen, mit ihnen rumknutschen und sich dann auf dem Absatz umdrehen und verschwinden? Ich fahre mir durchs Haar und versuche, einen klaren Gedanken zu fassen.

So souverän wie möglich wanke ich zurück zu meinem Platz am Tresen. Ulrich ist verschwunden. Dafür sitzt Klaus immer noch da und wartet offensichtlich auf mich. Nachdem ich mich auf meinen Barhocker geschwungen habe, zückt er seine Packung Zigaretten und hält sie mir hin.

»Willst du noch eine?«, fragt er.

Nun ist auch schon alles egal. Ich habe ohnehin zu viel getrunken und zu viel geraucht, da kommt es auf eine Zigarette mehr auch nicht an. Also nehme ich eine, und Klaus lässt sein Feuerzeug aufflammen.

»Wenn du willst, kannst du heute bei mir übernachten«, raunt er mir zu.

»Weiß nicht ...«, sage ich, denn ich weiß es wirklich nicht.

»Wieso nicht?«, fragt er, zieht an seiner Zigarette und sieht mich herausfordernd an.

Meine alkoholumnebelten Sinne versinken in seinen graugrünen Augen, mit denen er mich fordernd mustert. Genau genommen ist sein Blick nicht fordernd, er ist gierig. Ein bisschen werden mir nun doch die Knie weich.

»Hast du den Eindruck, dass ich mit dir vögeln will?«, fragt er urplötzlich, als würde er sich bei mir erkundigen, ob sein Sakko zu seinem Hemd passt.

Ich zucke zusammen. Jetzt geht es aber ans Eingemachte. Nur nicht einschüchtern lassen, Marlene, denke ich und nehme erst einmal einen tiefen Zug von meiner Zigarette. Der soll nicht glauben, dass ich mich so schnell aus dem Konzept bringen lasse. Schließlich habe ich eben erst mit einem anderen geknutscht. Der dreiste Kerl turtelt allerdings längst mit einer anderen hübschen, jungen Frau herum, und es scheint ihn nicht im Geringsten zu kümmern, dass ich ihn dabei beobach-

ten kann. Trotz steigt in mir auf, und ich denke: Was der kann, kann ich auch.
Und bevor ich es verhindern kann, sage ich herausfordernd zu Klaus: »Vielleicht will ich ja mit dir vögeln …«
Es ist mir vollkommen schleierhaft, warum ich das sage!
Klaus lächelt. Ulrich bleibt verschwunden. Der DJ sabbert mittlerweile an der jungen Frau herum, und John Malkovich steht mit genervter Miene auf und verschwindet Richtung Toilette. Klaus legt ein paar Geldscheine auf den Tresen, hilft mir in meinen Mantel, und wir verlassen die Bar.
»Ich wohne etwa fünf Minuten von hier«, erklärt er draußen. »Das schaffen wir zu Fuß, oder?«
»Hm …«, mache ich und vergrabe meine kalten Hände in den Manteltaschen. Ich glaube, so verwirrt war ich seit der Pubertät nicht mehr.
Klaus sieht mich prüfend an. »Alles klar?«
»Ja, denk schon …«, antworte ich. Mein Bewusstsein ist viel zu getrübt, als dass mir noch irgendetwas klar sein könnte.
Mit sanfter Gewalt zieht Klaus meine rechte Hand aus der Manteltasche, nimmt sie in die seine und schleift mich mit sich. Schweigend gehen wir ein Stück – Hand in Hand. Es kommt mir falsch vor. So was von falsch. Aber genauso falsch käme es mir vor, jetzt alleine in mein Loft zu gehen. Oder gar zu Albert.
Ich entziehe meine Hand Klaus' Griff und bleibe stehen. »Hör zu, ich kann das nicht …«
»Was kannst du nicht? Mit zu mir gehen?«, fragt er freundlich.
»Genau«, erwidere ich. »Tut mir leid.«
Ich weiß selbst nicht, was auf einmal mit mir los ist. Fühle ich mich etwa doch noch Albert verpflichtet? Oder gar Gabriel?
»Du kannst auch einfach nur bei mir übernachten, sonst nichts«, schlägt Klaus vor.

Ich seufze und werfe ihm einen Blick zu, der sagt: Wir wissen ja wohl beide, dass es so nicht laufen wird. Klaus schaut mich einen Moment lang forschend an, dann zieht er mich unvermittelt an sich und drückt seine Lippen auf meine. Er küsst miserabel. Ich versuche dennoch, mein Bestes zu geben und einen guten Kuss daraus zu machen, aber Klaus hat nicht das geringste Gefühl für Timing. Und beim Küssen kommt es sehr viel mehr aufs Timing an, als die meisten denken. Klaus hat jedenfalls die merkwürdigste Art zu küssen, die ich je erlebt habe. Irgendetwas zwischen unkoordiniertem Knabbern und sabbrigem Lutschen. Bäh ... Ich entziehe mich seiner Umklammerung und fahre mir unwillkürlich mit dem Handrücken über die Lippen. Trotz meiner Bewusstseinstrübung weiß ich genau, dass dies der Moment ist, in dem ich die Kurve kratzen und etwas sagen sollte wie: »Tut mir leid, Klaus, aber ich bin auf einmal schrecklich müde.« Oder: »Du, ich glaube, ich werde krank, ich muss nach Hause.« Tue ich aber nicht. Vielleicht hat mich dieser grauenhafte Kuss in eine Art Schockstarre versetzt? Vielleicht fühle ich mich aber auch einfach nur einsam? Vielleicht will irgendetwas in mir einfach mal ausprobieren, wie es ist, Sex mit einem Mann zu haben, der grauenhaft küsst? Oder alles zusammen? Ich habe keine Ahnung. Jedenfalls folge ich Klaus wortlos bis zu seiner Wohnungstür. Als wir die Wohnung betreten, macht Klaus kein Licht an, sondern führt mich direkt in sein Schlafzimmer – als würde er befürchten, ich könne es mir doch noch anders überlegen. Ich gebe ja zu, ich habe selbst gesagt, ich wolle mit ihm vögeln, aber da wusste ich noch nicht, wie schlecht er küsst. Und jetzt bin ich hier. Vielleicht sollte ich ihm noch eine letzte Chance geben. Ich ziehe meine Stiefel aus und setze mich neben ihn auf das Bett. Er lehnt sich lässig gegen das Kopfteil und verschränkt die Hände hinter dem Kopf.

»Ich stehe ganz zu deiner Verfügung«, sagt er und grinst.

Na, das ist doch mal ein Angebot. Ich kann das Knutschen ja auch einfach weglassen. Also rücke ich zu ihm herüber und fange an, sein Hemd aufzuknöpfen. Gar nicht so lange her, da habe ich Gabriels Hemd aufgeknöpft, kommt mir in den Sinn. Das hatte allerdings in jeder Hinsicht einen anderen Drive. Na gut, wir waren ja auch in einem Fahrstuhl, denke ich schmunzelnd. Einen winzigen Moment lang versetzt mir die Erinnerung einen heftigen Stich. Also verdränge ich sie mit aller Macht und ziehe Klaus entschlossen das Hemd aus. Ich muss zugeben, er hat einen ganz gut gebauten Oberkörper.
»Übrigens ... nur, dass keine Missverständnisse entstehen ...«, bemerkt Klaus plötzlich und setzt sein arrogantes Lächeln auf. »Ich bin liiert.«
Obwohl er mir im Grunde scheißegal ist, nervt mich seine Bemerkung tierisch. Es ist diese selbstherrliche Art, mit der er davon ausgeht, dass ich mehr von ihm wollen könnte als Sex. Vielleicht ist ihm gerade wieder eingefallen, dass ich mich frisch getrennt habe, und nun befürchtet er, ich könne in ihm einen potenziellen neuen Partner sehen. Lächerlich.
»Alles klar«, erwidere ich einsilbig.
»Na, wenn du so locker drauf bist, ist es ja gut«, kommentiert Klaus meine Reaktion spitz.
Das klingt aber gar nicht so, als würde er es gut finden – was spätestens dann deutlich wird, als er hinzufügt: »Hast ja auch schon deinen Mann betrogen, kleine Schlampe ...«
Ich erstarre. Wut steigt in mir auf.
»Was hast du gesagt?«, frage ich gereizt.
Wie kommt ein dahergelaufener Fuzzi wie Klaus – der es nötig hat, sich durch den französischen Nachnamen seiner Ex-Frau interessant zu machen, und ganz offensichtlich ein notorischer Fremdgänger ist – dazu, mich »Schlampe« zu nennen?
»Und was bist dann du?«, frage ich provokant. »Vermutlich ein toller Hecht? So nennt man doch männliche Schlampen, oder?«

Klaus zieht irritiert die Brauen hoch und grinst: »Hey, hey, reg dich ab, war doch nicht so gemeint.«
»Das will ich hoffen!«, sage ich kühl.
»Außerdem führen wir eine offene Beziehung, meine Freundin und ich«, erklärt Klaus.
Oh, das macht ihn natürlich über jeden Vorwurf der Schlampen-Wirtschaft erhaben. Trotzdem muss ich zugeben, dass mich das überrascht. Ich habe noch nie jemanden kennengelernt, der in einer offenen Beziehung lebt. Außer Tilda, bei der die Sachlage aber noch mal speziell geartet ist. Sie hat quasi zwei feste Partner, die voneinander wissen und denen sie in dieser Konstellation auch »treu« ist.
»Was heißt das genau?«, erkundige ich mich.
Schließlich will ich wissen, worauf ich mich hier einlasse. Wir wollen ja nicht, dass Klaus sich am Ende noch in mich verliebt und dann doch Missverständnisse aufkommen.
»Das heißt, meine Freundin weiß, wie ich ticke. Sie lässt mir die Freiheit, auch mit anderen Frauen Sex zu haben«, erklärt er und kann nicht verbergen, dass er sich fühlt wie der Herrgott persönlich.
»Und du erzählst ihr davon?«, will ich wissen.
»Immer!«, sagt Klaus gönnerhaft.
So interessant ich das finde, so unangenehm stößt mir die Vorstellung auf, dass Klaus seiner Freundin brühwarm von der Nacht mit mir berichten wird. Ich fühle mich bloßgestellt. Wie das Spielzeug eines anderen Paares, das mich benutzt, um seine Beziehung aufzupeppen. Vielleicht ist es ja nur spannend, eine offene Beziehung zu haben, wenn man ein Teil dieser Beziehung ist?
»Und sie findet das okay?«, frage ich skeptisch.
»Völlig!«, beteuert Klaus. »Sie weiß ja, dass keine andere Frau jemals das für mich sein wird, was sie für mich ist.«
Und wieder ist es da, das Gefühl des Zweitklassig-Seins. Ist es wirklich nötig, dass der Typ mir das so eiskalt unter die Nase reibt?

»Und was wäre, wenn es doch einmal anders käme?«, stelle ich in den Raum. »Wenn du dich verlieben würdest?«
»Keine Ahnung …«, sagt Klaus. »Ich war noch nie verliebt.«
O mein Gott. Klaus ist einfach nur ein armes, emotional gestörtes Schwein.
»Und sie? Sie schläft auch regelmäßig mit anderen Männern und erzählt dir davon? Und das turnt dich dann an?«, frage ich und merke, dass mich das alles immer mehr befremdet.
Klaus betrachtet mich kurz nachdenklich und sagt dann: »Nein. Das Komische ist, sie macht es nie.«
Ich muss unwillkürlich lächeln. Na wunderbar. So läuft der Hase also. Klaus lebt sich aus, und sie macht notgedrungen mit, um ihn nicht zu verlieren. Weil sie weiß, wie er »tickt«. Und das Ganze bekommt dann den Titel »Offene Beziehung«. Wo bitte ist die nächste Kotztüte?
»Und ich? Was bin ich für dich? Der nette Fick zwischendurch?«, versuche ich Klaus aus der Reserve zu locken.
»Na, das klingt aber jetzt ’n bisschen billig …«, protestiert Klaus. »So würde ich es nicht sagen. Ich finde, du bist eine interessante und attraktive Frau.« Er fängt an, mir über den Rücken zu streicheln. »Ich fühle mich zu dir hingezogen. Du hast was.« Er schenkt mir einen leicht irren, treuherzigen Hundeblick: »Vielleicht könnte man sogar sagen, ich liebe dich – nur für diesen Moment.«
Ich pruste los. Ich kann mir nicht helfen, aber ich finde Klaus – nur für diesen Moment – so was von bescheuert, dass mir die Worte fehlen. Der Kerl kennt mich doch gar nicht! Ganz abgesehen davon sagt mein ganzes Leben lang kein Mensch »Ich liebe dich« zu mir, und nun bekomme ich gleich zwei Liebeserklärungen an einem Abend. Zwei Liebeserklärungen allerdings, die mir – jede auf ihre Art – höchst fragwürdig erscheinen. Plötzlich spüre ich, wie unendlich müde ich bin. Dieser Tag hatte es wahrlich in sich.

Ich rücke von Klaus weg und sage: »Sei mir nicht böse, aber ich glaube, ich gehe jetzt besser …«
Klaus sieht mich verdattert an und sagt genervt: »Wieso denn? Was hast du eigentlich für ein Problem?«
Dann ändert er blitzschnell seine Strategie, rutscht näher an mich heran und fasst mich von hinten um die Taille. »Ich dachte, wir ficken noch …«
Ich könnte schon wieder laut loslachen, unterdrücke es aber. Schwer zu sagen, ob es sein lächerlicher, dreckiger Tonfall oder seine aufgesetzte Machoattitüde ist, aber Klaus kommt so unglaublich pseudo-erotisch rüber, dass ich mich wegschmeißen könnte.
»Nein, tun wir nicht«, antworte ich.
»Schade«, sagt Klaus beleidigt und lässt mich los. »Sehr schade.« Dann gibt er aber doch noch mal alles und fängt an, an meinem Ohr rumzusabbern. »Ich hätte dir so gerne deine Muschi geleckt …«
Spätestens jetzt brülle ich los vor Lachen. Soll das Dirty Talk sein? Klaus hört sich an, als hätte er das Drehbuch eines abgeschmackten Pornos auswendig gelernt.
»Na, immerhin schaffe ich es, dich zum Lachen zu bringen, das gelingt mir auch nicht bei jeder Frau«, sagt Klaus säuerlich.
»Sag mal, du redest ständig vom Ficken …«, werde ich jetzt wieder ernst. »Hast du überhaupt Kondome da?«
Er sieht mich gleichgültig an. »Nö, aber ich hab schon so viel getrunken, dass es sowieso ewig dauern wird, bis ich komme … Ich hab das voll unter Kontrolle, keine Sorge.«
Was ist das denn bitte für ein bescheuertes Argument? Und dass Klaus angesichts seines Alkoholkonsums noch irgendetwas unter Kontrolle hat, wage ich zu bezweifeln.
»Es geht ja nicht nur ums Schwangerwerden …«, antworte ich verständnislos.
»Ich bin gesund …«, sagt Klaus.

»Warum sollte ich dir das glauben?«, erwidere ich. »Zumal ich annehmen muss, dass du die Nummer bei jeder Frau abziehst, mit der du Sex hast. Sorry, aber ohne Kondome läuft nichts.«

Ich beginne, meine Stiefel anzuziehen, als Klaus mich plötzlich packt und auf das Bett drückt. Ich versuche, mich zu wehren, aber er hat mich fest im Griff.

Er zerrt an meinem Pullover herum und flüstert heiser: »Verstehe schon, du machst einen auf ›Ich zier mich ein bisschen‹. Willst, dass ich dich zu deinem Glück zwinge und es dir so richtig besorge, was?«

Ich könnte ja schon wieder brüllen vor Lachen, wenn ich es nicht langsam mit der Angst zu tun bekäme. Glaubt Klaus wirklich, dass das sexy ist?

Innerhalb von Sekunden hat er mir meinen Pullover ausgezogen und meinen BH hochgeschoben. Grob beißt er in eine meiner Brustwarzen.

»Na, macht das Spaß, wenn ich an deinen süßen, kleinen Nippeln knabbere?«, hechelt er.

Das finde ich definitiv nicht mehr witzig. Ich jaule auf vor Schmerz. Ist diesem Mann eigentlich klar, dass weibliche Brustwarzen extrem empfindlich sind? Offenbar nicht!

»Du stöhnst ja schon, siehst du. Lass mich dich ficken, komm! Du hast doch seit vierzehn Jahren keinen fremden Schwanz mehr in dir drin gehabt, da wird's mal Zeit für ein bisschen Abwechslung!«, geifert Klaus über mir.

Na, schönen Dank auch! Auf diese Art von Abwechslung kann ich gut verzichten.

Plötzlich bin ich hellwach, komplett nüchtern und stoße Klaus so heftig von mir, dass er unsanft gegen die Wand prallt.

»Hey, was soll das?!«, beschwert er sich ungehalten.

»Hör auf damit!«, rufe ich. »Merkst du eigentlich nicht, wie peinlich du bist?! Glaubst du etwa, dass mich *das* anturnt?!«

»Bisher hat sich noch keine Frau beschwert!«

»Ja, vermutlich, weil sie Schiss hatte, dass du sie sonst umbringst!«, sage ich sauer.
Ich schnappe mir meinen Pullover, springe vom Bett und ziehe ihn an.
»Du weißt auch nicht, was du willst«, mosert Klaus.
»Diese Art von Sex jedenfalls nicht!«, entgegne ich wütend.
In Windeseile raffe ich meine Sachen zusammen und haste Richtung Tür, als Klaus ganz ruhig fragt: »Kann ich deine Nummer haben? Ich bin öfter in Berlin.«
Ich halte inne und sehe ihn an. Er lächelt lammfromm, als sei nichts geschehen. Der Typ ist total irre.
»Nein«, antworte ich und verlasse türenknallend seine Wohnung.
»Der hat sie ja wohl nicht mehr alle!«, murmele ich wütend vor mich hin, während ich schnellen Schrittes die Straße entlanggehe.
Ich könnte mir in den Arsch beißen, dass ich überhaupt mit ihm mitgegangen bin. Wie konnte ich nur alle Alarmglocken überhören! So einsam *kann* man doch gar nicht sein! Maßlose Wut steigt in mir auf. Nicht nur über meine eigene Naivität, sondern auch über Klaus' übersteigertes Ego. Was bildet sich der Kerl eigentlich ein? Bisher soll sich noch keine Frau beschwert haben, dass ich nicht lache! Ich kann mir die Krisentelefonate dieser Frauen mit ihren besten Freundinnen lebhaft vorstellen. Aber warum machen sie den Kerlen gegenüber nicht den Mund auf? Warum tun sie sich so was an? Ist es wirklich so, dass die meisten gar nicht wissen, was sie sich im Bett wünschen? Oder befürchten sie, dass die Kerle beleidigt sind, wenn sie ihnen erklären, was sie falsch machen? Unsere Körper sind doch keine Playstations, auf denen irgendwelche dahergelaufenen Idioten Massakerspiele spielen dürfen. Ganz abgesehen davon: Wie oft haben mir Freundinnen schon erzählt, dass sie sich bei One-Night-Stands oder Affären darauf eingelassen haben, keinen Safer Sex zu praktizieren? Warum

setzen wir unsere Gesundheit und im schlimmsten Fall unser Leben aufs Spiel, damit ein Kerl für eine Nacht seinen Notstand befriedigen kann? Sind wir noch ganz bei Trost? Mir wird schlecht.
Frauen sollten Geld dafür verlangen, wenn Männer sich im Bett derart arschig benehmen und sie wie bessere Nutten behandeln, denke ich grimmig. Jawohl, das ist es! Sollte mir aus irgendwelchen Gründen noch mal so etwas passieren wie mit Klaus, werde ich mit einem eiskalten Lächeln sagen: »Weißt du … also, um ehrlich zu sein … Meine Güte, wie formulier ich das jetzt nur, damit es nicht so verletzend rüberkommt … Also für mich war es … *total scheiße!*« Dann würde ich ganz lieb hinzufügen: »Aber wenn es für dich okay war, wovon ich mal ausgehe, dann schau, ich hab hier einen Hut … der ist für einen kleinen Obolus von dir. Dann hätten wir am Ende beide was davon gehabt.«
Ich finde, das ist ein hervorragender Plan.

Kapitel 8

Von ganz weit her dringen lateinamerikanische Rhythmen an mein Ohr. Durch einen Nebelschleier von bleiernem Schlaf wabern sie in regelmäßigen Abständen zu mir herüber und werden immer lauter und penetranter. Wer macht denn hier in dieser Lautstärke Musik, verdammt noch mal, ich will schlafen! Langsam dämmert mein Bewusstsein in den Wachzustand hinüber, und ich erkenne schlagartig, dass die aufdringliche Musik der Klingelton meines Handys ist. Wo bin ich überhaupt? Ich taste hektisch nach allen Richtungen die Matratze ab, auf der ich liege, und spüre endlich etwas Hartes, Flaches, Kaltes in meinen Fingern. Mit aller Kraft versuche ich, meine Augen einen Spalt weit zu öffnen, erkenne verschwommen die grüne Annahmetaste und betätige sie unter Einsatz all meiner Energien. Ich halte das Telefon an mein Ohr.

»Marlene?!«, quäkt eine schrille Stimme durch die Leitung.

»Ja?«, hauche ich kaum hörbar.

»Hallo! Marlene!«, ruft die Stimme wieder in einer Lautstärke, dass ich das Handy unwillkürlich von mir weghalte. Dann presse ich es wieder an mein Ohr.

»Könntest du bitte etwas leiser sprechen …«, flüstere ich.

»WIE BITTE?!«, brüllt mir die Stimme entgegen. »Marlene?!«

»Ja, ja, bin dran …«, versuche ich so deutlich wie möglich zu sagen.

»Ich bin's! MAMA!«, ruft die schrille Stimme. »Du hörst dich ja entsetzlich an! Was ist denn los?«
Meine Mutter. Das war ja wieder klar. Meine Mutter ruft wie auf Bestellung immer in den ungünstigsten Momenten an, die man sich vorstellen kann. Möglicherweise haben Anrufe von Müttern das generell an sich.
»Marlene, ich mache mir furchtbare Sorgen!«, meint meine Mutter aufgeregt. »Man hört ja gar nichts mehr von dir! Bei euch zu Hause ist auch immer nur dieser schreckliche Anrufbeantworter an. Ist irgendetwas passiert?!«
Dass meine Mutter sich Sorgen macht, ist ein chronischer Zustand. Sie würde sich auch Sorgen machen, wenn ich jeden Tag bei ihr anriefe. Aber erst recht macht sie sich Sorgen, wenn ich *nicht* jeden Tag bei ihr anrufe. Das geht nun schon so, seit ich von zu Hause ausgezogen bin, und wird sich bis zu meinem Rentenalter wohl auch nicht mehr ändern. Und ich traue meiner Mutter durchaus zu, dass sie dann noch lebt. Meine Mutter hat eine unverwüstliche Konstitution, wie sie ihrer Familie und sich selbst immer wieder gerne in Erinnerung ruft – ob das als Trost oder Drohung gemeint ist, hängt immer von der jeweiligen Situation ab.
»Mama, können wir später noch mal telefonieren?«, hauche ich ins Telefon.
»Ach nein, lass uns bitte *jetzt* sprechen! Ich versuche schon seit Wochen, dich zu erreichen, und jetzt habe ich dich endlich mal in der Leitung!«, protestiert meine Mutter so energisch, dass ich zusammenzucke.
Genau genommen haben wir gerade erst an Heiligabend telefoniert, und das ist nur wenige Tage her, aber meine Mutter liebt Übertreibungen. Das entspricht ihrem phantasievollen, impulsiven und zur Dramatik neigenden Temperament. Ein schönes, großes Haus wird in ihrer Berichterstattung zur Luxusvilla mit achtzig Zimmern, gigantischem Garten und monströsem Swimmingpool. Ein starkes Gewitter wird rück-

blickend zu einem verheerenden Orkan mit Tsunami-Tendenzen, der sie beinahe das Leben gekostet hätte.
»Aber ich schlafe noch«, jammere ich.
»Du *schläfst* noch?! Es ist zwölf Uhr mittags!«
Die Stimme meiner Mutter dringt mit Lichtgeschwindigkeit durch meinen Gehörgang bis zu meinem Großhirn und löst augenblicklich rasende Kopfschmerzen bei mir aus. Langsam manifestieren sich auch schattenhafte Erinnerungen an das, was gestern passiert ist, und ich verziehe schmerzhaft das Gesicht.
»Ich hatte gestern einen anstrengenden Tag … Ich rufe dich später zurück …«, erkläre ich mit belegter Stimme.
»Wieso hattest du einen anstrengenden Tag? Es sind Weihnachtsferien! Und Albert ist da!«, krakeelt meine Mutter verständnislos.
»Ich bin umgezogen …«, krächze ich und könnte mich im selben Moment ohrfeigen, dass mir das rausgerutscht ist. Jetzt habe ich den Schlamassel.
»WAS bist du?!« Meine Mutter lässt ihr sowieso schon durchdringendes Organ eine Oktave höher anschwellen.
»Ich erkläre dir später alles, Mama …«, versuche ich sie zu besänftigen.
»Aber Alberts Eltern waren doch bei euch zu Besuch!«, tönt es hysterisch aus meinem Handy.
»Das ist es ja … Ich melde mich … Bis dann!«, rufe ich kraftlos ins Telefon und drücke schnell die rote Taste, bevor meine Mutter noch etwas sagen kann.
Seufzend ziehe ich mir die Decke über den Kopf, oder besser gesagt meinen Schlafsack. Den habe ich gestern Nacht noch in einer meiner Umzugskisten ausfindig gemacht und als Bettdecke benutzt. Zusammen mit meinem Mantel. Hier liege ich also auf meiner unbezogenen Matratze: voll angekleidet, mit drei Frotteehandtüchern als Kissen und einem grässlichen Kater. Liesbeth hat vollkommen recht, ich habe die letzte Stufe

vor dem Pennerdasein erreicht. Ich bin auf den Hund gekommen. Mein Leben geht den Bach runter. Und wenn ich mir die Details der gestrigen Nacht ins Gedächtnis rufe, wird mir gänzlich elend zumute. Wie konnte ich mich nur so gehenlassen? Bin ich wahnsinnig geworden?
Eine Stunde später habe ich mich geduscht, die Heizung angeschmissen und mir einen Kaffee gekocht. Ich sitze in frischen Klamotten in meinem neuen IKEA-Sessel, wärme meine Hände an der Tasse Kaffee und blinzele übermüdet durch die großen Fensterscheiben des Lofts in den grauen Winterhimmel. Ich brauche dringend Jalousien und sollte noch heute damit anfangen, mein Studio in eine Wohnung zu verwandeln. Eine Wohnung, in der ich mich wohl fühle. Und zwar *so* wohl, dass ich mich nie wieder von Typen wie Klaus abschleppen lasse, nur um nicht nach Hause zu müssen. Mittlerweile kommt mir die vergangene Nacht total surreal vor. Als hätte ich alles nur geträumt. Ich beschließe, heute noch nachzusehen, ob es das Maigrün wirklich gibt – nur zur Sicherheit. Wer weiß, vielleicht werde ich ja auch einfach nur verrückt? Um das zu überprüfen, sollte ich auf jeden Fall Tilda anrufen. Sie wird das einschätzen können. Ich greife zu meinem Handy und wähle ihre Nummer. Tilda meldet sich umgehend.
»Hallo, ich bin's. Sag mal, werde ich verrückt?«, eröffne ich das Gespräch.
Ich höre Tilda am anderen Ende der Leitung einen schnaubenden Laut von sich geben. Dann fragt sie lachend: »Ist alles in Ordnung, Marlene?«
»Das weiß ich eben nicht. Ich weiß nicht, ob alles in Ordnung ist. Zumindest, wenn ich so Sachen mache wie gestern Nacht …«, erkläre ich. Meine Stimme klingt immer noch rauh.
Tilda stutzt, dann fragt sie leicht besorgt: »Was genau hast du denn gemacht?«
»Nur ausgeflipptes Zeug. Ich weiß nicht, wie mir das passieren konnte …«, rede ich um den heißen Brei herum.

»Wolltest du nicht zu Albert?«, fragt sie verwirrt.
»Da war ich auch. Aber das ist eine andere Geschichte. Die erzähle ich dir mal in Ruhe …«, berichte ich und merke in diesem Moment, wie unglaublich viel am gestrigen Abend passiert ist.
»Wollen wir uns heute Nachmittag treffen? Willst du reden?«, fragt Tilda und klingt jetzt leicht alarmiert.
Unendliche Dankbarkeit überkommt mich. »Ja, bitte …«, stammle ich mit Tränen in den Augen.
»Gut, um fünf in unserem Stammcafé, okay?«, sagt Tilda. »Kopf hoch!«
»Super. Danke«, murmele ich und lege auf.
Ich trinke meinen Kaffee aus und wische mir die Tränen aus den Augen. Die Aussicht auf ein Treffen mit Tilda hebt meine Stimmung um einiges. Und im Loft wird es langsam warm. Ich bin zwar entsetzlich müde, aber es hilft nichts. Ich muss anfangen, hier aufzuräumen, und meinem neuen Leben Struktur geben. Ich gehe zum Schreibtisch und schalte den PC an, um erst mal meine Mails zu checken. Während der Computer hochfährt, schreibe ich Albert eine SMS, in der ich ihm mitteile, dass ich in etwa zwei Stunden vorbeikommen werde, um meine restlichen Sachen abzuholen. Dann gieße ich mir einen weiteren Kaffee ein und überlege, womit ich am besten anfange. Ich entscheide mich dafür, erst mal das Bett zu beziehen. Im Wintermantel auf einer unbezogenen Matratze zu schlafen, darf mir nämlich NIE wieder passieren.
Ich gehe zum Schreibtisch, öffne meinen Mail-Account und werfe einen Blick darauf. Noch während ich das tue, denke ich trotzig: Und es ist mir *scheißegal*, wenn ich keine Nachricht von Gabriel habe! Ich habe keine. Und es ist mir überhaupt nicht egal. Meine Laune ist schlagartig wieder angekratzt. »Blödmann …«, murmele ich vor mich hin und klicke mich durch meine Mails, größtenteils Weihnachtsgrüße von Freunden. Es ist auch eine Mail von Hagen Bruns dabei, der

seit der Nacht im Hilton einen auffallend kumpelhaften Ton anschlägt. Unter anderem stellt er mir in Aussicht, ihn im neuen Jahr einmal in München zu treffen, um über eine weitere Zusammenarbeit zu sprechen. Mein Laune-Pendel geht schlagartig wieder in die Höhe. Jawohl, ich werde es schaffen. Auch ohne Albert!

In diesem Moment klingelt mein Handy. Das Display zeigt an, dass es schon wieder meine Mutter ist. Mir war klar, dass sie es nicht lange aushalten würde, nach den letzten News, die ich ihr an die Hand gegeben habe. Ich starre auf das vibrierende Telefon und überlege fieberhaft, ob ich den Anruf annehmen soll oder nicht. Schließlich bin ich gerade wieder auf einem Gute-Laune-Level angekommen – wenn auch auf einem sehr niedrigen. Und ich weiß schon jetzt, dass das Gespräch mit meiner Mutter extrem unerfreulich werden wird. Um genau zu sein, wird es nicht nur unerfreulich, es wird die Hölle! Aber früher oder später muss meine Mutter es sowieso erfahren. Und wenn ich es ihr nicht jetzt sage, erfährt sie es womöglich von Albert. Oder gar von Bengt und Gisela. Also gehe ich ans Telefon.

»Marlene, *was* ist eigentlich bei euch los? Ich laufe seit zwei Stunden durch das Haus und kann keinen klaren Gedanken fassen!«, ruft meine Mutter aufgeregt, ohne »Hallo« zu sagen.

»Albert und ich haben uns getrennt«, antworte ich, um es so schnell wie möglich hinter mich zu bringen.

»Wie bitte?!«, erwidert meine Mutter fassungslos. »Aber warum denn? Ich verstehe gar nichts mehr!«

Das wundert mich nicht, denn Albert und ich haben sowohl seinen als auch meinen Eltern stets heile Welt vorgegaukelt und nie ein Sterbenswörtchen davon erzählt, dass es die letzten Jahre gekriselt hat. Insbesondere meine Mutter hielt meine Ehe mit Albert immer für das Beste, was ich je in meinem Leben auf die Reihe gekriegt habe, und ihn selbst für einen Halbgott.

»Mama, das ist nicht mal eben so schnell zu erklären ...«, setze ich an.
»Dann erkläre es mir bitte langsam!«, unterbricht sie mich barsch.
Ich kann mir lebhaft vorstellen, wie sie mit hochrotem Kopf neben ihrem Telefontischchen im Flur sitzt und den Hörer ihres altmodischen Apparates mit der gekringelten Schnur ans Ohr presst.
»Wir haben uns auseinandergelebt. Das hat sich schon die ganzen letzten Jahre abgezeichnet, wir wollten es nur nicht wahrhaben«, versuche ich zu erklären und merke, dass meine Stimme leicht zittert. »Und dann war ich vor kurzem in München und habe jemanden kennengelernt. Da ist mir endgültig klargeworden, dass es mit Albert und mir so nicht weitergeht.«
Am anderen Ende der Leitung herrscht Stille. Ich schließe die Augen und hoffe inständig, dass sich das Theater, das meine Mutter gleich machen wird, in Grenzen hält. Ich bin heute definitiv nicht in der stabilsten Verfassung.
»Und deshalb bin ich gestern erst mal ausgezogen«, schließe ich meinen Kurzbericht.
»Aber *wohin* denn?«, erkundigt sich meine Mutter verdattert.
»In mein Studio. Vorläufig.«
»Ja, und die Kinder?«, fragt sie vorwurfsvoll.
»Die Kinder sind bei Albert. Wir werden das alles regeln«, sage ich beschwichtigend.
Wieder herrscht Schweigen am anderen Ende. Vielleicht nimmt sie es ja doch besser auf, als ich dachte.
»Marlene, ich sage dazu nur eins ...«, beginnt sie jedoch streng. »Das kommt *überhaupt nicht* in Frage!«
Mir bleibt der Mund offen stehen. Meine Mutter hat schon einige Male in meinem Leben zu mir gesagt *»Das kommt überhaupt nicht in Frage!«*. Überhaupt nicht in Frage kam für sie, dass ich Musikerin werde. Überhaupt nicht in Frage kam

ebenso, dass ich nach Berlin ziehe, und überhaupt nicht in Frage kam auch, dass ich – wie ich mit Anfang zwanzig verkündete – nie im Leben heiraten oder gar Kinder bekommen wollte. Überhaupt nicht in Frage kam generell, wenn ich selbständige Entscheidungen traf, die ihr nicht in den Kram passten oder ihr eigenes Leben hinterfragten. Aber wenn es schon unangemessen war, seiner Tochter im Alter von zwanzig zu sagen *»Das kommt überhaupt nicht in Frage!«*, dann ist es das erst recht, wenn sie neununddreißig ist!

»Du bist ja von allen guten Geistern verlassen!«, fährt meine Mutter fort, und ich weiß, jetzt beginnt ihr Monolog in dem Theaterstück *Ich sage meiner Tochter, wie unfähig sie ist.*

Ich setze mich in meinen Sessel und lehne mich zurück. Vorsichtshalber halte ich das Telefon schon mal eine Handbreit von meinem Ohr weg, um einem Gehör- und Nervenschaden vorzubeugen. Dann komme ich auf die Idee, das Handy einfach laut zu stellen. Ich lege es auf den kleinen Tisch neben dem Sessel, schließe die Augen und begebe mich in Meditationshaltung.

»Albert ist gutaussehend, intelligent und bekommt ein Spitzengehalt!«, dröhnt die Stimme meiner Mutter aus dem Lautsprecher. »Er hat einen Doktortitel, wohlhabende Eltern und einen geleasten Touran. Er räumt mindestens einmal im Monat eure Geschirrspülmaschine aus, bringt die Kinder regelmäßig ins Bett und ist auch sonst ein so liebevoller Vater!«

Und das Einzige, womit du bei deinen Nachbarn noch angeben kannst, füge ich in Gedanken hinzu. Angesichts deines vorzeitig pensionierten Ehemanns, deines dauerstudierenden Sohnes und natürlich deiner widerspenstigen Tochter.

»Ich habe noch nie verstanden, warum du Albert so oft kritisierst«, setzt meine Mutter ihr Plädoyer für meinen Ex-Mann fort. »Er musste wirklich einiges aushalten mit dir, wenn ich ehrlich bin. Und dennoch hat er immer zu dir gestanden. Ich sage dir, dieser Mann ist das Beste, was dir je passiert ist, Marlene. Gerade angesichts deines unsicheren Berufs. Wie willst du dich denn über Wasser halten ohne ihn?«

Ich lausche angespannt. Das kann eigentlich noch nicht das Ende sein. Normalerweise beschließt meine Mutter ihre flammenden Reden wahlweise mit einem vernichtenden Fazit über meine hoffnungslos zerrissene Persönlichkeit oder einer düsteren Prognose über den weiteren Verlauf meines verkorksten Lebens.

»Ich sehe dich schon als einsame, alternde Klavierlehrerin enden!«, schleudert mir der Lautsprecher meines Handys prompt entgegen.

Amen. Der größte Karrieresprung im Leben einer Frau ist nach Ansicht meiner Mutter nun mal die Ehe mit einem finanzkräftigen Mann. In dieser Hinsicht ist sie leider ein rettungsloses Opfer der Fünfziger-Jahre-Ideologie. Vielleicht macht sich meine Mutter tatsächlich Sorgen um mich, aber dass sie nicht einen einzigen Funken Verständnis für mich und meine Situation aufbringt, ist eindeutig zu viel. Mir steigen erneut Tränen in die Augen.

»Danke, Mama, für deine aufmunternden Worte ...«, antworte ich mit brüchiger Stimme. »Das ist genau das, was ich jetzt brauchen kann.«

Meine Mutter sagt einen Moment lang nichts. Ich vermute, meine Bemerkung irritiert sie nun doch etwas.

Dann räuspert sie sich und fragt in gemäßigterem Ton: »Was sagen überhaupt die Maiers dazu?«

»Die Maiers freuen sich sehr über unsere Entscheidung«, antworte ich bitter. »Ich war für sie, genau wie für dich, nie die passende Frau für Albert.«

»Aber, Marlene, so habe ich das doch gar nicht gemeint! Sei doch nicht immer so überempfindlich!«, posaunt meine Mutter abwehrend.

Nun bekommt sie doch ein schlechtes Gewissen. Das passiert regelmäßig, wenn sie sich ihrer ungezügelten Meinungsäuße-

rungen entledigt hat und ihr klarwird, was sie da eigentlich gesagt hat. Aber anstatt das zuzugeben, bin natürlich ich diejenige, die überempfindlich ist.
»Kann ich Papa bitte mal sprechen?«, frage ich.
»Ach, Papa ist schon wieder depressiv!«, schnaubt meine Mutter genervt. »Wenn er *das* erfährt, dann ist es endgültig aus. Bitte sprich ein anderes Mal mit ihm.«
»Alles klar …«, sage ich. »Er soll sich melden. Ciao.«
Ich drücke auf die rote Taste meines Telefons. Ich habe genug.

Es gibt das Maigrün wirklich. Es hat eine halbe Stunde gedauert, bis ich den Parkplatz wiedergefunden habe, auf dem ich gestern meinen Wagen abgestellt hatte. Nun stehe ich vor der Bar und betrachte aufmerksam die dunkle, große Frontscheibe und den geschwungenen Namensschriftzug darüber. Ich trete neben die Eingangstür und werfe einen prüfenden Blick auf die Cocktailkarte, auf der unter anderem der *Voodoozauber* zu finden ist. Na gut, ich hatte auch nicht wirklich erwartet, das alles nur geträumt zu haben. Schade nur, dass ich mich gar nicht mehr von Ulrich verabschieden konnte. Ich beschließe, der Bar einen weiteren Besuch abzustatten, sobald ich sicher sein kann, Klaus nicht mehr dort anzutreffen. Dann steige ich in meinen Fiat und lasse den Motor an, um zu Albert zu fahren.

Als ich Alberts und meine ehemals gemeinsame Wohnung betrete, stürzt sich Julian auf mich.
»Wo warst du so lange, Mama?«, ruft er. »Ich will auch mal zu dir in die neue Wohnung kommen! Haben wir da eigene Zimmer?«
»Na ja, das leider nicht. Aber wir werden schon eine Lösung finden, dass es ganz gemütlich für euch wird«, entgegne ich und klinge eindeutig zuversichtlicher, als ich mich fühle.
»Au ja!«, ruft Julian begeistert. »Wann können wir hin?«

»Das besprechen wir noch. Ich muss ja erst mal alles neu einrichten«, erkläre ich.
Albert kommt aus dem Wohnzimmer und sagt knapp: »Tag.«
»Tag«, erwidere ich ebenso knapp.
»Und? Wie war die erste Nacht im neuen Domizil?«, fragt Albert leicht schadenfroh.
»Gut«, lüge ich. »Sehr gut.«
»Na dann …«, antwortet Albert verkniffen und verschwindet in der Küche.
Sophie kommt aus ihrem Zimmer und nimmt mich in den Arm. »Hey, Mom, hab dich vermisst! Alles klar bei dir?«, sagt sie.
»Ja, alles klar. Bei dir auch?«, antworte ich.
»Alles cool«, erwidert sie und ergänzt leiser: »Aber ich bin voll sauer auf Papa. Ich hatte mich so gefreut, Silvester bei Hanna zu verbringen, und jetzt will er unbedingt mit uns zu Oma und Opa nach München fahren.«
»Aha«, sage ich.
Albert kommt aus der Küche. »Wie ich höre, hat Sophie es dir schon erzählt. Ich würde Silvester gerne mit den Kindern bei meinen Eltern feiern«, sagt er. »Zwei Tage später hatten wir ja eh unseren Skiurlaub geplant. Wir würden dann direkt von dort aus weiter in die Berge fahren. Hast du was dagegen? Du kannst in der Zeit ja in Ruhe deine neue Wohnung einrichten.«
Im ersten Moment muss ich schlucken. Stimmt, in zwei Tagen ist ja schon Silvester. Mein Zeitgefühl ist mir völlig abhandengekommen. Und Albert will also sowohl den Jahreswechsel als auch den Skiurlaub alleine mit den Kindern durchziehen. Man könnte meinen, er wolle die Kinder vor mir in Sicherheit bringen. Vermutlich hält er mich im Moment für nicht ganz zurechnungsfähig. Aber wenn ich ehrlich bin, ist es mir ganz recht. Ich hatte ja selbst schon daran gedacht, nicht mitzufahren. Unter den gegeben Umständen wäre alles andere auch absurd.

»Du hättest es mit mir besprechen können. Aber von mir aus ist es in Ordnung«, antworte ich.
»Ich wollte es gestern Abend mit dir besprechen. Aber du bist ja abgehauen …«, bemerkt Albert kühl.
»Ach, Manno, Papa!«, nörgelt Sophie. »Kann ich nicht hierbleiben?«
»Nein, kannst du nicht!«, entgegnet Albert streng.
In diesem Moment fällt mir auf, wie übermüdet und ausgezehrt er aussieht. Ganz offensichtlich habe nicht nur ich eine schlechte Nacht gehabt. Sophie stürmt beleidigt in ihr Zimmer, und ich gehe ins Gästezimmer, um meine Sachen zusammenzusuchen. Julian begleitet mich.
»Findest du das jetzt doof, dass wir mit Papa und Oma und Opa alleine Silvester feiern?«, fragt Julian vorsichtig, während ich herumräume.
»Na ja, so richtig toll finde ich es nicht, aber bestimmt ist es besser so. Findest du es denn doof?«
»Ein bisschen …«, sagt Julian. »Aber ich hab ja meinen Glückibäger, und der macht, dass alles super ist.«
Ich sehe ihn verdattert an. »Du hast was?«
»Na, meinen Glückibäger!«, sagt Julian und strahlt.
Er läuft in sein Zimmer und kommt mit einer Schachtel zurück. Er öffnet sie und holt ein aus Pappe gebasteltes Bild in der Größe einer Postkarte heraus. Es zeigt einen blauen Drachen auf gelbem Hintergrund, der rotes Feuer speit.
»Das ist der Glückibäger-Drache«, verkündet er stolz. »Der macht, dass alles gut wird und dass ich stark bin und vor nichts Angst habe. Für dich hab ich auch einen gemacht.«
Beflissen holt Julian eine zweite Pappkarte aus dem Karton. Auf violetten Untergrund ist ein roter Drache geklebt, der gelbes Feuer speit. Obwohl er leicht schielt, sieht er sehr fröhlich aus. Ich betrachte ihn – fassungslos und gerührt.
»Das ist ein toller Glückibäger-Drache, Julian. Den kann ich jetzt gut gebrauchen«, ich lächle ihn an.

»Siehst du, das wusste ich! Und darum wird dein Silvester auch ganz super!«, ruft Julian fröhlich und kichert verschwörerisch.
Er hüpft mitsamt dem Karton davon. Ich muss mich setzen.

»Also, ich muss schon sagen, du legst ein Tempo vor, das selbst ich erst mal verkraften muss, Marlene«, sagt Tilda belustigt.
Ich lache. Zum ersten Mal heute, wie mir auffällt. Tilda und ich sitzen über zwei Milchkaffees in unserem Lieblingscafé in Kreuzberg, wo Tilda wohnt.
»Aber das mit diesem Klaus Schulte-Dingsda hätte auch gut und gerne nach hinten losgehen können«, mahnt sie mich ernst. »Ich bekomme ja Gänsehaut, wenn du mir das erzählst. Ich meine, solche Typen sind manchmal unberechenbar!«
»Ich verstehe selbst nicht, warum ich mit ihm gegangen bin. Mich hat in dieser Bar jeder andere Mann mehr interessiert als dieser Klaus!«, sage ich und schüttele den Kopf.
»Du warst halt verwirrt. Und einsam. Und betrunken. Da kann einem so was schon mal passieren«, tröstet Tilda mich.
»Und er hat behauptet, er hätte eine offene Beziehung? Aber seine Freundin macht nicht richtig mit oder wie?«
»Scheiße, oder?«, sage ich nur, denn jetzt – bei klarem Verstand – wird mir erst recht bewusst, was für ein selbstgerechter Egomane Klaus ganz offensichtlich ist.
»Weißt du, es gibt diese Sorte Männer, die wollen nicht einfach fremdgehen, sondern die wollen, dass ihre Partnerinnen *wissen,* dass sie fremdgehen«, erklärt Tilda mir. »Da liegt der Kick nicht darin, heimlich einen Seitensprung zu begehen, sondern öffentlich.«
»Aber wie kann eine Frau so was mitmachen?«, frage ich erstaunt.
»Meine Theorie ist, diese Frauen sind entweder ziemlich verzweifelt oder haben schlichtweg aufgegeben. Zumindest sich selbst«, erwidert Tilda achselzuckend.

»Na ja, offenbar kann sie ihn damit ja halten«, bemerke ich lakonisch.

»Aber zu welchem Preis denn? Er lebt sich sexuell aus, und sie macht notgedrungen mit. Mal ehrlich: Einer bleibt doch immer auf der Strecke bei den sogenannten offenen Beziehungen«, sagt Tilda. »Deshalb bin ich ja auch eine Verfechterin der Polyamorie. Da geht es nicht darum, trotz Beziehung so viel Sex wie möglich mit anderen zu haben und es dem Partner dann auch noch brühwarm zu erzählen. Es geht darum, dass man die an sich feste, verbindliche Beziehung offen hält für weitere verbindliche Beziehungen.«

»Das heißt, ich führe zum Beispiel eine Beziehung mit jemandem, den ich aufrichtig liebe«, versuche ich dem Gedanken noch mal auf den Grund zu gehen. »Und dann begegnet mir aber jemand, den ich auf seine Art auch wundervoll und liebenswert finde. Anstatt mir das zu verkneifen, weil ich ja schon gebunden bin, darf ich es ausleben und diesen Menschen in mein Leben lassen?«

»Exakt«, sagt Tilda. »Im Idealfall akzeptiert es dein bisheriger Partner und versucht, diesen Menschen auch in sein Leben zu lassen. Weil er dich liebt.«

»Oh Mann …«, entfährt es mir. »Theoretisch klingt das wie das Paradies auf Erden. Aber ich habe keine Ahnung, ob ich das könnte …«

»Klar, ist sauschwer …«, stimmt Tilda mir zu und sagt dann mit einem Seufzer: »Du weißt ja, wie oft es Eifersuchtsdramen bei mir gibt. Und wie lange es gedauert hat, bis ich den jetzigen Status quo erreicht habe.«

Tilda war schon lange mit Hannes zusammen, als sie Lena kennenlernte und sich in sie verliebte. Nach ewigem Hin und Her und mehreren Trennungsphasen zwischen Hannes und ihr erkannten beide, wie wichtig sie sich waren und dass sie ohneeinander nicht leben wollten. Und Hannes schaffte es schließlich, Tilda ihre Liebe zu Lena zuzugestehen. Mittlerweile ist Lena ein ständiger Gast bei Hannes und Tilda, und auch Hannes hat Lena in sein Herz geschlossen. Im Gegenzug gönnt er sich seine regelmäßigen Liebschaften – von denen Tilda weiß. Eine Konstellation, die ich nach wie vor erstaunlich finde. Und bewundernswert. Die mir aber gleichzeitig auch Angst macht, weil sie alles in Frage stellt, was ich bei Dornröschen & Co. über die Liebe gelernt habe.

»Vielleicht hat dich Klaus Schulte-Dingsda ja genau deshalb interessiert ...«, behauptet Tilda. »Ist doch schon eigenartig, dass dir – kaum, dass du dich von Albert trennst – plötzlich Leute über den Weg laufen, die offene Beziehungen führen. Oder es zumindest behaupten.«

»Wer weiß ...«, seufze ich.

»Du willst ausprobieren, was für dich passt ...«, sinniert Tilda. »Und Klaus Schulte-Dingsda passt schon mal definitiv nicht!«

Wir lachen. Was würde ich bloß ohne Tilda machen? Meine weise Freundin Tilda.

»Eine Frage müssen wir allerdings noch klären«, sagt sie bedeutungsvoll.

»Welche denn?«, frage ich erschrocken.

»Was machst du an Silvester? Mit Albert wirst du ja wohl kaum feiern ...«

O mein Gott. Die nächste Herausforderung. Nach vierzehn Jahren Ehe als frischgebackener Single den Jahreswechsel feiern. Wie macht man das? Mir wird schon wieder elend zumute.

»Ich habe keine Ahnung ...«, gebe ich zu. »Am besten mache ich gar nichts.«

»Das kommt überhaupt nicht in Frage!«, protestiert Tilda. »Dieses Jahr musst du so richtig feiern. Schließlich läutest du einen neuen Lebensabschnitt ein. Du musst auch deinen beruflichen Erfolg feiern. Ich selbst bin leider nicht da, sonst hätte ich dich natürlich schon längst eingeladen. Lena und ich

fliegen ja nach Indien für zwei Wochen. Mal wieder das ganze Ayurvedaprogramm, du weißt schon.«
»Hm, irgendwas werde ich schon machen …«, murmele ich. Auf einmal fühle ich mich verloren. Es sind noch zwei Tage bis Silvester, und ich bin allein. Mutterseelenallein. Meine Familie feiert in München. Meine beste Freundin fliegt nach Indien. Und ich stehe da mit einem neuen Leben, von dem ich nicht ansatzweise weiß, wo es hingehen soll.

Kapitel 9

Zwei Tage später. Der unvermeidliche Silvesterabend ist da. Es ist Viertel nach acht. Ich stehe, bewaffnet mit einer Flasche Champagner und einem Baguette, vor Liesbeths Haus in Kleinmachnow – einer dieser schnarchnasigen Einfamilienhaus-Gegenden im sogenannten »Speckgürtel« von Berlin. Hier sieht alles genauso aus wie bei meinen Eltern in Ostwestfalen: dieselben Vorgärten, dieselben verkehrsberuhigten Straßen, dasselbe Szenario von rasenmähenden Papis, einfahrtfegenden Mamis und kreischenden Kindern. Jedes Mal, wenn ich hierherkomme, frage ich mich, warum Leute, die so leben wollen, überhaupt in eine Stadt wie Berlin ziehen. Zumal wenn man einen Beruf ausübt wie Liesbeths Mann Jochen. Jochen ist seines Zeichens Versicherungsvertreter – eine Tätigkeit, mit der man schließlich genauso gut in Harsewinkel, Buxtehude oder Bad Schussenried sein Unwesen treiben kann. Aber jedem das Seine. Immerhin ermöglichen mir Liesbeth und Jochen, den letzten Tag des Jahres doch noch irgendwie feierlich zu begehen. Auch wenn ein Racletteessen mit ihren Freunden nicht unbedingt das ist, was ich mein favorisiertes Event für diesen Abend nennen würde. Mir wäre viel mehr danach zumute gewesen, richtig feiern zu gehen. Aber ich muss mir eingestehen, dass mir meine derzeitige Lebenslage keine allzu großen Auswahlmöglichkeiten bietet. Ich habe in den letzten vierzehn Jahren nun mal keine Menschen um mich versammelt, mit denen man gnadenlos einen draufmachen kann. Mein Leben war definitiv nicht darauf ausgerichtet. Und ein Racletteessen bei Liesbeth und Jochen ist immer noch besser, als alleine zu Hause zu sitzen oder gar auf irgendeiner Single-Party herumzuhängen. Geschweige denn, bei Bengt und Gisela auf dem Sofa zu hocken.

Ich werde das Beste daraus machen, denke ich, als ich auf die Klingel drücke.

Die Haustür wird geöffnet, und Liesbeth begrüßt mich in ihrer typisch überschwenglichen Art – allerdings gewürzt mit einem Schuss Missmut: »Marlene, da bist du ja! Ich dachte schon, du kommst gar nicht mehr!«

Eine Viertelstunde Verspätung zu einem Silvesteressen scheint in Kleinmachnow ein gravierender Fauxpas zu sein. Ich hänge meinen Mantel an die Garderobe. Perplex begutachtet Liesbeth mein Outfit. Zur Feier des Tages habe ich das kleine Schwarze angezogen, das ich mir für die Filmpremiere in München gekauft hatte. Schließlich war es sündhaft teuer und ist viel zu schade, um sein Dasein in einem Kleiderschrank zu fristen.

»Uiuiui, Marlene, was hast *du* denn heute noch vor?«, kommentiert sie und verzieht ihren Mund zu einer abschätzigen Schnute. »Ich glaube, ich habe dich noch nie in einem Kleid gesehen. Schon gar nicht in einem so kurzen! Mutig, mutig, so was würde *ich* nicht mehr tragen in unserem Alter …«

Ob ihre Bemerkung anerkennend oder kritisch gemeint ist, kann ich nicht genau ausmachen. Und ehrlich gesagt ist mir das auch egal. Wenn Liesbeth meint, sie könne in ihrem Alter so ein Kleid nicht mehr tragen, ist das ihr Problem. Wenn ich mir die unförmigen Stampfer anschaue, die unter ihrem Baumwollrock hervorgucken, kann ich ihr nur beipflichten. Ich fühle mich jedenfalls gut in meinem Kleid. Mehr als das: Ich fühle mich unwiderstehlich. Es ist mein Gabriel-Kleid. Und ich sehe nicht im Geringsten ein, dass ich zu alt dafür sein soll.

Ich folge Liesbeth ins Esszimmer, wo bereits die anderen Gäste um einen langen Tisch versammelt sitzen.
»Das ist Marlene!«, ruft Liesbeth laut in die Runde und plaziert mich geschäftig an einem Kopfende des Tisches.
Ein allseitiges »Hallo« wabert mir entgegen, und man nickt mir teils freundlich, teils skeptisch zu. Wenn ich mich nicht täusche, geht ein allgemeines Aufatmen durch die Runde, und ich fühle mich genötigt zu sagen: »Sorry, dass ich mich etwas verspätet habe ...«
Warum komme ich mir bei Gesellschaften von Liesbeth und Jochen bloß jedes Mal so vor, als wäre ich bei meinen Eltern zu Besuch?
Jochen betritt den Raum mit einem Korb voller Wein- und Bierflaschen, die er vermutlich gerade aus dem Keller geholt hat.
Als er mich sieht, ruft auch er mit seiner durchdringenden Hausherrenstimme: »Na, da ist sie ja! Dann können wir ja jetzt endlich anfangen. Wer will Wein? Wer will Bier?«, und stellt die Flaschen auf dem Tisch ab.
Jochen ist der klassische Typ Ehemann und Familienvater, dessen ganzes Tun einzig und allein darauf ausgerichtet ist, Ehemann und Familienvater zu sein. Auch sein Versicherungsvertreterberuf dient nur dazu. Bemerkenswert ist, dass Typen wie Jochen im Laufe der Zeit zu vollkommen asexuellen Wesen mutieren. Vielleicht waren sie auch von Anfang an asexuelle Wesen, das weiß ich nicht. Männer wie Jochen bauen leidenschaftlich gerne Terrassen, Baumhäuser und Garagendächer, aber Stil ist für sie ein Fremdwort. »Hauptsache, praktisch!« lautet ihr immerwährendes Motto, und dafür machen sie sich sogar freiwillig zum Horst: Sie kombinieren Jack-Wolfskin-Rucksäcke mit Bruno-Banani-Anzügen, ihre Badehosen stammen noch aus ihrer Konfirmandenzeit, und beim Fahrradfahren tragen sie einen albernen Helm. Fazit: Mit Männern wie Jochen kann man

sich vorstellen, alles Mögliche zu tun – Canasta spielen, Muffins backen, Socken stopfen –, nur nicht, mit ihnen ins Bett zu gehen.
»Papa, Papa, ich will dir helfen!«, ruft auf einmal eine melodische Piepsstimme hinter Jochens Rücken.
Tragisch wird es für Männer wie Jochen, wenn sie einen Sohn haben wie Linus. Der in diesem Moment hinter Jochen auftaucht und um ihn herumhüpft wie ein kleines Mädchen, das Seil springt. Linus trägt ein rosa T-Shirt mit Glitzeraufdruck und wedelt mit einer Barbie-Puppe im Reiterdress herum.
»Linus, jetzt lass doch dieses alberne Herumgehüpfe!«, fährt Jochen ihn an. »Und leg sofort dieses Ding weg! Wie oft soll ich dir das noch sagen, Puppen sind nichts für Jungs!«
»Darf ich dann wenigstens noch ein bisschen Harfe spielen?«, fragt Linus kleinlaut.
Linus ist zwar erst sieben, aber bereits so eindeutig schwul, dass man meinen könnte, er wäre als Kinderdarsteller für *Queer as folk* gezüchtet worden. Zu allem Überfluss ist er Einzelkind und wird von Liesbeth derartig verzärtelt, dass seine Laufbahn als Fummel tragende Tunte nicht mehr abzuwenden ist. Was alle gelassen sehen – außer Jochen.
»Das nächste Mal lässt du dich nicht wieder weichklopfen von dem Theater, das er macht, Betti«, ermahnt Jochen Liesbeth. »Das nächste Mal geht er zu deinen Eltern!«
»Ich hätte gerne einen Wein!«, melde ich mich laut, um Jochen abzulenken.
»Darf ich?«, fragt mein Tischnachbar zur Linken, nimmt eine Rotweinflasche und schenkt mir ein.
Er ist ein massiger Typ mit schütterem Haar und einer fleckigen, randlosen Brille.
Er grinst mich breit an und zeigt eine Reihe gelber Zähne. »Ich bin Gernot, 'n Abend.«
Ich lächle ihn höflich an und sage: »Marlene.«

»Freut mich«, strahlt Gernot und prostet mir mit seinem Weinglas zu. »Dann bist du also die Single-Frau, von der Liesbeth erzählt hat?«
Er taxiert mich, als wäre ich seine neueste Bekanntschaft beim Speed-Dating.
Ich nehme einen Schluck Wein. »Ach, hat sie das?«, frage ich distanziert.
Kann man eigentlich nirgendwo auftauchen, ohne sofort auf sein Single-Dasein angesprochen zu werden? Als Paar wird man doch auch nicht dauernd angequatscht: »Ach, ihr seid also ein *Paar?*« Oder: »Oh, ich habe schon gehört, ihr seid neuerdings ein *Paar!*«
»Dann sind wir heute Abend hier wohl die einzigen Solisten, wie's aussieht«, erklärt mir Gernot begeistert und wischt seine Pranken mit einem frohlockenden Grinsen an seinem schmuddeligen, beigefarbenen Pullover ab.
Zu allem Überfluss macht er auch noch die Ghetto-Faust. Widerwillig und extrem peinlich berührt schlage ich dagegen.
Erst jetzt komme ich dazu, den Rest der Tischgesellschaft unter die Lupe zu nehmen. Gernot hat recht: alles langweilige, bieder wirkende Paare. Aber ich hatte auch nichts anderes erwartet. Mich verwundert eher die Anwesenheit von Gernot. Falls Liesbeth ihn eingeladen haben sollte, um mich mit ihm zu verkuppeln – was ihr durchaus zuzutrauen wäre –, habe ich noch ein Hühnchen mit ihr zu rupfen. Ich lasse meinen Blick von einem zum anderen wandern. Die meisten dieser faden Gestalten kenne ich schon von anderen Partys bei Liesbeth und Jochen.
»Na dann, meine Lieben, greift zu und lasst es euch schmecken. Ihr wisst ja, wie's geht, für jeden sind zwei Pfännchen da, und wer zuerst kommt, mahlt zuerst«, eröffnet Liesbeth resolut das große Fressen.
Als hätte sie den Startschuss zu einem Wettessen gegeben, beladen alle eifrig ihre Pfännchen mit den Zutaten, die sich in verschiedenen Schälchen auf dem Tisch befinden, und stopfen

sie dann hektisch in das ihnen zustehende Fach im Raclettegerät. Mich wundert, dass Liesbeth keine Namensschildchen an dem Gerät angebracht hat, damit alles seine Ordnung hat. Ich lehne mich erst mal zurück und nehme mir nur ein Stück Baguette. Gruppenarbeit habe ich schon immer gehasst.
Vom anderen Ende des Tisches höre ich Liesbeths Stimme flöten: »Was magst du denn haben, Linus-Bärchen? Willst du was von den leckeren Sachen hier essen, oder soll ich dir einen Teller Spaghetti machen?«
Als ich rüberschaue, fange ich gerade noch Jochens genervten Blick auf.
»Hast du keinen Hunger?«, fragt Gernot, während er mit bloßen Händen einen Turm aus Schweinefleisch, Champignons, Zwiebeln und Käse auf seinem Pfännchen aufbaut.
»Wir haben doch alle Zeit der Welt, oder?«, sage ich amüsiert. »Ich werd schon noch ein paar Reste abbekommen. Und im Zweifelsfall ruf ich einfach den Pizzaservice an.«
Gernot wirft mir einen entgeisterten Blick zu, schafft es aber trotzdem irgendwie, sein chronisches Grinsen beizubehalten. »Die brauchen aber heute Abend ewig, bis die hier draußen sind«, sagt er allen Ernstes.
Innerlich rolle ich nicht nur mit den Augen, sondern beginne auch, eine imaginäre Gernot-Abturn-Liste zu erstellen. Mein erstes Stichwort darauf lautet »humorlos«. In diesem Moment beugt Liesbeth sich vor und zwinkert mir verschwörerisch zu. Alles klar, sie will mich also allen Ernstes verkuppeln. Und zwar mit diesem humorlosen Mondgesicht. Das geht ja gut los. Ich wende mich demonstrativ meiner rechten Tischnachbarin zu. Wenn ich mich nicht irre, heißt sie Doris, ist eine frustrierte Grundschullehrerin, der Inbegriff von verklemmter Biederkeit und verheiratet mit einem Fleischgroßhändler, der aussieht wie eine wandelnde Riesenleberwurst. Doris ist Ende vierzig, sieht aber aus wie Ende fünfzig. Was mich jedes Mal frappiert, ist ihre merkwürdige Sturmfrisur, die wohl da-

her rührt, dass Doris' Haare zu häufig von Färbungen und Dauerwellen malträtiert wurden. Jedenfalls sind sie ganz offensichtlich nicht mehr zu bändigen. Ebenso wie ihre Rettungsringe, die in einer viel zu engen Polyesterbluse mit hässlichem Blumenmuster stecken und unschön aus ihrer kackbraunen Hose hervorquellen.

Aber im Augenblick ist mir jeder Gesprächspartner lieber als Gernot. Also nicke ich ihr zu und sage: »Und? Wie geht's denn so?«

»Ach, *uns* geht's gut«, erwidert Doris mit einem gewissen Triumph in der Stimme und katapultiert mit hochrotem Gesicht ihr fertig beladenes Pfännchen in das Raclettegerät. »Alles ganz prima. Die Kinder entwickeln sich toll, und bei Heiner läuft auch alles bestens im Geschäft.«

»Freut mich«, kommentiere ich und knabbere an meinem Baguette.

Doris beugt sich zu mir herüber und legt ihre beringten Wurstfinger mitfühlend auf meinen Unterarm. »Aber DIR geht's gerade nicht so gut, hab ich gehört …«, raunt sie mir zu und setzt eine betroffene Miene auf.

Ich entziehe meinen Arm ihren ekligen Fettfingern und schaue sie überrascht an: »Wie kommst du denn darauf?«

»Na ja, Liesbeth meinte, du hättest dich von deinem Mann getrennt …«, erklärt Doris und verzieht schmerzlich das Gesicht, als wäre ihr gerade ein Zahn gezogen worden.

Ich bin mir ja im Klaren darüber, dass Liesbeth eine hoffnungslose Tratschtante ist, aber dass sie offenbar bereits ihrem gesamten Freundeskreis die Kunde von meiner Trennung überbracht hat, schockiert mich doch etwas.

»Das ist richtig«, antworte ich und schenke Doris ein besonders strahlendes Lächeln. »Und das ist der Grund, warum es mir gerade so gut geht wie schon lange nicht mehr.«

Ich muss ja nicht ausgerechnet Doris auf die Nase binden, dass auch Trennungen aus Überzeugung mit gelegentlichen

Stimmungseinbrüchen einhergehen. Doris jedenfalls fällt sichtlich die Kinnlade runter. Keine Ahnung, was sie erwartet hat – vermutlich eine gebeugte Frau, zerfressen von Trennungsschmerz, Reue und Einsamkeitsgefühlen. Auf diese Antwort war sie jedenfalls nicht gefasst.

»Aber die Kinder … Die leiden doch bestimmt darunter …«, führt Doris ins Feld und funkelt mich durch ihre dicken Brillengläser vorwurfsvoll an.

»Den Kindern geht's so weit gut«, sage ich gelassen.

Langsam kann ich es nicht mehr hören. Die voraussichtlich leidenden Kinder sind vermutlich der Hauptgrund, warum die meisten unglücklichen Paare beschließen, weiter unglücklich aufeinander hockenzubleiben. Leidende Kinder sind das Alibi für verpasste Karrieren, Seitensprünge und die »Kompromisse, die man nun mal im Leben machen muss«, wie Liesbeth es einst so schön ausdrückte, als sie mir gestand, dass Jochen eigentlich gar nicht ihr Typ sei.

Doris blickt mich verdattert an. Ich habe ihr komplett den Wind aus den Segeln genommen. Man kann es ihr förmlich an der glänzenden Stirn ablesen: fieberhaft grübelt sie darüber nach, welches Argument sie noch aufs Tapet bringen könnte, um mir ein gravierendes Trennungstrauma nachzuweisen. Und schon hat sie es gefunden: meine berufliche Situation.

»Und wie läuft's beruflich?«, fragt sie lauernd und freut sich diebisch über ihren Schachzug. In zweifelnd-abfälligem Ton fügt sie hinzu: »Du machst doch irgendwas mit Musik, stimmt's? Da musst du dir bestimmt jetzt einen anderen Job suchen …«

»Alles bestens«, antworte ich und strahle sie wieder an. »Ich habe gerade den Soundtrack für einen erfolgreichen Film geschrieben, der demnächst in die Kinos kommt.«

Das bringt Doris endgültig aus dem Konzept. Eine getrennte Frau, der es gut geht, deren Kinder *nicht* leiden und die mit einem so abartigen Beruf wie Musikerin auch noch erfolgreich ist, passt ganz klar nicht in ihre Vorstellungswelt.

»Na dann«, sagt sie mit einer Mischung aus Verwirrtheit und Unmut und tupft sich mit ihrer Serviette ein paar Schweißperlen von der Stirn.

Aber es ist wohl nicht nur die Hitze, die das Raclettegerät verbreitet, die Doris zu schaffen macht. Als wolle sie ums Verrecken noch etwas finden, das meine Existenz als eine gescheiterte entlarven könnte, schiebt sie trotzig hinterher: »Aber das ist doch jetzt bestimmt alles nicht so einfach!«

»Sicher«, erwidere ich und weigere mich immer noch, mein strahlendes Lächeln abzulegen. »Aber was ist schon einfach?« Und dann rutscht es mir heraus, ohne dass ich etwas dagegen tun kann: »Tagein, tagaus einen Haufen verzogener Rotzgören zu unterrichten, stelle ich mir auch nicht einfach vor. Und ständig mit den Kindern allein zu sein, weil der Ehemann beruflich unterwegs ist, das ist bestimmt auch kein Zuckerschlecken. Zumal, wenn eins davon gerade eine so scheußliche Trotzphase durchmacht wie dein Sohnemann.«

Gerade rechtzeitig ist mir wieder der hysterische Schreikrampf eingefallen, den ihr Sohn beim letzten Liesbeth-Event bekommen hatte, weil er seine Jacke nicht anziehen wollte, und der dazu führte, dass er sich mehrfach über Liesbeths chinesischer Bodenvase übergab. Ich bin ausgesprochen zufrieden mit meiner Retourkutsche. Doris allerdings schwindet jedwede Freundlichkeit aus dem Gesicht. Abrupt wendet sie sich von mir ab und bittet ihren Mann, ihr doch die Gürkchen zu reichen. Mir ist das egal. Mir ist das so was von egal. Und das fühlt sich phantastisch an. Ich beschließe, dass mir ab jetzt eine ganze Menge egal sein wird. Und dass mir niemand mehr dumm kommen braucht. Schon gar nicht mit dem Thema meiner Trennung.

Kaum habe ich meine Unterhaltung mit Doris beendet, da stürzt sich auch schon wieder das Mondgesicht auf mich:

»Sorry, hab gerad mit einem Ohr mitgehört – du bist Musikerin?«
»Musikerin, Komponistin und zum Teil auch Produzentin«, zähle ich auf, trinke mein Weinglas in einem Zug leer und gieße mir direkt nach.
Dies ist eindeutig eine dieser Zusammenkünfte, die man nur alkoholisiert überstehen kann. Ich lehne mich zurück und mache mich auf das Schlimmste gefasst. In diesem Fall dürften das die Standardfragen sein: »Wie bist du dazu gekommen?«, »Wie machst du das mit zwei Kindern?« und als absoluter Klassiker natürlich »Kann man davon leben?«. Aber Gernot schafft es spielend, ein weiteres Niveau des Grauens zu erreichen, indem er mir das Trauma seiner eigenen, nicht stattgefundenen Künstlerkarriere anvertraut: »Aha, klingt ja spannend. Ich wollte auch immer Musiker werden. Früher. Hab jahrelang Gitarre gespielt, war total fanatisch, meine Eltern haben 'ne Menge Geld da reingesteckt, mir Unterricht bei den besten Gitarristen bezahlt und so, aber am Ende hab ich den großen Sprung nie geschafft. Mir hat wohl auch einfach das richtige Management gefehlt, denke ich, sonst könnte ich jetzt ganz woanders sein«, berichtet Gernot, reißt den Mund weit auf und schiebt sich eine Gabel mit einem Riesenklumpen Fleisch-Pilz-Käse-Mix hinein. Kauend ergänzt er: »Hab jetzt 'nen kleinen Laden für Druckerpatronen im Prenzl' Berg. Ist nicht das, was ich meinen großen Traum nenne, aber das Leben ist nun mal kein Wunschkonzert.« Er stockt kurz, kichert in sich hinein und fügt hinzu: »Im wahrsten Sinne des Wortes.«
Dann prustet er laut los vor Lachen über seinen vermeintlichen Witz und spuckt aus Versehen den halben Fleisch-Pilz-Käse-Mix über den Tisch. Erschrocken reiße ich meinen Teller an mich, um ihn vor etwaigen Essensresten aus Gernots Mundhöhle in Sicherheit zu bringen. Igitt. Spontan rücke ich mit meinem Stuhl einen halben Meter von ihm weg und füge

meiner imaginären Gernot-Abturn-Liste drei weitere Punkte hinzu: »Gescheiterter Gitarrist«, »Ungepflegter Phrasendrescher« und »Redet mit vollem Mund«. Ich wundere mich ehrlich darüber, wie schlecht manche Männer sich Frauen gegenüber verkaufen, an denen sie offenkundig interessiert sind. Aber vielleicht gehört Gernot ja auch zu der Sorte Kerl, die allen Ernstes glaubt, allein ihr biologisches Mann-Sein würde ausreichen, um eine Frau zu beeindrucken.

»Und du bist so richtig im Filmgeschäft, ja?«, erkundigt er sich jetzt, während er sich mit den Fingern einen Restfaden Raclettekäse in den Mund stopft.

Mir vergeht endgültig der Appetit, und ich leiere meine Standardantwort runter: »Das mit dem Film war mein erster Auftrag in diesem Bereich. Ich mach 'ne Menge anderer Sachen: Musik für Werbung, Trailer, Jingles und so was ... Ich hatte lange Zeit auch 'ne Soul-Band, die recht erfolgreich war ...«

Ich nippe an meinem Weinglas und lasse meinen Blick ins Leere schweifen. Eigentlich war ich hergekommen, um zu feiern. Um mich zu amüsieren und mal alles zu vergessen. Stattdessen kommt es mir schon seit meiner Ankunft so vor, als würde ich permanent Vorstellungsgespräche führen, in denen ich bezüglich meiner allgemeinen Lebenslage auf Herz und Nieren geprüft werde.

»Toll!«, staunt Gernot, starrt mich durch seine jetzt von der Hitze beschlagenen Brillengläser an und kaut wie ein Pferd. »Beeindruckend!«

In diesem Moment kommt Liesbeth zu uns herübergeweht wie die gute Fee in einer schlechten Soap-Opera. »Na, amüsiert ihr euch gut, meine Lieben?«, verbreitet sie ihre penetrante Herzlichkeit aus ihrem nie versiegenden Heile-Welt-Füllhorn und legt einen Arm um mich und einen um Gernot. »Habt ihr euch schon miteinander bekannt gemacht? Das ist Gernot, das ist Marlene.«

»Danke, Liesbeth, wir *haben* uns bereits bekannt gemacht«, antworte ich spitz und werfe ihr einen so eindeutig genervten Blick zu, dass Liesbeth erschrocken zurückweicht. »Ich geh mal eine rauchen!«, sage ich laut zu Gernot und leise zu Liesbeth: »Kann ich dich mal kurz sprechen?«

Während ich aufstehe, bemerke ich, dass Doris mein Outfit abscannt und anschließend mit einem missbilligenden Blick durch ihre glubschige Brille bedenkt.

Liesbeth folgt mir zur Garderobe, wo ich meinen Mantel und meine Zigaretten holen will.

»Sag mal, was soll das hier eigentlich werden?«, stelle ich sie zur Rede. »Du willst mir doch nicht allen Ernstes diese Pfeife von Gernot andrehen? Wo hast du den überhaupt aufgegabelt? Bei einer Single-Börse für gescheiterte Existenzen?«

Liesbeth schaut mich beleidigt an: »Jetzt reg dich mal ab. Ich hab es doch nur gut gemeint. Gernot ist ein Freund von Jochen.«

»Ich weiß, Liesbeth, du meinst es immer nur gut«, sage ich bissig. »Aber manchmal ist es eindeutig zu viel des Guten!«

»Du bist allein, Gernot ist allein, er ist ein anständiger Kerl, und ich dachte …«, versucht Liesbeth sich zu rechtfertigen.

»Ich bin nicht allein!«, rufe ich pampig, während ich meinen Mantel anziehe. »Und dass *er* allein ist, wundert mich nicht, so blöd, wie er sich anstellt. Ich werde ihm jedenfalls heute Abend nicht das Händchen halten.«

»Marlene, was ist eigentlich los mit dir?«, fragt Liesbeth nun auch ärgerlich. »Du bist so aggressiv in letzter Zeit. Ich kann ja verstehen, dass dich das mit der Trennung angreift, aber …«

»Das mit der Trennung würde mich längst nicht so angreifen, wenn mich meine Mitmenschen nicht ständig deshalb angreifen würden!«, falle ich Liesbeth ins Wort. »Ich würd jetzt gern einfach mal in Ruhe eine rauchen …«

Ich dampfe ab Richtung Wohnzimmer, um auf die Terrasse zu gehen, und denke genervt: Anständiger Kerl! Was soll denn das eigentlich heißen, »anständiger Kerl«? Ist das die Beschreibung von übergewichtigen Langweilern mit Läden für Druckerpatronen im Prenzl' Berg? Oder für Typen wie Jochen, deren Männlichkeitsgen bis zur Unkenntlichkeit verstümmelt ist? Wenn dem so sein sollte, dann sind anständige Kerle das Letzte, was mich interessiert.

»Und geraucht hast du früher auch nicht so viel …«, ruft Liesbeth mir hinterher. »Es ist doch offensichtlich, dass es dir zurzeit nicht gut geht!«

Ich ziehe die Terrassentür hinter mir zu. Draußen regt sich nichts. Nur ganz in der Ferne hört man ab und zu ein paar Böller losgehen. Ich stecke mir eine Zigarette an und ziehe daran wie eine Ertrinkende, die endlich wieder Luft schnappen kann. Was habe ich mir nur dabei gedacht, Silvester ausgerechnet bei Liesbeth und Jochen zu feiern? Ich konnte doch noch nie etwas mit ihren Freunden anfangen. Aber heute Abend fühle ich mich in ihrem Kreis wie ein Alien. Es kommt mir vor, als würde ich alles durch eine ganz andere Brille sehen. Liesbeth und ihre Welt erscheinen mir plötzlich komplett inkompatibel mit meinem neuen Lebensgefühl. Habe ich mich jahrelang so verbogen? Oder hat diese eine Nacht mit Gabriel mich zu einem vollkommen neuen Menschen gemacht? Das hier kann jedenfalls unter keinen Umständen die Art sein, wie ich dieses Jahr Silvester feiere. Fieberhaft grübele ich über Alternativen nach. Ich schaue auf die Uhr, es ist halb zehn. Immer noch Zeit genug, um rechtzeitig vor Mitternacht die Kurve zu kratzen. Nur wohin könnte ich stattdessen gehen?

Die Terrassentür geht auf, und Liesbeth erscheint. »Marlene, kommst du wieder rein? Wir wollen *Trivial Pursuit* spielen!«, sagt sie in einem Ton, als ermahne sie ein kleines Kind, sich zu benehmen.

Ach du Scheiße. Die letzten zwei Stunden des Jahres damit zu verbringen, im Kreis dieser humorlosen Spießer, Schnarchnasen und Kampfhennen *Trivial Pursuit* zu spielen, ist für mich die reinste Horrorvorstellung. Trotzdem trete ich meine Zigarette aus und gehe hinein.

Im Wohnzimmer hat sich der weibliche Teil der Gäste bereits stehend um den Couchtisch versammelt. Liesbeth ist dabei, die erste Sektflasche zu köpfen.

Während ich meinen Mantel an die Garderobe hänge, höre ich Doris verkünden: »Alt werd ich heute aber nicht, das weiß ich jetzt schon.«

Eine andere Mutti-Freundin von Liesbeth, deren Namen ich nicht mehr in Erinnerung habe, die mir aber jedes Mal wegen ihres grauenhaften schwäbischen Dialekts, ihres ausladenden Hinterteils und ihrer Schweinsäuglein auffällt, steigt sofort begeistert in das Thema ein: »Du, i vaschtäs a net, i bin immer so früh müd in där letschte Zeit. I könnt mich jäde Abend um neune insch Bett läge.«

»Wir sind halt nicht mehr Anfang zwanzig, Jutta, da muss man Prioritäten setzen«, tröstet Doris die Schwaben-Mutti in ihrem Grundschullehrerinnen-Ton.

Den Sekt, den Liesbeth ihr anbietet, lehnt sie energisch ab: »Nein danke, ich hab schon ein Glas Wein getrunken, das reicht für heute.«

»Du, das sind manchmal auch die Wechseljahre, die einen so müde machen …«, raunt Liesbeth Jutta zu und reicht Doris' Sekt an sie weiter. »Ihr werdet es nicht glauben, aber mich hat's diesbezüglich schon voll erwischt. Und dabei bin ich doch gerade mal einundvierzig.«

»Ha noi, des isch abbä schad! Där Joche und du, ihr wolltet doch noch a G'schwisterchen für dän Linus«, entsetzt sich das Juttale daraufhin.

»Tja, was soll man machen … Es lässt sich nicht ändern«, seufzt Liesbeth und reicht auch mir ein Glas Schampus. Dann senkt sie ihre Stimme und ergänzt mit leichter Bitterkeit: »Aber wer weiß – selbst wenn ich meine Periode noch hätte –,

Jochen und ich haben eh kaum noch Sex, da wär wohl auch so nichts draus geworden.«
Jutta und Doris bedenken Liesbeth synchron mit einem Betroffenheitsblick. Ich verkneife mir ein Schmunzeln. Wahrscheinlich will Jochen jegliches Risiko vermeiden, weitere Jungs zu produzieren, die mit Barbie-Puppen spielen.
Jutta hebt hilflos die Schultern und resümiert einfältig: »Ha, wenn ma halt au immer so müd isch am Abend …«
Ach du Schande! Ich komme mir nicht mehr nur vor wie auf einer Kleinmachnowschen Versammlung von Spaßbremsen, sondern wie auf der Silvesterfeier eines Altenheims. Und selbst da wär mit Sicherheit mehr Stimmung als hier.
Provokant sage ich in die Runde: »Man kann's ja auch tagsüber miteinander treiben«, trinke mein Sektglas in einem Zug leer und lächle süffisant.
Doris schaut mich entsetzt an, Liesbeth blickt betreten zu Boden, und Jutta kneift ihre Schweinsäuglein zusammen und gibt merkwürdige, stoßartige Japslaute von sich, die ich als Kichern deute. Keine Ahnung, ob ich ihnen eine Option nahegelegt habe, die sie noch nie in Betracht gezogen haben, oder ob ich Erinnerungen an Zeiten in ihnen wachrufe, als sie noch Anfang zwanzig und nicht ständig müde waren – jedenfalls schlägt mir allgemeine Feindseligkeit entgegen.
»Du als Musikerin hast vielleicht die nötige Freizeit für so was«, stichelt Doris.
Damit dürfte das Silvesterfeuerwerk vorzeitig eröffnet sein. Zumindest im Wohnzimmer von Liesbeth und Jochen.
»Na, du als Grundschullehrerin wirst dich ja wohl auch nicht gerade überarbeiten«, schieße ich zurück und bemühe mich um einen besonders freundlichen Tonfall.
Doris läuft rot an. Noch röter, als sie eh schon war. Mal sehen, was sie jetzt auf die Abschussrampe bringt.
»Ich arbeite mehr als hart! Ich habe einen Tinnitus, so hart arbeite ich!«, ruft sie empört und wedelt mit ihrem erhobenen

Wurstzeigefinger vor mir herum. Die Lehrerinnenrolle ist ihr in Fleisch und Blut übergegangen.
»Sei froh, dass du nur einen Tinnitus hast, manche Leute leiden unter Burn-out«, zünde ich spottend die nächste Rakete. Gleichzeitig denke ich: Sicher, was auch sonst? Tinnitusse und Burn-outs sind ja heutzutage auch der unverzichtbare Nachweis für ein ausreichend stressgebeuteltes Leben. Die Visitenkarte, die man jedem mit Stolz unter die Nase halten kann, um zu belegen: Auch ich schufte mich für einen Job zu Tode, der mir keinen Spaß macht. Denn das Leben ist kein Wunschkonzert! Aus mir nicht erklärlichen Gründen höre ich im Geiste Bengts Stimme wettern: *»Seit wann soll Arbeit Spaß machen?!«* Hilfe! Ich fange an, durchzudrehen.
Doris ist vorerst die Munition ausgegangen. Sie steht da, rückt sich mit zitternden Fingern die Brille zurecht, klappt ihren Mund mehrmals auf und zu und sieht aus wie ein Butt, der nach Luft schnappt.
In diesem Moment betritt Jochen den Raum, bewaffnet mit dem *Trivial-Pursuit*-Spiel.
»Alles klar bei den Damen?«, fragt er, wirft mir und Doris einen argwöhnischen Blick zu und stellt das Spiel auf dem Couchtisch ab. »Es ist kurz vor zehn, wenn wir noch spielen wollen, dann sollten wir jetzt anfangen.«
Meine »Nach mir die Sintflut«-Stimmung ergreift nun endgültig Besitz von mir. Ich gieße mir noch einen Sekt nach und sage zu Jochen: »Wir haben uns gerade gefragt, ob es sich wirklich lohnt, für den Erwerb eines Tinnitus auf Sex zu verzichten …«
Doris sieht mittlerweile aus wie ein Ballon, der zu platzen droht, Liesbeth gefriert zu Stein, und das Juttale lässt schon wieder hysterische Japslaute hören.
Jochen sieht mich amüsiert an. »Sex? Was ist das?«, erwidert er lachend. »Ich hab davon gehört. Manchmal seh ich mir so was nachts im Fernsehen an.«

»Ausgerechnet du«, kommentiert Liesbeth halb belustigt, halb beleidigt. »Um die Uhrzeit schläfst du doch schon tief und fest!«
»Ich mach doch nur Spaß«, winkt Jochen ab. »Wenn ihr es genau wissen wollt, es gibt nur eins, was mich die ganze Nacht wachhalten kann. Und das ist Pokerspielen mit meinen Kumpels.« Er beugt sich über den Couchtisch und baut gewissenhaft das Spiel auf.
Ach du Scheiße. Ich trinke auch mein zweites Sektglas leer und weiß nur eins: Ich muss hier so schnell wie möglich den Abflug machen, sonst bekomme ich noch einen Schreikrampf und muss mich in Liesbeths chinesische Bodenvase übergeben.
In diesem Moment kommt Linus ins Zimmer getänzelt – offenbar hat er sich zwischenzeitlich dem Anlass entsprechend schick gemacht. Er trägt ein rosa Ballettkleidchen und hat sich so übertrieben geschminkt, dass er jeder Drag Queen Konkurrenz machen könnte.
»Mama, ich will tanzen!«, verkündet er pathetisch, dreht sich manieriert um die eigene Achse und wedelt mit einem giftgrünen Seidenschal herum.
Jochen blickt auf und erstarrt angesichts von Linus' bizarrem Erscheinungsbild. »Woher zum Teufel hat der Junge dieses Zeug? Kaufst du ihm etwa den Scheiß, Betti?«, ereifert er sich und reißt Linus den Schal aus der Hand.
Linus jault auf wie ein getretener Hund und stürzt hilfesuchend zu seiner Mutter.
»Jochen, lass ihn doch, es ist doch Silvester«, verteidigt Liesbeth den heulenden Linus und drückt ihn schützend an sich.
»Genau, es ist Silvester, und da muss man tanzen«, schnieft Linus verzweifelt.
Mir wird klar, dass Linus vollkommen recht hat. Und irgendwie tut er mir leid. Ich weiß, wie es sich anfühlt, ein Alien in Kleinmachnow zu sein. Entschlossen stelle ich mein Sektglas

weg, gehe zur Stereoanlage und schmeiße eine Scheibe von Barry White in den CD-Player. *You see the trouble with me* scheint mir ein der Lage angemessener Song zu sein. Ich drehe den Lautstärkeregler auf, die fetzige Musik ertönt aus den Boxen, und kurzerhand schnappe ich mir Linus. Er steigt sofort begeistert darauf ein, und wir fangen an, wild durch das Wohnzimmer zu rocken. Liesbeth und Jutta lachen verlegen, Jochen schüttelt den Kopf, und Doris stolpert fluchtartig ins angrenzende Esszimmer. Linus juchzt vor Begeisterung, ich nehme seine Hand und drehe ihn in alle möglichen Richtungen, bis er ausrutscht und lachend auf den Teppich fällt.

Das ist die Chance für Jochen, dem Spektakel ein Ende zu bereiten. Er stellt die Musik aus und sagt: »Das reicht. Linus, zieh dich bitte sofort um. Wir spielen jetzt!«

Linus trommelt mit den Fäusten auf den Teppichboden ein und fängt an, wie eine Sirene zu heulen.

»Na wunderbar«, schimpft Jochen und wirft mir einen bösen Blick zu. »Das ist ja ein ganz reizendes Silvester!«

»Musste das denn sein, Marlene?«, zischt Liesbeth mir ärgerlich zu.

»Manche Leute müssen den Bogen eben immer überspannen! Vielleicht sind sie auch einfach selbst zu überspannt!«, keift Doris' Stimme im Hintergrund.

Plötzlich steigt dieselbe Wut in mir auf wie schon am Weihnachtsabend mit Alberts Eltern. »Wenn ihr meint!«, rufe ich und knalle mein Sektglas auf den Couchtisch. »Dann feiert euer Spießerfest alleine zu Ende. Ich habe hier nichts mehr verloren, erst recht nicht, wenn man hier nicht mal tanzen darf! Und der Flirtfaktor ist hier sowieso gleich null!«

Linus verstummt angesichts meines Wutausbruchs und schaut mich überrascht an. Gernot, dessen Anwesenheit ich erst jetzt bemerke, verzieht beleidigt das Gesicht.

»Und das vor dem Jungen! Diese Frau ist ja irre!«, empört sich Doris, als wäre allein schon das Wort »flirten« für sie moralisch verwerflich. An ihren Mann gewandt, keift sie: »Ich habe genug, Heiner, wir gehen!« Damit rauscht sie Richtung Garderobe, gefolgt von ihrem Klops von Ehemann. Liesbeth eilt ihnen nach.

Das Juttale starrt dem Trupp der Flüchtenden fassungslos hinterher, dann kullern Tränen aus ihren Schweinsäuglein. »Ich hatte mich so auf das Silvester bei euch gefreut ... Und jetzt so was!«

»Marlene, du gehst wohl jetzt auch besser!«, blafft Jochen. Linus schnauzt er an mit den Worten: »Ab in dein Zimmer, aber sofort!«

Linus schnappt sich den giftgrünen Schal und rennt aus dem Wohnzimmer. Ich schaue ihm nach, der grüne Schal flattert hinter ihm her. Und auf einmal fällt es mir wie Schuppen von den Augen. Dass ich nicht schon eher darauf gekommen bin! Ich werde noch ins Maigrün gehen.

Ich atme tief durch und gehe zu Liesbeth, die aufgewühlt im Hausflur steht.

»Es tut mir leid. Das habe ich nicht gewollt«, sage ich zerknirscht. »Irgendwie passt das gerade alles nicht mit uns.«

Liesbeth sieht mich feindselig an und sagt knapp: »Du hast dich total verändert, Marlene. Ich erkenne dich überhaupt nicht mehr wieder.«

»Mag sein ...«, erwidere ich mit einer Spur Trotz in der Stimme. »Aber ob du's glaubst oder nicht, ich habe noch nie so sehr das Gefühl gehabt, ich selbst zu sein, wie jetzt.«

Kapitel 10

»Hey, Marlene! Schöne Überraschung!«, ruft Ulrich, als er mich sieht.

Das Maigrün ist brechend voll. Ich habe mich bis zum Tresen vorgekämpft, und es grenzt an ein Wunder, dass genau in diesem Moment zwei Barhocker frei werden. Einen davon nehme ich sofort in Beschlag.

Ulrich stellt ein Glas Prosecco vor mich auf den Tresen: »Das geht aufs Haus. Von wegen Silvester und so!«

»Danke!«, rufe ich und zwinkere ihm zu.

»Und weil ich mich so freue, dich wiederzusehen!«, ruft Ulrich und schenkt mir im Gegenzug einen besonders charmanten Blick. Dann wendet er sich den anderen Gästen zu, die den Tresen wie Verdurstende in der Wüste belagern. Bei der vorherrschenden Raumtemperatur kein Wunder. Die Luft steht. Selbst der Zigarettenqualm weiß nicht mehr, wohin er sich verziehen soll. Das Risiko, nach diesem Abend an Lungenkrebs zu erkranken, ist sowieso unabwendbar, denke ich und zünde mir eine an. Ich lasse meinen Blick durch den Raum schweifen. Leute, die man wohl am treffendsten als »szenig« bezeichnen würde, stehen entweder schwadronierend in Gruppen zusammen oder sitzen entspannt auf Sofas und Stühlen am Rand. Im hinteren Teil der Bar wird ausgelassen getanzt. In einer Ecke neben dem Eingang entdecke ich den hässlichen Trenchcoat-Mann, der in ein Gespräch mit

einem jungen Typen mit Nerd-Brille und hellblauem Sechziger-Jahre-Retro-Pulli vertieft ist. Ich frage mich, was es mit dem Kerl auf sich hat.
Rechts von mir stehen zwei Typen bei einer auffallend attraktiven Frau, die, etwas abgerückt, auf dem Barhocker neben mir sitzt. Wild gestikulierend redet sie auf die beiden Jungs ein. Sie strahlt pure Exotik aus: Ihre Gesichtszüge haben etwas Katzenhaftes, ihre Haut hat einen bronzefarbenen Ton, und ihr schulterlanges Haar ist tiefschwarz. Sie trägt ein figurbetontes kirschrotes Kleid, das so kurz ist, dass man ihre Unterwäsche sehen könnte, wenn es auch nur einen Zentimeter höher rutschen würde – sofern sie überhaupt welche anhat. Im Vergleich dazu kommt mir mein eigenes Kleid fast wie ein biederer Kaftan vor. Unter ihrem Haar blitzen riesige runde Ohrringe hervor, um ihren Hals baumelt eine extravagante, goldene Kette, und ihre Füße stecken in schwarzen Lack-Pumps, deren Absätze mindestens zehn Zentimeter hoch sind. Ich bin so fasziniert von ihrer Erscheinung und der selbstbewussten Zurschaustellung ihrer weiblichen Reize, dass ich den Blick gar nicht von ihr abwenden kann. Seltsamerweise verspüre ich angesichts ihrer atemberaubenden Schönheit aber weder den Drang, von der nächsten Brücke zu springen, noch, einen Termin beim Schönheitschirurgen zu vereinbaren. Ich fühle mich heute Abend einfach nur wohl in meiner Haut. Ich kenne hier zwar niemanden außer Ulrich, Karl und dem DJ, aber ich genieße es, Teil dieser lebendigen Szenerie zu sein und alles in Ruhe zu betrachten.
Ulrich scheint das anders zu interpretieren und frotzelt: »Was'n los mit dir, Marlene, so schüchtern heute? Hast doch letztes Mal auch die Femme fatale raushängen lassen und geflirtet, was das Zeug hält!«
Ach du Schande – hat Ulrich mein Intermezzo mit dem DJ etwa mitbekommen? Oder habe ich, angetrunken, wie ich war, sonst noch über die Stränge geschlagen, ohne mich daran

zu erinnern? Einen Moment lang bin ich so peinlich berührt, dass ich keine Ahnung habe, was ich erwidern soll.
Doch da wendet Ulrich sich auch schon der exotischen Schönheit neben mir zu: »Julieta, kümmere dich doch mal 'n bisschen um Marlene, die kommt heut nicht so richtig in die Gänge.«
Ich bin genervt. Ich brauche doch keinen Babysitter.
Julieta dreht sich zu mir und strahlt mich mit ihren schwarzen Katzenaugen an. »Hey«, begrüßt sie mich und klingt dabei so überdreht wie die Darstellerin einer amerikanischen Serie.
»Hey«, erwidere ich ausdruckslos.
»Abgefahrene Party, was?«, ruft sie und wedelt exaltiert mit beiden Händen in der Luft herum, dass ihre schätzungsweise zwanzig Armreifen wilde Klimpergeräusche von sich geben.
Meint sie allen Ernstes, sie müsse mich entertainen?
»Sicher«, bestätige ich unwillig. »Aber du musst dich jetzt nicht mit mir unterhalten, ich amüsiere mich auch so sehr gut.«
»Will ich aber«, grinst Julieta und zieht an ihrer Zigarette. »Die Boys da langweilen mich sowieso gerade tierisch.«
»Na dann«, lächle ich.
»Ist halt 'ne ziemliche Herausforderung, mit 'ner Brasilianerin mitzuhalten ...«, erklärt Julieta und wirft den beiden Typen einen belustigt-abschätzigen Blick zu. Unvermittelt springt sie vom Barhocker, tanzt ein paar Sambaschritte und lacht schallend. »Zu viel Temperament!«
Erst jetzt registriere ich, dass Julietas ohnehin schon heißes Kleid über ein Dekolleté verfügt, das ihre wohlgeformte, üppige Oberweite bis zur Hälfte freilegt.
»Du bist aus Brasilien?«, frage ich höflich und versuche, meinen Blick von ihren Brüsten abzuwenden. Wenn das mir schon schwerfällt, wie muss es dann erst den Männern gehen!
»Hört man dir gar nicht an, du sprichst völlig akzentfrei.«
»Na ja, ich bin ja auch in Deutschland aufgewachsen. Und genau genommen bin ich auch nur Halb-Brasilianerin. Meine

Mutter ist Deutsche. Und meinen Vater hab ich nie kennengelernt. Aber die Exotik hat er mir trotzdem vererbt.« Julieta hopst wieder auf den Barhocker, wirft ihre Haare nach hinten und rückt sich so ausführlich das Dekolleté zurecht, dass ich kurz eine ihrer Brustwarzen zu sehen bekomme.
»Verstehe«, sage ich etwas befremdet, nicht nur über den offenherzigen Umgang meiner Gesprächspartnerin mit ihrer Oberweite, sondern auch mit Details aus ihrer Kindheit, obwohl wir uns erst seit zwei Minuten kennen.
Aber in dem Laden wundert mich gar nichts mehr, es wird ja auch hemmungslos mit einem rumgeknuscht, nachdem man lediglich »Na?« gesagt hat.
»Julieta, was'n los? Lässt du uns jetzt hier versauern?«, erwacht einer der beiden Typen neben Julieta aus seiner Trance. Er ist ein sonnenstudiogebräunter Schönling, der schon die ganze Zeit weggetreten vor sich hin grinst. Seine zum Zopf gebundene blonde Haarpracht sieht aus, als würde er eine Menge Pflegeprodukte in sie investieren.
»Jimmy, so was wie mein fester Freund«, sagt Julieta, ohne ihn eines Blickes zu würdigen.
Jimmy hebt sein Glas, und wir stoßen mit unseren Drinks an. Dann erzählt mir Julieta in ihrer offenen Art weitere Details aus ihrem Leben: »Ich wohne gleich um die Ecke. Das hier ist meine Stammbar. Praktisch, oder?«
»Praktisch wofür?«, fragt Jimmy und mustert Julieta mit halb geschlossenen Lidern.
Erst jetzt erkenne ich, dass er einen Joint zwischen den Fingern hält. Seinem Nirwana-Blick nach zu urteilen, ist es nicht der erste, den er heute Abend raucht.
»Na, einfach so halt«, erwidert Julieta genervt. »'Nen Absacker klarmachen, bevor man nach Hause geht ... Was sonst?«
»Und ab und zu auch mal 'nen Kerl, was?«, stichelt Jimmy, klingt aber erstaunlich unbeteiligt.

Julietas Augen funkeln angriffslustig. »Jetzt fang nicht schon wieder mit *der* Scheiße an! Ich werd sonst echt sauer!« Sie rutscht vom Barhocker, geht an mir vorbei und flüstert mir ins Ohr: »Chronisch eifersüchtig … Ich bin so froh, dass der in Hamburg wohnt …«

Ich schmunzele vor mich hin, die beiden haben zweifellos großen Unterhaltungswert.

Kaum ist Julieta im Sambastil und mit wedelnden Armen davongetanzt, setzt sich der zweite Kerl, der die ganze Zeit danebengestanden hat, auf ihren Barhocker – ein etwas dümmlich wirkender Muskelprotz, der ein schwarzes T-Shirt mit dem Aufdruck *Highway to Hell* trägt und auf beiden Unterarmen stark tätowiert ist. Jimmy reicht ihm den Joint, und das Muskelpaket zieht daran. Dann hält er mir die Tüte hin.

»Och ma 'nen Zug?«, fragt er und zieht die Brauen hoch.

Mir ist klar, dass ich eigentlich schon viel zu viel Alkohol getrunken habe, um Gras zu rauchen, aber schließlich ist heute Silvester, und ich wollte so richtig einen draufmachen. Also nehme ich den Joint und ziehe zweimal daran. Wie immer finde ich, dass er scheußlich schmeckt, und muss husten.

»Hab ma noch jar nich vorjestellt. Ick bin Olli«, sagt das Muskelpaket und nickt mir freundlich zu.

Ich lächle ihn an. Eigentlich habe ich für dümmliche, stark berlinernde Rambo-Verschnitte nicht viel übrig, aber Olli ist irgendwie niedlich.

»Nettes Kleid …«, bemerkt er und lässt seinen Blick auf eine Art an mir rauf und runter wandern, dass ich mich fühle, als wäre ich splitternackt.

»Findest du?«, sage ich etwas verlegen, aber auch erfreut über das Kompliment.

»Finde ick«, bestätigt Olli. Dann blinzelt er mir verschwörerisch zu und ergänzt grinsend: »Heiße Braut, kann ick nur sajen.«

Ich muss schmunzeln. Vor zwanzig Jahren wäre ich über eine so plumpe Anmache empört gewesen und hätte Olli mit Hilfe zahlreicher Argumente aus meinem feministisch geprägten Gedankengut als machohaft und frauenfeindlich entlarvt. Hier und heute geht mir sein Kompliment runter wie Öl. Wenn ich mit neununddreißig von einem Typen wie Olli noch als heiße Braut bezeichnet werde, dann habe ich allen Grund zum Feiern.

Wie auf Bestellung erklingen die ersten Takte von *Boogie Wonderland*, einem meiner absoluten Lieblingssongs.

»*Earth, Wind & Fire!*«, rufe ich begeistert. »Sorry, Jungs, aber ich muss jetzt unbedingt tanzen!«

Ich schwinge mich vom Barhocker und stürme die Tanzfläche. Dort treffe ich Julieta, die gerade extrem anzüglich mit irgendeinem Kerl tanzt. Vielleicht hat Jimmy ja allen Grund, eifersüchtig zu sein? Kaum sieht sie mich, kommt sie zu mir herübergehopst. Wir fetzen ausgelassen herum, machen immer wieder alberne Showdance-Gesten und lachen uns kaputt.

Keine Ahnung, ob es diese Party ist, Julieta und ihre Jungs oder der Joint, aber ich fühle mich so frei und unbeschwert wie schon lange nicht mehr. Hier, im Maigrün, mit all diesen unkonventionell wirkenden Leuten, fühle ich mich genau am richtigen Platz. Und stelle außerdem mal wieder fest, wie leidenschaftlich gerne ich tanze. Wie konnte ich das nur aus dem Blick verlieren die letzten Jahre!

Mir kommt in den Sinn, wie ich vor zwei Jahren mit Albert einen Standardtanzkurs besucht habe – auf Anraten unserer Paartherapeutin. Rückblickend erscheint mir das nur noch absurd: Zu Tango-, Walzer- und Foxtrottklängen sollten wir versuchen, unsere innere Paardynamik zu erspüren. Vor allem mir als Frau wurde aufgetragen, mich doch endlich einmal widerstandslos von Albert »führen« zu lassen. Am besten mit geschlossenen Augen. Da Albert und ich uns zusätzlich auf die richtige Schrittfolge konzentrieren mussten, wurde das Ganze zu einem äußerst schweißtreibenden Unterfangen. Albert rief permanent »Jetzt lass dich doch mal fallen!«, was mir unmöglich war, weil er mir permanent auf die Füße trampelte. Wenn ich unter diesen Umständen auch noch die Augen geschlossen hätte, wäre ich vermutlich zur Dauerpatientin bei einem Podologen, wenn nicht gar bei einem Fußchirurgen geworden. »Du beherrschst die Schritte ja gar nicht, also kann ich dir auch nicht folgen!«, beschwerte ich mich dann immer bei Albert. »Wenn du mich führen willst, dann musst du mir auch zeigen, wo du hinwillst, sonst geh ich halt meiner eigenen Wege!« Mit dieser Aussage hatte ich unsere Paardynamik bereits wesentlich klarer erspürt, als ich damals ahnte. Jedenfalls endeten unsere Tanzstunden regelmäßig mit paardynamischer Misslaune, wenn nicht gar mit einem öffentlichen Streit. Nachdem wir aus dem Kurs geworfen wurden, sah auch unsere Therapeutin ein, dass Tanzen nicht die optimale Freizeitaktivität für uns war.

Ulrichs Stimme schallt durch die Bar: »Hey, Leute, in fünf Minuten ist Mitternacht! Ich hoffe, ihr habt alle was zu trinken!«

Allgemeine Aufregung macht sich breit. Einige Leute stürzen zum Tresen, um sich noch rechtzeitig ein Glas Sekt zu sichern, andere schnappen sich ihre Jacken und Mäntel, um vor die Tür zu gehen und Knaller loszulassen. Julieta gestikuliert in Richtung Tresen, aber als ich ihr folgen will, umfassen mich sanft zwei Arme von hinten. Im nächsten Moment spüre ich einen flüchtigen Kuss auf meinem Hals. Ich drehe mich um und erblicke den französischen DJ.

Er grinst mich schelmisch an und sagt: »Isch abe ge'offt, disch 'eute zu sehn …«

»Tatsächlich?«, grinse ich zurück.

»Mais oui!«, flötet er. »Du siehst übrigens 'inreißend aus.«

Er zieht mich entschlossen an sich und küsst mich kurz, aber intensiv auf die Lippen. Dann löst er sich auch schon wieder von mir und entfernt sich in Richtung Ausgang – nicht ohne mir

vorher noch einmal vielsagend zuzuzwinkern. Verwirrt schaue ich ihm nach. So überraschend der Kerl jedes Mal auftaucht, so überraschend verschwindet er auch wieder. Und bringt mich immer total durcheinander damit. Was ist das für ein Spiel?
Ich gehe hinüber zu Julieta, die mit Jimmy und Olli auf ihrem alten Platz am Tresen hängt und mir aufgeregt zuwinkt.
»Es ist gleich zwölf, wo bleibst du?«, ruft sie und reicht mir ein Glas Prosecco.
Wir heben unsere Gläser und blicken uns feierlich an. Für den Bruchteil einer Sekunde habe ich das Gefühl, als würde die Zeit stillstehen. Um mich herum höre ich Julieta, Jimmy, Olli und die anderen Leute im Chor brüllen: »Zehn, neun, acht, sieben …«
Plötzlich rast das vergangene Jahr im Zeitraffer vor meinem inneren Auge vorbei. Ich frage mich, was Albert und die Kinder wohl gerade machen. Ich frage mich, was Gabriel macht. Und spüre so deutlich wie noch nie, dass ich an einer Schwelle stehe. Nicht nur zu einem neuen Jahr, sondern auch zu einem neuen Lebensabschnitt. Nie war mir klarer als jetzt, dass ich Abschied nehmen muss. Die Erkenntnis ist so überwältigend, dass mir unwillkürlich Tränen in die Augen schießen.
»… vier, drei, zwei, eins, PROST NEUJAHR!«, kreischen alle völlig aus dem Häuschen.
Julieta fällt mir in die Arme. »Frohes neues Jahr!«, ruft sie strahlend. »Toll, dich kennenzulernen.«
Wir stoßen an und trinken in einem Zug unsere Gläser leer. Draußen erklingen Jubelschreie, und Böller gehen los. Ich wische mir eine kleine Träne weg.
»Alles okay mit dir?«, fragt Julieta.
»Ja, ja, alles super …«, murmele ich etwas benommen. »Ich find's auch klasse, dass ich euch hier getroffen habe.«
Julieta strahlt und drückt mich noch einmal an sich.
Gleich im Anschluss liegt mir Olli in den Armen und ruft lachend: »Allet Jute, du heiße Braut!«

Ulrich füllt ungefragt unsere Proseccogläser nach und prostet mir über den Tresen hinweg zu: »Frohes Neues, Marlene! Auf dass du jetzt öfter herkommst!«
Julieta und Jimmy liegen sich in den Armen und knutschen, Olli hat irgendwelche Bekannten getroffen, und ich beschließe, einen Blick auf das Feuerwerk zu werfen.
Draußen stehen jede Menge Leute herum, rauchen, trinken und feiern. Überall wird geschossen, geknallt und gefeuerwerkt. Es ist saukalt. Ich kuschele mich in meinen Mantel und zünde mir eine Zigarette an. So ganz allein fühle ich mich hier draußen auf einmal doch ein wenig verloren. Ich werfe einen Blick auf mein Handy und stelle fest, dass ich einen Anruf verpasst habe: von Gabriel. Ich schlucke. Dann wähle ich spontan seine Nummer.
Es klingelt drei Mal, bevor er tatsächlich abnimmt. »Marlene!« ist das Erste, was er sagt. Er klingt atemlos.
»Hey …«, sage ich. »Frohes neues Jahr!«
»Dir auch. Sorry, dass ich mich nicht eher gemeldet habe, aber bei mir war die Hölle los.«
»Wieso?«, frage ich und ziehe an meiner Zigarette.
»Kann ich jetzt nicht so schnell erklären. Mein Agent geht mir unglaublich auf die Nerven. Ich soll jetzt doch schon einen Monat früher nach Tokio. Ich bin hier nur am Rotieren. Tut mir wirklich leid, aber ich befürchte, das mit Berlin klappt nicht mehr.«
»Hm …«
Ehrlich gesagt hatte ich sowieso kaum noch damit gerechnet.
»Wo bist du denn gerade?«, fragt Gabriel.
»Auf 'ner ziemlich abgefahrenen Party«, antworte ich lächelnd.
»Cool«, höre ich Gabriel sagen. »Und deiner Familie geht's gut?«
Stimmt, Gabriel hat nicht die geringste Ahnung, was sich die letzten zehn Tage in meinem Leben ereignet hat. Und irgend-

etwas hält mich zurück, es ihm zu sagen. Es würde viel zu weit führen.
»Gut«, lüge ich. »Alles gut so weit.«
»Freut mich«, sagt er. »Du, ich muss jetzt Schluss machen. Ich melde mich auf jeden Fall aus Tokio, okay?«
»Ja klar, mach das.«
Ich bin mir sicher, dass er sich kein einziges Mal melden wird. Aber das ist okay. Gabriel war nun mal so etwas wie ein Engel, der mich auf einen neuen Weg geführt hat. Jetzt muss er sich um anderes kümmern. Irgendwo in Tokio. Und ich muss mich ebenfalls um anderes kümmern. Hier in Berlin.
»Pass auf dich auf«, gibt mir Gabriel zum Abschied noch mit auf den Weg und klingt fast besorgt.
»Mach ich …«, sage ich leise und lege auf.
Ich ziehe noch ein letztes Mal an meiner verglühenden Zigarette, bevor ich sie auf den Boden werfe und austrete. Einen Moment zögere ich – dann lösche ich Gabriels Nummer.
»Allet klar?« Olli steht plötzlich neben mir.
Er trägt eine viel zu dünne Jeansjacke und ein freches Käppi und sieht damit ziemlich hipp aus.
»Hab nur 'n Bier, aber zum Anstoßen reicht's ja, wa …«, sagt er.
Er reicht mir ein Bier, und wir stoßen an. Langsam, aber sicher macht sich mein erheblicher Alkohol- und Nikotinpegel bemerkbar – ganz abgesehen von dem Joint, der ganz schön reingehauen hat. Warum habe ich bei Liesbeth nicht mehr gegessen, statt diese alberne Trotzhaltung an den Tag zu legen? Jetzt bekomme ich die Quittung dafür.
»Gibt's hier eigentlich was zu essen?«, frage ich Olli. »Ich bin am Verhungern.«
Olli lacht. »Nee, ick gloobe, hier jibt's nur Schips und so Kram, nix zum Sattwerden. Aber wir können ja kieken, ob wa noch irjendwo wat ufftreiben können …«
Mit Olli auf der Suche nach einer geöffneten Imbissbude durch Schöneberg zu stolpern und vor Böllern zu fliehen, er-

scheint mir genauso irrsinnig, wie im Kosovo während eines Bombenangriffs auf die Straße zu gehen.

»Nee, lass mal. Ist mir gerade zu stressig«, sage ich.

»Pass uff, ick jeh ma rin und kieke, wat sich machen lässt«, erklärt er ritterlich und verschwindet.

Ich beschließe, ihm zu folgen und ebenfalls reinzugehen. Meine Füße stecken schließlich nur in High Heels. Und meine Beine fühlen sich bereits so an, als hätte ich die letzten zehn Minuten in einem Gefrierfach verbracht. Fröstelnd ziehe ich meinen Mantelkragen hoch und wende mich Richtung Eingangstür. Ich will mich gerade an einer Gruppe von Leuten vorbeischieben, die aus der Bar herauskommen, als ich ihn sehe: Er steht im Halbdunkel an die Wand des angrenzenden Hauseingangs gelehnt und raucht. Und schaut zu mir herüber. Aber er schaut nicht einfach nur zu mir herüber: Er hat den Blick einer Raubkatze. Etwas Lauerndes und Abgründiges liegt in seinen dunklen Augen. Auch alles andere an ihm ist dunkel, seine Haut, sein kurzes, gelocktes Haar und seine schwarzen Klamotten. Ich bleibe wie angewurzelt stehen und starre ihn an. Ich nehme nicht mehr wahr, dass sich ständig Leute an mir vorbeidrängeln und mich fast umschubsen. Ich starre ihn nur an. Langsam weicht die Regungslosigkeit seiner Miene einem Lächeln, und ich glaube, ohnmächtig zu werden. Denn auch sein Lächeln ist dunkel. Und eigentlich ist es kein Lächeln, sondern ein dreckiges Grinsen. Genauer gesagt, sein Grinsen ist der pure Sex. Mir kommt es vor, als würde mir der Boden unter den Füßen weggezogen. Wie einen Rettungsring ergreife ich die Klinke der quietschenden Eingangstür, ziehe sie mit aller Kraft auf und betrete die Bar. Ich fühle mich, als hätte mich ein Stromschlag getroffen. Benommen gehe ich zu Julieta und Jimmy, die immer noch am Tresen sitzen.

»Ich habe gerade beschlossen, dass wir unbedingt mal zusammen ausgehen müssen«, sagt Julieta euphorisch.

»Gerne.« Ich ziehe meinen Mantel aus.

Julieta holt ihr iPhone aus der Tasche. »Wie finde ich dich auf Facebook?«
»Wo?«, frage ich überrascht.
»Auf Facebook«, entgegnet sie verständnislos. »Jetzt sag bloß, du weißt nicht, was Facebook ist!«
»Irgendein Internetportal, aber ich bin nicht drin«, sage ich achselzuckend.
»*Jeder* ist auf Facebook!«, Julieta schaut mich an, als wäre ich total weltfremd.
»Schon möglich, aber was genau ist eigentlich der Sinn dabei?«, erkundige ich mich.
»Der Sinn?!«, entgegnet sie und betrachtet mich, als wäre ich nicht nur weltfremd, sondern gehörte einer ihr unbekannten Spezies an. »Na, kommunizieren natürlich!«
»Kommunizieren kann man doch auch per Telefon«, argumentiere ich.
»Ich bitte dich, wer telefoniert denn heutzutage noch?«, fragt sie und lacht schrill.
Kein Facebook-Profil zu haben, scheint in Julietas Welt – zugegeben eine Welt für Leute von Ende zwanzig bis Anfang dreißig – ein absolutes No-Go zu sein. Ich fühle mich, als wäre ich dabei ertappt worden, Bewerbungen noch mit der Schreibmaschine zu tippen oder Butter selbst zu stampfen. Natürlich habe ich schon von Facebook gehört, aber bislang gab es keinen Anlass für mich, dort mitzumischen.
Julieta hantiert mit ihrem iPhone herum und sagt: »Also, fürs Erste gibst du mir mal deine Nummer. Und dann gehst du schnellstmöglich auf Facebook, das ist ja nicht normal!«
Und schon überkommt mich dieser gewisse Widerstand, den ich immer an den Tag lege, wenn Leute mir vorschreiben wollen, was angeblich normal ist und was nicht. Egal, ob es sich dabei um Doris' und Liesbeths Ansicht handelt, es sei nicht normal, dass ich mich von Albert trenne, oder um Julietas Überzeugung, es sei nicht normal, dass ich nicht auf Facebook

bin. Ich will mich nicht in irgendwelche Schubladen stecken lassen. Demonstrativ öffne ich meine kleine Tasche, hole eine Visitenkarte heraus und überreiche sie Julieta. Sie schaut mich verdattert an. Visitenkarten-Austauschen auf einer Szene-Party scheint für sie so unzeitgemäß zu sein wie Flugticketskaufen im Reisebüro oder Geldabheben am Sparkassenschalter. Und noch schrulliger, als Facebook nicht zu kennen! Womöglich habe ich mich nun endgültig als hinterwäldlerische Enddreißigerin geoutet. Und das, obwohl ich dachte, *ich* wäre cool – na ja, zumindest im Gegensatz zu Liesbeth, Doris und Jutta.

Julieta wirft einen Blick auf die Karte, dann kreischt sie laut auf und ruft: »Du bist Musikproduzentin?! Wow! Hey, ich bin Schauspielerin!«

»Wirklich?«, antworte ich überrascht. Das erklärt natürlich ihr exaltiertes Gehabe. »Das ist ja ein Zufall, ich habe gerade zum ersten Mal für ein Filmprojekt gearbeitet.«

»Im Ernst? Für welches denn?«, ruft Julieta und wirft ihre Haare nach hinten.

»Für den neuen Film von Hagen Bruns«, sage ich.

»Im Ernst? Für Hagen? Nein!« Sie zündet sich eine Zigarette an, inhaliert tief und sagt mit bedeutungsvollem Augenaufschlag: »Der hat mich mal zu ’nem Casting eingeladen.«

Julietas Blick nach zu schließen, hat Hagen sie nicht nur zum Casting, sondern auch in sein Bett eingeladen. Ich bin perplex. So klein ist mal wieder die Welt.

Während Julieta schon wieder an ihrem Dekolleté herumzupft, sagt sie zu Ulrich: »Schatz, du weißt ja gar nicht, was für tolle Frauen du hier in deiner Bar hast!«

»Ist mir klar …«, grinst Ulrich und begutachtet genüsslich Julietas Brüste.

»Oh, du wieder«, raunt sie und wirft ihm einen Blick zu, der deutlich macht, dass sie auch von ihm bereits eine Einladung in sein Bett erhalten haben muss.

Genau genommen würde ich ihr zutrauen, dass sie mit *jedem* Mann in dieser Bar schon etwas hatte.
Ulrich stellt drei Schnapsgläser mit Wodka auf den Tresen. »Das geht auf mich. Wenn wir schon mal Doppel-D-Prominenz hier haben …«, sagt er und lacht laut über sein eigenes Wortspiel.
Was ist heute bloß mit ihm los? Aber gut, es ist Silvester, und der Alkohol ist reichlich geflossen.
Erst jetzt bemerke ich, dass Jimmy nicht mehr da ist. Olli ist ebenfalls nicht wieder aufgetaucht. Suchend schaue ich mich in der Bar um. Und sehe ihn wieder: den aufregenden Unbekannten. Er sitzt am anderen Ende der Bar auf einem Sofa in der Ecke und – verdammt! – schaut schon wieder zu mir rüber. Auf den zweiten Blick erkenne ich, dass er die Gesichtszüge eines Mulatten hat. Der Kerl macht mich total nervös. Ich raffe all meinen Mut zusammen und schenke ihm den Anflug eines Lächelns. Er verzieht keine Miene.
In diesem Moment taucht Olli wieder auf – bewaffnet mit einem kleinen Tablett Sushi.
»Kiek ma, wat ick in eenem jeheimen Winkel dieser Bar jefunden habe«, verkündet er stolz und stellt das Tablett auf den Tresen. »Mit Jenehmijung vom Chef!«
Ulrich zwinkert vielsagend.
»Wow! Danke, du bist ’ne Wucht, Olli«, sage ich und drücke ihm einen Schmatzer auf die Wange.
»Na, jerne jeschehen! Wat tut man nich allet für ’ne heiße Braut«, lacht Olli, sichtlich geschmeichelt.
Hungrig machen wir uns über den Sushi-Teller her. Während wir essen, schieben sich immer mehr Menschen in die Bar, unter ihnen auch der Trenchcoat-Mann, der Julieta im Vorbeigehen zunickt.
»Wer ist eigentlich dieser komische Typ?«, frage ich.
»Der? Das ist Micha, der verkauft hier Gras und so …«, antwortet Julieta und schiebt sich ein Sushi-Teilchen in den

Mund. Dann blickt sie mich an: »Das hab ich dir natürlich nie erzählt.«
»Und der DJ?«, frage ich sie weiter aus, schließlich ist das hier ihre Stammbar, da muss sie es ja wissen. »Was ist das für einer?«
Julieta winkt ab und sagt kauend: »Luc! Charmeur vor dem Herrn und phantastischer Tänzer. Aber 'n totaler Hallodri!« Sie äfft seinen französischen Akzent nach: »Er 'ält sisch für dän Größten und kriegt einfoch Jäde, verschtähst dü?« Julieta vergewissert sich, dass Jimmy nicht in der Nähe ist, und flüstert mir zu: »Ich sage dir, er hat's schon hundert Mal bei mir versucht. Genau wie Ulrich und eine Menge anderer Typen hier in der Bar. Aber keine Chance. Wie heißt es so schön? ›Don't shit where you eat.‹« Sie lacht triumphierend, wirft wieder energisch ihre Haarmähne zurück und schiebt sich genüsslich ein weiteres Sushi in den Mund.
Ich kann mir nicht helfen, aber ich nehme Julieta ihre angebliche Zurückhaltung, was die Männer in dieser Bar betrifft, nicht wirklich ab.
Während ich ebenfalls nach einem Sushi greife, entschließe ich mich, sie nach dem dunklen Unbekannten zu fragen. »Kennst du zufällig diesen Typ da hinten?«, sage ich. »Ich meine den Mulatten, der da hinten in der Ecke sitzt.«
Julieta schaut sich unauffällig um, wendet sich dann wieder mir zu und sagt verächtlich: »Lass die Finger von ihm.«
»Wieso?«, frage ich verständnislos. »Hast du was mit ihm?«
Bevor Julieta antworten kann, taucht Jimmy auf und steckt ihr ohne Vorwarnung seine Zunge in den Hals. Inzwischen scheint er völlig im Delirium zu sein. Ich drehe mich noch einmal zu dem Mulatten um, aber er ist nicht mehr da. Julietas Worte bewirken natürlich lediglich, dass ich noch neugieriger auf den Kerl bin. Es ist wie mit dem verbotenen Zimmer in dem Märchen von König Blaubart, bei dem man nichts sehnlicher möchte, als es zu betreten. Ein Kribbeln breitet sich in mir aus.

Ich beschließe, mich auf der Toilette frisch zu machen, aber kaum bin ich aufgestanden, machen sich die fatalen Auswirkungen des Alkohols bemerkbar, und ich muss mich am Barhocker festhalten. Auch die anderen Gäste scheinen schon ziemlich besoffen zu sein. Vor dem Frauenklo stehen ein paar Mädels Schlange. Ich wanke auf sie zu, um mich einzureihen, als ich plötzlich eine Hand auf mir spüre, die von hinten nach mir greift und mich zurückhält. Was wird das denn jetzt?, denke ich, bevor mich im nächsten Moment jemand mit beiden Händen an der Taille fasst und in einen Raum bugsiert, der sich vor den Toiletten befindet. Es ist eine Art Lager- und Küchenraum. Ich drehe mich um und sehe, was ich schon geahnt habe: Es ist der Mulatte. Immer noch die Hände an meiner Taille, schiebt er mich sanft in den Raum, schließt die Tür hinter uns und schaltet das Licht aus. Das Einzige, was den Raum jetzt noch spärlich erhellt, ist die grünlich schimmernde Notbeleuchtung über der Tür. Und wieder passiert es: In meinem Kopf setzt Musik ein. Diesmal ist es allerdings keine leidenschaftliche Tangomelodie, sondern eine spannungsgeladene Orchestermusik, wie gemacht für einen Hitchcock-Thriller. Mehrere Violinen wiederholen in abgehackten Sechzehntelnoten immer denselben hohen Ton, als untermalten sie eine Szene aus *Psycho*. Der Mulatte drückt mich gegen die Wand, direkt neben einer niedrigen Kühltruhe. Er tut nichts – außer mich anzusehen. Sein Blick ist schon wieder hypnotisierend, und seine rechte Hand wandert in Zeitlupe über den Stoff meines Kleides meinen Po hinunter. Die Violinen werden lauter und schriller. Mir werden die Knie weich. Ich zittere am ganzen Körper. Der Typ sagt immer noch nichts. Ich spüre seinen schnellen Atem auf meiner Haut und sehe in seine lauernden, dunklen Augen. Jetzt setzen bedrohliche Trommeln ein. Andere würden vielleicht hilfeschreiend davonrennen, aber ich bin wie paralysiert, und das enorme Verlangen, ihn zu küssen, steigt in mir auf. Ich recke mich zu ihm hoch, aber er lässt es nicht zu. Stattdessen grinst er wieder dreckig. Die Trommeln vermischen sich mit den Violinen zu einer wilden, aufwühlenden Melodie. Ich habe keine Ahnung, was mit mir passiert, aber eins weiß ich genau: Ich bin Wachs in seinen Händen. Er schiebt seine rechte Hand unter mein Kleid, dann unter meinen Slip auf meinen Hintern. Ich lasse es geschehen. Mehr noch, ich wünschte, er würde mich auf der Stelle komplett ausziehen. Blöderweise mutiert in diesem Moment die Hitchcock-Musik zu einem albernen Buschtrommel-Sound, der von afrikanisch anmutenden Gesängen begleitet wird. Aufhören, das macht doch die ganze Stimmung kaputt! Ich versuche, die Klänge zu verscheuchen, aber es gelingt erst, als der Mulatte den Mund aufmacht. Schlagartig setzt die Musik aus. Gott sei Dank!

»Zieh deinen Slip aus …«, flüstert er heiser.

Mein Verstand scheint komplett ausgeschaltet zu sein, denn unter normalen Umständen hätte ich ihm angesichts seiner dreisten Forderung eine geklatscht. Aber hier, in dem Hinterzimmer einer Bar, in das jeden Moment jemand reinkommen könnte, macht mich seine Entschlossenheit nicht wütend, sondern heiß. Ich habe sie wohl nicht mehr alle, schießt es mir durch den Kopf, schließlich könnte mich der Typ auch umbringen! Hier und jetzt. Vielleicht war die Hitchcock-Musik in meinem Kopf ein warnender Vorbote! Aber das alles ist mir schlichtweg egal – Hauptsache, ich kann vor meinem Tod noch Sex mit ihm haben. Die Art, wie er mich anfasst, die Art, wie er nur das Nötigste sagt, und vor allem die Art, *wie* er es sagt, machen mich verrückt.

»Zieh ihn aus!«, fordert er erneut.

Ich kann nicht anders, ich tue, was er von mir verlangt. Während ich meinen Slip ausziehe, streift er sich ein Kondom über. Vielleicht sollte ich doch schnell nachfragen, ob er schon einmal eine Frau nach dem Sex umgebracht hat, doch da hebt er mich schon auf die Kühltruhe – und dringt eine Sekunde später in mich ein. Lust durchströmt mich. Ich beginne zu fliegen und vergesse alles um mich herum ... Wäre da nicht diese nervige Musik, die wieder in meinem Kopf einsetzt. Diesmal ist es ausgerechnet eine billige Kaufhaus-Mucke, die mir das Gefühl gibt, in einem schlechten Porno mitzuspielen. Als der Fremde meine Beine auf seine Schultern legt und noch tiefer in mich eindringt, verscheucht meine Lust die Musik. Endlich. Ich stöhne auf. Entschlossen ziehe ich sein Gesicht zu mir herunter, ich will ihn endlich küssen! Seine Lippen sind unglaublich weich und voll. Plötzlich wird die Kaufhaus-Mucke von einer gefühlsduseligen Orchestermusik verdrängt, wie geschaffen für eine kitschige, amerikanische Liebesschnulze. Schmachtend untermalt sie unseren leidenschaftlichen Kuss. Als sich unsere Münder voneinander lösen, schenkt mir der Mulatte ein gewinnendes Lächeln, und sofort ertönt wieder das seichte Kaufhaus-Gedudel. Das darf nicht wahr sein! Vehement schiebe ich sein Hemd nach oben, streichle seinen muskulösen Oberkörper und lasse meine Hände zu seinem knackigen Hintern hinuntergleiten. Seine Hände hingegen wandern zu meinen Brüsten und Wärme durchflutet meinen Körper. Ich lasse mich nach hinten fallen und gebe mich ihm endgültig hin. Zu meiner Erleichterung verwandelt sich das billige Gedudel mit einem Mal in eine wunderschöne, elegische Melodie – verheißungsvoll und emotional.

Als wir nach etwa zehn Minuten erschöpft auf die unablässig vor sich hin surrende Kühltruhe sinken, bin ich schweißgebadet. Und völlig berauscht.

Kapitel 11

Ich sitze mit einem großen Becher Kaffee in meinem Bett und grinse vor mich hin. Es ist drei Uhr nachmittags, und ich bin gerade aufgewacht – nachdem ich um sechs Uhr morgens halbtot ins Bett gefallen bin. Keine Ahnung, wann ich so etwas das letzte Mal gemacht habe, ich weiß nur, dass ich mich super fühle – wenn auch ziemlich verkatert. Mein Start ins neue Jahr war perfekt. Mehr als das: er war sensationell! Nicht nur, dass ich spannende Bekanntschaften gemacht habe, ich hatte auch Sex, ziemlich heißen Sex sogar. Und das mit einem Typen, von dem ich weder den Namen noch die Telefonnummer kenne. Aber das Tollste dabei ist, dass es mir nicht das Geringste ausmacht. Meine Gelassenheit verwirrt mich. Ist es das, was ich im Moment will? Schnellen, aufregenden Sex mit Fremden? Er hatte mir noch einen flüchtigen Kuss auf die Lippen gedrückt und »Das bleibt unter uns, okay?« zugeraunt, bevor er verschwunden war. Rückblickend bin ich heilfroh, dass niemand unser Intermezzo mitbekommen hat.

Genauso heilfroh bin ich, dass ich jetzt alleine in meiner Wohnung bin und meine Ruhe habe. Kein Kerl in meinem Bett, und auch sonst niemand, der irgendwas von mir will: Frühstückmachen, Spazierengehen, Kinderbespaßen oder Neujahrstelefonate mit Eltern führen. Zufrieden betrachte ich mein neues Zuhause. Nachdem ich mich die Tage vor Silvester ganz der Umgestaltung und Verschönerung meines Studios

gewidmet habe, lässt es sich hier inzwischen richtig gut aushalten. Arbeits- und Wohnbereich sind klar voneinander getrennt – wie von Guido vorgeschlagen. Die Essecke vor der offenen Küchenzeile grenzt direkt an den Schlafbereich im hinteren Teil des Lofts, der durch ein Raumtrennerregal abgegrenzt ist. Mit Hilfe von Guido – seines Zeichens Innenarchitekt – habe ich die Wände der jeweiligen Bereiche in verschiedenen Farben gestrichen und Jalousien vor den Fenstern angebracht. Ich finde, mein neues Domizil ist ein Traum. Guidos Behauptung, ich könne ein Kamerateam von *Schöner wohnen* hierher einladen, halte ich allerdings für eine maßlose Übertreibung.
Aber es sind nicht nur meine neue Wohnung, die erfrischenden Bekanntschaften und das erotische Abenteuer von gestern Nacht, die mich beflügeln. Ulrich hat mich gestern noch völlig überraschend gefragt, ob ich nicht Lust hätte, regelmäßig kleinere Musik-Events für ihn zu organisieren. Er habe immer schon vorgehabt, ein bisschen Kultur in seine Bar zu bringen, zumal dort schon seit Jahren ein passables Klavier unbenutzt herumstehen würde, und ich als Kennerin der Branche käme ihm da wie gerufen. Ich habe versprochen, darüber nachzudenken. Und je länger ich das tue, desto reizvoller erscheint mir die Idee. Nicht, dass ich glaube, dabei könnte viel Kohle rausspringen, aber es setzt einen Tatendrang in mir frei, der mir guttut. Außerdem eröffnet sich mir durch diesen Auftrag noch eine ganz andere verlockende Option: mich nämlich nach sechs Jahren Kontaktlosigkeit mal wieder bei Hinrich zu melden. Seines Zeichens Ex-Saxophonist meiner Band und platonische Ex-Liebe von mir. Der Mann, den ich jahrelang angeschmachtet habe, während ich bereits verheiratet war, und mit dem ich deswegen nie etwas angefangen habe. Obwohl er zum Greifen nahe war. Es gab Zeiten, da standen wir regelmäßig zusammen auf der Bühne. Es hätte etliche Gelegenheiten in diversen Hotelzimmern dieses Landes gegeben,

wo wir es miteinander hätten treiben können. Aber ich habe es mir verkniffen. Zum Teil unter heimlichen Tränen. Albert weiß bis heute nicht, welche Opfer ich unserer Ehe gebracht habe. Doch wer weiß, vielleicht lässt sich diese verpasste Chance ja nachholen?

Ich lege eine CD unserer damaligen Soul-Band in den Player, die ich seit Ewigkeiten nicht mehr gehört habe. Verdammt, waren wir gut! Beim Klang von Hinrichs Tenor-Saxophon kommen sehnsüchtige Erinnerungen an die damaligen Zeiten hoch – und an meine damaligen Gefühle. Ich setze mich an den PC. Zuallererst werde ich mich bei Facebook anmelden. Wer weiß, vielleicht finde ich dort ja auch Hinrich, das wäre doch eine unverfängliche Kontaktaufnahme nach so vielen Jahren.

Mein Handy klingelt. Es ist Sophie.

»Hey Mom! Sag mal, du meldest dich ja gar nicht. Ich fang schon an, mir Sorgen zu machen!«

Warum erinnert mich Sophie nur immer häufiger an meine Mutter?

»Sorry, Süße. Ich bin bis jetzt nicht dazu gekommen. Wie geht es euch?«

»Ganz ehrlich, Mom, ich bin *nur* genervt! Oma und Opa stressen *so was* von rum. Julian darf nur eine halbe Stunde am Tag mit seinem Nintendo spielen, und ich soll jeden Abend um neun ins Bett gehen! Kann ich wieder zurück nach Berlin kommen? Bitte!«

»Jetzt beruhig dich mal«, sage ich. »Ihr fahrt doch morgen schon in die Berge. Das wird bestimmt ganz toll.«

»Was soll daran toll sein?«, mault Sophie. »Papa hat schon wieder so ein blödes Familienzimmer gebucht, nur weil es billiger ist. Da kann ich abends überhaupt nicht fernsehen! Und überhaupt, ohne dich macht es gar keinen Spaß. Wie hast du eigentlich reingefeiert?«

»Ich war bei Liesbeth und Jochen, und danach noch auf 'ner Party in so einer Bar«, berichte ich.

»In ’ner Bar? Seit wann gehst du denn in Bars?«, fragt Sophie misstrauisch.
»Seit neuestem«, erwidere ich ein wenig trotzig und komme mir schon wieder so vor, als wäre ich das Kind und Sophie die Mutter.
»Ach Menno, du hattest voll das coole Silvester, und ich sitze hier rum und langweile mich. Das ist gemein!«, jammert Sophie, nun wieder ganz der Teenager.
Um Sophie zu besänftigen, verspreche ich ihr, dass wir mindestens zwei Filme pro Abend gucken, wenn sie das nächste Mal bei mir ist. Was total fahrlässig ist, denn sie wird sich das garantiert merken und mich dann darauf festnageln. Kurz darauf kommt Julian ans Telefon, der noch maulfauler ist als sonst, weil ich gerade in der halben Stunde mit ihm sprechen will, die er mit seinem Nintendo spielen darf. Albert lässt lediglich schöne Grüße an mich ausrichten. Von Bengt und Gisela höre ich kein Wort. Mir persönlich ist nichts lieber als das. Möge die Funkstille zwischen uns ewig währen.
Nach dem Telefonat melde ich mich auf Facebook an und erstelle mir ein Profil. Dann suche ich nach Hinrich und finde ihn auf Anhieb. Perplex betrachte ich die Fotos, die er auf seinem Profil gepostet hat: Er hat nicht nur einen erheblichen Verlust an Haar, sondern auch einen erheblichen Zuwachs an Gewicht aufzuweisen. Weitere Informationen über ihn bleiben mir verwehrt, da ich noch nicht offiziell mit ihm »befreundet« bin. Also schicke ich ihm eine Freundschaftsanfrage, der ich eine Nachricht hinzufüge: *Hallo Hinrich! Vielleicht erinnerst du dich noch an mich?* Um der Frage einen ironischen Unterton zu verleihen, füge ich einen Smiley hinzu. Dann tippe ich weiter: *Wie geht es dir? Plane gerade ein paar Jazz-Events in einer Schöneberger Szene-Bar, melde dich doch mal. Liebe Grüße, Marlene.*
Kaum habe ich die Nachricht abgeschickt, piept mein Handy. Julieta hat mir eine SMS geschickt: *Schon wach?*

Sofort wähle ich freudig ihre Nummer.
»Hey, gut geschlafen?«, meldet sich Julieta, sie klingt extrem verkatert.
»Den Umständen entsprechend …«, antworte ich grinsend.
»Wir wollten uns noch von dir verabschieden, aber du warst plötzlich nicht mehr auffindbar«, sagt Julieta.
Woran das wohl lag, denke ich und schmunzle vor mich hin.
»Du telefonierst ja doch«, lenke ich ab.
»Ja, aber nur mit so komischen Leuten, die nicht auf Facebook sind«, lacht Julieta. »Olli hat gestern noch dauernd nach dir gefragt. Er ist dann auch abgehauen, als wir gegangen sind. Ich glaub, der steht auf dich. Ich muss jetzt auch gleich wieder Schluss machen, Jimmy ist noch da und nervt schon wieder rum. Ich sage dir, ich bin so froh, dass der heute wieder fährt.«
»Warum bist du eigentlich mit ihm zusammen, wenn er dich so nervt?«
»Ach, du, das ist 'ne längere Story«, sagt Julieta mit gesenkter Stimme. »Jimmy und ich, wir kommen einfach nicht voneinander los. Der Sex ist halt toll, aber sonst … Gibt da auch gerade noch zwei andere Typen. Erzähl ich dir mal wann anders, kann jetzt nicht so gut reden.«
»Verstehe …«, antworte ich, obwohl ich im Grunde nichts verstehe. Willkommen im modernen Beziehungswirrwarr.
»Was machst'n eigentlich am Freitag?«, fragt Julieta gähnend.
»Olli und ich haben vor, auf 'ne Erotikparty zu gehen. Hast du Bock mitzukommen?«
»Äh … Erotikparty … ähm … Klar, warum nicht? Hört sich … cool an …«, erwidere ich und versuche, so zu klingen, als sei der Besuch von Erotikpartys etwas, was ich neben Yoga und Töpfern zweimal die Woche mache.
In Wirklichkeit bin ich einigermaßen geplättet von Julietas Vorschlag. Aber das muss ich mir ja nicht anmerken lassen. Nicht, dass Julieta schon wieder den Eindruck bekommt, ich sei nicht auf der Höhe der Zeit.

»Outfit-technisch so das Übliche?«, frage ich gespielt lässig, als wäre ich ein alter Erotikparty-Hase.
»Jaja, so 'n bisschen Burlesque-like, Twenties-Style, im Zweifelsfall 'ne *Black-Kitty*-Klamotte.«
Ich verstehe nur Bahnhof, sage aber fröhlich: »Alles klar!«
»Die sind aber, glaub ich, umgezogen. Musste mal googeln«, fügt Julieta hinzu.
Daraus schlussfolgere ich, dass *Black Kitty* wohl ein Klamottenladen ist.
Julieta nennt mir noch ihren Nachnamen, der Saviola lautet, damit ich sie auf Facebook »adden« kann. Außerdem verspricht sie, mir dort eine Nachricht mit genauen Infos zu der Erotikparty zu schicken.
Nachdem ich aufgelegt habe, stürze ich zum PC und googele *Black Kitty.* Meine Vermutung bestätigt sich. Es ist ein Laden für diverse Lack-, Leder-, Fetisch- und Burlesque-Outfits. Fasziniert klicke ich mich durch die Website und betrachte die Bilder von Dessous und Korsagen tragenden Frauen sowie von Männern in einer Art »Village People«-Look. Du liebes bisschen – offensichtlich habe ich einiges nachzuholen, was das Sexleben moderner Großstädter angeht! Die Vorstellung, diesen Laden aufzusuchen, mir ein entsprechendes Outfit zu besorgen und am Freitag auf diese Party zu gehen, versetzt mich in derartige Aufregung, dass ich das dringende Bedürfnis habe, mit jemandem zu sprechen, der sich mit so was auskennt. Also wähle ich Guidos Nummer.
»Frohes neues Jahr, Süße, hast du gut reingefeiert?«, begrüßt mich Guido und klingt mindestens genauso verkatert wie Julieta.
»Ja, alles super. Ich war in so einer Bar …«, berichte ich und merke wieder, wie sehr mich der Abend im Maigrün beflügelt hat.
»Ach … Wolltest du nicht bei Liesbeth feiern?«, fragt Guido erstaunt.

»Bei Liesbeth war es der reine Horror, ich bin noch vor Mitternacht da weg.«

»So was …«, sagt Guido. »Liebes, du klingst ja ganz aufgekratzt, hast du etwa jemanden kennengelernt?«

Plötzlich kann ich es nicht mehr zurückhalten. »Guido, ich hatte den heißesten Sex meines Lebens!«, rufe ich euphorisch. »Mit einem Typen, den ich gar nicht kenne. Im Küchenraum der Bar!«

Ich höre förmlich, wie Guido die Kinnlade runterfällt.

»Marlene!«, bringt er nach zwei Sekunden völlig baff heraus. »Gab es da nicht noch bis vor kurzem jemanden namens Gabriel?«

»Ja, ich weiß, aber Gabriel ist jetzt in Tokio.«

Meine Reanimierungspläne bezüglich Hinrich erwähne ich lieber nicht.

»Hast du seine Nummer?«

»Die von dem Typen aus der Bar? Nein. Macht aber auch nichts. Der Sex war trotzdem der Wahnsinn.«

Guido lacht schrill auf. »Mein Gott, Marlene, wenn du so weitermachst, mutierst du noch zum Hardcore-Schwulen!«

»Was hast denn du überhaupt gestern gemacht?«

»Hör mir auf, ich war auf 'ner total durchgedrehten Transenparty von meinem letzten Lover. Zuletzt haben sie es zu fünft in seinem Schlafzimmer getrieben.«

Das ist genau das richtige Stichwort.

»Apropos, ich hab da so ein paar Leute kennengelernt, die wollen mit mir auf 'ne Erotikparty gehen. Aber ich weiß nicht, ob ich das machen soll.«

»Ich bitte dich, Marlene, du hattest Spontan-Sex mit einem Fremden in einer Bar. Was hindert dich jetzt noch, auf eine Erotikparty zu gehen?«, erwidert Guido trocken.

Er hat recht.

»Würdest du mich beim Outfit beraten?«, frage ich.

»Klar, Süße. Wir gehen zusammen los und kaufen was Schönes«, antwortet Guido gönnerhaft.

»Guido, du bist ein Schatz!«, rufe ich erleichtert.
Nachdem ich mich verabschiedet und aufgelegt habe, rufe ich erneut Facebook auf, um Julieta zu »adden«. Überrascht sehe ich, dass Hinrich meine Freundschaftsanfrage bereits bestätigt und auf meine Nachricht geantwortet hat: *Hi Marlene!*, schreibt er. *Das ist ja 'ne Überraschung! Schön, von dir zu hören nach so langer Zeit. Hört sich spannend an mit der Bar, bin auf jeden Fall interessiert. Hoffe, dir geht's gut. LG, Hinrich.*
Ich klicke mich durch sein Profil, das ich jetzt vollständig einsehen kann. Als ich seinen »Beziehungsstatus« in Augenschein nehme, falle ich fast vom Schreibtischstuhl: Hinrich ist inzwischen verheiratet! Ausgerechnet Hinrich, der immer überzeugter Dauer-Single war. Es ist mal wieder typisch, kaum bin ich wieder zu haben, ist Hinrich vergeben. Aber was habe ich auch erwartet, immerhin sind ganze sechs Jahre vergangen, und auch Männer wie Hinrich werden irgendwann sesshaft, verlieren ihre Haare und gewinnen an Leibesumfang. Dennoch würde ich ihn zu gerne wiedersehen.
Ich beginne zu tippen: *Wie ich sehe, bist du mittlerweile in festen Händen ...* Ich halte inne. Nein, das schreibe ich lieber nicht, das hört sich an, als würde ich was von ihm wollen. Was ich ja eigentlich auch tue. Also: Ich will ja was von Hinrich. Moment: Was genau will ich denn von Hinrich? Außer, dass er im Maigrün Saxophon spielt? Gute Frage. Ich kann sie im Moment nicht beantworten. Vielleicht kann ich es, wenn ich ihn wiedergesehen habe? Also lösche ich den Satz und schreibe einfach nur: *Freut mich! Mir geht's so weit gut. Gibt viel zu erzählen.* Nach einem kurzem Zögern ergänze ich: *Wollen wir uns mal auf 'nen Kaffee treffen? Lg, Marlene.*
Ich verschicke noch Freundschaftsanfragen an Julieta, Guido, Tilda und ein paar andere Leute, die ich auf Facebook entdecke. Dann springe ich erst mal unter die Dusche. Inzwischen ist es schon fast halb fünf.

Frisch geduscht mache ich mir ein Sandwich und lümmele mich wieder auf das Bett. Ich blättere in einer *Vanity Fair* und bleibe bei einem Bericht über Romy Schneider hängen. Auf einer Seite befindet sich ein wunderschönes Schwarzweiß-Porträt von ihr. Das Foto dürfte entstanden sein, als sie Ende dreißig war. Darauf strahlt sie diese reife Schönheit aus, die nur Frauen um die vierzig haben, und ihr Blick vereint auf faszinierende Art unendliche Traurigkeit und unbändige Lebensfreude. Unter dem Foto steht: *Wer weiß, wie lange das Glück noch dauert. Ich lebe nur für den Augenblick.* Spontan reiße ich die Seite heraus und lege sie auf den Bücherstapel neben meinem Bett. Ich werde sie einrahmen und aufhängen. Als mein zukünftiges Lebensmotto.

Dann lehne ich mich zurück und überlege, was ich mit dem restlichen Tag anfangen könnte. Eine Überlegung, zu der ich, wie mir scheint, seit einem gefühlten halben Jahrhundert keinen Anlass mehr hatte. In meinem Leben mit Albert gab es keine Zeitfenster, deren Gestaltung offen gewesen wären. Alles war bis ins letzte Detail geregelt, es gab kaum die Möglichkeit, innezuhalten und sich zu fragen, was man mit dem restlichen Tag, geschweige denn mit seinem restlichen Leben anfangen wollte. Und wenn Albert und ich tatsächlich mal ein bisschen Zeit für uns hatten, waren wir damit völlig überfordert.

Erinnerungen an einen viertägigen Trip mit Albert an den Starnberger See holen mich ein. Das Ganze trug damals offiziell den Titel »Romantisches Wochenende in den Bergen«. Wir hatten ein Fünf-Sterne-Wellness-Hotel gebucht und Sophie und Julian bei Bengt und Gisela geparkt. Kaum waren Albert und ich am Starnberger See angekommen, begann es, nonstop wie aus Eimern zu regnen, so dass weder der von Albert geplante achtstündige Hardcore-Fahrradausflug noch die von Albert geplante sechsstündige Hardcore-Wanderung realisierbar waren. Dies hatte zur Folge, dass sich Albert extrem unwohl fühlte. Was er immer tut, wenn er daran gehindert wird, sich seinem kopflosen Aktionismus hinzugeben. Mein Vorschlag, sich die Zeit doch mit einem Besuch in der luxuriösen Saunalandschaft oder in unserem riesigen Doppelbett zu vertreiben, stieß bei ihm auf wenig Begeisterung. Selbst hartnäckige Verführungsversuche mit Hilfe meiner extra für das Wochenende erworbenen sexy Dessous scheiterten, bis Albert damit herausrückte, dass ihn der komplett verspiegelte Schrank gegenüber vom Bett total aus dem Konzept brächte. Er hätte nun mal ein Problem damit, sich selbst beim Sex zuzuschauen. Als Entschädigung machte er den Vorschlag, wir könnten doch die Zeit nutzen, um unsere gemeinsame Steuererklärung in Angriff zu nehmen – die Unterlagen habe er zufällig dabei. Völlig genervt brach ich daraufhin unser »romantisches Wochenende in den Bergen« vorzeitig ab. Schon damals hätte ich erkennen müssen, dass es keinen Sinn mehr mit uns macht, denke ich schockiert. Die Erinnerungen an diese Tour des Grauens wühlen mich dermaßen auf, dass ich erst einmal eine rauchen muss. Ich schnappe mir die Zigarettenschachtel und will gerade eine Kippe herausziehen, da lese ich es. Es steht auf der Schachtel, ganz klein am Rand, mit Kuli draufgekritzelt und nicht gleich zu entziffern. Eine Handynummer und sieben Buchstaben: MAURICE. Ich starre auf den Namen. Das ist er. Der dunkle Unbekannte. Der jetzt kein Unbekannter mehr ist, sein Name ist Maurice. Es ist mir schleierhaft, wann er das auf meine Zigarettenschachtel geschrieben hat. Jetzt brauche ich erst recht eine Kippe. Ich lasse mich zurück aufs Bett fallen und zünde mir eine an. Es ist mir egal, ob meine Bude später nach Zigarettenqualm stinkt. Draußen ist es definitiv zu kalt. Und wer weiß, wie lange das Glück noch dauert, ich lebe nur für den Augenblick. Ich schließe die Augen und inhaliere den Tabak. Wenn ich ihn nicht wiedergesehen hätte, wäre das völlig in Ordnung für mich gewesen. Aber dass ich ihn nun höchstwahrscheinlich doch wiedersehen werde, versetzt mich in helle Aufregung.

Kapitel 12

Hm, lecker. Ich liebe Torte! Da könnt ich mich glatt reinlegen. Auch wenn's ja 'ne echte Kalorienbombe ist. Aber ich bin nun mal 'n hemmungsloser Genießer, lässt sich nix dran ändern!« Hinrich seufzt laut und zufrieden und tupft sich mit der Serviette sorgfältig den Mund ab.

Das Jahr ist erst drei Tage alt, es ist später Nachmittag. Hinrich und ich sitzen gemeinsam im Gottlob, einem der zahlreichen Cafés im Akazienkiez, schlürfen Kaffee und gönnen uns Schokoladenkuchen mit Karamell-Topping und glasierten Nüssen. Wie sich herausgestellt hat, wohnt Hinrich nur einen Katzensprung von mir entfernt. Auch er ist gerade nach Schöneberg umgezogen. Natürlich mit seiner Frau. In eine größere Wohnung. Weil sie schwanger ist, und zwar bereits mit dem zweiten Kind. Nachdem ich seinen »Beziehungsstatus« gelesen habe, überrascht mich das nicht weiter. Überzeugte Dauer-Singles wie Hinrich heiraten nicht einfach nur so. Überrascht bin ich allerdings darüber, wie gut Hinrich aussieht. Viel besser als auf den Fotos. Die Glatze steht ihm, und der kleine Bauchansatz fällt bei seiner Größe gar nicht so auf.

»Und du hast dich also getrennt nach so langer Zeit? Ganz schön mutig«, sagt Hinrich, und ein charmantes Lächeln umspielt seine vollen Saxophonisten-Lippen.

»Ja, und du bist verheiratet und demnächst Vater von zwei Kindern. Ebenfalls ganz schön mutig!«, sage ich und lache.

»Und beruflich startest du jetzt offenbar auch durch, wie ich gelesen hab«, fährt er fort. »Im Gegensatz zu mir. Ich verdiene mein Geld immer noch hauptsächlich mit Unterrichten.«

»Ach, du machst demnächst auch Karriere, wenn du erst im Maigrün spielst. Ich sage dir, das wird *die* angesagte Location, wenn ich da erst mal mitmische«, flaxe ich.

»Daran besteht kein Zweifel … Warst ja immer schon 'ne tolle Frau mit tollen Ideen …«, erwidert Hinrich und zwinkert mir zu. »Übrigens siehst du super aus. Die Trennung scheint dir gutzutun.«

Holla, Hinrich geht aber ganz schön in die Offensive.

Wir schauen uns neugierig an, ich lächle geschmeichelt, und sie ist sofort wieder da, diese merkwürdige Spannung zwischen uns. Sehnsüchtig betrachte ich Hinrichs schöne Musikerhände, mit denen er liebevoll sein Latte-macchiato-Glas umschließt.

»Und, bist du glücklich?«, frage ich, um das Schweigen zu brechen.

»Ob ich glücklich bin?«, Hinrich zieht erstaunt eine seiner buschigen Augenbrauen hoch. »Na ja, was heißt schon glücklich? Ich meine, *klar* bin ich glücklich. Ich hab 'ne hübsche Frau und 'n süßes Kind, und jetzt sind wir in diese tolle Wohnung gezogen und …« Hinrich bricht plötzlich ab und sieht mich ernst an. Dann sagt er: »Ganz ehrlich, Marlene, ich meine, dir kann ich es ja sagen, du bist locker drauf und verstehst das. Ich leide wie ein Hund.«

»Wieso das denn?«, frage ich baff.

»Weil ich platze. Petra will schon seit Monaten nicht mehr mit mir schlafen. Das war bei ihrer letzten Schwangerschaft auch schon so. Ich bin total oversexed und underfucked.«

»Aha …«, sage ich.

Hinrich beugt sich zu mir rüber und sagt mit gesenkter Stimme: »Weißt du, Familie haben ist ja schön und gut.« Dann ruft er unvermittelt laut: »Aber ich brauch einfach mal wieder

richtig geilen Sex, verdammt noch mal!«, so dass sich die Leute am Nachbartisch befremdet zu uns umdrehen.
Ich schaue in Hinrichs blaugraue Augen und denke spontan: Das trifft sich gut, genau das will ich auch – vor allem endlich mit dir! Aber das kommt nicht in Frage. Oder? Nein, unter keinen Umständen. Ich habe meine Prinzipien, und dazu gehört unter anderem, nicht die Geliebte eines Mannes zu werden, dessen Frau gerade schwanger ist. Die Vorstellung, Albert hätte mich betrogen, während ich mich mit dickem Bauch, Übelkeit und geschwollenen Beinen durch die Gegend geschleppt habe, finde ich alles andere als lustig.
»Und … Also, ich meine … Was willst du jetzt tun?«, frage ich so beiläufig wie möglich.
Hinrich wirft mir einen fragenden Blick zu: »Was würdest du denn an meiner Stelle tun?«
»Ich?«, frage ich und rühre nervös in meinem Kaffee.
»Ja, du …«
»Keine Ahnung!«
»Natürlich hast du eine Ahnung! Ich meine, wie is'n das eigentlich bei dir jetzt so? Lebst dich erst mal so richtig aus, was?«, fragt Hinrich und grinst verschwörerisch.
»Wenn du so willst.«
»Und wie viele Kerle hattest du schon seit deiner Trennung, he?«, hakt er frotzelnd nach. »Los, gib's zu, du hast schon halb Schöneberg flachgelegt.«
»Also, hör mal!«, lache ich. »So lange bin ich ja auch noch nicht getrennt. Gab 'n paar Begegnungen. Und an Silvester hab ich ein paar witzige Leute kennengelernt. Die wollen morgen mit mir auf 'ne Erotikparty gehen.«
»Im Ernst? Wow, du machst ja Sachen!«, Hinrichs Augen werden ganz groß. Dann schüttelt er den Kopf und fügt lachend hinzu: »Marlene, Marlene, wer hätte das gedacht …«
Ich stochere in den Resten meines Schokoladenkuchens herum. Hinrich begutachtet mich mit einer Mischung aus Neu-

gier und Lüsternheit – so, als würde er mich plötzlich in einem ganz neuen Licht sehen. Und wenn ich ehrlich bin, genieße ich es. Genau das habe ich mir doch immer gewünscht! Warum dem also nicht endlich nachgeben, nachdem ich jahrelang Verzicht geübt habe, verdammt? Es gibt Dinge im Leben, die holen einen immer wieder ein, wenn man sie nicht angeht. Und Hinrich gehört eindeutig dazu. Man will ja auch nicht ununterbrochen ein leckeres Stück Schokoladentorte mit glasierten Nüssen und Karamell-Topping vor die Nase gehalten bekommen, ohne davon zu kosten, nur weil man auf Diät ist. In meinem Fall auf jahrelanger Ehediät. Und irgendwann erkennt man, dass diese Diät überhaupt keinen Sinn macht und einem nur Frust bereitet – Frust und schlechte Laune und das Gefühl, die schönen Dinge des Lebens zu verpassen. Nur um nach außen hin eine gute Figur zu machen. In einer vermeintlich perfekten Ehe mit einem vermeintlich perfekten Mann, der einem zu Hause kalorienarme Tofu-Würstchen und alkoholfreies Bier serviert. Aber diesen Mann gibt es nicht mehr. Jetzt bin ich frei. Was hindert mich also daran, mir die leckere Torte einfach zu gönnen?

»Was würdest du an meiner Stelle tun?«, insistiert Hinrich und seine Lippen umspielt ein süffisantes Grinsen.

Ich blicke ihn an und sage entschlossen: »Ich würde mir das leckere Stück Torte gönnen.«

Hinrich grinst auf eine Art, die klarmacht, dass er vollkommen verstanden hat. Dann sagt er beiläufig: »Wie war das noch? Du wohnst jetzt in deinem Studio? Gleich hier um die Ecke?«

Hinrich fällt schwer atmend zurück auf mein Bett. »Wow! Das war … also, das war der beste Sex, den ich seit langem hatte!«, keucht er.

Jetzt haben wir es also getan. Haben es *endlich* getan. Obwohl er verheiratet ist, hat Hinrich offensichtlich weitaus weniger

Skrupel, mit mir etwas anzufangen, als ich sie damals hatte. Es sei dahingestellt, ob das typisch männlich ist oder nicht. Aber ich denke, das *ist* es. Vor allem, wenn die Ehefrau zu der Spezies gehört, die während ihrer Schwangerschaft keine Lust auf Sex hat. Da schaffen es nur die wenigsten Kerle, sich mit Pornos über Wasser zu halten. Schon gar nicht jemand wie Hinrich, der sich selbst als »hemmungslosen Genießer« bezeichnet.

»Ich hatte ja keine Ahnung, dass du so 'ne Sexbombe bist«, sagt Hinrich begeistert.

Erst die Kalorienbombe, dann die Sexbombe, denke ich und sage lachend: »Sexbombe? Wenn ich eine bin, hatte ich selbst bislang keine Ahnung davon …«

Wobei … meine Erfahrungen der letzten Tage sprechen vielleicht doch dafür, dass ich irgendwie eine Sexbombe zu sein scheine. Komisch, denn so habe ich mich nie gesehen. Vielleicht leide ich ja an gestörter Selbstwahrnehmung? Oder ist es die Wahrnehmung der Männer, die irgendwie gestört ist?

»Und wie war es für dich?«, fragt Hinrich aufgekratzt.

»Äh … für mich?«

Gute Frage: Wie war es eigentlich für mich?

»Ich fand's auch toll!«, sage ich eine Spur zu bemüht.

In Wirklichkeit muss ich mir eingestehen, dass es bei weitem nicht so sensationell war, wie ich erwartet hatte. Aber sicher lag es daran, dass ich mich viel zu lange in irgendwelche berauschenden Phantasien hineingesteigert habe, denen die Realität niemals hätte gerecht werden können. Und Hinrich weiß ja bis heute nicht, wie verliebt ich mal in ihn war. Wie sehr ich mich nach ihm verzehrt habe. Ich erinnere mich an eine Nacht, da habe ich vor lauter Liebeskummer mein ganzes Kopfkissen nass geheult. Genau genommen habe ich erst die eine Hälfte meines Kissens vollgeheult, weil ich so frustriert über Alberts und meinen Wochenendtrip an den Starnberger See war, und nachdem mir dann meine unglückliche Liebe zu

Hinrich einfiel, heulte ich den Rest auch noch voll. Albert lag neben mir, schnarchte laut und bekam nicht das Geringste mit.
Vielleicht sollte ich es Hinrich einfach mal sagen, sollte ihm endlich meine Gefühle von damals gestehen?
In diesem Moment setzt er sich im Bett auf und sagt: »Ich muss dringend mal schiffen …«
Er verschwindet in Richtung Bad und lässt die Tür offen stehen, so dass ich hören kann, wie er den Klodeckel hochklappt. Vielleicht ist dieser Moment der Distanz zwischen uns ja eine gute Gelegenheit. Bevor es zu intim und krampfig wird oder gar irgendwelche Missverständnisse aufkommen. Denn schließlich ist das alles ja Schnee von gestern. Oder?
So lockerflockig wie möglich rufe ich ihm zu: »Wusstest du eigentlich, dass ich mal schrecklich verliebt in dich war?«
Aus dem Bad ertönen laute und nicht enden wollende Pullergeräusche.
»Echt? Nö«, ruft Hinrich zurück.
Direkt im Anschluss lässt er einen durchdringenden Furz sowie ein Geräusch folgen, das sich ganz danach anhört, als hätte er gerade kräftig einen abgeseilt. Ich zucke zusammen. Hinrich scheint nicht nur den Verzehr von Schokoladentorten, sondern auch seine Toilettenbesuche hemmungslos zu genießen. Vor allem lässt er andere hemmungslos daran teilhaben. Ich warte ab, ob noch irgendetwas anderes außer Furzen und Kacken auf meine Offenbarung folgt, aber ich höre nur, wie er die Spülung und dann unter fröhlichem Pfeifen den Wasserhahn des Waschbeckens betätigt. Irritiert lasse ich mich zurück aufs Bett sinken. Na toll. Was war das denn jetzt für eine Reaktion? Genau genommen war es *gar keine* Reaktion. Hinrich scheint im wahrsten Sinne des Wortes auf meine Gefühle zu scheißen!
Er kommt aus dem Bad und zieht sein Handy aus der Hosentasche seiner Jeans, die auf dem Boden liegt. »Oh Mist«, ent-

fährt es ihm. »Du, ich muss los. Petra hat schon zweimal versucht, mich zu erreichen.«
»Hm …«, mache ich nur.
Hinrich beugt sich zu mir runter und küsst mich kurz auf den Mund. »Du gefällst mir besser denn je«, sagt er leise. »Ich tu, was ich kann, dass wir uns bald wiedersehen, okay?«
»Okay«, antworte ich tonlos.
Als die Tür meines Lofts hinter ihm ins Schloss fällt, fühle ich mich leer. Und gleichzeitig total überfressen.

Kapitel 13

Auf der Erotikparty ist noch nicht viel los, als Julieta, Olli und ich dort gegen Mitternacht eintreffen. Ich bin ziemlich aufgeregt, weil ich weder weiß, was mich hier erwartet, noch, was von mir erwartet wird. Außerdem muss ich mich erst mal an mein Outfit gewöhnen. Um stilecht auf der Party zu erscheinen, habe ich dem *Black Kitty* tatsächlich einen Besuch abgestattet und mir einen kurzen, schwarzen Rock und ein korsagenartiges Oberteil im Burlesque-Stil gekauft. Dazu trage ich Netzstrümpfe und schwarze, hochhackige Stiefel. Außerdem habe ich mir ein verruchtes Zwanziger-Jahre-Make-up verpasst. Wenn Liesbeth, Doris und Jutta mich so sehen könnten, würden sie garantiert einen hysterischen Schreikrampf bekommen und sich reihenweise in Liesbeths chinesische Bodenvase übergeben. Julieta trägt ein Latexkleid mit einem mehr als großzügigen Dekolleté und rote Lack-High-Heels, deren Pfennigabsätze schätzungsweise fünfzehn Zentimeter hoch sind. Es ist mir ein Rätsel, wie sie es schafft, sich darin zu bewegen, und dazu auch noch anmutig. Olli läuft so rum wie fast alle männlichen Partygäste: in Knickerbockern samt Hosenträgern, einem weißen Shirt und einer Zwanziger-Jahre-Schirmmütze.

»Ick kann ma nich a'innern, det ick jemals mit zwee so scharfe Bräute unterwegs jewesen bin«, frohlockt Olli. »Wat woll'n wa trinken, Mädels? 'N kleenen Absinth zum Warmwerden?« Er zeigt auf die Absinth-Bar am anderen Ende des Raums.

Absinth kenne ich bislang nur in Zusammenhang mit Gemälden französischer Impressionisten. Und wenn ich mich recht entsinne, sehen die Leute auf den Bildern immer ziemlich weggetreten aus. Insbesondere Absinth trinkende Frauen wirken dort hochgradig suizidgefährdet und werden meist in ein- und derselben Haltung dargestellt: mutterseelenallein an einem Café-Tisch hockend, den Kopf in eine Hand gestützt und frustriert vor sich hinstarrend.

»Super Idee«, reißt Julieta mich aus meinen Gedanken. »Der Absinth hier ist der Wahnsinn!«

Hört sich irgendwie nicht so an, als würden wir gleich alle an einem Tisch hocken und frustriert vor uns hinstarren. Also gehe ich mit Julieta und Olli rüber zur Bar. Der junge Barkeeper sieht aus, als wäre er einem Zwanziger-Jahre-Stummfilm entsprungen. Sein dunkles Haar ist streng zur Seite gegelt, und seine Augenlider sind mit Kajal umrandet. Auch er trägt Knickerbocker mit Hosenträgern, sein gut gebauter Oberkörper ist, abgesehen von zwei weißen Manschetten an den Handgelenken, völlig unbekleidet. Auf seinem Kopf sitzt eine freche Melone.

Olli bestellt dreimal *Grüne Fee* und erklärt mir fachmännisch: »Aber imma schön mit de Ruhe. Absinth muss ma jaaanz langsam trinken. Sonst haut's dir die Birne weg.«

Gut, dass wir Olli dabeihaben. An unseren Gläsern nippend gehen wir rüber zur Tanzfläche. Der DJ legt abwechselnd Techno- und Balkangrooves auf, was ich völlig unpassend finde. Ich dachte, hier soll Zwanziger-Jahre-Flair aufkommen. Das Publikum trägt leider auch nicht wirklich dazu bei. Auf der Tanzfläche tummeln sich verrucht bis skurril gekleidete Leute unterschiedlichen Alters, deren Outfits nur bedingt etwas mit Burlesque oder Erotik zu tun haben. Manche laufen sogar so rum, als kämen sie gerade aus ihrem Schrebergarten, andere scheinen ihre Klamotten beim Onlineversand Karneval-in-Rio-für-Arme.de geordert zu haben. Mitten in der Menge tanzt ein Mann um die sechzig in einer Art Geisha-Kostüm,

inklusive Perücke und weiß geschminktem Gesicht. Zu allem Übel haben sich drei pummelige, blasse Mädchen in einen an die Tanzfläche angrenzenden Käfig gezwängt, die lediglich mit hässlichen schwarzen BHs und noch hässlicheren weißen Schlüpfern bekleidet sind und versuchen, ihre wabbeligen Körper aufreizend zu bewegen – was ihnen leider nicht gelingt. Ich finde das hier alles andere als erotisch.
Plötzlich kommt eine beleibte, kleine Frau mit einer auberginefarbenen Wallemähne auf uns zu. Sie ist irgendetwas zwischen Haremsdame und Bauchtänzerin.
»Julieta! Olli!«, ruft sie. »Schön, dass ihr mal wieder da seid!«
Julieta, Olli und die Frau tauschen Wangenküsschen aus.
»Das ist Bärbel, die organisiert das hier alles«, erklärt Julieta und wirft ihre Mähne nach hinten.
»Hier bin ich aber nur Sharifa, bitte!«, korrigiert Bärbel und lächelt gönnerhaft.
Sie ist bestimmt nicht älter als vierzig, wirkt aber ziemlich verlebt. Spontan macht sie auf mich den Eindruck einer Berliner Edelpuffmutter, die versucht, den freizügigen Glamour der zwanziger Jahre wieder aufleben zu lassen. Nur dass die Gäste leider aus der Jetztzeit stammen und nicht so recht wissen, wie das mit der Freizügigkeit und dem Glamour geht. Womöglich macht auch die wummernde Techno-Musik alles kaputt.
Bärbel-Sharifa bedenkt auch mich mit Begrüßungsküsschen.
»Dein Outfit ist toll, aber das Oberteil kannst du ruhig ausziehen, Süße!«, kommentiert sie augenzwinkernd.
Ich bin schockiert und gucke wohl auch so, denn Olli und Julieta lachen.
»Gleich gibt es eine megaabgefahrene Performance, schaut euch die unbedingt an«, ruft Bärbel-Sharifa uns noch zu, während sie hüftwackelnd Richtung Absinth-Bar entschwindet.
»Bärbel ist Burlesquetänzerin, sie tritt heute auch noch auf«, erklärt Julieta mir, zückt einen kleinen Handspiegel und zieht sich ihren Lippenstift nach.

In diesem Moment erscheint ein weiterer Knickerbocker-Schirmmützen-Typ auf der Bildfläche, der Julieta in den Arm nimmt, mit ihr herumturtelt und sie mit sich zieht.
»Kiek ma, da jibt's wat zu essen. Nimm dir ma wat, du brauchst jetze 'ne Jrundlaje für den Absinth …«, sagt Olli und deutet hinter mich.
Eins muss man ihm lassen: Er ist immer um mein leibliches Wohl bemüht. Ich drehe mich um und erblicke zwei blutjunge, hübsche Asiatinnen, die mit Tabletts durch die Menge gehen und – Achtung: Erotik! – Feigen und Datteln anbieten. Außer den Tabletts tragen sie sehr kurze, schwarze Röckchen, die ihre Hintern nur halb verdecken, alberne Häschenohren auf dem Kopf und winzige Nipple Pasties auf ihren Brüsten. Ich kann mir nicht helfen, aber weder die barbusigen Kellnerinnen noch der Verzehr von Feigen oder gar der Absinth, der dankbarerweise seine Wirkung zu entfalten beginnt, lassen bei mir eine erotische Stimmung aufkommen. Alles wirkt so billig. Doch es kommt noch schlimmer. Die kleine Bühne wird plötzlich von hellem Scheinwerferlicht erleuchtet, die Techno-Mucke verstummt, und Bärbel-Sharifa wallt auf die Bühne. Ich nehme an, das ist der Auftakt zu der »megaabgefahrenen Performance«, von der sie vorhin sprach. Die Partygäste strömen wie Motten zum Licht vor die Bühne und tuscheln aufgeregt.
»Willkommen bei der mittlerweile achten *Frivole-de-luxe*-Party«, haucht Bärbel-Sharifa extra frivol ins Mikro. »Ich sehe, ihr seid alle schon in einer super-erotischen Stimmung und wollt endlich richtig angeturnt werden.« Sie lässt einen ihrer beringten Knubbelfinger über das Mikrostativ gleiten und gibt ein albernes Gurren von sich. »Zu diesem Zweck möchte ich euch eine …«, nun stöhnt sie, als würde sie gleich einen Orgasmus bekommen, »… ganz besonders delikate Darbietung präsentieren.«
Ich bin so peinlich berührt, dass ich meine Augen mit der Hand bedecke.

»Das, was jetzt kommt, ist so geil, dass selbst das Mikro schon einen Ständer hat«, säuselt Bärbel-Sharifa. »Viel Spaß mit der Feuer-Erotik-Formation *Heiß und sündig!*«

Nachdem ich eben noch von Fremdscham gepeinigt war, bekomme ich augenblicklich einen heftigen Lachanfall. *Heiß und sündig?* Wie absurd ist das denn, bitte? Ein paar Leute drehen sich zu mir um und werfen mir vorwurfsvolle Blicke zu.

Olli kichert, stupst mich an und macht »Schscht«.

Ach du liebe Zeit, wenn ich gewusst hätte, dass hier alle mit so viel Ernsthaftigkeit dabei sind, hätte ich ein Opernglas mitgebracht.

Dramatische Trommelmusik erklingt, und drei Leute betreten die Bühne – ein mit einem Lendenschurz bekleideter, am ganzen Körper tätowierter, muskelbepackter Glatzkopf, der meiner Meinung nach die Idealbesetzung für die Henkerrolle in irgendeinem Mittelalterstreifen wäre, gefolgt von zwei Grufti-Ladies in Lack und Leder, die offenbar so etwas wie seine Assistentinnen sind. Mit lüsternen Blicken reichen sie dem Muskelprotz zwei brennende Fackeln. Zu immer aufwühlender werdender Musik führt er einen archaisch anmutenden Tanz auf, bei dem er wild mit den Fackeln herumfuhrwerkt. Die Lack-Leder-Ladies schnappen sich währenddessen zwei Plastikschwerter und vollführen alberne Verrenkungen im Hintergrund. Das Ganze wirkt, als würde die Kleinmachnowsche Hobby-Bauchtanzgruppe eine Persiflage auf einen Shakira-Auftritt darbieten. Ich halte mir die Hand vor den Mund, kann das Kichern aber nicht unterdrücken. Ich wüsste nicht, dass ich jemals eine so schlecht gemachte Show gesehen hätte. Schließlich streckt der Muskelprotz beide Fackeln in die Luft und versenkt sie nacheinander in seinem Rachen. Seine Assistentinnen zucken immer noch unkoordiniert im Hintergrund und sehen aus, als hätten sie einen epileptischen Anfall. Pathetisch schreitet der Feuerschlucker von der Bühne, und die Ladies treten an die Rampe. Sie haben die Plastik-

schwerter weggelegt und schmiegen sich eng aneinander. Dabei lassen sie ihre Hüften lasziv kreisen, strecken ihre Zungen bis zum Anschlag raus und befummeln sich.
Als Parodie auf eine pseudo-lesbische Performance in einer Comedy-Show wäre die Darbietung mit Sicherheit ein großer Erfolg, das Dumme ist nur, dass das Ganze offenbar ernst gemeint ist. Ich steigere mich immer weiter in meinen Lachanfall hinein, aber bevor ich mit einem Asthmaanfall in die Notaufnahme eingeliefert werden muss, beenden *Heiß und sündig* ihren grotesken Auftritt und nehmen den halbherzigen Applaus entgegen. Die Show hat offensichtlich nicht nur bei mir, sondern auch beim Rest der Zuschauer ihre stimulierende Wirkung verfehlt.
Bärbel-Sharifa lässt es sich dennoch nicht nehmen, durch die Reihen zu gehen und die verkrampft rumstehenden Partygäste zu sexuellen Handlungen zu animieren: »Die Sofas da in der Ecke sind zum Schmusen da, Leute! Und im zweiten Stock haben wir auch noch Separees, schaut euch die doch mal an!«
Ein schüchtern wirkendes Paar ergreift spontan die Flucht Richtung Bar.
Olli allerdings beugt sich zu mir runter und raunt mir ins Ohr: »Schon ma Sex in 'nem Separee jehabt? Letztes Mal hab ick da 'ne heiße Braut jerallert, det war der reinste Porno!«
Dass »heiße Braut« zu Ollis Lieblingsausdrücken gehört, ist mir inzwischen klar. Der Ausdruck »rallern« war mir allerdings noch nicht geläufig.
»Was du nicht sagst …«, antworte ich verdattert.
»Wollen wa uns det ma ankieken jehn?«, hakt Olli nach und grinst mich unschuldig an.
»Was jetzt?«
»Na, die Separees.«
Moment. Der Absinth trübt zwar mein Bewusstsein, allerdings nicht so sehr, dass ich Ollis Botschaften nicht mehr entschlüsseln könnte. Will Olli etwa mit mir im Separee verschwinden und »rallern«? So aus dem Nichts heraus? Wo wir

noch nicht mal ansatzweise geflirtet, geschweige denn geknutscht haben? Das kann nicht sein Ernst sein. Ganz abgesehen davon muss ich immer noch die traumatisierenden Eindrücke der Performance von *Heiß und sündig* verarbeiten!
»Wo ist eigentlich Julieta?«, frage ich, um vom »Rallern« in irgendwelchen Separees abzulenken.
»Die is bestimmt schon in 'nem Separee und lässt sich jründlich durchbüjeln«, erwidert Olli und lacht dreckig.
»Durchbügeln«?! Ollis Wortschatz für Geschlechtsverkehr stellt alles in den Schatten, was ich je von einer schlecht gemachten Erotikparty erwartet habe.
»Wie kommst du darauf?«, frage ich genervt.
»Na, weil se det imma macht, wenn se hier is. Gloob ick zumindest.«
»Gloobste?«, frage ich ironisch.
In diesem Moment läuft eine etwa ein Meter sechzig kleine Frau in einem schwarzen Lack-Outfit an uns vorbei und zieht einen etwa zwei Meter zehn großen, dürren Mann, ebenfalls in einem Ganzkörper-Lackanzug, an einer Kette hinter sich her. Ich starre den beiden mit offenem Mund nach. Zumal ich die Frau als eine der Angestellten meiner Postfiliale wiederzuerkennen glaube.
»Wat soll se ooch sonst machen? Wir sind hier ja uff 'ner Erotikparty«, insistiert Olli.
Das ist die große Frage, denke ich und staune immer noch über das Kettenpaar.
»Das heißt ja noch lange nicht, dass man hier die ganze Zeit …«, ich stocke kurz und passe mich dann Ollis Wortschatz an, »… rallern muss!«
»Und ob et dat heeßt!«, grinst Olli und baut sich wie ein Gockel vor mir auf, der zeigen will, was er zu bieten hat. »Zumindest, wenn et jute Anjebote jibt!«
Ich gebe zu, sein Sixpack ist beeindruckend. Leider ist es sein Hirn umso weniger.

»Ick meene, willste jetzt hier den janzen Abend Absinth saufen und zugucken, wie irjendwelche Feuerschlucker sich zum Nigger machen, oder wat?«, fragt Olli.
»Wieso zum Nigger?«, frage ich befremdet.
»Na, det sacht ma halt so. Det is Ghetto-Sprache. ›Nigger‹ heeßt ›Alter‹, vastehste?«
»Moment. Du hast gerade gesagt: ›wenn Feuerschlucker sich zum Nigger machen‹«, beharre ich, leicht empört über Ollis immer kruder werdende Ausdrucksweise. »Das heißt, du hast in dem Moment ›Nigger‹ ganz klar abwertend gemeint. Und ganz abgesehen davon, man sagt nicht mehr ›Nigger‹. Man sagt ›Schwarzer‹!«
»Da wirste ja bekloppt!«, beschwert sich Olli, nun ebenfalls leicht genervt. »Du kapierst det null! ›Nigger‹ heeßt im Ghetto so wat wie ›Kumpel‹! Ick sage ooch: ›Ey, Dicker!‹ zur Bejrüßung, ooch, wenn der Nigger vor mir jar nich dick is! Vastehste?«
»Nein. Und du hast schon wieder ›Nigger‹ gesagt! Und wieso solltest du sagen: ›Wenn Feuerschlucker sich zum Kumpel machen‹, he?!«
Ein Typ im Matrosenlook drängelt sich an uns vorbei und lenkt mich kurzzeitig ab. Schockiert stelle ich fest, dass sein Hosenlatz offen steht und sein bester Freund herausbaumelt. Gerade rechtzeitig ziehe ich meine Hand weg, bevor es zu einer unglücklichen Kontaktaufnahme kommen kann. Mir bricht der Schweiß aus.
»Paß uff, ick schlaje vor, wir ziehn erst ma eenen durch, damit du ’n bisschen lockerer druffkommst«, sagt Olli gereizt.
Im Prinzip ist das eine phantastische Idee, denn wie ich diese irre Veranstaltung ohne Drogenkonsum durchstehen soll, ist mir schleierhaft. Dennoch gewinnt mein Verstand diesmal die Oberhand. »Ich hab schon Absinth getrunken. Wenn ich jetzt auch noch Gras rauche, ist es aus und vorbei.«
»Und jenau det is der Plan«, versucht Olli augenzwinkernd die Stimmung zu retten.

»Nein, das ist *nicht* der Plan!«, werde ich jetzt biestig.
»Absinth und Marihuana is die beste Kombi, die de dir reinziehen kannst. Und weeßte, wieso? Weil der Thujon-Jehalt vom Absinth die Wirkung vom Marihuana noch optimiert. Die Maxime dabei lautet bloß: Immer schööön langsam allet.«
Angesichts der unerotischsten Party, die man sich nur vorstellen kann, bin ich zu überhaupt gar nichts in Stimmung. Weder für Sex noch für Drogen.
»Olli, das klingt wirklich verlockend, aber ich bin schon vom Absinth ziemlich zugedröhnt.«
Kaum habe ich das gesagt, glaube ich auch schon meine erste Absinth-Horrorhalluzination zu haben: Ein Kerl läuft an uns vorbei, der nichts anhat außer einer Henkersmaske und schwarzen Turnschuhen. Ich frage mich, ob es der Fackeltyp von *Heiß und sündig* ist, aber dafür hat er eindeutig zu viel Bauchspeck und zu wenig Muckis.
Olli verschränkt die Arme vor seiner muskulösen Brust und bedenkt mich mit einem resignierten Blick. »Na jut. Mach, wat de willst. Ick bin jedenfalls nich herjekommen, um mit dir über Nigger zu quatschen, sondern um dich zu knallen. Aber so wat von. Weil de ’ne heiße Braut bist. Überleg’s dir, ick bin noch ’n Weilchen da.«
Dann lässt er mich einfach stehen und verschwindet in der Menge. Ich schaue ihm nach. Wow. Das nenne ich mal eine Ansage. Das ist ja die ganz feine englische Art. Und so erotisch! Aber im Ghetto geht’s halt anders zu. Ich bin mir sicher: Klaus Schulte-Dupont würde sich hier sauwohl fühlen.
Mir schwirrt der Kopf. Das ist alles nicht zu fassen. Ich stehe inmitten von barbusigen Kellnerinnen und Fetischfreaks, trage selbst ein für meine Begriffe erotisches Outfit und fühle mich unerotischer denn je. Unschlüssig, was ich tun soll, setze ich mich schließlich an eine der Bars. Neben mir hockt eine attraktive Frau in einem schwarzen, kurzen Latexkleid, die dunklen Haare zu einem langen Zopf geflochten.

Als ich mich setze, lächelt sie mir kurz zu und sagt: »Hi. Schönes Outfit.«
»Oh, danke. Wenn ich mir die Leute hier so ansehe, bin ich allerdings nicht sicher, ob es so passend ist«, sage ich etwas zynisch.
»Hier kann man alles tragen. Jeder macht einfach, was er will«, sagt die Frau achselzuckend.
»Bist du regelmäßig hier?«, frage ich neugierig.
»Ab und zu. Meist fliegen mein Mann und ich nach Köln und gehen da in ’nen Swingerclub.«
»Aha.«
»Wollten wir heute eigentlich auch machen, aber unser Babysitter ist krank geworden, und da hat mein Mann gesagt: ›Liebling, geh einfach alleine weg und lass dich mal wieder so richtig durchvögeln, ich pass auf die Kids auf‹. Aber hier ist ja rein gar nix los heute. Hab eben schon mit so ’nem Typen gefickt, und alle möglichen Leute standen drum herum, aber kein Schwein hat mitgemacht.«
Mir fällt die Kinnlade runter, und ich sage nur: »Ach.«
»Ich steh auf Gangbangs. Aber die sind hier alle ’n bisschen verklemmt.«
»Hm«, nicke ich und schnappe mir vor lauter Verwirrtheit den Drink von der Gangbang-Frau und trinke ihn aus. »Oh, sorry!«, rufe ich, als ich es bemerke.
»Macht nix«, sagt sie und lächelt. »Na, dann noch viel Spaß.«
»Ja, dir auch!«, rufe ich ihr hinterher.
Ich bin perplex. Eine Ehefrau und Mutter, deren Mann ihr empfiehlt, sich doch auf einer Sex-Party mal wieder so richtig durchvögeln zu lassen, ist mir auch schon lange nicht mehr begegnet, um nicht zu sagen: noch nie! Aber der Zenit der heutigen Skurrilitäten ist noch lange nicht erreicht. Ein Pärchen setzt sich neben mich an die Bar: Er mit nacktem Oberkörper, blutjung und mehr als ansehnlich, sie verlebt, mit Silikontitten und aufgespritzten Lippen, Hotpants, bauchfreiem

Top, weißen Overknee-Stiefeln und einer pechschwarzen Mähne bis zum Po. Sie sieht aus, als wäre sie dem Strich auf der Oranienburger Straße entlaufen.

»Hallo«, haucht der Nutten-Verschnitt. »Wir haben dich schon die ganze Zeit beobachtet.«

»Tatsächlich?«

»Ja, wir finden, du hast eine unheimlich positive Ausstrahlung.«

Liegt vielleicht daran, dass ich mich nicht von jedem hier »durchbügeln« lasse.

»Machst du irgendwas mit Mode?«, fragt Miss Oranienburger. »Du bist so geschmackvoll gestylt.«

Im Gegensatz zu deiner Aufmachung ist das auch keine Kunst, denke ich, sage aber nur: »Nein, ich bin Musikerin.«

»Oh, wirklich? Das ist ja toll! Ich mach auch was Kreatives.«

»Tatsächlich? Was denn?«

»Ich bin Freudenmädchen.«

Ich blicke sie irritiert an: »Wie jetzt?«

»Na, wie ich sage, ich bin Freudenmädchen. Hast mich schon richtig verstanden. Da muss man auch sehr kreativ sein.«

»Aha. Na, wenn du es sagst«, lache ich befremdet.

Ich glaub es nicht! Sie sieht nicht nur aus wie eine Nutte, sie IST eine! Und seit wann werden Prostituierte eigentlich wieder als Freudenmädchen bezeichnet? Sind wir hier beim Nachfahren-Hofball von König Wilhelm dem Ersten?

»Das ist übrigens mein fester Freund, der Sascha, wir haben uns im Fitnessstudio kennengelernt. Da arbeitet er als Trainer.«

»Freut mich«, sage ich zu Sascha.

Klar, bei so einem kreativen und körperlich anstrengenden Job brauchen Freudenmädchen heutzutage ihren Personal Trainer. Die Zuhälter sind wohl auch nicht mehr das, was sie mal waren.

»Aber ich mag Frauen eigentlich viel lieber als Männer …«, säuselt die Nutte und streichelt mir sanft über den Arm.

Was man ihr angesichts ihres Jobs wahrscheinlich nicht verdenken kann. Aber weiß das auch Sascha?
»Kim ist übrigens bisexuell«, wirft dieser prompt ein.
Mir schwant Böses ... Vielleicht benutzt Sascha Kim ja nur, um noch andere Frauen rallern zu können? Wie auch immer: Ich bin zwar für Experimente jeglicher Art zu haben, aber ein Dreier mit einer Nutte und einem Fitnesstrainer ist nicht wirklich das, was ich meine favorisierte sexuelle Wunschphantasie nennen würde. Schon gar nicht auf einer Party mit dem Titel *Frivole de luxe.*
»Tut mir leid, ich aber nicht. Habt noch einen schönen Abend«, sage ich freundlich und flüchte zur Tanzfläche.
Es dauert nicht lange, bis mich ein großer, breitschultriger Typ mit schwarzer Brille, Nasenpiercing und in der üblichen Knickerbocker-weißes-Shirt-Schirmmützen-Kombination anspricht.
»Was haben wir denn da für ein Leckerli?«, dröhnt er mir ins Ohr und hält mir seinen Longdrink inklusive Strohhalm unter die Nase.
Ach du Scheiße, die nächste Attacke eines Gastes mit Raller-Absichten.
»Na los, zieh mal. Schmeckt toll«, sagt der gepiercte Leckerli-Jäger und hält sein Glas aufdringlich nah an mein Gesicht.
»Nein, danke«, antworte ich und schiebe seine Hand mit dem Glas weg.
»Nein danke? Was heißt hier ›Nein danke‹? Ich biete dir gerade meinen teuren *Whisky Soda on the rocks* an, und du sagst nichts anderes als ›Nein danke‹?«, blafft der Typ mich an.
Die Flirtmethoden auf dieser Erotikparty erscheinen mir generell doch sehr rüde zu sein. Vielleicht liegt das an den martialischen Darbietungen?
»Ich trinke gerade noch meinen Absinth«, erkläre ich und lächle ihn besänftigend an. »Und was weiß ich, was du vielleicht für Krankheiten hast«, füge ich scherzend hinzu.

Leider kapiert der Typ meine Ironie nicht.
»Was denn für Krankheiten? Sag mal, spinnst du?«, beschwert er sich angepisst.
»Na, am Ende hast du noch Herpes«, nehme ich ihn weiter auf den Arm.
»Klar, und wenn du das Glas leer trinkst, bist du von mir schwanger, was?«, mosert Mister Modebrille.
»Genau. Und das wäre eine absolute Katastrophe«, lache ich und proste ihm zu. »Aber keine Sorge, du findest bestimmt noch ein Leckerli, das du rallern kannst.«
Dann wende ich mich zum Gehen.
»Blöde Kuh!«, höre ich ihn noch rufen.
Interessant, wie schnell Männer einen vom Leckerli zur blöden Kuh degradieren, nur weil man nicht mit ihnen rallern will. Das geht fast so schnell wie vom »Ich liebe dich« zur Kontentrennung. *Frivole de luxe,* dass ich nicht lache! Für diese lauwarme Party fände ich *Poppen für Dummbratzen* wesentlich angebrachter. Oder wie wär's mit *Flirten für Deppen?* Oder *Erotik für Anfänger?* Ich beschließe, die Party zu verlassen. Julieta und Olli sind nirgendwo zu sehen, die Musik mag ich sowieso nicht, und auf weitere Angebote zum Bügeln oder Knallen in Separees bin ich auch nicht scharf. Fragt sich nur, wie ich in meiner Aufmachung schadlos nach Hause komme?

Der junge türkische Taxifahrer macht ziemlich große Augen, als er mich sieht. »Ey, krasses Outfit, ey, kummst du von 'ner Kostümparty oder was?«, fragt er im typischen Gangsta-Rapper-Türken-Slang und begafft mich von oben bis unten.
»So was Ähnliches«, antworte ich, steige ins Auto und sage ihm, wo ich hinwill.
Aus den Autoboxen wummert irgendeine aggressive Hiphop-Mucke. Der junge Türke legt den Rückwärtsgang ein, richtet seinen Blick aber, während er zurücksetzt, weniger auf die Straße als vielmehr auf meine Beine in Netzstrümpfen.

»Ey, sorry, wenn isch disch so anglotze, aber du siehst escht krass scharf aus, ey!«
»Danke.«
»Biste alleine oder haste deinen Kerl verloren?«, zieht mich der Jungspund auf.
»Beides.«
Mein Fahrer giggelt. Mir ist klar, dass seine Bemerkung ein Witz sein sollte, dennoch versetzt sie mir einen Stich. Warum wird eine Frau, die alleine unterwegs ist, eigentlich zwanghaft auf das angebliche Fehlen eines Mannes an ihrer Seite angesprochen? Hätte der Typ zu einem allein einsteigenden Mann auch gesagt ›Hast du deine Frau verloren?‹? Mit Sicherheit nicht!
Mein Fahrer legt den ersten Gang ein, zwei Sekunden später den zweiten, gleich anschließend den dritten und vierten und beschleunigt den Wagen innerhalb einer halben Minute auf achtzig Stundenkilometer. Ihm im Weg befindliche andere Autos umfährt er, indem er mal links, mal rechts an ihnen vorbeirauscht oder sie unter Einsatz der Lichthupe und seines hochgereckten Mittelfingers verdrängt. Zu allem Überfluss zückt er auch noch sein Smartphone und tippt wild darauf herum. Falls er zwischendurch auch mal auf die Straße guckt, ist das etwas, was mir entgeht. Hektisch zerre ich am Anschnallgurt und lege ihn an.
»Äh … Sorry, aber könnten Sie das mit dem Handy bitte seinlassen, während Sie fahren? Und ich hab's auch nicht wirklich eilig, also schalten Sie mal 'nen Gang runter!«, rufe ich gegen die Hiphop-Musik an.
»Klar, kein Problem, ey, isch muss nur ganz kurz noch 'nem Kumpel simsen, dass isch grad 'ne krass scharfe Frau im Auto habe, okay?«, erklärt mein Fahrer, während er sich zu mir umdreht und mir ein ausgekochtes Latin-Lover-Grinsen schenkt. »Und von mir aus können wir uns übrigens ruhig duzen.«
»AUF DIE STRASSE GUCKEN!«, schreie ich.

Der türkische Jungspund fährt erschrocken herum, tritt mit Karacho auf die Bremse und stoppt den Wagen mit quietschenden Reifen vor einer roten Ampel.

»Sag mal, spinnst du?!«, rufe ich ungehalten. »Jetzt konzentrier dich bitte mal auf den Straßenverkehr, klar? Oder willst du uns umbringen?! Und mach die Musik leiser!«

»Ey, sorry, tut mir escht leid, ey«, beteuert der Türkenboy und fingert an der Anlage herum. »Isch schwör, isch bin voll der sischere Autofahrer, brauchst dir escht keine Sorgen machen.«

»Wie man gerade gesehen hat«, erwidere ich genervt.

»Ey, wow, du hast voll Power, das find isch megageil, ey.«

»Toll. Und jetzt fahr bitte einfach nach Schöneberg, ja?«

»Ey, isch steh krass auf ältere Frauen. Die wissen voll, was sie wollen.«

»Ganz genau. Und *ich* will nach Hause. Und zwar *lebend!*«

»Ey, klar, ey, kein Problem, ey! Wieso willst du überhaupt nach Hause, Mann? Es ist Wochenende und gerade mal zwei Uhr nachts!«

»Na und?«

»Wir könnten noch zusammen ins Maxxim gehen, da arbeitet mein Cousin an der Bar. Ey, wenn isch mit dir in dem krassen Outfit da reinkomme, kriegt der die Krise. Hält sich für den Ober-Checker, verstehste, reißt jede Nacht 'ne andere Braut auf und so. Meine Theorie is: Er is so krass schlecht im Bett, dass keine Braut zweimal mit ihm vögeln will!« Er lacht laut und schadenfroh.

»Du musst doch Taxi fahren.«

»Ja klar, ey, aber nur noch bis drei. Danach könnte isch disch abholen, und wir gehen feiern.«

»Nee, lass mal.«

»Dann gib mir wenigstens deine Nummer.«

»Wieso?«

»Ey, wieso wohl! Weil isch disch treffen will!«

»Ach, komm!«
»Isch mein's escht ernst, ey, isch schwör! Also, noch mal im Klartext: Isch heiß Serkan, und isch will disch treffen. Gibst du mir deine Nummer?«
»Vielleicht.«
»Ey, pass auf, isch geb dir meine Nummer, und dann überlegst du dir in aller Ruhe, ob du Bock hast, 'nen einundzwanzigjährigen, durschtrainierten Traumtypen zu daten, der auf disch steht, okay? Hier is meine Nummer. Überleg's dir.«
Mit Minderwertigkeitskomplexen scheint der junge Mann jedenfalls keine Probleme zu haben. Er schenkt mir sein breites, selbstgefälliges Lächeln und reicht mir einen Zettel mit seiner Telefonnummer. Im Gegenzug überreiche ich ihm das Taxigeld und steige aus dem Wagen. Serkan dreht seine Boxen wieder voll auf und fährt unter Techno-Gewummere und zweimaligem kurzen Hupen davon. Ich flüchte so schnell wie möglich in meine Wohnung, bevor mein erotisches Outfit weitere unerotische Begegnungen verursacht.

Als ich zehn Minuten später auf meinem Bett sitze, kann ich schwer entscheiden, welches meiner heutigen Erlebnisse ich skurriler finden soll: den Alptraum von einer Party oder meine Taxifahrt nach Hause. Vor allem aber frage ich mich: Was ist Erotik? Dieser Begriff, mit dem so inflationär um sich geworfen wird? Was genau macht Erotik eigentlich aus? Und was war meine letzte wirklich erotische Begegnung? Ganz klar, die mit Maurice. Und zwar gerade deshalb, weil sie völlig unerwartet und spontan war. Ganz abgesehen von dem reizvollen Vorspiel unserer vielsagenden Blicke. Mir wird jetzt noch heiß und kalt bei dem Gedanken an ihn. Ich stehe auf und laufe unruhig durch mein Loft, bis ich vor dem Ganzkörperspiegel meines Kleiderschranks stehen bleibe und mir selbst einen fragenden Blick zuwerfe. Serkan hat recht: Ich sehe gerade viel zu toll aus, als dass ich diesen Abend allein in

meinem Loft enden lassen sollte. Kurz entschlossen schnappe ich mir mein Handy und tippe eine SMS an Maurice: *Hast du Lust, mich zu sehen?* Ich halte inne, dann verkürze ich die Nachricht: *Lust, mich zu sehen?* Aber je länger ich mir Maurice' Art in Erinnerung rufe – dieses Aufs-Wesentliche-Reduzierte, Knappe, Nicht-viele-Worte-Verlierende seines Sex-Appeals –, erscheint es mir am angemessensten, meine SMS auf ein Minimum zu reduzieren: *Lust?*
Ich schicke die SMS ab. Natürlich weiß Maurice nicht, von wem sie kommt, schließlich hat er meine Nummer nicht. Aber genau das finde ich wahnsinnig spannend. Ich hole mir ein Glas Wasser, um dem Absinth etwas entgegenzusteuern, dann warte ich. Vielleicht hat er sein Handy gar nicht angeschaltet? Oder ist anderweitig beschäftigt? Oder schläft schon? Als ich mich gerade damit abfinden will, dass meine Nachricht an ihn eine blöde Idee war, kommt seine Antwort.
Drei Worte: *Wo bist du?*
Er fragt nicht einmal nach, wer ihm geschrieben hat. Entweder ahnt er, dass ich es bin, oder er findet dieses Spiel genauso aufregend wie ich. Ich schicke ihm meine Adresse mit Angabe des Stockwerks, aber – um die Spannung zu steigern – ohne meinen Namen. Mein Herz schlägt mir bis zum Hals. Nervös laufe ich im Loft auf und ab. Zwischendurch gehe ich immer wieder ins Bad, um mein Make-up und meine Frisur zu optimieren. Ich habe keine Ahnung, wo Maurice sich gerade befindet, und demzufolge auch nicht, wann er bei mir auftauchen wird. In einer Stunde? In zehn Minuten? Oder vielleicht gar nicht? Wie soll ich die Wartezeit auf ihn überbrücken, ohne verrückt zu werden? Verrückt vor Verlangen nach ihm? Und wie wird es sein, wenn er plötzlich vor mir steht? Wie genau sieht er überhaupt aus? Ich kann mich nur noch verschwommen an ihn erinnern. Mein ganzer Körper vibriert. Ich finde die ganze Situation unglaublich erotisch!

Zwanzig Minuten später. Ich rauche gerade mit zitternden Fingern die dritte Zigarette, als mein Handy piept. Hektisch greife ich zu meinem Telefon und lese: *Bin da.*

Augenblicklich schleudere ich mein Handy aufs Bett, haste durch mein Loft und betätige den Türsummer. Die Tür zu meiner Wohnung lasse ich angelehnt. Meine Nervosität hat ihren absoluten Höhepunkt erreicht. Mein Herz klopft so rasend und laut, dass ich beinahe Atemnot bekomme. Es dürfte etwa eineinhalb Minuten dauern, bis Maurice die fünf Stockwerke bis zu meinem Loft erklommen hat und leibhaftig vor mir steht. Ich muss mich jetzt an irgendetwas festhalten. Also gehe ich zum Küchentisch, der sich in sicherem Abstand zur Tür befindet, lehne mich dagegen und warte. Ich schließe die Augen und lausche auf Geräusche im Treppenhaus. Licht geht an, dann höre ich Schritte im Flur. Kurz darauf öffnet sich mit leisem Quietschen meine Wohnungstür, und er kommt herein: Maurice. Er schließt die Tür, scannt innerhalb eines Sekundenbruchteils meine Wohnung ab und lässt dann mit einem stummen Nicken seinen dunklen Blick auf mir ruhen, als wolle er sagen: Ich wusste, dass du es bist.

Maurice sieht unglaublich gut aus. Wie an dem Abend im Maigrün ist er komplett schwarz gekleidet. Er ist kleiner, als ich ihn in Erinnerung hatte, schätzungsweise einsachtzig, und seine Gesichtszüge haben einen unverkennbar afrikanischen Einschlag. Maurice steht zuerst nur da, sagt nichts und sieht mich an. Sein Blick hat etwas gleichermaßen Angriffslustiges und Sanftes. Ich rühre mich nicht vom Fleck. Er betrachtet mich eingehend von oben bis unten und lacht dann kaum hörbar auf. Mein ungewöhnliches Outfit scheint ihn nun doch etwas aus der Fassung zu bringen.

»Läufst du zu Hause immer so rum?«, fragt er.

Wow, der Mann kann mehr als drei Worte auf einmal sagen.

»Gefällt's dir nicht?«, frage ich.

Maurice kommt langsam auf mich zu und bleibt direkt vor mir stehen. Ich fühle mich, als würde ich gleich in Ohnmacht fallen. Irgendetwas hat dieser Kerl an sich, was meinen Verstand völlig außer Gefecht setzt.
»Doch«, sagt er halblaut. »Und ob.«
Dann legt er seine kräftigen Hände an meine Taille, so wie im Maigrün, und schon wieder fühle ich mich ihm auf erregende Art völlig ausgeliefert. Was ist das bloß? Was macht er mit mir? Wenn er mich berührt, bin ich wie elektrisiert. Und völlig enthemmt.
Ich nehme seinen Kopf sanft in meine Hände und flüstere: »Fick mich ...«
Maurice schließt die Augen, als würde ihn die pure Lust überwältigen. Ich nutze diesen Moment und ziehe ihn zu mir. Ich will seine Lippen, seine unglaublich sinnlichen Lippen. Er wehrt sich nicht, und wir küssen uns kurz, aber leidenschaftlich. Ich reiße ihm seine Jacke und seinen Pullover vom Leib, und wir fallen übereinander her wie Verdurstende. Es ist dreckiger, heißer und überwältigender Sex. Sex, wie ich ihn noch nie in meinem Leben gehabt habe. Maurice vögelt mich auf dem Küchentisch, im Stehen, auf dem Sofa und auf dem Fußboden. An jedem Ort entledigen wir uns eines weiteren Kleidungsstücks, an jedem Ort probieren wir eine andere Stellung aus – worin sich Maurice als ausgesprochen ideenreich entpuppt –, und als wir endlich im Bett landen, sind wir komplett ausgezogen.
Eine Ewigkeit liegen wir schweigend nebeneinander.
»Haste mal 'ne Kippe?«, fragt er irgendwann in die Stille hinein.
Ich reiche ihm meine Schachtel Zigaretten, die neben dem Bett liegt, und wir stecken uns eine an. Während er raucht, dreht er sich zu mir, stützt den Kopf in seine Hand und betrachtet mich. Ganz ernst. Fast neugierig.
»Wie heißt du eigentlich?«

Grinsend sage ich: »Marlene.«
Maurice sieht mich weiterhin unverwandt an, als würde er versuchen zu ergründen, mit welcher Art Wesen er es hier zu tun hat.
»Du bist wie ich, stimmt's?«, schlussfolgert er endlich. »Du brauchst 'ne Menge Sex.«
Ich habe noch nie so genau darüber nachgedacht. Aber jetzt, wo Maurice es so klar ausspricht, muss ich feststellen, dass es wahr ist. Ich habe eine Menge sexuelle Energie. Die endlich befreit wurde. Und mir gleichzeitig Angst macht.
»Was hältst du von einem festen Tag?«, fragt er, zieht an seiner Zigarette und sieht mich forschend an.
»Du meinst, einen festen Tag für uns beide?«
Maurice nickt.
»Wie wär's mit Mittwoch?«, schlage ich ins Blaue hinein vor.
»Gut.«
Damit wäre dann ja auch die Logistik geklärt, denke ich amüsiert und will lieber nicht wissen, wen Maurice die restlichen Tage der Woche so alles trifft.
»'Ne Runde schlafen?«, fragt er mit dem Anflug eines Lächelns.
Ich sehe ihn an und nicke. Er löscht die kleine Lampe neben meinem Bett, und wir schmiegen uns unter meiner Decke aneinander, die für uns beide viel zu klein ist.
Aber ich kann alles andere als schlafen. Es ist das erste Mal, dass in meiner neuen Wohnung ein Mann über Nacht bei mir bleibt. Wie ich hier so neben Maurice liege, in dem alten Bett, unter dieser viel zu kleinen Decke, fühle ich mich tatsächlich zurückversetzt in meine Studentenzeit. Und obwohl sich das alles fremdartig und ungewohnt anfühlt, ist mir eins völlig klar: Ich bin glücklich. Und süchtig nach ihm.

Kapitel 14

»Mama, es war soooo toll im Skiurlaub! Ich bin sogar die schwarze Piste runtergefahren und nur dreimal hingefallen, und im Hotel gab's superleckere Schnitzel, und ich hab mich mit Prosper angefreundet, der hat direkt neben uns im Zimmer gewohnt, und wir sind jeden Tag zusammen im Skilift gefahren, und Prosper wohnt auch in Berlin, aber in einem anderen Bezirk, in Pankow, und wir wollen uns treffen!«

Fünf weitere Tage sind vergangen, und im Gegensatz zu unserem letzten Telefonat gleicht Julians Mitteilungsbedürfnis heute einem verbalen Tsunami. Ich schaffe es gerade noch, ein erfreutes »Toll!« dazwischenzurufen, bevor Julian zur nächsten Redeattacke ansetzt.

»Und Daisy, Prospers Schwester, ist genauso alt wie Sophie, und die beiden sind jetzt auch ganz dicke Freundinnen!«

»Na, das hört sich ja …«

»Und Prosper und Daisy haben einen Hund in Berlin, mit dem dürfen wir mal Gassi gehen, und Sybille hat uns alle zum Kaffee eingeladen.«

»Sybille? Wer ist Sybille?«, stutze ich.

»Sybille ist Prospers und Daisys Mama. Die ist total nett. Die hat uns auch ganz viel geschenkt. Sophie hat eine ganz teure Skibrille bekommen und ich 'ne voll coole Mütze mit *Superman*-Zeichen!«

»Aha …«, sage ich misstrauisch.
»Und Papa hat sie ein ganz großes Saunahandtuch geschenkt, mit einem ganz großen, roten Herz drauf.«
»Hm …«
»Papa und Sybille haben sich nämlich auch angefreundet.«
»Na so was.«
»Wann kommen wir zu dir, Mama?«
»Weiß nicht … Äh, ich meine, morgen, dachte ich, so wie geplant«, antworte ich abwesend.
Ein sehr unangenehmes Gefühl breitet sich in mir aus. Ich kann es noch nicht genauer benennen, aber es fühlt sich ätzend an.
»Ich freu mich schon soooo auf deine neue Wohnung!«
»Ja, ich freue mich auch ganz doll, dich zu sehen, mein Süßer. Gib mir doch mal Sophie, ja?«
Ich höre, wie Julian Sophie ruft, und lasse mich in meinen Sessel fallen.
Sophie meldet sich. »Hallo Mom.«
»Hallo Sophie. Sag mal … Was ist denn da los bei euch?«
»Wieso? Was soll los sein?«
»Weiß nicht, Julian hat mir da irgendwas erzählt von einem Prosper und einer Daisy und … einer Sybille …«
»Ach so. Ja, die haben wir im Urlaub kennengelernt. Sind voll nett.«
»Hm.«
»Stimmt was nicht?«
»Nein, nein, alles in Ordnung. Ich meine, was ist denn da mit Papa und dieser … Frau?«
»Sybille? Weiß ich nicht, die haben sich einfach nur ein bisschen angefreundet, glaub ich.«
»Angefreundet? Wie soll ich das verstehen?«
»Mom, weiß ich doch auch nicht genau. Wir waren halt immer zusammen essen und Ski fahren und so, und abends ist Papa mit ihr in die Sauna gegangen, im Hotel.«

»In die Sauna ...«
»Ja. Was ist denn daran so schlimm?«
»Nichts. Ich frag ja nur. Und wo ist Sybilles Mann?«
»Sybille und ihr Mann haben sich gerade getrennt, glaub ich.«
»Aha.«
»Warum klingst du denn so komisch? Willst du Papa vielleicht mal sprechen?«
»Ja, gib ihn mir mal.«
Eine Sekunde später habe ich Albert am Apparat.
»Hallo«, sagt er tonlos.
»Hallo«, erwidere ich ebenso tonlos. »Schönen Urlaub gehabt?«
»Ja, alles bestens gewesen.«
»Und sonst? Alles klar?«
»Meinst du was Bestimmtes?«
»Nein, nur so.«
»Ja, alles okay bei uns. Und bei dir?«
»Bei mir auch.«
»Gut eingelebt?«
»Ja, super.«
»Schön. Ich bring dir dann morgen die Kinder vorbei.«
»Okay.«
»Schlafen können sie ja wohl noch nicht bei dir, oder?«
»Wieso?«
»Ich frage nur.«
»Doch ... Wenn sie wollen. Sie können in meinem Bett schlafen, und ich leg mich aufs Sofa.«
»Gut. Dann bleiben sie also auch über Nacht bei dir. Wollte ich nur wissen für meine Planung.«
»Welche Planung?«
»Marlene, lass das bitte meine Sorge sein.«
»Gut.«
»Also dann, tschüss.«
»Tschüss.«

Ich lege auf. Dann sitze ich da. Bestimmt fünf Minuten lang. Ich bin völlig verwirrt. Träume ich schlecht, oder hat Albert eine Neue am Start? Namens Sybille? Und zwar nach gerade mal zwei Wochen Trennung?! Und warum juckt mich das überhaupt? Schließlich kann er machen, was er will. Wir sind getrennt. *Ich* habe mich von ihm getrennt! Es ist sein gutes Recht, sich eine Neue zu suchen. Trotzdem bin ich total genervt. Nein, stimmt nicht. Die genaue Beschreibung meines Zustandes lautet: Rasende Eifersucht! Am liebsten würde ich irgendetwas zertrümmern! Am besten irgendetwas, das Albert gehört, zum Beispiel einen russischen Aschenbecher, aber der ist ja schon kaputt. Ich verstehe mich selbst nicht. Aufgewühlt laufe ich durch das Loft. Ein Saunahandtuch mit einem großen, roten Herz drauf, wie geschmacklos ist *das* denn?! Und wie kann man so bescheuert sein, seine Kinder Daisy und Prosper zu nennen?! Und selbst auch noch Sybille heißen?! Und in Pankow wohnen?! Ich hasse diese Frau jetzt schon. Vermutlich ruft Albert sie in diesem Moment an und überbringt ihr die freudige Nachricht, dass er ab morgen sturmfreie Bude hat. Wer weiß, was sie ihm dann als Begrüßungsgeschenk mitbringt. Vielleicht einen selbstgestrickten Pulli – natürlich mit einem ganz großen, roten Herz drauf. Oder pinkfarbene Boxershorts – mit ganz vielen kleinen, roten Herzen drauf. Oder eine rosarote Brille – damit er nicht erkennt, mit was für einer uncoolen, geschmacksverirrten Ossi-Braut er es zu tun hat.
Ich flüchte auf meinen kleinen Balkon und zünde mir eine Zigarette an. Na wunderbar, bis vor dem Telefonat ging es mir noch richtig gut in meinem neuen Leben. Ich saß am Mischpult und habe voller Elan an der Musik zu einem Werbespot für einen neuen Schokoriegel gearbeitet. Jetzt habe ich extrem schlechte Laune. Albert muss einem immer alles kaputt machen, der Idiot.
Draußen wird es gerade dunkel. Das neue Jahr ist mittlerweile eine gute Woche alt, und bis jetzt habe ich es in vollen Zü-

gen genossen. Ich wünschte, Tilda wäre zurück, und ich könnte ihr erzählen, was in der letzten Zeit alles passiert ist. Aber sie kommt leider erst übermorgen wieder.
Ich gehe wieder hinein, fahre meinen PC und mein Mischpult herunter und weiß nur eins: Ich muss weg hier, raus aus meiner Wohnung, sonst werde ich wahnsinnig. Ich beschließe, ins Maigrün zu gehen. Dann kann ich mit Ulrich auch gleich noch mal genauer über die geplanten Musik-Events sprechen. Der Gedanke muntert mich ein wenig auf. Vielleicht treffe ich im Maigrün ja auch ganz zufällig … nein, ich sollte diesen Gedanken sofort verwerfen. Seit unserem nächtlichen Stelldichein vor fünf Tagen habe ich nichts mehr von Maurice gehört. Am nächsten Morgen hatte er sich mit einem unverbindlichen »Man sieht sich« verabschiedet – was ich ziemlich irritierend fand nach der Intensität unseres Treffens. Nicht nur in der Nacht, sondern auch am Morgen hatten wir noch Sex miteinander gehabt, und spätestens, als Maurice in der Dusche über mich hergefallen war und mir ins Ohr geflüstert hatte »Was machst du ohne mich in dir drin, was mache ich, ohne in dir zu sein?«, war mir klargeworden, was ich in den letzten Jahren an Alberts Seite alles vermisst hatte. Vor allem: Sex am Morgen. Wie sehr liebe ich Sex am Morgen! Ich hatte das vollkommen vergessen. Beim anschließenden gemeinsamen Kaffeetrinken war Maurice zwar immer noch kurz angebunden, aber schon etwas gesprächiger gewesen als vorher. »Nette Wohnung«, hatte er angemerkt und dann mit einem Blick auf meinen Flügel und in meine Studioecke gefragt: »Machst du irgendwas mit Musik?« Ich hatte ihm meine Standardantwort gegeben, und spätestens, als ich den Film erwähnte, konnte Maurice einen Anflug von Bewunderung nicht verhehlen, den er aber sofort wieder hinter seiner unnahbar-coolen Fassade verbarg und lediglich mit einem »Respekt« kommentierte. Über sich selbst hatte er nichts erzählt, und ich darauf verzichtet, ihn mit Fragen zu bombardieren. Dann war er gegan-

gen, ohne ein weiteres Treffen oder den Mittwoch noch einmal zu erwähnen. Ich sollte mich in die Sache wohl besser nicht hineinsteigern. Also schicke ich Julieta eine SMS und teile ihr mit, wo ich heute Abend zu finden bin.

Eine halbe Stunde später sitze ich am Tresen des Maigrün und habe ein Glas Rotwein vor mir stehen.

Ulrich redet aufgeregt auf mich ein: »Meine Idee ist folgende: Wir machen das mit der Live-Musik einmal im Monat. Wir lassen Flyer drucken, machen Mundpropaganda in der Bar und so weiter. 'Ne Anlage besorge ich, dafür kümmerst du dich um das Künstlerische. Den Eintritt und die Getränkeeinnahmen teilen wir. Was sagst du?« Er grinst mich begeistert an.

»Finde ich super«, entgegne ich ebenso begeistert. »Das heißt also, du willst Eintritt verlangen. Meinst du, das funktioniert?«

»Klar. Muss ja nicht viel sein. Aber schließlich kriegen die Leute auch was geboten, oder?«

»Okay. Ich hab noch einen riesigen Mailverteiler, von meinen Auftritten damals mit der Soul-Band, den kann ich aktivieren. Und 'ne Menge Pressekontakte.«

»Perfekt«, strahlt Ulrich und reicht mir seine Hand über den Tresen. »Hey, Marlene, das ist ein Superprojekt!«

Ich schlage ein, und wir lachen uns an. Am liebsten würde ich Ulrich um den Hals fallen. Ich fühle mich inzwischen richtig zu Hause in der Bar.

In diesem Moment geht die Tür auf.

»Hey!«, kreischt Julieta, aufgekratzt wie immer, und tanzt mit Sambaschritten in die Bar.

Wir umarmen uns. Julieta trägt heute zur Abwechslung mal knallenge Jeans mit einem breiten Glitzergürtel sowie ein hautenges, pinkfarbenes T-Shirt, das ihre Oberweite bestens zur Geltung bringt. Statt in High Heels stecken ihre Füße heute in hochhackigen Stiefeln.

Ulrich zwinkert ihr zu: »Auch ’nen Wein?«
»Nee, für mich nur ein Bitter Lemon«, sagt Julieta und lotst mich an einen Tisch in einer ruhigen Ecke.
»Hab heute schon den ganzen Tag gekifft, da vertrage ich Alkohol nicht so gut«, erklärt sie und gackert affektiert.
Ich mustere sie überrascht. Wenn sie in bekifftem Zustand ein Energielevel hat, als hätte sie drei Power-Drinks und eine Ladung Koks intus, wie mag sie dann erst drauf sein, wenn sie nicht stoned ist? Geschweige denn, wenn sie drei Power-Drinks und eine Ladung Koks intus hat?
Sie wirft ihre lange Mähne von rechts nach links und fällt sofort mit der Tür ins Haus: »Ich hoffe, das war neulich nicht zu krass für dich?«
Einen Tag nach der Erotikparty hatte ich ihr auf Facebook geschrieben, dass mir vom Absinth schlecht geworden und ich deswegen frühzeitig gegangen sei. Von Olli und dem Separee hatte ich nichts erwähnt.
»Unsinn, ich fand’s total interessant!«
»Aber laut Olli scheint’s dir nicht so gefallen zu haben.«
Ich hätte mir denken können, dass Olli sich mit Julieta austauscht.
»Wieso? Weil ich nicht mit ihm ›gerallert‹ habe?«, lache ich.
»Auch das. Der war ganz schön eingeschnappt.«
»Wenn er sich aber auch so blöd anstellt …«
»Olli ist halt ein einfacher Typ. Da darfst du keine hohe Schule der Verführungskunst erwarten«, erklärt Julieta verständnislos. »Aber vögeln tut er gut. Und das ist doch die Hauptsache, oder?«
»Äh … Heißt das, du hast schon mit ihm …?«, frage ich leicht schockiert.
»Klar«, Julieta zuckt gleichgültig mit den Achseln und wedelt wieder mit den Armen in der Luft rum, als würde sie gleich anfangen zu tanzen. »Ist aber schon länger her.« Dann holt sie ihr Smartphone aus der Tasche und tippt darauf herum. »Da

fällt mir ein – hab später noch so 'n Fick-Date und muss dem Typen kurz schreiben, wann ich zu Hause bin.«

Julietas Kaltschnäuzigkeit in Sachen Sex finde ich zwar gewöhnungsbedürftig, aber auch faszinierend. Ich vermute, das ist genau die Art, wie Männer untereinander über Frauen reden.

»Apropos, was hast *du* eigentlich die ganze Zeit auf der Erotikparty gemacht?«, erkundige ich mich.

Julieta schmunzelt in sich hinein. »Och, ich habe mich amüsiert.«

»Wie ist denn das bei dir so?«, frage ich, endgültig neugierig geworden auf ihren Lebensstil. »Du hast einen Freund in Hamburg, aber nimmst ansonsten alles mit, was bei drei nicht auf den Bäumen ist?«

Julieta lacht aufgekratzt. »Ich kann nun mal nicht monogam leben.«

»Du meinst, du kannst nicht treu sein ...«, werfe ich ein.

»Ist das nicht dasselbe?«, fragt sie mit einer ausladenden Geste. »Ich liebe das Leben, ich liebe Sex, und ich könnte niemals darauf verzichten, mit einem Mann zu schlafen, auf den ich scharf bin, nur weil ich einen Freund habe! Da wär ich ja schön blöd, bei meiner intergalaktischen Wirkung auf die Kerle!« Wieder lacht sie triumphierend auf und wirft stolz ihr Haar zurück.

Ich bin einigermaßen baff über ihre Egomanie.

»Und was ist das dann mit Jimmy?«, hake ich nach. »So was wie eine offene Beziehung?«

»Für mich schon. Obwohl Jimmy das nicht kapiert. Aber er kann nicht ernsthaft von mir erwarten, dass ich immer nur dasitze und darauf warte, dass wir uns alle zwei Wochenenden sehen. Außerdem macht er doch selbst rum ohne Ende.«

»Wie oft brauchst du denn Sex?«, frage ich.

»Na, am besten jeden Tag!«, ruft Julieta begeistert und zupft mal wieder beflissen an ihrem Dekolleté herum, als gelte es, auf der Stelle den nächsten Kerl anzulocken. »Du etwa nicht?«

»Weiß nicht. Vielleicht. Ich glaub, ich muss erst mal wieder ein Gefühl dafür bekommen. Ich war ziemlich lange verheiratet. Und war immer treu. Am Ende lief leider nicht mehr viel, und im Moment habe ich wohl so etwas wie ein … Nachholbedürfnis.«
»Aha …«, sagt Julieta und mustert mich erstaunt. »Seit wann seit ihr denn getrennt?«
»Seit etwas mehr als zwei Wochen.«
Plötzlich habe ich einen Kloß im Hals.
»Krass. Hätte ich jetzt gar nicht von dir gedacht.« Julieta schaut mich an, als hätte ich ihr von einem Ausflug auf den Mond erzählt. »Also, Heiraten käme für mich *nie* in Frage. Weißt du, ich sehe das so: *Jetzt* bin ich jung und schön. Warum sollte ich mich nur für einen einzigen Mann aufheben? Ich meine, sieh mich an!« Sie posiert einen Moment lasziv auf dem Stuhl, als wäre sie ein Pin-up-Girl, und legt ihre Hände an ihre Oberweite. »So heiß werde ich nie mehr sein. Ich sag's dir, ich habe den Spieß umgedreht. Ich benutze die Typen. Und wenn die Idioten anfangen, mich zu langweilen, servier ich sie wieder ab. Dasselbe machen sie doch auch mit uns.«
Während Julieta an ihrem Strohhalm nuckelt und einen Schluck von ihrem Bitter Lemon nimmt, bemerke ich auch einen bitteren Zug um ihren Mund.
»Ich glaube nicht mehr an die große Liebe. Männer sind doch eh alle Arschlöcher. Glaubst du, Männer sind treu? Vergiss es!«
»Hm. Das heißt, du hast mehrere Lover? Jeden Tag einen anderen?«
»Klar …«, grinst Julieta. »Manche sehe ich auch zweimal die Woche. Manchmal sehe ich auch drei an einem Tag.«
»Wow.«
Ich bin geplättet. Nicht nur von Julietas Pensum, sondern auch von ihrer Abgebrühtheit. Und ich dachte schon, ich wäre auf dem besten Weg zum Schlampendasein, nur weil ich

an zwei aufeinanderfolgenden Tagen mit Hinrich und Maurice geschlafen habe. Da bin ich gegen Julieta ja ein wahrer Unschuldsengel. Und überhaupt: Als ich so alt war wie sie, bin ich gerade zum ersten Mal Mutter geworden. Plötzlich frage ich mich angesichts von Julietas jugendlichem Hedonismus, wie mein Leben wohl verlaufen wäre, wenn ich einen komplett anderen Weg eingeschlagen, wenn ich nie geheiratet und keine Kinder bekommen hätte. Wie würde mein Leben jetzt aussehen, wenn ich mit dreißig schlichtweg *frei* geblieben wäre? Ich trinke einen großen Schluck Wein.

Julieta bemerkt meine Nachdenklichkeit. »Was 'n los?«

»Nichts. Ich dachte nur gerade, wie toll es ist, wenn man noch so jung ist wie du.«

Julieta schaut mich verwirrt an. »Wieso? Wie alt bist du denn?«

»Neununddreißig. In drei Monaten werde ich vierzig.«

»Was?«, kreischt Julieta. »Das glaub ich nicht! Ich dachte, du wärst vielleicht drei oder vier Jahre älter als ich, höchstens.«

»Danke«, sage ich geschmeichelt.

»Ach, Alter ist doch eh total egal«, winkt sie ab. »In Brasilien sagt man, dass jeder Mensch so etwas wie seine beste Zeit im Leben hat. Seine persönliche Hochphase, seine Blütezeit. Und die kann man mit zwanzig, dreißig, vierzig oder fünfzig haben.«

»Na, dann hoffe ich, dass ich sie mit vierzig habe«, sage ich lächelnd.

Eine Stunde später ist es im Maigrün voll, und ich habe ein weiteres Glas Rotwein sowie einen von Ulrichs leckeren wie hochprozentigen Cocktails intus.

Meine Sinne sind dementsprechend benebelt, und ich fasse einen Entschluss: »Julieta, ich muss dir was erzählen.«

»Was denn?«

»Ich hab was mit Maurice angefangen.«

Julieta starrt mich entgeistert an. »Du! Mit *Maurice?!*«

»Was ist daran so erstaunlich?«, frage ich etwas beleidigt.

»Nichts. Vergiss es. Ich frag mich nur, was du ausgerechnet von diesem komplizierten Typen willst. Ich finde, er ist ein Arschloch.«
Dann holt sie ihre Tasche hervor und kramt missmutig darin herum. Ich habe nicht die geringste Ahnung, warum sie plötzlich so angefressen ist.
»Wie meinst du das?«, frage ich.
»Da musst du nur zuhören, was sich andere Frauen so erzählen, Süße«, erklärt sie und holt irgendwelche Utensilien aus ihrer Tasche. »Und ich bin ehrlich zu dir: Vor Jahren hatte ich was mit ihm. Da war ich leider noch 'n bisschen naiver als heute, hab mir alles immer gleich zu Herzen genommen, so wie du. Das kann mir inzwischen nicht mehr passieren. So 'n Scheißkerl wie Maurice hätte bei mir jetzt nicht mehr die geringste Chance.«
Ich trinke den Rest meines Cocktails in einem Zug leer. Der Alkohol steigt mir endgültig zu Kopf, aber auch Julietas Worte. Unwillkürlich überprüfe ich mein Handy. Maurice hat sich immer noch nicht gemeldet, obwohl heute Mittwoch ist – »unser« Tag. Und dass mir das plötzlich nicht mehr egal ist, nervt mich am meisten. Julieta hat recht. Im Gegensatz zu ihr bin ich kein Stück abgebrüht.
Sie legt eine Packung Tabak und eine Tüte mit Blättchen und Gras auf den Tisch und grinst mich plötzlich wieder versöhnlich an: »Komm, wir kiffen was.«
Eine super Idee, ich bin heute sowieso in der Stimmung, mir die Kante zu geben. Julieta baut einen Joint, zündet ihn an und reicht ihn an mich weiter. Ich ziehe daran.
In diesem Moment kommt Ulrich zu uns rüber. »Noch was trinken, Marlene?«
»Ja, mix mir noch einen Cocktail. Irgendeinen, den ich noch nicht kenne.«
Jetzt ist auch schon alles egal, denke ich, nehme noch einen Zug vom Joint und reiche ihn wieder Julieta. Ich lehne mich ent-

spannt zurück und spüre, wie der Joint und der Alkohol eine spezielle Symbiose in meinem Körper eingehen. Ich fühle mich leicht und frei und entspannt. Julieta ist auf einmal ganz weit weg. Im Sitzen tanzt sie zu irgendwelchen Sambarhythmen herum, die nur sie hören kann, und wedelt wild mit den Armen. Als Ulrich meinen Cocktail bringt, trägt er plötzlich einen hellblauen Skianzug. Mann, sieht das bekloppt aus. Als er näher kommt, bemerke ich zudem ein großes *Superman*-Logo auf seiner Brust und bekomme einen Lachanfall.

»Alles in Ordnung, Marlene?«, fragt er, als er mir das Glas hinstellt.

»Sicher, du Superman!«, kreische ich ausgelassen und ziehe am Strohhalm meines neuen Getränks.

Offensichtlich hat Ulrich eine großzügige Menge Wodka in den Cocktail gemischt.

»Ulrich ist ein totaaaler Superman!«, krakeele ich vor mich hin. »Ulrich ist der *geilste* Skifahrer der Welt! Außer Prosper, Daisy und Sybille natürlich!«

Julieta steigt in mein Lachen ein – keine Ahnung, ob wegen des Joints oder eher wegen des Schwachsinns, den ich da rede. Jedenfalls fängt sie an zu singen: »Yeah, yeah, yeah! Ulrich ist ein SUUUPERMAAAN!«

Gemeinsam grooven wir auf unseren Stühlen herum und bepissen uns immer wieder vor Lachen. Aus dem Augenwinkel sehe ich, wie Ulrich kopfschüttelnd zu uns rüberschaut und Luc einen Vogel zeigt, der wieder mal mit seinem obligatorischen XXL-Kopfhörer hinterm Tresen herumwippt.

Luc lacht, legt den Kopfhörer zur Seite und kommt zu uns rüber. »Wunderschönen güten Abend, die Damen!«, flötet er. »Wie isch säh, gäht's eusch rischtig güt!«

»Lass die Franzosen-Scheiße, Luc, das nervt«, blafft Julieta ihn an, während sie weiter im Takt wippt. »Tanz mit mir, oder verzieh dich!«

Ich breche schon wieder in einen Lachkrampf aus.

Luc macht ein beleidigtes Gesicht, dann lächelt er mich an und reicht mir seine Hand. »Isch tanze nur mit Frauen, die freundlisch zu mir sind.«
Er zieht mich vom Stuhl hoch und an sich ran. Dann dreht er mich gekonnt herum. Ich weiß jetzt, was Julieta meinte, als sie ihn als phantastischen Tänzer bezeichnete. Luc hat es einfach drauf. Hätte ich gewusst, wie einfach es sein kann, sich von einem Mann führen zu lassen – und das auch noch, ohne dabei die Augen zu schließen! –, hätte ich mir den bescheuerten Tanzkurs mit Albert sparen können. Luc wirbelt mich nach allen Regeln der Kunst durch den Raum, hin und her, vor und zurück, stößt mich ab und zieht mich wieder zu sich heran und beugt mich dann als krönenden Abschluss hinunter, so dass mein Kopf fast den Boden berührt und mein linkes Bein in die Luft zeigt – so wie in den Filmen mit Fred Astaire und Ginger Rogers. Und in diesem Moment passiert es. Mir wird schwindelig. Vor meinen Augen verschwimmt alles, und ich verliere den Halt. Zu allem Überfluss sehe ich plötzlich auch noch ein Saunahandtuch mit einem riesengroßen, roten Herzen wie einen fliegenden Teppich auf mich zuwabern. Sybille sitzt darauf, lacht triumphierend und ruft: »Ich werde Albert eine sehr viel bessere Frau sein als du, haha!«
Luc zieht mich zu sich hoch, und die ruckartige Bewegung bewirkt, dass mir endgültig übel wird. Ich klammere mich an ihm fest, höre mich kraftlos »Luc, hör auf damit …« stammeln, dann sehe ich nur noch schwarz.

Als ich wieder zu Bewusstsein komme, liege ich auf dem Boden des Maigrün, und die Gesichter von Ulrich, Luc, Julieta und einigen anderen Gästen beugen sich über mich. Julieta kniet neben mir und tätschelt meine Wange.
»Marlene? Marlene!«, höre ich sie wie durch Watte rufen.
»Ich hol noch mal Wasser, dann wird das schon wieder«, dringt Ulrichs Stimme von ganz weit weg an mein Ohr.

Langsam sehe ich wieder klar und Julietas Gesicht direkt über mir.
»Mir ist schlecht …«, stammele ich. »Mir ist so schlecht!«
Ulrich hält mir ein Glas Wasser hin, und ich trinke ein paar Schlucke.
»Könnt ihr mir bitte ein Taxi rufen?«, flüstere ich.
»Klar«, sagt Ulrich. »Schaffst du das alleine, oder soll Julieta dich begleiten?«
»Sorry, ich kann nicht, ich hab gleich noch … äh … 'nen wichtigen Termin«, sagt Julieta etwas schuldbewusst.
»Ist schon okay«, murmele ich. »Ich will jetzt … einfach nur allein sein …«

Zehn Minuten später betritt ein junger, dunkelhaariger Taxifahrer das Maigrün und schaut sich suchend um. Es ist niemand anderes als Serkan. Das hat mir gerade noch gefehlt.
Als er mich sieht, grinst er breit. »Leck misch am Arsch, du schon wieder! Ey, wieso hast du disch nicht gemeldet?«
Ulrich, Luc und Julieta tauschen überraschte Blicke aus.
»Ihr kennt euch?«, fragt Julieta.
»Ey, klar, isch hab sie doch letzte Woche nach Hause gefahren, Mann. Als sie dieses krasse Outfit anhatte.«
»Meinst du etwa nach der Erotikparty?«, fragt Julieta.
»Erotikparty?!«, ruft Serkan und fährt sich nervös lachend durch sein gegeltes Haar. »Ey krass, isch wusste, du bist cool drauf.«
»Dann fahr sie jetzt mal nach Hause, ihr geht's nicht gut«, sagt Julieta zu Serkan.
»Zu viel getrunken oder was?«, fragt Serkan spöttisch.
Ich versuche, meine letzten Kräfte zu mobilisieren, um zu protestieren. Wenn ich in meinem jetzigen Zustand Serkans Fahrstil ausgesetzt werde, ist das definitiv mein Ende. Aber ich bin zu schwach. Vor allem befürchte ich, mich übergeben zu müssen, wenn ich den Mund aufmache. Serkan und Ulrich haken

mich auch schon von beiden Seiten unter und führen mich nach draußen. Sie hieven mich auf die Rückbank des Taxis. Ich lasse mich zur Seite fallen und fange an, vor mich hinzujammern.

»Aber tu mir den Gefallen und kotz mir nich den Wagen voll, okay?«, sagt Serkan skeptisch, während er sich anschnallt.

Kommt ganz darauf an, wie du fährst, Idiot, denke ich und gebe nur einen weiteren Jammerlaut von mir. Serkans einzige Sorge scheint der Zustand seines Wagens zu sein. *Mein* Zustand interessiert ihn offenbar nicht die Bohne. Aber was soll man von einem selbstverliebten türkischen Junior-Macho schon erwarten? Wenn's drauf ankommt, haben sie doch keinen Arsch in der Hose.

»Also, wo soll's hingehen?«, fragt Serkan.

»Weisnichnau …«, lalle ich.

»Da, wo isch disch letztes Mal hingefahren hab? Wo war das noch mal?«

Oh nein, in meinem jetzigen Zustand will ich keinesfalls alleine in meine Wohnung, denke ich weinerlich. Und erst recht will ich nicht ganz allein die fünf Stockwerke zu meinem Loft hochkriechen. Die Vorstellung, Serkan könne mich nach oben begleiten, beruhigt mich allerdings auch nur bedingt. Es wäre ihm durchaus zuzutrauen, dass er die Situation gnadenlos ausnutzt. Und so hilflos, wie ich gerade bin, würde ihm das womöglich auch noch gelingen. Panik steigt in mir auf.

»Famich nach Wilm'sdorf …«, stammele ich kraftlos und nenne ihm Alberts Adresse.

»Und wer wohnt da?«, erkundigt sich Serkan. »Isch meine, ey, es ist kurz vor zwei, bist du sischer, du kannst da jetzt aufkreuzen in deinem Zustand? Isch fahr disch lieber zu dir.« Serkans Stimme bekommt einen schmeichelnden Ton: »Isch helf dir auch, okay? Wenn du willst, bleib isch bei dir. Die ganze Nacht …« Er grinst mich vielsagend an.

Ich wusste es. Kapiert der Typ eigentlich gar nichts? Merkt der nicht, dass es mir wirklich dreckig geht und dass mir nach

allem anderen zumute ist als nach Sex mit einem Milchbubi, der einen auf dicke Hose macht?
»Nein«, rufe ich schwach.
»Okay«, erwidert Serkan achselzuckend. »Wie du willst.«

Eine Viertelstunde später hält Serkan vor Alberts Haustür. Er hat sich tatsächlich zusammengerissen und ist die ganze Zeit über nur fünfzig gefahren. Seinem angespannten Gesichtsausdruck und den Schweißperlen auf seiner Stirn zufolge hat ihn das extrem viel Nerven gekostet. Ich habe mich meinerseits zusammengerissen und mich nicht auf seine Rückbank übergeben.
»Okay, wir sind da. Was jetzt?«
»Klingel bei Maier«, flüstere ich.
»Und was sag isch, wen isch im Auto hab?«
»Seine Frau …«
»Seine Frau? Wie jetzt? Du bist die Frau von diesem … Maier?!«
»Ex-Frau … Ich bin seine Ex-Frau …«, artikuliere ich so deutlich wie möglich.
»Ex-Frau? Was'n jetzt? Ey, du machst mir vielleicht Spaß …«
Serkan steigt kopfschüttelnd aus dem Taxi. »Weiber«, höre ich ihn noch leise schnauben. Kurz danach höre ich von ganz weit her Alberts Haustürklingel surren und einen Moment später Serkans Stimme überdeutlich in die Sprechanlage rufen: »'N Abend, Herr Maier! Ich hab Ihre Frau in meinem Taxi. Ich meine, Ihre Ex-Frau! Sturzbetrunken. Wär nett, wenn Sie die mal aus meinem Wagen holen würden, bevor sie alles vollkotzt.«
Zwei Minuten später werde ich von Albert und Serkan aus dem Taxi gezerrt.
»Marlene! Was soll denn das? Weißt du eigentlich, wie spät es ist?«, zischt Albert mir zu.
Er drückt Serkan einen Geldschein in die Hand. Dieser springt so schnell er kann wieder in sein Taxi und kratzt mit quiet-

schenden Reifen die Kurve. Albert zieht mich hinter sich zur Haustür.
»A-A-Albert«, lalle ich enthemmt. »Albert, verlass mich nicht!«
»Marlene, würdest du dich jetzt *bitte* zusammenreißen«, flüstert Albert entnervt.
Aber ich kann mich nicht mehr beherrschen. »Das kannsu doch nicht bring'n mit dieser Sybille! *Albert!*«, rufe ich und knicke mit den Knien ein. Ich kann nicht mehr. Auf dem Bürgersteig vor unserer ehemals gemeinsamen Wohnung hockend bricht plötzlich alles aus mir heraus. Im wahrsten Sinne des Wortes. Ehe ich es verhindern kann, kotze ich Albert direkt vor die Füße.
»Marlene, verdammt noch mal! Wenn du weiter so einen Krach machst, kriegen das noch sämtliche Nachbarn mit«, zischt Albert wütend.
In genau diesem Augenblick geht ein Fenster auf, und eine rauhe Männerstimme brüllt: »RUHE DA UNTEN! ES IST GLEICH ZWEI, VERDAMMT NOCH MAL!«
Das war unverkennbar der Schrecken der gesamten Nachbarschaft: Hauswart Hempel. Herr Hempel hat mir früher regelmäßig das Leben zur Hölle gemacht, indem er sich bei jeder Banalität bemüßigt fühlte, die Polizei zu rufen. Insbesondere, wenn Julian mal wieder einen Fußball in sein Gemüsebett befördert hatte oder Sophie mit dreckigen Schuhen durch das Treppenhaus gelaufen war.
»NOCH EIN MUCKS, UND ICH HOL DIE POLIZEI!«, wettert Herr Hempel prompt und knallt das Fenster zu.
Daraufhin packt mich Albert und zerrt mich das Treppenhaus hoch. Als wir in die Wohnung stolpern, steht Sophie im Flur.
»Was ist denn mit Mama los?«, fragt sie verstört.
»Auch das noch«, stöhnt Albert. »Bitte, Sophie, geh schlafen, es ist alles halb so schlimm, wie es aussieht.«
Sophie verschwindet in ihrem Zimmer. Albert verfrachtet mich aufs Sofa. Dann bringt er mir einen kalten Waschlappen, ein Glas Wasser und ein Aspirin.

»Albert, hör su …«, setze ich mit schwacher Stimme an.
»Lass uns morgen darüber reden …«, sagt Albert.
»Nein, lass'ns jetzt darüber red'n. Albert, ich verstehe das all's nich …«
»Was denn?«, fragt er ungehalten.
»D's all's!«, lalle ich.
Ich ziehe Albert unvermittelt zu mir, so dass er halb auf mich drauffällt. Dann versuche ich ihn zu umarmen und an mich zu ziehen. »Vielleicht … vielleicht sollt'n wir einfach ma' wieder Sex minnander hab'n …«
Energisch entzieht sich Albert meiner Umklammerung. »Marlene, jetzt lass das, du bist ja total betrunken!«
»Schlaf mit mir«, brabbele ich.
»Marlene, hör auf damit!«, ruft Albert genervt. Mit gesenktem Blick fügt er hinzu: »Wenn du es unbedingt wissen willst: Ja, ich habe mich in eine andere Frau verliebt.«
Ich starre ihn an. Verliebt? Albert ist *verliebt?* Seit wann hat Albert Gefühle?
»Doch nich'n diese Rosarote-Herzchen-Tussi? Das kann nich dein Ernst sein?!«, rege ich mich auf, soweit es in meinem Zustand möglich ist.
»Sybille ist keine ›Rosarote-Herzchen-Tussi‹, sondern eine wunderbare Frau«, erklärt Albert sehr ernst. »Sie ist Tierärztin und steckt in derselben Situation wie ich. Das heißt, ihr Mann hat sie betrogen. Wir können uns zusammen einen Neuanfang vorstellen. Mehr kann ich dazu noch nicht sagen.«
»Aber …«, stammele ich, »… aber ich liebe dich doch, Albert.«
Albert betrachtet mich einen Moment lang ungläubig, dann sagt er: »Ich finde das wirklich erstaunlich. Du hast kein einziges Mal während unserer gesamten Beziehung ›Ich liebe dich‹ zu mir gesagt. Und jetzt, wo ich eine andere Frau kennenlerne, schaffst du es plötzlich, diese drei Worte rauszu-

kriegen? In betrunkenem Zustand? Tut mir leid, aber das finde ich gerade nicht besonders überzeugend.«

So merkwürdig es ist, aber auf einmal ist mir fast zum Lachen zumute angesichts dieser Déjà-vu-Situation. Irgendwie hat Albert recht: Vermutlich habe auch ich viel zu wenig Gefühle gezeigt die letzten Jahre. Und was hat mich bloß geritten, ausgerechnet jetzt ›Ich liebe dich‹ zu ihm zu sagen?

Albert steht auf und geht zur Tür. »Tja, also …«, sagt er. »Dann schlaf erst mal deinen Rausch aus.«

Das Licht verlischt.

»Eine wunnerbare Frau … Blablabla … Na dann viel Spaß mit deiner …«

Mein wirres Selbstgespräch findet ein jähes Ende, als mich bleierne Müdigkeit überkommt. Von ganz weit weg registriere ich, dass in meiner Tasche mein Handy piept. Dann schlafe ich ein.

Kapitel 15

In meiner Wohnung stehen zwei kleine Reisetaschen und drei vollbeladene Einkaufstüten. Sophie und Julian bleiben erstmals ein paar Tage am Stück bei mir.

»Boah, ich find's hier voll gemütlich!«, ruft Julian begeistert, hüpft aufgeregt durch das Loft und schmeißt sich auf mein Bett.

»Muss ich jetzt etwa mit Julian zusammen da drin schlafen?«, fragt Sophie und verzieht angeekelt das Gesicht.

»Sieht so aus«, antworte ich. »Oder willst du dich lieber auf den Boden legen?«

Ich bin todmüde. Der Absturz von gestern Nacht wirkt immer noch nach. Im Nachhinein ist mir das Ganze unglaublich peinlich. Am allerpeinlichsten ist mir meine krude Liebeserklärung an Albert. Wie konnte ich nur so entgleisen! Aber immerhin sind Albert und ich jetzt quitt.

»Kann ich nicht auf dem Sofa schlafen, und du legst dich zu Julian?«, mosert Sophie.

»Mal sehen. Jetzt packt erst mal eure Sachen aus.«

»Och nö. Wir gehen doch eh Sonntagmittag wieder zu Papa.«

»Dann packt halt die Einkaufstüten aus.«

»Wie jetzt? Seit wann müssen wir Einkaufstüten auspacken?« Sophie setzt eine Miene auf, als hätte ich von ihr verlangt, Bäume zu fällen.

»Hey, ich bin jetzt hier allein mit euch, und da müsst ihr ein bisschen mithelfen, okay?«, erkläre ich. »Außerdem geht's mir heute nicht so gut.«
»Das wundert mich nicht …«, sagt Sophie schnippisch.
Es ist offensichtlich, dass sie eine Mutter, die nachts um zwei betrunken aus einem Taxi gezerrt wird, mit ihrem Gejammer die halbe Nachbarschaft weckt und ihrem Ex-Mann vor die Füße kotzt, ziemlich uncool findet. Albert hat mir heute Morgen mitgeteilt, dass Sophie das gesamte Szenario aus ihrem Fenster beobachtet hat.
»Ich hoffe, du weißt noch, was du mir versprochen hast …«, merkt Sophie an.
»Äh … Was denn?«
»Dass wir heute Abend zwei Filme gucken.«
Ich wusste es: Meine leichtsinnigen Versprechungen würden sich rächen.
»Ich würde das gerne auf einen anderen Abend verschieben, Sophie, ich muss heute mal früh ins Bett gehen.«
Sophie baut sich vor mir auf. »Kommt nicht in Frage, Mama. Du hast es versprochen!«
»Wir können das doch immer noch machen!«
»Aber nächste Woche fängt die Schule an, und wir sind wieder bei Papa, da geht es auch nicht«, jammert sie.
»Okay, okay, aber wir schauen *einen* Film«, lenke ich ein.
Schließlich muss ich mein schwer angekratztes Image ja wieder aufpolieren.
»Juhu, wir schauen heute einen Film!«, krakeelt Julian sofort.
»Ich will *Spiderman* gucken!«
»Vergiss es!«, protestiert Sophie. »Wir schauen *Titanic.*«
»*Titanic* hat Überlänge und ist noch nichts für Julian«, werfe ich ein.
»Dann schauen wir *High School Musical*«, schlägt Sophie vor.
»Iiiiiieh!«, kreischt Julian und macht eine Kotz-Geste.

Ich gehe rüber zur Küchenzeile und schmeiße die Kaffeemaschine an. Draußen herrscht das typische Berliner Januarwetter: Es regnet Bindfäden. Ohne Hardcore-Koffeindröhnung überlebe ich den heutigen Tag nicht, das steht schon mal fest.

»Ihr räumt jetzt die Sachen aus, und dann überlegen wir in Ruhe, welchen Film wir schauen«, spreche ich ein Machtwort. Während Sophie und Julian sich daranmachen, die Einkäufe einzuräumen, fahre ich meinen PC hoch. Zeitgleich klingelt mein Handy.

Es ist Julieta. »Hey, bist du wieder unter den Lebenden?«

»Dafür, dass du nie telefonierst, telefonierst du aber ziemlich oft«, frotzele ich. »Ja, geht so weit wieder.«

»Dann ist es ja gut«, sagt sie etwas kleinlaut. »Hab mir echt noch Vorwürfe gemacht, dass ich dich nicht begleitet hab.«

»Schon okay.«

»Na ja … Wollte dir noch sagen, dass Olli gestern noch ins Maigrün kam. Ich hab ihm deine Nummer gegeben, er wollte dich unbedingt anrufen. Ich hoffe, das ist okay.«

»Hm, ja, ist okay …«, antworte ich. »Was will er denn?«

»Keine Ahnung. Noch mal wegen der Erotikparty, glaub ich. Hat 'n schlechtes Gewissen, weil das alles so komisch gelaufen ist mit euch an dem Abend.«

Julian kommt zu mir rüber. »Mama, wir sind fertig. Darf ich Nintendo spielen?«

»Äh … Ja, kannst du.«

In Gegenwart meiner Kinder erscheint mir diese ganze Julieta-Olli-Maigrün-Welt plötzlich total fremd. Und irgendwie ungut.

»Julieta, ich muss dann auch Schluss machen.«

»Alles klar. Dann bis die Tage, und erhol dich gut. Ciao!«

»Ciao.«

Ich lege auf und sehe, dass ich gestern Nacht tatsächlich noch eine SMS von Olli bekommen habe, als ich bei Albert im

Delirium lag: *Hi Schnecke. Dir geht's nicht gut? Lass mal tel, wenn wieder ok. Morgen Treffen im Maigrün? Lg, Olli.*
Ich seufze. Irgendwie überfordert mich das gerade alles. Ich muss mich jetzt erst einmal um meine Kinder kümmern, meine Mails checken und versuchen, nicht einzuschlafen.
»Mama, darf ich mal deinen blauen Lidschatten ausprobieren?«, ruft Sophie aus dem Bad.
»Ja, kannst du«, rufe ich abwesend zurück.
Inzwischen habe ich meine Mails aufgerufen. Hagen Bruns hat mir geschrieben und bittet um dringenden Rückruf, weil er mit mir über ein neues Projekt sprechen will. So erfreulich die Nachricht auch ist, im Moment empfinde ich sie vor allem als weiteren Stressfaktor. Zumal ich für ein Gespräch mit Hagen nicht nur Ruhe haben, sondern auch hellwach sein muss. Also hole ich mir erst mal einen Kaffee und kündige vorsichtshalber an: »Hört mal, ihr beiden, ich muss noch einmal kurz telefonieren, bitte stört mich jetzt nicht.«
Allerdings weiß ich aus Erfahrung, dass die beiden immer genau dann irgendwas von mir wollen, wenn ich wichtige Telefonate führen muss – egal, ob ich es vorher ankündige oder nicht. Da der Regen gerade mal ausgesetzt hat, beschließe ich, für das Gespräch mit Hagen auf den Balkon zu gehen. Irgendwie ist es doch suboptimal, keine Wände in seiner Wohnung zu haben, denke ich.
Nachdem Hagen und ich ein bisschen Small Talk gemacht haben, unterbreitet er mir seine neueste Filmidee.
»Marlene, ich sage dir, ich *brenne!* Die Sache lässt mir keine Ruhe mehr. Sie ist mir gestern zugeflogen, als ich meine Frau von hinten genommen habe. Du weißt, in dieser Stellung kommen mir immer die besten Ideen.«
So kenne ich Hagen. Er liebt es, seine Freunde und Kollegen mit indiskreten Details aus seinem Liebesleben zu versorgen.
»Also, pass auf: ein Thriller. Ein Mann, eine Frau und ein Kind. Im Himalaya. Bis kurz vor Ende des Films weiß der

Zuschauer nicht, was genau sie miteinander zu tun haben. Sind sie eine Familie? Oder ist die Frau zwar die Mutter des Kindes, der Mann aber ein Fremder? Oder ist der Mann der Vater des Kindes und die Frau eine mysteriöse Unbekannte? Oder sind sie zufällig zusammengewürfelt worden aufgrund einer schicksalhaften Verstrickung, die … die ich mir noch ausdenken muss? Jedenfalls geraten sie in Schwierigkeiten.«
Ich gerate auch gerade in Schwierigkeiten, denn erstens ist es auf dem Balkon windig und kalt, zweitens hat es wieder angefangen zu regnen, und drittens klopft Julian wie wild an die Scheibe der Balkontür. Ich wusste es. Während Hagen mir weiter begeistert seine wirren Ideen unterbreitet, gebe ich Julian pantomimisch zu verstehen, dass ich gerade keine Zeit habe. Julian klopft weiter verzweifelt an die Tür. Ich mache eine wütende Geste, dass er verschwinden soll, woraufhin er sich verzieht.
»Irgendwann verschwindet das Kind. Spurlos. Der Mann und die Frau begeben sich auf die Suche nach ihm und werden in eine abgründige, politisch brisante und höchst gefährliche Situation verwickelt, die … die ich mir noch ausdenken muss. Und es wird Winter im Himalaya. Kalt. Bitterkalt! Vielleicht ist das Kind schon erfroren.«
Ich rolle mit den Augen. Vielleicht bin ich auch schon erfroren.
»Und dann?«, frage ich nach, um das Gespräch etwas zu beschleunigen.
»Den Rest muss ich mir noch ausdenken. Aber wie findest du die grobe Richtung?«
Hinter mir bollert es schon wieder gegen die Scheibe. Diesmal ignoriere ich es einfach.
»Äh, also … Toll. Also, das hört sich außergewöhnlich an. Himalaya – auf jeden Fall eine Top-Location, und die Sache mit der politisch brisanten Verstrickung … Die unklare Beziehung zwischen den Personen als Metapher für moderne, zer-

störte Familienstrukturen ... Ich denke, das könnte ein Knüller werden«, rede ich drauflos, um irgendetwas zu sagen.

In Wirklichkeit halte ich das Ganze für den größten Schwachsinn, den ich jemals gehört habe. Aber Hagens Eingebungen sind im Anfangsstadium immer ziemlich durchgedreht.

»Gut, gut!«, ruft Hagen begeistert. »Das mit der Metapher gefällt mir! Darauf bin ich noch gar nicht gekommen. Wir brauchen dafür in jedem Fall eine absolut charismatische Musik. Düster. Geheimnisvoll. Trauer muss in der Luft liegen ...«

Ich drehe mich um: Julian steht an der Scheibe und heult.

»Hagen, entschuldige, ich muss mal ganz kurz unterbrechen, meine Kinder sind gerade bei mir ...«

»Aber Marlene, warum sagst du das denn nicht gleich?«, ruft er gönnerhaft. »Wir können doch auch noch nächste Woche darüber sprechen. Das Ganze hat ja Zeit.«

Ich hätte es mir denken können. Hagen ging es nur darum, auf der Suche nach Inspiration vor irgendwem seine unausgegorenen Hirngespinste auszubreiten. Was tut man sich bloß alles an, wenn man in der Künstlerszene arbeitet.

»Ich melde mich nächste Woche bei dir«, verspreche ich.

Als ich reingehe, hockt Julian schluchzend auf dem Sofa.

»Sophie hat mir den Nintendo weggenommen«, jammert er.

»Sophie, was soll denn das?«

»Es ist immerhin MEIN alter Nintendo. Ich habe ihn Julian nur geliehen. Und er soll nur ein halbe Stunde damit spielen«, ruft Sophie aus dem Bad.

»Jetzt gehört er aber Julian, das weißt du auch. Du spielst doch sowieso nicht mehr damit«, sage ich.

Sophie kommt aus dem Bad. Sie trägt ein halbes Kilo blauen Lidschatten im Gesicht. Ich muss lachen.

»Sieht es so scheiße aus oder was?«, fragt sie.

»Nein, aber das ist etwas zu viel, schmink die Hälfte wieder ab.«

»Julian wird ja sowieso andauernd bevorzugt …«, meckert sie, schmeißt ihrem Bruder den Nintendo hin und verzieht sich wieder ins Bad.

Ich atme tief durch, gieße mir einen weiteren Becher Kaffee ein und öffne die nächste Mail, die von einer mir unbekannten Adresse namens htp-affair@web.de stammt. Als ich sie öffne, stellt sich heraus, dass sie von Hinrich kommt: *Hallo Marlene, ich schreibe dir von diesem Spezialaccount – sicher ist sicher. Alle Mails deinerseits, die Themen unter der Gürtellinie betreffen, bitte auch nur an diese Adresse. Fand unser Treffen jedenfalls ausgesprochen anregend. Würd dich gerne Sonntagabend sehen. Hast du Zeit und LUST? Könnte ab 19 Uhr bei dir sein. Bussi, H.*

Ich starre auf Hinrichs Mail. Der gute Mann geht das Ganze ja ausgesprochen durchdacht an. Ein Spezialaccount für »Themen unter der Gürtellinie«, wie perfide. Sein kleiner Sex-Briefkasten sozusagen. »htp« steht dann wohl für Hinrich Tillmann Pohl. Ein schales Gefühl beschleicht mich. Irgendwo in meinem Kopf höre ich Julietas Worte von gestern: *»Männer sind doch eh alle Arschlöcher. Glaubst du, Männer sind treu? Vergiss es!«*

Während ich überlege, was ich Hinrich antworten soll, klingelt schon wieder das Telefon – diesmal ist es das Festnetzgerät. Als ich abhebe, ist zu meinem Erstaunen Liesbeth in der Leitung.

»Hallo Marlene. Ich weiß, ich habe mich seit der Silvesterfeier nicht mehr gemeldet. Zugegeben, ich war auch ziemlich sauer auf dich, aber ich bin ja nicht nachtragend. Kann auch verstehen, dass es für dich nicht so gepasst hat. Und, geht's dir gut? Hast du dich in deinem neuen Domizil eingelebt?«

»Ja, alles okay so weit, Sophie und Julian sind gerade …«

Aber ich kann den Satz nicht beenden, denn Liesbeth fängt völlig unvermittelt an zu schluchzen.

»Liesbeth? Ist irgendwas nicht in Ordnung?«, frage ich verdutzt in den Hörer.

»Marlene, ich bin fix und fertig. Jochen und ich werden uns trennen«, wimmert Liesbeth.
»Wieso das denn?«
»Ach, es hat sich schon die ganze letzte Zeit angebahnt. Du weißt doch, es gab immer schon Probleme wegen Linus.«
»Du meinst, weil er schwul ist …«
»Linus ist *nicht* schwul!«, ruft Liesbeth verzweifelt. »Er ist einfach nur ein sehr sensibler Junge. Und Jochen kann das nicht akzeptieren, ständig kritisiert er ihn, kommandiert ihn herum und verlangt Dinge von ihm, die Linus einfach nicht erfüllen kann.«
»Was denn zum Beispiel?«
»Zum Beispiel Fußballspielen!«
»Fußballspielen? Aber das ist doch etwas völlig Normales für einen kleinen Jungen …«, wage ich anzumerken.
»Ich bitte dich, Marlene, Linus darf unter *keinen Umständen* Fußball spielen! Er hat doch so empfindliche Füße und möchte später Balletttänzer werden.«
»Und deshalb willst du dich von Jochen trennen? Bist du dir sicher?«
»Absolut. Ich ertrage diesen Mann nicht mehr. Jochen wird sich eine Wohnung suchen.«
»Also … Das tut mir leid«, sage ich.
In Wirklichkeit tut es mir gar nicht so leid, denn dass Liesbeth Jochen nicht erträgt, kann ich mehr als nachvollziehen. Dass Jochen Liesbeth nicht erträgt, kann ich allerdings fast noch besser nachvollziehen.
»Und wenn ich ehrlich bin, hast du mich dazu ermutigt, Marlene.«
»Ich?«
»Total. Ich finde es bewundernswert, was du da gerade durchziehst.«
Schuldbewusst denke ich an die letzte Nacht, die ich alles andere als bewundernswert finde. Ganz abgesehen davon: Will

Liesbeth mich eigentlich verarschen? Erst gibt sie mir das Gefühl, total irre zu sein, weil ich Albert verlassen habe, und jetzt findet sie das Ganze »bewundernswert«?
»Wir müssen unbedingt mal wieder ausgehen«, erklärt Liesbeth mir. »Ich bin in den letzten Jahren mit Jochen ja regelrecht auf dem Sofa versauert. Du bist doch in letzter Zeit so umtriebig, und wir sind doch auch früher immer so oft um die Häuser gezogen. Ich verstehe gar nicht, warum wir das in den letzten Jahren nicht mehr gemacht haben! Wir hatten doch immer so viel Spaß, weißt du noch?«
Oh ja, ich weiß noch. Und ich verstehe sehr wohl, warum wir das in den letzten Jahren nicht mehr gemacht haben. Weil Liesbeth nämlich im Namen gutbürgerlicher Gesetteltheit ihren Jochen und ihr Linus-Bärchen betütteln wollte. Insbesondere Letzteren natürlich. Zumal sie die Betüttelung desselbigen während der letzten sieben Jahre weder ihrem Mann noch irgendwelchen Babysittern anvertrauen wollte.
»Liesbeth, das kommt jetzt alles sehr überraschend. Also, ich schau mal …«, murmele ich leicht genervt.
»Oh ja, Marlene, das würde mir so guttun!«
Julian steht vor mir. »Mama, ich hab Hunger.«
»Ja, Julian, wir kochen gleich was. Liesbeth, ich muss Schluss machen.«
»Alles klar, bitte melde dich.«
Ich lege auf und vergrabe stöhnend mein Gesicht in den Händen. Haben sich heute eigentlich alle gegen mich verschworen? Erst textet mich Hagen mit seinen Spinnereien voll, und jetzt will Liesbeth sich auch noch von Jochen trennen. Und was viel schlimmer ist: Sie will mit mir ausgehen!
»Mama, ist alles in Ordnung?«, fragt Sophie.
»Ja, ja. Lass uns was kochen.«
»Wie jetzt?«
»Wir kochen was. Gemeinsam.«

»Ich kann aber gar nicht kochen.«
»Dann wird es höchste Zeit, dass ich es dir beibringe«, sage ich lächelnd.
»*Du?* Aber du kannst doch auch nicht kochen!«, sagt Sophie verdattert.
»Danke«, erwidere ich beleidigt. »Natürlich kann ich kochen. Wenn ich will. Und heute will ich!«
Zugegeben, Kochen zählt nicht zu meinen Lieblingsbeschäftigungen, aber schließlich muss ich heute bei meinen Kindern einen guten Eindruck machen.
»Ich will auch gerne Kochen lernen«, sagt Julian. »Dann brauche ich später keine Frau dafür.«
Sophie und ich lachen.
»Sehr richtig, Julian«, sage ich.
Ich schalte das Radio ein, und langsam kommt eine entspannte Stimmung auf.
Eine Viertelstunde später schneidet Julian Zwiebeln – ausgerüstet mit meiner Sonnenbrille, mit der er aussieht wie die Stubenfliege aus *Biene Maja* –, Sophie schält Kartoffeln, und ich mariniere das Fleisch. Während wir kochen, einigen wir uns darauf, den ersten Teil von *Harry Potter* zu schauen. Nachdem Julian den Tisch gedeckt hat, zieht er sich auf mein Bett zurück und widmet sich wieder seinem Nintendo. Sophie setzt sich an den Küchentisch, während ich den Rest des Essens zubereite.
»Hör mal, Sophie, das mit gestern Nacht ... Das tut mir wirklich leid, das wird nicht wieder vorkommen.«
»Versprochen?«, fragt Sophie streng.
»Versprochen. Weißt du, mir ging's gestern nicht so gut.«
»Hast du zu viel Bier getrunken?«, erkundigt sich Sophie unsicher.
»Ja, etwas zu viel.«
»Mama, du weißt doch, dass zu viel Bier nicht gesund ist«, ermahnt mich Sophie.

Ich schmunzele in mich hinein angesichts der naiv-belehrenden Attitüde meiner Tochter. Was Sophie Gott sei Dank nicht sieht, da ich mit dem Rücken zu ihr stehe.
»Ja, ich weiß. Aber manchmal gibt es Situationen, da hilft es einem, ein bisschen Bier zu trinken.«
»Aber nur ein bisschen!«, sagt Sophie wieder streng. »In der Schule haben wir neulich so einen Film gesehen. Da wurde gezeigt, was alles passieren kann, wenn man zu viel Alkohol trinkt. Man wird dick, die Leber geht kaputt, und man bekommt ganz schlechte Haut. Und das willst du doch nicht, Mama, oder?«
»Nein, natürlich nicht. Normalerweise trinke ich ja auch nicht so viel.«
»Sybille trinkt *nie* Alkohol.«
Das ist wiederum eine Information, auf die ich an dieser Stelle gut und gerne hätte verzichten können. Aber ich lasse mir nichts anmerken. »Tatsächlich?«
»Ja, sie will ganz gesund leben. Sie trinkt keinen Alkohol, sie raucht nicht, und sie ist Vege… wie heißt das noch mal? Vegatonin?«
»Vegetarierin«, korrigiere ich lachend.
»Genau. Sie ist ja auch Tierärztin und liebt Tiere. Und darum isst sie auch kein Tierfleisch und kauft immer nur im Bioladen ein.«
Na, Glückwunsch, denke ich, Sybille scheint ja die perfekte Frau für Albert zu sein. Der trinkt ja bekanntermaßen auch nur noch alkoholfreies Bier. Und Zigarettenqualm hasst er wie die Pest. Abnehmen will er auch schon lange, da dürfte ihm Sybilles gesunde, vegetarische Küche gerade recht kommen. Etwas pikiert rühre ich das Geschnetzelte in der Pfanne um.
»Nächste Woche will sie uns zum Essen einladen und Papas Lieblingsgericht kochen.«
Schleimerin, denke ich. Dann stutze ich. »Lieblingsgericht? Papas Lieblingsgericht ist doch Schweinebraten mit Knödeln!«

»Nein. Papas Lieblingsgericht ist jetzt Tofu mit grünen Bohnen und Sojasoße.«
Schleimer, denke ich.

Dreieinhalb Stunden später haben wir gegessen, *Harry Potter* geschaut, und Julian und Sophie liegen in meinem Bett und lesen Comics. Sophie hat sich schließlich doch noch breitschlagen lassen, mit Julian in einem Bett zu übernachten, allerdings nicht ohne zwischen sich und ihm eine Mauer aus Kissen und zusammengerollten Wolldecken zu errichten. Ich nutze die einkehrende Ruhe, um mich noch einmal an den PC zu setzen. Schließlich muss ich noch eine Entscheidung bezüglich Sonntagabend fällen. Will ich Hinrich sehen oder nicht? Nicht nur der Ausgang unseres letzten Treffens, sondern auch Hinrichs Mail haben ein Gefühl der Ernüchterung bei mir hinterlassen, das mich zögern lässt. Andererseits: Sonntag sind die Kinder wieder bei Albert. Möglicherweise tut es mir gut, mich zu verabreden, bevor ich wieder in irgendein Stimmungsloch falle – wegen Albert und Sybille oder wegen Maurice, an den ich, wenn ich ehrlich bin, jeden Tag denken muss, seit wir uns das letzte Mal gesehen haben. Also schreibe ich Hinrich eine Antwortmail und bestätige das Treffen. Danach schicke ich Olli eine SMS, in der ich ihm mitteile, dass ich leider schon anderweitig verplant bin, gleichzeitig aber verspreche, ihn anzurufen.
Ich gehe rüber zu den Kindern.
»Und wie sieht's aus, ihr beiden? Meint ihr, es lässt sich hier über Nacht aushalten?«, frage ich.
»Jaaaa!«, ruft Julian. »Es ist suuupergemütlich!«
»Denke schon«, sagt Sophie. »Hauptsache, Julian schnarcht nicht, furzt nicht und hält mir nicht seine Füße ins Gesicht.«
Julian fängt an, auf Sophie einzuhauen, aber Sophie lacht nur und hält ihn fest.
»Wisst ihr was?«, sage ich. »Ich habe eine Idee.«

Ich hole zwei Lampions aus dem Schrank, die sich irgendwie in meine Umzugskisten verirrt hatten. Sie stammen noch aus Zeiten, als ich mit Julian und Sophie an so abgefahrenen Events wie Laternenumzügen teilgenommen habe. Ich hänge an beiden Seiten des Bettes jeweils eine Laterne auf, zünde sie an und knipse die Deckenlampe aus. Die Lampions tauchen den Raum in ein verwunschenes, warmes Licht.
»Oh, schööön …«, flüstert Julian.
Sophie strahlt übers ganze Gesicht. »Die hab ich ja ganz vergessen. Die mit dem Mond war immer meine Lieblingslaterne.«
»Die lassen wir jetzt so lange brennen, bis ihr eingeschlafen seid«, sage ich.

Eine Viertelstunde später lösche ich die Lampions. Sophie und Julian schlafen tief und fest. Dann kuschele ich mich selbst unter meine Bettdecke auf das Sofa und schließe erschöpft die Augen.

Kapitel 16

Hinrich entpuppt sich als ausgebuffter Fremdgänger. Um sein spontanes Verschwinden an diesem Sonntagabend noch glaubwürdiger zu machen, hat er seiner Frau einen Anruf vorgespielt, der ihn zu einer angeblich wichtigen Bandprobe zitiert. Mit schauspielerischer Bravour, wie er mir voller Stolz berichtet. Es mag an meiner vertrauenerweckenden Art liegen oder daran, dass Hinrich sich einfach mal wieder aussprechen muss, jedenfalls sagt mir dieser Mann Dinge, die wir Frauen sonst nie erfahren, sondern bestenfalls erahnen. Das hat erstens den Vorteil, dass ich hochinteressante Einblicke in ein Männergehirn erhalte, und zweitens ist es ehrlich – wo Hinrich seiner Frau gegenüber schon nicht ehrlich ist. Man hat eine ehrliche Affäre miteinander, die erst gar nicht versucht vorzutäuschen, sie sei etwas anderes als eine Affäre. Glatt, rund, ehrlich, erfrischend. So glatt, rund und erfrischend wie die Tube Duschgel, die Hinrich heute mitgebracht und bei mir im Badezimmer deponiert hat. Dieselbe Marke, die er zu Hause auch benutzt – damit er sich nach dem Sex mit mir von jeglichen verdächtigen Gerüchen reinwaschen kann. Vielleicht hofft er ja insgeheim, sich damit auch sein Gewissen reinwaschen zu können, wer weiß.

Nach einer halben Flasche Prosecco und einem glatten, runden, erfrischenden Höhepunkt fallen wir atemlos aufs Bett. Ich gebe zu, die heutige Sex-Session mit Hinrich fand ich schon wesentlich überzeugender als die letzte. Vielleicht, weil meine Erwartungen diesmal eher gering waren. Auch Hinrich grunzt zufrieden.

Dann bedenkt er mich mit einem wohlwollenden Blick: »Dass du zwei Kinder hast … alle Achtung! Du hast ’nen Hintern wie ’n Teenager!«

Das höre ich natürlich gern. Leider schleicht sich gleich im Anschluss eine Spur von Irritation in Hinrichs Blick. Offenbar wird ihm erst jetzt bewusst, was er da gerade gesagt hat: dass ich nämlich zwei Kinder habe.

»Und was lebst du deinen Kids sonst so vor?«, fragt er mich postwendend in unüberhörbar missbilligend-belustigtem Tonfall.

Ich stutze. Was soll *das* denn jetzt?

»Wie meinst du das?«, frage ich irritiert.

Hinrichs Worte treffen mich umso mehr angesichts meines Absturzes von Mittwochabend. Aber davon kann Hinrich ja nichts wissen! Dementsprechend zuckt er auch nur vage mit den Schultern, als wüsste er selbst nicht, wie er es gemeint hat, und verschwindet mal wieder auf dem Klo.

»Sei so nett und mach die Tür zu!«, rufe ich ihm diesmal hinterher.

Ich brauche dringend eine Pause von Hinrich und seinen Absonderungen – nicht nur von seinen körperlichen, sondern auch von seinen geistigen. Deute ich seine Bemerkung richtig? Wenn eine Frau in der Lage ist, hemmungslosen Sex zu haben, kann sie nicht gleichzeitig eine gute Mutter sein? Ist dies tatsächlich die simple Denke der Männerwelt? Oder gar der Welt an sich? Denn ist es nicht auch genau das, was mir Liesbeth, Doris und Jutta letztlich unterstellen? In meiner Magengegend krampft sich etwas zusammen. Woher kommt das, verdammt noch mal? Wurden Hinrich & Co. diese Ansichten von ihren verklemmten »guten Müttern« vermittelt? Den Müttern, die sich selbst und ihre Bedürfnisse immer zurückgestellt haben

und deshalb irgendwann an Magengeschwüren und Migräne erkrankt sind? Deswegen sind ihre Söhne wohl auch so tolle Kerle geworden, denke ich wütend. Kerle, die es als unüberwindbaren Widerspruch empfinden, mit einer Frau, die sie als »gute Mutter« wahrnehmen, zügellosen Sex zu haben. Kerle, die deswegen ihre kleinen Affären, Seitensprünge und Nuttenbesuche brauchen. Und für Hinrich bin *ich* seine kleine Affäre. Und die Frau, die zu Hause brav auf ihn wartet und ihn auf einer Probe wähnt, ist die gute Mutter seiner Kinder. Ergo: Ich *kann* keine gute Mutter sein. Das, was eine Frau wie ich (eine Schlampe, ein Flittchen, eine Sex-Maus) ihren Kindern vorlebt, ist mit Sicherheit fragwürdig. Und schon gar nicht jugendfrei.
Mir kommt der Gedanke, dass das Gehirn von Männern aussehen muss wie ein wohlsortierter Werkzeugkasten. Alles hat seine klar definierte Funktion. Das ist ein Hammer. Jau. Der kommt in das Fach für den Hammer. Das ist eine Zange. Jepp. Die kommt in das Fach für die Zange. Und das ist ein Schraubenzieher. Und mit dem Schraubenzieher darf man auf keinen Fall einen Nagel in die Wand schlagen. Selbst wenn es ginge – nein, lasst uns bloß gar nicht erst drüber nachdenken, es geht nicht! Fazit: Dass eine Frau (das Werkzeug an und für sich) gleichzeitig Mutter (Zange) *und* Geliebte (Hammer) sein kann, übersteigt ganz offensichtlich das Fassungsvermögen von Hinrichs Männerhirn-Werkzeugkasten. In welches Fach sollte man so ein exotisches Multitool wie mich auch stecken? Hat ein Männerhirn überhaupt so ein Fach? Bevor ich anfange, mich wie ein Ersatzteillager zu fühlen, stehe ich auf und ziehe mir was über.
Hinrich kommt aus dem Bad und mustert mich erstaunt: »Ziehst du dich schon wieder an?«
»Mir ist kalt«, erwidere ich abwesend und frage dann: »Auch ’nen Wodka Martini?«
»Immer doch«, erwidert Hinrich gut gelaunt und fläzt sich wieder auf mein Bett.

Ich gehe rüber zur offenen Küche und fange an, die Drinks zu mixen. Hinrich mixt währenddessen auch schon wieder einiges zusammen. Jetzt kommt er so richtig ins Philosophieren. Das ist wohl das Post-GV-Monologisieren, ebenfalls ein eindeutig männerspezifisches Phänomen, wie mir scheint. Es ist offensichtlich eine Fehlannahme, Männer würden nach dem Orgasmus sofort einschlafen. Vielleicht tun sie das auch nur bei ihren festen Partnerinnen, bei ihren Geliebten allerdings scheinen sie nach dem Sex einen kaum zu bremsenden Mitteilungsdrang zu entwickeln. Ich sollte vielleicht allen Frauen, die sich gerade in frustrierenden Beziehungen herumquälen, raten, mal fremdzugehen oder ihren Mann als Call-Girl verkleidet in einer schicken Bar aufzureißen, damit sie das auch erleben.

»Bist du eigentlich auf Internetportalen unterwegs?«, fragt Hinrich.

»Nein«, sage ich.

»Solltest du aber mal. Du wirst dein blaues Wunder erleben. Um nicht zu sagen: dein pornographisches Wunder! Da gibt's Seiten, das ist der Hammer. Supergeile Videos, von Privatleuten. Können wir gerne auch mal zusammen anschauen.« Er lacht dreckig.

Ich verziehe keine Miene.

»Oder auch die ganzen Datingbörsen. Du, das ist heutzutage so einfach. Du loggst dich da ein, gibst an, worauf du stehst, und schon hast du zwei Dutzend Frauen zur Auswahl, die mit dir poppen wollen. Einfach geil!«, tönt Hinrich selbstzufrieden aus meinem Bett.

»Hattest du nicht gesagt, du hättest schon ewig keinen Sex mehr gehabt?«, bemerke ich.

»Hab ich?«, fragt Hinrich. »Stimmt, als wir uns getroffen haben, hatte ich seit einer geschlagenen Woche keinen Sex mehr gehabt, das war hart. Aber das mit den Dates mach ich schon seit Monaten.«

Spontan verdopple ich die Menge Martini, die ich gerade in mein Glas gegossen habe, und genehmige mir das schon mal pur als Aperitif. Na super. Ich hatte mir tatsächlich eingebildet, Hinrich würde sich ausschließlich mit mir heimlich treffen, weil auch er unsere schon über Jahre dauernde magische Verbundenheit gespürt hat und dem nun endlich nachgeben wollte. Weil auch er unrettbar auf Schokoladentorte mit glasierten Nüssen und Karamell-Topping steht und nicht sein Leben lang kalorienarme Tofu-Würstchen essen will. Ich hatte tatsächlich angenommen, Hinrich ginge es um *mich!* Stattdessen bin ich offenbar nichts weiter als die Nummer X auf seiner geheimen Sex-Date-Liste. Jetzt erklärt sich auch, warum er einen Spezialaccount braucht.
»Neulich hatte ich 'ne Russin. Die ging ab, sag ich dir«, dringt Hinrichs Stimme wieder zu mir vor.
»Was du nicht sagst …«, erwidere ich und setze die Wodkaflasche an.
»Total gelangweilt von ihrer Ehe. Aber ich würd sagen, ich hab sie erfolgreich ablenken können.«
Hinrich beweihräuchert seine Coolness und Abgefucktheit mit einem selbstgefälligen Lachen.
»Was auch sonst«, antworte ich und schlage gewalttätig ein paar widerspenstige Eiswürfel in Stücke.
Hinrich scheint tatsächlich nicht den geringsten Anflug von schlechtem Gewissen oder innerer Zerrissenheit zu verspüren. Er weiß genau, was er tut, und er tut es gerne. Ein Betrüger aus innerer Überzeugung! Der klassische Fall von »Eine Ehefrau zu haben ist bequem, und eine Geliebte zu haben ist geil«.
»Weißt du, ich hätte ja auch nie gedacht, dass ich mal so weit gehen würde …«, monologisiert Hinrich weiter. »Aber ich brauch das halt, ich hab zu viel Testosteron. Und manchmal muss man auch einfach mal an sich denken, oder?«
Manchmal? Mir scheint, Hinrich denkt ununterbochen nur an sich. Ich rühre die Wodka Martinis um. Es ist immer wie-

der frappierend, nein, geradezu beneidenswert, wie Männer es schaffen, ihre triebgesteuerte Selbstsucht als naturgegeben und ihre Doppelmoral als bewundernswerte Männlichkeit zu verkaufen. Zu viel Testosteron, dass ich nicht lache! Vor meinem geistigen Auge erscheint nicht nur Klaus Schulte-Dupont, sondern auch mein ehemaliger Musikerkollege Steffen Sauer, der – nachdem ich ihn mal verständnislos gefragt habe, warum er seine hübsche Frau eigentlich ständig betrügen würde – nur verächtlich schnaubend geantwortet hat: »Sag mal, wie naiv bist du eigentlich? Ich bin ein Mann! Ich bin ein Künstler auf Tour!« Männern reicht das offenbar als Rechtfertigung für ihr arschiges Verhalten. Zugegeben, ich habe Albert ebenfalls mit Gabriel betrogen, aber ich habe zumindest nicht so getan, als gehöre das zu einer guten Ehe dazu. Oder bin ich wirklich nur total naiv, weil ich mir einen solchen Kopf wegen meines Seitensprungs gemacht habe? Hätte ich einfach selbstgefällig sagen sollen: »Hey, ich bin eine Frau! Ich bin eine Künstlerin auf Tour! Und manchmal muss ich halt einfach auch an mich denken!«

Doch auch Hinrich hat seine Grenzen, was er natürlich nicht versäumt, mir mitzuteilen, als ich mit den beiden Drinks zu ihm ans Bett trete.

»Aber ich könnte ja nie zu ’ner Prostituierten gehen. Wie viele Schwänze schon in der drin waren. Widerlich!«

Ich setze mich aufs Bett und kippe meinen Wodka Martini in einem Zug runter. Langsam fängt sie an zu stinken, die unreflektierte Scheiße aus Hinrichs Männerhirn. Seine schwangere Frau ohne Ende zu betrügen, scheint in seinen Augen offenbar nicht unter die Kategorie »widerlich« zu fallen, obwohl es definitiv widerlich ist und ich mich zunehmend frage, was Hinrich wohl seinen eigenen Kindern »vorzuleben« in der Lage ist. Daher fasse ich den festen Entschluss, der ganzen traurigen Wahrheit über das Innenleben eines Männerhirns ins Auge zu blicken. Ich will es jetzt wissen!

»Je weniger Schwänze in einer Frau drin waren, desto begehrenswerter ist sie also?«, frage ich ganz ruhig.
»Hä?«, macht Hinrich.
»Du meinst doch, je mehr Sex eine Frau hatte, desto wertloser, sorry, widerlicher ist sie?«, formuliere ich meine Frage so um, dass sie auch für ein begriffsstutziges Männerhirn verständlicher ist.
»Das hast *du* jetzt gesagt …«, versucht Hinrich sich rauszureden.
»Denkst du in Wahrheit, dass Sex etwas Schlechtes ist?«, bohre ich weiter.
Hinrich kommt sichtlich in die Bredouille. »Quatsch! Ich *liebe* Sex!«
»Ja, du! Aber du bist ja auch ein Mann, du darfst das. Schlecht ist Sex nur, wenn Frauen ihn haben, stimmt's?«
Hinrich schaut mich irritiert an: »Was soll'n das jetzt, Marlene? Warum bist du denn plötzlich so zickig?«
Ha! Darauf habe ich gewartet. Wenn Frauen unbequeme Fragen stellen, bekommen sie sofort den Zicken-Stempel aufgedrückt.
»Man *muss* ja auch nicht zu 'ner Nutte gehen«, erläutert mir Hinrich beflissen und hat offensichtlich gar nichts verstanden. »Geht ja auch so, he!« Er stupst mich verschwörerisch von der Seite an.
Ich erstarre. Es reicht. Endgültig. Vor meinem geistigen Auge spaltet eine gähnende Schlucht das Bett. Und zwar genau zwischen Hinrich und mir. Wie war das, bitte? Zu einer Nutte geht er nicht, denn das, was er bei ihr haben kann, bekommt er bei mir genauso gut bis besser und dazu noch umsonst? Und sauber, weil bei mir nicht so viele Schwänze drin waren? Das darf nicht wahr sein.
Hinrich steigert sich jetzt richtig rein: »Also, ich hätte nichts dagegen, wenn wir es irgendwann mal zu dritt ausprobieren würden. Von mir aus kannst du dir auch 'nen zweiten Mann

dazu suchen. Aber 'ne Frau wäre mir natürlich schon lieber. Was bei mir aber gar nicht geht, sind Dicke, Raucher und Doofe. Oder doofe Raucherinnen. Bitte auch keine Schattenparker und Angeber! Also nur, falls du mal Bock drauf hast …«
Und das sagt ausgerechnet Hinrich, der im Laufe der letzten sechs Jahre ordentlich Speckrollen angesetzt hat und von dessen Haupthaar so wenig übrig geblieben ist, dass er sich die Flusen inzwischen ganz abrasiert. Abgesehen davon: Mit diesem Mann habe ich jahrelang zusammen Musik gemacht. Er hat mich als Künstlerin geschätzt und auf Augenhöhe mit mir über Song-Arrangements diskutiert. Dieser Mann wusste mal zu schätzen, was ich draufhabe. Offenbar nur bis zu dem Zeitpunkt, wo er mit mir ins Bett gegangen ist. Jetzt bin ich keine Kollegin, »tolle Frau« und bewundernswerte Künstlerin mehr, sondern irgendwas zwischen Paris Hilton und dem Pin-up-Girl der *Bild*.
Ich springe aus dem Bett, stürze wieder in die Küche und schütte mir direkt aus der Flasche den letzten Rest Wodka in den Rachen. Hinrich scheint meine schlechte Laune langsam zu bemerken. Er kommt zu mir in die Küche geschlendert und versucht, mich an sich zu ziehen, aber ich wehre ihn energisch ab.
»Weißt du, Hinrich …«, sage ich und verschränke die Arme vor der Brust. »Ehrlich gesagt sind angeberische, doofe Kettenraucher der Personenkreis, den ich für die angenehmste Gesellschaft halte – das vermittele ich auch immer wieder meinen Kindern. Der Sex mit diesen Leuten ist zwar nicht der tollste, aber ich mache das auch nur, damit sie nicht zu Prostituierten gehen müssen, weil das ja so widerlich ist. Und weil es fit hält – schließlich kommt mein knackiger Hintern nicht von ungefähr. Und jetzt geh bitte, da kommen gleich noch ein paar von diesen Typen, die wollen es heute noch mit mir treiben. Schließlich bezahlen sie auch dafür. Und jetzt lass mich durch, ich brauch 'ne Kippe!«

Mit diesen Worten zwinkere ich Hinrich verführerisch zu und gehe übertrieben mit dem Hintern wackelnd Richtung Bad. Hinrich gackert dümmlich, und ich sehe seinem Gesicht an, dass er nicht weiß, ob er das jetzt als Witz verstehen soll oder nicht. Aber spätestens nachdem ich wieder aufgetaucht bin und ihm wortlos sein Duschgel über den Kopf gekippt habe, hat er, glaube ich, doch kapiert, wie ich es meine.

Nachdem Hinrich türenknallend gegangen ist, sitze ich ziemlich lange einfach nur in meinem Sessel, starre auf mein zerwühltes Bett und denke nach. Für diesen Typen habe ich also zahlreiche heiße Tränen vergossen, mich gegrämt und beinahe mal meine Ehe aufs Spiel gesetzt. Ich fasse es nicht. Schokoladentorte mit glasierten Nüssen und Karamell-Topping – für'n Arsch! Wenn man nämlich nach dem fünften oder sechsten Stück erfährt, dass die Eier darin Salmonellen haben, das Karamell-Topping künstlich und der Farbstoff krebserregend ist, kann sie nur noch eins: einem wieder hochkommen! Man sollte sich seine Lieblingstorten in dem Augenblick gönnen, in dem man sie essen will, das ist mir jetzt klar. Damit man nicht Gefahr läuft, sich später daran zu überfressen oder sie zu etwas anderem zu stilisieren als zu dem, was sie sind: klebrige, schwer verdauliche, mit künstlichen Lockstoffen vollgepumpte Kalorienbomben.
Aber auch noch etwas anderes macht mir zu schaffen: Warum verachten Männer uns Frauen, wenn wir locker und offen mit Sex umgehen? Bezeichnen uns als »Schlampen«, wenn wir fremdgehen – so wie Klaus –, oder nennen uns in einem Atemzug mit Nutten, wenn wir uns an ihrem eigenen Fremdgehen beteiligen – wie Hinrich? Warum sind sexuell aktive Männer »Frauenhelden«, »Schürzenjäger«, »Casanovas« und »Womanizer« und wir Frauen »Schlampen«, »Flittchen«, »Fickfrösche« und »Huren«, wenn wir genau dasselbe tun wie sie, verdammt noch mal? Mir fallen jedenfalls keine po-

sitiven oder gar anerkennenden Bezeichnungen für Frauen ein, die sich sexuell ausleben.
Das Klingeln meines Handys reißt mich aus meinen Gedanken. Als ich einen Blick auf das Display werfe, juchze ich auf vor Freude.
»TILDA!«, kreische ich freudig in den Hörer.
Ich hatte über dem ganzen Hinrich-Irrsinn komplett vergessen, dass sie schon wieder zurück ist.
»Hey, was geht ab, Süße?«, witzelt sie in den Hörer.
»Was abgeht? Tilda, wenn du wissen willst, was in meinem Leben gerade abgeht, dann nimm dir bitte einen halben Tag Zeit. Oder am besten einen ganzen!«
»Oha, das klingt aber nach einem aufregenden Tag!«, lacht Tilda.
»Wie war überhaupt dein Urlaub?«
»Ommm«, flötet Tilda gespielt selbstvergessen. »Ich bin innerlich und äußerlich gereinigt, ruhe wieder vollkommen in meiner Mitte und habe die nötige Gelassenheit, deinen abgründigen Großstadtgeschichten Gehör zu schenken.«
»Tilda, ich kann dir gar nicht sagen, *wie* froh ich bin, dass du wieder da bist«, rufe ich lachend.
Wir verabreden uns für den nächsten Tag in unserem Stammcafé, und als ich auflege, schwebe ich vor Freude. Tilda ist wieder da. Alles wird gut.

»Also, noch mal ganz in Ruhe: Du hast in den letzten zweieinhalb Wochen deine Wohnung fertig eingerichtet, Liesbeths Silvesterparty gesprengt, eine Szene-Bar und einen halbafrikanischen Sexgott erobert, warst im Burlesque-Outfit auf einer Erotikparty, hast zwischendrin Hinrich flachgelegt, ihm sein Duschgel über den Kopf gekippt und Albert nachts um zwei vor die Füße gekotzt. Um nur einen Bruchteil deiner Erlebnisse aufzuzählen«, resümiert Tilda in der für sie typisch trockenen Art. »Alle Achtung, Marlene. Man kann dich offenbar nicht alleine lassen, ohne dass du die gesamte Stadt aufmischst.«

Tilda und ich sitzen seit geschlagenen fünf Stunden in unserem Lieblingscafé, haben gegessen und etliche Milchkaffees sowie Zigaretten konsumiert.

»Denkst du, dass man sich Sorgen um mich machen muss?«, frage ich.

»Ich denke, dass man dich beglückwünschen muss«, lacht Tilda. »Dich von Albert zu trennen, war offenbar das Beste, was du tun konntest.«

»Hm …«

»Warum zweifelst du überhaupt noch daran? Schau dir doch an, was du auf einmal alles lostrittst!«

»Ich weiß nicht. Manchmal habe ich das Gefühl, keinen festen Boden mehr unter den Füßen zu haben.«

»Das ist völlig normal. Du bist gerade dabei, dir neues Terrain zu erobern. Und du bist noch nicht ganz dort angekommen.«

»Es ist nicht nur das. Ich fasse es einfach nicht, dass Albert nach zwei Wochen eine Neue hat.«

»Ganz ehrlich, Marlene, ich habe nicht viel anderes erwartet. Albert ist ein Pragmatiker, durch und durch. Glaubst du etwa, bei dieser neuen Frau ist wirklich Liebe im Spiel? Sie ist ihm im richtigen Moment über den Weg gelaufen, die Koordinaten haben gepasst, und Albert hat sofort erkannt, dass dies seine Chance ist, wieder Struktur in sein Leben zu bringen.«

»Glaubst du ernsthaft, dass er so nüchtern denkt?«

»Sicher. Albert kann nicht allein sein. Die meisten Männer können nicht allein sein. Achte mal darauf, in welcher Lichtgeschwindigkeit die meisten Kerle nach einer Trennung wieder jemanden an ihrer Seite haben. Zumal wenn sie es sind, die verlassen wurden. Sie müssen schließlich ihre gekränkte männliche Ehre wiederherstellen. Und vergiss nicht den Rachefaktor bei der ganzen Angelegenheit.«

»Ich kann überhaupt nicht nachvollziehen, warum man sich so schnell in eine neue Beziehung stürzt, nachdem die letzte gescheitert ist. Ich genieße meine Freiheit gerade so sehr. Und ich will erst einmal herausfinden, wer ich bin und was ich suche.«
»Tja. Das bist *du.* Du willst dich verändern. Aber ich denke, Albert hatte nie das Bedürfnis, sich zu verändern. Und diese Sybille offenbar auch nicht. Da haben sich halt zwei gefunden.«
»Vielleicht ging es Albert nie um mich ...«, konstatiere ich tonlos. »Es ging ihm darum, zu heiraten und eine Familie zu gründen. Und damals war ich halt gerade da. Sobald ich nicht mehr so funktioniere, wie er es sich vorstellt, tauscht er mich einfach gegen eine kompatiblere Frau aus. Es geht ihm nur um das Prinzip seines Lebenskonzepts. Mit welcher Frau er das durchzieht, ist letztlich zweitrangig.«
»Wenn dem so sein sollte, war es absolut richtig, sich zu trennen. Wobei ich befürchte, dass die meisten Männer so ticken. Eine Menge Frauen natürlich auch, du brauchst dir ja nur Liesbeth anzuschauen. Die wenigsten Leute können allein sein, ohne sich dabei allein zu fühlen. Da gehen sie lieber Kompromisse ein.«
»Aber diese Kompromisse sind doch total faul«, sage ich müde und denke an meine Männerbegegnungen der letzten Tage. »Und es ist entsetzlich, wie austauschbar wir alle geworden sind. Alle vögeln rum, betrügen sich und spielen Spielchen, und wenn jemand langweilig wird oder nicht mehr funktioniert, wird er weggeworfen, und es kommt der oder die Nächste. Alles ist beliebig. Man ist für niemanden mehr etwas Besonderes.«
»Marlene ...«, sagt Tilda und sieht mich eindringlich an. »Du BIST etwas Besonderes.«
»Hm ...« Ich zucke mit den Achseln.
Tilda nimmt meine Hand. »Hör zu, Marlene, ich finde es toll und richtig, dass du dich jetzt erst einmal auslebst, aber bitte

vergiss nie, dass du etwas Besonderes bist. Und lass dir von niemandem einreden, du wärst es nicht. Auch wenn es nur für eine Nacht ist: Du hast Anspruch darauf, von jedem Mann wie eine Königin behandelt zu werden. Und nicht wie eine austauschbare …«

»… Schlampe«, ergänze ich, und wir lachen beide.

»Aber ich habe den Eindruck, dass es kaum Männer gibt, die das können«, sage ich wieder nachdenklich.

»Das stimmt. Und noch schwerer ist es, heutzutage so etwas zu finden wie ›die große Liebe‹. Na ja, du kennst ja meine Meinung dazu. Für mich gibt es nicht nur eine einzige große Liebe im Leben. Und das hat nichts mit Rumvögeln zu tun.«

»Vielleicht ist es gar nicht so verkehrt, so zu leben wie Julieta und das alles nicht mehr an sich ranzulassen«, seufze ich.

Tilda sieht mich ungläubig an. »Jetzt nimm dir bloß nicht diese Julieta zum Vorbild! Die Frau scheint mir eine ziemlich durchgeknallte und gestörte Nymphomanin zu sein, ehrlich.«

Nun ist es an mir, Tilda ungläubig anzusehen. »Ich dachte immer, du findest es gut, wenn Frauen selbstbewusst und emanzipiert sind und ihre Sexualität frei ausleben.«

»Das, was du von ihr erzählst, hört sich überhaupt nicht selbstbewusst und emanzipiert an. Es hört sich an, als wäre sie ein Opfer. Das Opfer ihrer eigenen enttäuschten Sehnsucht nach Liebe. Sie benutzt die Männer auf dieselbe kalte und gefühllose Art, wie es die Männer sonst mit Frauen tun. Und wie es vermutlich eine Menge Männer mit ihr getan haben. Mit dieser ganzen ›Ich dreh den Spieß um‹-Attitüde will sie sich doch nur schützen. Vor weiteren Verletzungen. Dabei verletzt sie sich mit jedem Fick selbst.«

Ich bin perplex. Hat Tilda recht? Plötzlich sehe ich Julieta mit ganz anderen Augen. Ist sie in Wirklichkeit eine zutiefst verletzte Frau, die es den Männern heimzahlen will, und nicht die überlegene Amazone, als die ich sie bislang gesehen habe? Mir kommt noch ein ganz anderer Gedanke: Sind vielleicht auch

manche Männer zutiefst verletzt und versuchen, sich mit ihrer scheinbar gleichgültigen, eiskalten Masche nur gegen weitere Verwundungen zu schützen?
»Aber lass uns noch mal zu dem allerinteressantesten deiner Erlebnisse zurückkommen …«, reißt Tilda mich aus meinen Überlegungen. »Maurice.«
Ohne dass ich etwas dagegen tun kann, gleitet mir ein glückliches Lächeln übers Gesicht, und ich fahre mir verlegen durch die Haare. »Was ist mit ihm?«, frage ich.
Tilda mustert mich verdutzt. »Marlene?«
»Ja, was ist?«
»Marlene, ich kenne dich!«
»Was denn?«
»Das gibt's nicht, oder? Du bist verschossen in ihn!«
»Quatsch!«
»Eindeutig! So, wie du gerade geguckt hast, bist du *verknallt!*« Tilda lacht auf. »Jetzt wird mir einiges klar.«
»Ich bin nicht verknallt. Es geht nur um Sex«, wehre ich mich.
»Klar, und ich bin Queen Elisabeth«, frotzelt Tilda.
»Okay, ich finde ihn schon ziemlich … toll«, lenke ich ein.
»Das heißt, das mit ihm ist für dich etwas … ›Besonderes‹?«, grinst Tilda.
»Ja, schon …«, gebe ich zu und lächle.
»Warum? Weil der Sex so besonders gut ist?«
»Ja, auch. Aber da ist auch noch etwas anderes. Irgendeine besondere Verbindung, ich spüre es einfach. Ich kann es dir nicht erklären. Wenn er mich anfasst, dann bin ich … dann ist es …«
»… der siebte Himmel, der helle Wahnsinn, Feuerwerk in New York …«, ergänzt Tilda lachend.
»Ja«, lache ich.
»Könnte es sein, dass du Lust mit Liebe verwechselst?«
»Sich beim Sex so gut zu fühlen, hat man schließlich nicht mit jedem, oder? Also ist allein das etwas Besonderes. Selbst wenn

es nur Lust ist. Warum sollte das weniger wert sein als Liebe? Ist diese Art von Lust nicht auch eine Form von Liebe?«
»Absolut«, stimmt Tilda mir zu. »Womit wir wieder beim Thema wären, dass man auch puren Sex wertschätzen sollte.«
»Aber was ist, wenn er das nicht so empfindet?«
»Warum sollte er es nicht so empfinden?«
»Er meldet sich gar nicht mehr.«
»Melde du dich doch.«
»Nein. Ich hab mich schon das letzte Mal gemeldet. Jetzt ist er dran«, sage ich trotzig.
Tilda grinst. »Wie war das noch mit den Spielchen?«
»Er ist der Typ Mann, der so was braucht«, höre ich mich sagen und bin selbst überrascht.
Mein Handy piept. Hektisch krame ich es aus meiner Tasche. Tilda sieht mich erwartungsvoll an.
»Hm, es ist nur Olli«, sage ich enttäuscht. »Der schreibt mir fast täglich 'ne SMS. Das Problem ist nur, er interessiert mich einfach nicht.«
Tilda sieht mich verschmitzt an, dann sagt sie: »Auch daran wirst du dich gewöhnen müssen. Die Männer, die man will, melden sich nicht. Und die Männer, die einem egal sind, laufen einem hinterher. Aber mach dir keinen Kopf. Maurice wird sich melden, da bin ich sicher.«

Kapitel 17

Zwei Tage später. Ich sitze an meinem PC und arbeite an dem Konzept für die Maigrün-Konzerte. Ulrich und ich haben konkrete Termine festgemacht, und das erste Event wird bereits in zwei Monaten stattfinden. Ich verschicke Dutzende von Mails an alle möglichen Musikerkollegen – ausgenommen Hinrich. Nach dem letzten Duschgel-Drama-Date habe ich ihn nicht nur aus meinem Leben, sondern auch von meiner Musikerliste gestrichen. Wenn ich für ihn als Geliebte austauschbar bin, dann ist er es für mich als Saxophonist erst recht. Von denen gibt es in dieser Stadt nämlich genauso viele wie sexwillige Frauen auf Internetportalen. Mein Telefon klingelt. Gedankenverloren nehme ich ab, während ich schreibe.

»Marlene, lebst du eigentlich noch?«, tönt es mir vorwurfsvoll entgegen.

»Hallo Mama. Ich weiß, ich habe mich schon wieder nicht gemeldet, aber ich habe gerade irre viel zu tun.«

»Nun, das denke ich mir, dass du dich jetzt ranhalten musst, wo Albert nicht mehr da ist. Wie geht es dir denn? Kommst du überhaupt alleine klar? Noch dazu in dieser winzigen Wohnung?«

»So winzig ist sie nicht. Und warum sollte ich nicht alleine klarkommen?«

»Also, ich verstehe das alles nicht. Eine Frau braucht doch einen Mann an ihrer Seite.«

»Braucht sie das?«, frage ich tonlos.
»Sicher. Einen Partner. Einen Beschützer. Albert war …«
»Mama, ich bin nicht mehr sechzehn«, unterbreche ich meine Mutter grob.
Mit welcher Begeisterung ausgerechnet Albert seiner Rolle als Beschützer nachgegangen ist, habe ich ja bereits mehrfach erleben müssen. Ich bin es leid, das einfach gestrickte Weltbild meiner Mutter mit unschönen Details aus der Realität zu verunstalten.
»Und wer schleppt jetzt deine Getränkekisten, wechselt die Autoreifen und vertreibt die Zeugen Jehovas, wenn sie vor der Tür stehen?«
So viel zum Thema Pragmatismus in Beziehungen. Wobei ich mich nicht daran erinnern kann, dass mein Vater jemals Getränkekisten geschleppt, Autoreifen gewechselt oder die Zeugen Jehovas vertrieben hätte. Das waren Jobs, die seit jeher meine Mutter erledigt hat, und zwar mehr als erfolgreich. Mein Vater war dafür zuständig, Artikel über den Nationalsozialismus zu schreiben und darüber depressiv zu werden.
»Wie geht es überhaupt Albert?«, fragt meine Mutter weiter.
»Albert hat eine Neue.«
Eine kurze Pause entsteht.
»Wie? Eine neue Frau? So schnell?«
»Jepp.«
»So was. Nun, was soll ich sagen, Albert ist nun mal eine gute Partie.«
Bingo. Meine Mutter findet wie immer einfühlsame Worte. Ich weiß jetzt schon, was ihre nächste Frage sein wird. Und ich behalte recht.
»Und du?«, fragt meine Mutter lauernd. »Hast du auch einen neuen Freund?«
»Nein«, sage ich. »Es gibt noch keinen neuen Schwiegersohn für dich.«

»Hör doch auf damit, Marlene, ich mach mir doch nur Sorgen. Ich stell mir immer vor, du fällst in deiner Wohnung von der Leiter, und dann findet dich tagelang keiner.«
Das dürfte wohl eher eine Wunschvorstellung sein.
»Ärgere dich nicht, Marlene«, resümiert meine Mutter. »Auch dir wird noch ein toller neuer Mann begegnen. Such dir am besten einen Arzt oder einen Juristen.«
»Mama, ich ärgere mich doch gar nicht. Mir geht's prima.«
»Natürlich ärgerst du dich.«
»Nein, tue ich nicht. Du ärgerst dich!«
»Ach was.«
»Lass uns Schluss machen.«
Genervt vergrabe ich mein Gesicht in meinen Händen. Es ist aussichtslos, meiner Mutter auch nur ansatzweise mein derzeitiges Lebensgefühl vermitteln zu wollen. Ein »toller neuer Mann« – dass meine Mutter sich darunter eine Kopie von Albert vorstellt, ist klar.
Mein Handy piept. Genervt werfe ich einen Blick auf das Display und lese: *Heute Abend bei dir?*
Es ist Maurice – der Typ, den *ich* zurzeit für einen »tollen Mann« halte. Und das, obwohl er weder ein fettes Einkommen noch einen geleasten Touran und schon gar keinen Doktortitel besitzt. Oder gerade deswegen? Meine Stimmung hellt sich augenblicklich auf. Heute ist Mittwoch. Er hat sich gemeldet, an »unserem Tag«. Tilda hat mal wieder recht behalten.

Maurice und ich sind um neun verabredet. Jetzt ist es zwanzig nach acht. Ich habe die letzten zwei Stunden mit einem Hardcore-Beauty-Programm im Bad verbracht, dem ich mich nur für besondere Anlässe unterziehe: baden, rasieren, eincremen, Augenbrauen zupfen, Gesichtsmaske auflegen und Fingernägel lackieren. Eine weitere halbe Stunde geht dafür drauf, ein ausgefeilt dezentes Make-up aufzulegen und meine Frisur in

Form zu bringen. Was, da es ja nicht aufgemotzt, sondern völlig natürlich aussehen soll, umso aufwendiger ist. Nun gilt es, die nächste Hürde meines Styling-Marathons zu nehmen: das passende Outfit. Nervös stehe ich vor meinem Kleiderschrank. Auf dem Boden häuft sich bereits ein Berg von Kleidungsstücken, die ich alle verworfen habe. Das kleine Schwarze, das ich zu Silvester anhatte, und die Burlesque-Klamotte vom letzten Treffen sind nun mal nicht so leicht zu toppen. Und ich habe Lust, Maurice wieder mit irgendetwas zu überraschen. Etwas, das ihn völlig aus dem Konzept bringt. Etwas, das ihn verrückt macht. Ich muss dringend den Inhalt meines Kleiderschranks aufrüsten, vor allem meinen Bestand an sexy Dessous. Ich hole das heiße Teil aus der Schublade, das ich damals für das Wochenende mit Albert am Starnberger See gekauft habe. Ich habe es nie getragen, aber irgendwie passt es nicht zu Maurice und mir. Ich schmeiße es wieder in die Schublade und lasse mich auf mein Bett fallen – nackt, wie ich bin. Und in diesem Moment kommt mir der Gedanke: Wie wäre es, wenn ich schlicht und ergreifend *gar nichts* anziehe? Gar nichts außer High Heels? Wenn ich einfach so in der Tür stehe – so richtig Calender-Girl- und Pornoheftchen-mäßig? Ich habe so etwas noch nie gemacht. Aber Maurice gibt mir das Gefühl, dass ich keinerlei Hemmungen haben muss und alles mit ihm ausprobieren kann.
Ich springe auf, hole drei in Frage kommende Paar High Heels aus dem Schrank und entscheide mich schließlich für schwarze Plateau-Pumps. Dann stelle ich mich vor den Spiegel und probiere mehrere laszive Posen aus, um zu überprüfen, ob ich nicht total lächerlich aussehe – bis ich bemerke, dass es mehr als lächerlich ist, was ich gerade tue. Außerdem stelle ich nach einem Blick auf die Uhr voller Panik fest, dass es bereits fünf Minuten vor neun ist. Also fange ich wie wild an, meine überall verstreuten Sachen in den Schrank zu räumen, haste noch mal ins Bad, optimiere ein letztes Mal mein Make-up und

meine Frisur, sprich: male noch mal mit zartem Rosé meine sowieso schon roséfarben bemalten Lippen an und strubbele eine Strähne meines Ponys von links nach rechts und wieder nach links – und setze mich aufs Bett. Fünf Minuten vergehen. Zehn Minuten vergehen. Fünfzehn Minuten vergehen. Nichts. Diese Warterei macht mich wahnsinnig. Wenn es eins gibt, was ich schon mein ganzes Leben lang gehasst habe wie die Pest, dann ist das Warten. Das kann ich schon in bekleidetem Zustand nur sehr schwer aushalten, aber *nackt* kann ich es schon gar nicht! Ich bin der ungeduldigste Mensch unter der Sonne. Außerdem fange ich an zu frieren. Ich stehe auf, hole meinen Bademantel aus dem Bad und ziehe ihn mir über. Dann setze ich mich wieder aufs Bett. Es ist zwanzig nach neun, Maurice wird sicher in wenigen Augenblicken auftauchen. Plötzlich fällt mir die beklemmende Stille in meinem Loft auf, und ich haste zum CD-Player, um Musik anzumachen. Nervös durchsuche ich meine CD-Sammlung nach irgendetwas, das weder eine zu aufdringliche »Je t'aime«-Atmosphäre verbreitet noch zu partymäßig rüberkommt. Was passt zu Maurice? Schwer zu sagen, auf welche Musik er steht. Ich entscheide mich für Tom Waits. Mittlerweile ist es kurz vor halb zehn, und ein säuerliches Gefühl macht sich in mir breit. Na toll. Sollte der Kerl etwa so dreist sein und mich versetzen?

Prompt piept mein Handy. Eine SMS von Maurice: *Bin gleich da.*

Ich schnaube verärgert. Was soll »gleich«, verdammt noch mal, bedeuten?

Ich schnappe mir mein Handy und simse zurück: *Was heißt das genau?* Dann zünde ich mir eine Zigarette an, um meine Nerven etwas zu beruhigen. Für meine Begriffe ist es ein absolutes No-Go, sich bei einem Date mehr als eine Viertelstunde zu verspäten. Man lässt eine Frau nicht warten. Man lässt niemanden warten!

Mein Handy piept wieder und übermittelt mir Maurice' Antwort: *Zehn bis fünfzehn Minuten.*
Mit großen Schritten durchquere ich in meinen High Heels meine Wohnung, rauche und fluche vor mich hin. Das fängt ja gut an! Es ist unser erstes nicht spontanes und somit »richtiges« Date, und der Kerl bringt es noch nicht einmal fertig, pünktlich zu sein. Und erwartet von mir, dass ich ihn, anstatt sauer zu sein, wenn er bei mir aufkreuzt, nackt und lüstern in der Tür empfange! Okay, ich gebe zu, Letzteres erwartet er gar nicht, das habe ich mir ja selbst ausgedacht, aber trotzdem. Ich drücke meine Zigarette aus und werfe mich aufs Bett. Ich atme tief durch und versuche, runterzukommen. Ich sollte mich schnellstmöglich auf Erotik umpolen, sonst geht das Ganze noch nach hinten los. Sicher hat Maurice einen triftigen Grund für seine Verspätung, und ich will es jetzt nicht versauen. Auch Tom Waits röchelt *Hold on* aus den CD-Player-Boxen. Ich fange an, mich auf meinem Bett herumzuräkeln und zu berühren. Aber es klappt nicht, ich kann mich nicht entspannen. Schon gar nicht zu dem heiseren Gekrächze von Tom Waits. Ich springe auf und gieße mir ein halbes Glas Weißwein ein. Um irgendetwas zu tun, und sei es etwas Sinnloses, laufe ich erneut ins Bad und pudere mich noch mal ab. Dann strubbele ich meine Ponysträhne ein weiteres Mal von links nach rechts und wieder nach links. Mittlerweile ist es Viertel vor zehn, und wenn Maurice nicht in genau einer Minute bei mir klingelt, bekomme ich einen Schreikrampf.
Es vergehen weitere fünf Minuten, ohne dass etwas passiert. Na gut, es reicht mir. Ich werde mir jetzt wieder meine Jeans und mein T-Shirt anziehen und Fernsehen gucken. Kaum habe ich das beschlossen, klingelt es. Ich werfe meinen Bademantel von mir und jogge unbeholfen, da auf zehn Zentimeter hohen Absätzen, zur Tür und drücke den Türöffner. Ich ziehe das jetzt durch, ganz egal, ob der Kerl geschlagene fünfund-

vierzig Minuten zu spät ist oder nicht. Einmal in meinem Leben will ich einen Mann splitternackt an der Tür empfangen, Herrgott noch mal! Und der Typ wird es mir mit seinem ungehobelten Benehmen nicht versauen. Also stelle ich mich in Positur, so, wie ich es vor dem Spiegel geübt habe: ein Bein über das andere gekreuzt, die eine Hand lässig an meiner Hüfte. Nein, vielleicht doch lieber ohne Hand an der Hüfte und dafür Marilyn-Monroe-like mit Hand im Haar an den Türrahmen geräkelt. Quatsch, wie bescheuert ist DAS denn, ich stelle mich ganz normal hin, so wie man eben nackt in der Tür steht, wenn man nackt in der Tür steht. Entscheidend ist vor allem der verführerische Gesichtsausdruck – soweit ich den angesichts meiner allgemeinen Genervtheit hinbekomme.
Als Maurice eine Minute später auf dem Treppenabsatz erscheint, starrt er mich erst völlig perplex an, dann lacht er kurz auf und sagt kopfschüttelnd: »Ey, du machst mich echt fertig …«
Na Glückwunsch, mein Auftritt scheint ja ein voller Erfolg zu sein. Erst lässt der Typ mich stundenlang warten, und jetzt hat er nichts Besseres zu tun, als mich auszulachen! Ich laufe rot an vor Zorn.
»WO ZUM TEUFEL BLEIBST DU EIGENTLICH?!«, bricht es aus mir heraus.
Maurice kommt rasch auf mich zu, immer noch lachend, und schiebt mich sanft in meine Wohnung.
»Hey …«, sagt er beschwichtigend.
»SPINNST DU EIGENTLICH, MICH SO LANGE WARTEN ZU LASSEN?!«, ereifere ich mich. »ES IST GLEICH ZEHN!«
Maurice steht nur da und grinst breit. Dann sagt er: »Sorry.«
»Sorry?! Ist das alles? Ich laufe seit fast einer Stunde nackt durch meine Wohnung, und du sagst nichts anderes als ›sorry‹?! Ich hätte gerne eine Erklärung, und zwar eine gute! Du hast noch nicht mal einen Wein mitgebracht oder irgend-

etwas! Wofür hältst du dich eigentlich? Und wofür hältst du mich?!«
Ich lasse mich auf mein Sofa fallen und schleudere Maurice eins der dort liegenden Kissen mit voller Wucht entgegen. Er fängt es auf und lacht wieder. Offensichtlich findet er mich extrem lustig, na schönen Dank auch. Dann zieht er wortlos seine Jacke aus, kommt auf mich zu und beugt sich zu mir herunter.
»Ich liebe wütende, nackte Frauen«, flüstert er mir ins Ohr. »Vor allem, wenn sie Kissenschlachten mit mir machen wollen …«
Er schafft es tatsächlich, mir den Anflug eines Lächelns zu entlocken, der Idiot. Dann küsst er mich. Auf eine Art, wie er mich bisher noch nie geküsst hat. Lang und leidenschaftlich. Und innerhalb von null Komma nichts bin ich wieder kurz vorm Durchdrehen. Aber diesmal vor Lust und nicht vor Wut.
Eine Stunde später. Maurice und ich haben uns mal wieder quer durch mein Loft gevögelt, und ich habe festgestellt, dass sich Maurice auch in sexueller Hinsicht durch bemerkenswert spätes Kommen auszeichnet. Was meine Bereitschaft, ihm sein zeitliches Zuspätkommen zu vergeben, erheblich fördert.
»Oh Mann, du bist echt verrückt …«, seufzt er und lässt sich auf mein Bett fallen.
»Ich?!«, frage ich ironisch.
»Jepp. Dieses ganze Zeug, das du da immer abziehst …«
»Was für ein Zeug?«
»Na, nackt in der Tür stehen, Fetischklamotten tragen und so.«
»Du inspirierst mich dazu.«
»Ich?«
»Ja, du. Außerdem ziehst du doch selbst Zeug ab. Mich wortlos in Abstellkammern schleifen zum Beispiel.«
Maurice grinst. »Wir verstehen uns halt.«
»Das heißt, es gefällt dir also, dieses ›Zeug‹? Obwohl du mich heute ausgelacht hast?«

Maurice dreht sich zu mir und sagt: »Klar. Es gibt nicht viele Frauen, die so was machen.«
»Tatsächlich? Ich dachte, die ganze Stadt ist voll von Frauen, die so was machen.«
»Die Stadt ist voll von Frauen, die sich ficken lassen«, sagt Maurice abfällig. »Das heißt noch lange nicht, dass der Sex deshalb phantasievoll und inspiriert ist.«
Ich sehe Maurice erstaunt an. Mir war nicht klar, dass sich dieser Typ überhaupt über so etwas Gedanken macht. Und sagt er mir damit gerade durch die Blume, dass er den Sex mit mir für etwas Besonderes hält?
»Hast du was zu essen da? Ich hab tierisch Hunger«, wechselt er das Thema.
»Ich auch. Soll ich ein paar Spaghetti kochen?«, frage ich spontan.
»Äh … Ich hatte zwar eher an 'ne Scheibe Brot gedacht, aber okay, von mir aus.«
Während ich das Nudelwasser aufsetze, zieht sich Maurice seine Jeans an, hockt sich zu mir an den Küchentisch und dreht sich eine Zigarette. Ich hole den Weißwein aus dem Kühlschrank und schenke uns zwei Gläser ein. Dann zünde ich Kerzen an.
»Fehlt nur noch, dass du romantische Klaviermusik auflegst«, stichelt Maurice. »Apropos, was hast'n für Musik da, die man hören kann? Ich mag Tom Waits nicht. Klingt irgendwie ungesund.«
Ich betrachte Maurice lächelnd. Plötzlich kommt er mir vor wie ein trotziger kleiner Junge, der mit allen Mitteln verbergen will, dass er sich gerade tierisch wohl mit mir fühlt.
»Schau doch meine CD-Sammlung durch, und such dir was aus«, schlage ich vor.
Maurice vertieft sich in meine CDs, während ich koche. Moment mal: Ich *koche* tatsächlich. Und es macht mir auch noch *Spaß!* Kochen hat mir noch nie Spaß gemacht. Außer damals

für Albert, als wir noch verliebt waren. Überhaupt fühlt sich alles extrem entspannt an mit Maurice. Um nicht zu sagen: Es ist Idylle pur. Scheiße, ich muss wirklich aufpassen.
Aus den Boxen ertönt Rufus Wainwright. Das ist jetzt ein Scherz, oder? Der unnahbare, coole Maurice hat sich ausgerechnet diesen sentimentalen, schwulen Singer-Songwriter ausgesucht. Ich schmunzele in mich hinein. Irgendjemand hat mir die CD mal geschenkt, ich mochte sie nie sonderlich. Aber wenn Maurice die Mucke gefällt, soll's mir recht sein.
»Das war das Erträglichste, was deine CD-Sammlung hergegeben hat«, kommentiert er seine Wahl mit einem fiesen Grinsen.
»Danke ...«, erwidere ich gespielt beleidigt. »Sag mal, wie alt bist du eigentlich?«
Maurice setzt sich wieder an den Küchentisch und wirft mir einen erstaunten Blick zu. »Warum?«
»Einfach so. Weil ich dich überhaupt nicht einschätzen kann.«
»Dreißig. Und du?«
»Was glaubst du?«
»Kein Plan. Du bist auch schwer einzuschätzen.«
Ich denke an Julietas Reaktion auf mein Alter und sage dreist: »Fünfunddreißig.«
Maurice nickt nur. Er nimmt es mir offenbar ab.
»Und wem gehört das Playmobilauto da in der Ecke?«, fragt er und zieht an seiner Zigarette.
Ich erstarre. Mist. Ich dachte, ich hätte alles von den Kindern weggeräumt. Mir erschien es unpassend, Maurice wissen zu lassen, dass ich Mutter bin. Außerdem sitzt mir immer noch Hinrichs ätzender Kommentar in den Knochen. Ich will nicht schon wieder erleben, dass ein Mann mich nicht in seinen Männerhirn-Werkzeugkasten einsortieren kann.
»Ich habe einen kleinen Sohn«, sage ich, ohne Maurice anzusehen. »Bist du jetzt geschockt?«
»Nein«, sagt Maurice. »Warum sollte ich?«

Ich könnte ihn abknutschen vor Freude, dass er so reagiert, aber ich lasse mir nichts anmerken. Vielleicht gibt es ja doch noch Kerle, die in ihrem Hirn Geheimfächer für Multitools haben?
Während Rufus Wainwright durch mein Loft plärrt, essen Maurice und ich genüsslich Spaghetti und leeren die Weißweinflasche. Und reden. Verrückterweise redet diesmal vor allem Maurice. Ich bleibe weitestgehend sprachlos – in jeder Hinsicht. Es stellt sich heraus, dass er schon seit Jahren versucht, sein Archäologiestudium zu beenden, was ihm aber nicht gelingt, weil ihn sein Job als Barkeeper in einem angesagten Club namens Cookies so in Anspruch nimmt. Maurice ergeht sich vor allem in ausführlichen Schilderungen darüber, wie heiß begehrt er als Barkeeper bei den Frauen ist und welche Szenen sich regelmäßig am Tresen abspielen, wenn sich zwei um ihn streiten.
»Dabei bin ich eigentlich eher schüchtern«, erklärt er.
»Sicher. Vor allem, wenn du Frauen wortlos in Abstellkammern zerrst«, bemerke ich ironisch.
Maurice grinst. »Doch, ist so. Klar ist es nett, so viel Aufmerksamkeit zu kriegen. Ist gut fürs Ego. Aber im Grunde interessiert mich das alles nicht. Dieses ewig gleiche, hohle Gelabere über Sternzeichen und Cocktails und natürlich meine Herkunft …« Ein harter Zug umspielt seine Lippen.
»Hm … Ich frage dann wohl besser nicht nach deiner Herkunft?«
Maurice wirft mir einen kurzen Blick zu und sagt: »Besser nicht.«
Ich spüre, dass sich ein tiefer Abgrund hinter Maurice' Worten auftut, und nehme einen Schluck Wein. »Und trotzdem schleppst du sie ab, diese Frauen in dem Club?«, lenke ich ab.
»Manchmal ja, manchmal nein. Die Girls da haben doch alle nix in der Birne. Das sind kleine Schlampen, die gleich beim ersten Date mit dir ins Bett gehen.«

Da haben wir sie also wieder: die Schlampen. Ich beschließe, meine Studien in Sachen Männerdenke zu vertiefen.
»Wieso sind Frauen in den Augen der Männer eigentlich Schlampen, wenn sie das tun?«
Maurice schaut mich verständnislos an: »Na, darum. Weil sie leicht zu haben sind.«
»Und eine Frau, die leicht zu haben ist, ist gleichzusetzen mit einer … sagen wir: Nutte?«
»Zumindest kommt sie nicht in Frage für was Ernstes.«
»Aha. Und was ist mit den Männern? Die machen in dem Moment doch genau dasselbe? Ich meine, die gehen doch auch beim ersten Date mit der Frau ins Bett? Sind die nicht genauso schlampig?«
Maurice lacht kurz auf, sagt aber nichts.
»Ich bin mit meinem Ex auch gleich beim ersten Date ins Bett gegangen, und dann war ich zehn Jahre mit ihm verheiratet«, berichte ich wahrheitsgemäß.
Im gleichen Moment erschrecke ich. Kommt das mit den zehn Jahren hin, wenn ich mich für fünfunddreißig ausgegeben habe? Aber Maurice scheint es nicht weiter aufzufallen.
Er schaut mich erstaunt an und sagt: »Hm … Ausnahmen gibt's immer.«
»Und was ist mit mir?«, frage ich weiter. »Ich hatte Sex mit dir, etwa eine halbe Stunde nachdem wir uns begegnet sind, ohne zu wissen, wer du bist und wie du heißt. Bin ich jetzt auch eine Schlampe?«
Maurice betrachtet mich, dann lächelt er. »Ich dachte erst, du bist eine«, sagt er.
»Ach, und jetzt denkst du das nicht mehr?«
»Nein.«
»Warum nicht?«
Maurice macht eine hilflose Geste. »Hey … Was weiß ich … Du lebst dein Leben. Das kann man nicht mit diesen Girls vergleichen. Du bist … eine richtige Frau!«, rutscht es ihm heraus.

»Eine richtige Frau?«, lache ich.
Maurice scheint selbst etwas überrascht zu sein über diesen Dialog mit mir und vor allem über das, was er gerade gesagt hat.
»Lass uns nicht so viel labern, das ist abturnend«, sagt er plötzlich ungehalten und steht auf.
»Wieso ist es abturnend, wenn wir reden?«, frage ich verständnislos.
Tatsächlich hatte ich gerade das Gefühl, Maurice' coole Fassade endlich ein wenig zu knacken.
»Weiß nicht ... Das ist mir zu viel Nähe«, murmelt er.
Er kommt zu mir rüber und zieht mich sanft, aber bestimmt vom Stuhl zu sich hoch.
»Lass uns das tun, was wir am besten können«, raunt er mir ins Ohr und zieht mir das T-Shirt aus, das ich mir zwischenzeitlich übergestreift hatte.
Dann dreht er mich um, und zwei Sekunden später spüre ich ihn auch schon in mir und wir gehen mal wieder in Flammen auf. Die Nähe, die jetzt zwischen uns entsteht, ist sowieso durch nichts zu überbieten, denke ich. Aber ich frage mich, ob Maurice das jemals erkennen wird.

Kapitel 18

Du, ich brauch noch 'n Momentchen. Linus hat sich vor lauter Abschiedskummer erbrochen, jetzt bin ich komplett eingesaut und muss mich erst mal umziehen.«
Liesbeth läuft aufgeregt durchs Haus, begleitet von Linus' durchdringendem Geheule.
»Mama kommt doch bald wieder!«, ruft sie eine Oktave höher in Richtung Kinderzimmer. »Mama ist nicht lange weg, Linus! Mama geht nur ein bisschen Spaß haben, und dann ist sie ganz bald wieder da!«
Ich stehe in einem nagelneuen Outfit, gestylt und zu allen Schandtaten bereit in Liesbeths Flur, um mit ihr auf die Rolle zu gehen. Sie hat mich doch noch rumgekriegt. Vor allem deshalb, weil heute der letzte freie Samstagabend ist, bevor fünf Tage am Stück die Kinder zu mir kommen, und sich niemand anderes zum Ausgehen finden wollte. Außerdem habe ich das Gefühl, wegen der Silvesterfeier etwas gutmachen zu müssen.
»Jochen?!«, schreit Liesbeth vom anderen Ende der Wohnung ins obere Stockwerk und klingt wie ein Feldwebel, der seine Truppe zusammenscheißt. »Mach ihm noch einen warmen Kakao, bevor er schlafen geht, und vergiss nicht, die Heizung runterzudrehen und das Fenster aufzumachen, und wenn er will, kann er noch kurz eine Kassette hören, aber nur KURZ!«
Liesbeth wechselt erneut die Stimmlage. »Och, Linus-Bärchen«, schnuddeldiduddelt sie ihren angehenden Ballettstar

voll. »Nicht weinen, Mama ist nicht lange weg, Mama kommt ganz bald wieder.«
Liesbeth hastet herbei, offenbar hat sie sich in der Zwischenzeit umgezogen. Sie trägt jetzt einen knielangen, schwarzen Kostümrock, der im Bauchbereich extrem spannt, dazu eine weiße Bluse mit Rüschenkragen und Puffärmeln.
»Äh … Liesbeth … Nichts für ungut, aber wir gehen nicht auf eine Konfirmation, sondern in einen Club!«
Liesbeth schaut mich beleidigt an. »Ich hab nichts anderes. Ich war schon ewig nicht mehr aus.«
»Kannst du nicht wenigstens andere Schuhe anziehen?«, frage ich mit einem Flehen in der Stimme und betrachte ihre hässlichen, braunen Pumps mit einem winzigen Absatz.
»Du, wenn ich höhere Schuhe anziehe, bekomme ich sofort Blasen an den Füßen, das geht gar nicht«, erklärt Liesbeth. »Und wir wollten doch tanzen!«
»Na gut. Können wir los? Es ist schon fast neun.«
»Gleich. Ich muss Linus nur noch schnell was vorlesen, dann komme ich.«
Ich starre Liesbeth entgeistert an. »Wie jetzt? Wir wollten schon vor einer Stunde los. Wieso kann Jochen ihm nicht noch was vorlesen?«
»Linus lässt sich ausschließlich von mir was vorlesen, sorry.« Liesbeth verschwindet, ehe ich noch irgendetwas erwidern kann.
Mit einem genervten Schnauben lasse ich mich auf einen der Stühle an Liesbeths Esstisch fallen. Jochen betritt den Raum.
»Hallo Marlene«, sagt er geknickt.
»Hallo Jochen. Alles okay?«
»Na, du wirst ja wissen, was bei uns los ist.«
»Ja, hab's gehört. Tut mir leid.«
Jochen holt uns zwei Bier aus der Küche und setzt sich zu mir an den Tisch. »Weißt du, Marlene, ich hab es echt satt. Ihr Frauen wisst einfach nicht, was ihr wollt.«

»Tatsächlich?«
»Einerseits beschwert ihr euch darüber, dass die Männer alle egozentrische Arschlöcher sind. Aber ehrliche, zuverlässige Typen wie Albert oder ich sind euch auch nicht recht. Die sind euch dann wieder zu langweilig.«
»Hm …«, mache ich und fühle mich etwas schuldig.
»Ihr verlasst die tollsten Typen, nur weil ihr denkt: ›Da muss doch noch was gehen! Das kann doch nicht alles gewesen sein!‹ Aber ich sage euch, da geht nichts mehr. Ihr werdet nichts Besseres finden. Den soliden Bad Boy gibt's nämlich nicht.« Jochen nimmt einen großen Schluck aus seiner Bierflasche.
Aus Linus' Zimmer höre ich Liesbeth mit Eititei-Stimme irgendein Kinderbuch vorlesen. Dieser Samstagabend verbreitet eindeutig die Ausgelassenheit einer einsamen Bushaltestelle am Rande der Sierra Nevada. Ich genehmige mir einen mindestens ebenso großen Schluck aus meiner Flasche wie Jochen.
»Es sind nämlich nicht nur wir, die langweilig geworden sind«, setzt Jochen seinen Monolog fort. »Guck dir Liesbeth doch mal an. Guck sie dir genau an! Ist das noch die Liesbeth, die ich vor zehn Jahren geheiratet habe? Da war sie noch ein echt süßes Mädel, und jetzt? Sie hat acht Kilo zugenommen, ihre Haare werden immer kürzer und grauer, und die Klamotten, die sie trägt, kannst du in die Tonne treten!«
Was Letzteres betrifft, kann ich Jochen nur zustimmen. Ansonsten bin ich der Meinung, dass der gute Mann sich erst mal selbst im Spiegel anschauen sollte, bevor er an seiner Frau herummäkelt. Sein Bierbauch und seine Geheimratsecken sind nämlich auch nicht der Hit. Was meiner Ansicht nach beweist, dass auch die vermeintlich anständigen Typen nur selbstgerechte Besserwisser sind. Da bleib ich dann lieber bei den Bad Boys, die sehen wenigstens gut aus.
Liesbeth kommt herein.

»Wir können«, strahlt sie mich an. »Linus schläft schon fast.« Dann bedenkt sie Jochen mit einem strengen Blick. »Bist du sicher, du schaffst das?«
Jochen gibt als Antwort einen Rülpser von sich, und wir verlassen fluchtartig das Haus.

Fünf Minuten später juckeln Liesbeth und ich endlich in meinem Auto Richtung Berlin-Mitte. Ich habe bereits einen perfekten Ausgehplan im Kopf. Zuerst werde ich mit Liesbeth im Maigrün was trinken und danach mit ihr ins Cookies tanzen gehen. Seit meinem letzten Treffen mit Maurice denke ich definitiv an nichts anderes mehr als an ihn und brenne darauf, die Location in Augenschein zu nehmen, wo er als Barkeeper arbeitet. Insgeheim hoffe ich natürlich, dass er auch da ist. Nicht umsonst habe ich mich heute Abend schwer ins Zeug gelegt mit meinen hautengen schwarzen Leggins, dem rückenfreien Top und den hohen Stiefeletten. Gerade will ich ein bisschen Stimmung machen und Musik einschalten, als Liesbeths Handy klingelt. Sie zerrt es aus ihrer riesigen Umhängetasche und nimmt ab.
»Ja? Och, Linus-Bärchen!«, ruft sie im Mutti-Tonfall ins Telefon.
Genervt schalte ich das Radio wieder aus.
»Mami hat doch versprochen, dass sie ganz bald wieder da ist ... Du gehst jetzt brav ins Bett und schläfst, und Mami ... Was? Du warst noch nicht auf dem Klo? Linus, was hat Mami dir gesagt? Gib mir mal Papi.« Liesbeth verwandelt sich wieder in den fiesen Feldwebel. »Hör mal, Jochen, Linus geht *nicht* ins Bett, bevor er nicht gekackert hat, das war eine klare Abmachung. Wie bitte? ... Nein, er muss Pupu machen, sonst darf er nicht mehr zu Burger King, das weiß er auch. Also bitte sorge jetzt dafür, dass ... Ja, ist ja gut. Wenn was ist, ruf an. Tschüss.«
Liesbeth verstaut das Handy wieder in ihrer Tasche und wendet sich mir zu. »Ich sage dir, das ist zurzeit *so* ein Theater

wegen Linus' Verdauung. Weil er Angst hat, dass es weh tut, hält er es zurück, dann wird es natürlich fest, und dann sitzt er stundenlang auf dem Klo und schreit das ganze Haus zusammen.«

Dieser Abend hat nicht nur die Ausgelassenheit einer einsamen Bushaltestelle am Rande der Sierra Nevada, er verbreitet jetzt auch eindeutig das Flair einer verstopften Bahnhofstoilette in Bad Oldeslohe.

»Wo fahren wir überhaupt hin?«, erkundigt sich Liesbeth.

»In eine Bar.«

»Hm«, macht Liesbeth skeptisch. »Da wird aber nicht geraucht, oder?«

»Doch.«

»Dann kann ich da nicht hin, Marlene, du weißt doch, ich vertrage keinen Zigarettenqualm. Wollen wir nicht einfach bei uns in die Schleusenklause gehen?«

Ich hatte mich ja auf das Schlimmste gefasst gemacht, aber dieser Vorschlag stellt alles in den Schatten, was ich von einem Samstagabendtrip mit Liesbeth erwartet habe.

»Liesbeth, ich dachte, wir wollten ausgehen, die Nacht durchtanzen, um die Häuser ziehen!«, empöre ich mich. »Du willst jetzt nicht allen Ernstes eine piefige Eckkneipe in Kleinmachnow aufsuchen?«

Nach einer Viertelstunde Diskussion kommt heraus, dass Liesbeth sich unwohl fühlt. Und zwar erstens wegen ihren Konfirmandenklamotten – was ich ihr nicht verdenken kann – und zweitens wegen ihrer Sorge um Linus – was ich einfach nur abartig finde. Nach einer weiteren Viertelstunde Diskussion einigen wir uns auf den Zwiebelfisch, eine langweilige Altachtundsechziger-Kneipe in Charlottenburg, einem der Berliner Bezirke, der Kleinmachnow am nächsten gelegen ist, damit sie »im Notfall« schnell nach Hause kann. Wie genau dieser Notfall definiert wird, entzieht sich meiner Kenntnis. Ich will es auch lieber nicht so genau wissen, denn es hat ga-

rantiert was mit Linus' Kacka und Pupu zu tun. Auf dem Weg vom Parkplatz zur Kneipe fängt Liesbeth endgültig an zu schwächeln.
»Ich kann in diesen Schuhen nicht laufen, die Absätze sind einfach zu hoch!«, quengelt sie.
»Liesbeth, deine Absätze sind höchstens zwei Millimeter hoch!«
»Ich bin das halt nicht mehr gewohnt. Zu Hause laufe ich nur in meinen Gesundheitsschuhen herum.«
»Ich dachte, *das* hier wären deine Gesundheitsschuhe«, stichele ich.
Nach der verlassenen Bushaltestelle und dem verstopften Klo nimmt der Abend nun auch den modrigen Geruch einer Fachhandlung für orthopädische Strümpfe an.
Wir betreten den Zwiebelfisch und setzen uns an einen Tisch. Ich bestelle ein Bier. Liesbeth macht einen auf Rock 'n' Roll pur und ordert einen Cappuccino, weil sie mal wieder müde ist. Schließlich ist es auch schon zehn und für Liesbeth eigentlich Zeit für die Heia. Kaum hat sie den Kaffee intus, ist sie wieder hellwach und setzt mich über sämtliche Details ihrer Trennung von Jochen in Kenntnis. Was an sich unter Freundinnen legitim ist, wofür ich jetzt aber nicht mehr in der Stimmung bin.
Dann wird Liesbeth sentimental: »Mein Gott, Marlene, was haben wir früher einen draufgemacht, weißt du noch? Da habe ich Typen abgeschleppt ohne Ende. *Typen* hab ich abgeschleppt! War nicht das geringste Problem für mich. Mein Problem war nur, dass ich mich immer gleich verliebt habe, wenn ich mit denen im Bett war. So richtig locker konnte ich das nie nehmen. Aber wir haben echt einen draufgemacht, oder?«
Richtig, und genau das hatte ich eigentlich auch heute Abend vor. Wie ich es allerdings schaffen soll, mit Liesbeth in ihrer derzeitigen Verfassung und vor allem in ihrem Konfirman-

denlook Zutritt zu einer hippen Location wie dem Cookies zu bekommen, ist mir ein Rätsel.
»Manchmal frage ich mich wirklich, was aus mir geworden ist ... Ich meine, vor zwanzig Jahren, da war ich ein echter Leckerbissen ... Weißt du noch?«, lamentiert Liesbeth.
»Ja, ich weiß noch«, sage ich gelangweilt.
Liesbeths Handy klingelt, und mittlerweile hoffe ich inständig, dass es Jochen mit »Notfall«-News ist.
Liesbeth lauscht angespannt in den Hörer, dann fängt sie laut an zu schimpfen: »Jochen, ich wusste es! Wenn ich *ein Mal* ausgehen will! Du kriegst das mit dem Jungen halt nicht in den Griff, und genau das ist auch der Grund, warum ich mich von dir trenne. Ich bin in zehn Minuten da!«
Ein paar Gäste schauen befremdet zu uns herüber. Ich begebe mich zum Tresen und bezahle unsere Rechnung, während Liesbeth im Hintergrund weiter Jochen zur Sau macht.
»Ich hab ein ganz schlechtes Gewissen, weil ich schon so früh gehen muss«, sagt Liesbeth, als wir den Zwiebelfisch verlassen. »Lass uns das unbedingt wiederholen, es war ein *so* toller Abend mit dir!«
Sicher. Einer dieser ganz tollen Abende, von denen man Beklemmungen kriegt. An denen man eigentlich »am Leben teilnehmen« wollte und sich dann vor einem Küchenfenster wiederfindet, das auf eine verkehrsberuhigte Straße zeigt. Nachdem ich Liesbeth an einer für sie passenden S-Bahn-Station abgesetzt habe, weiß ich sicher, dass dies einer dieser ganz tollen Abende ist, die man *so* nicht enden lassen darf. Weil man sonst hochgradig suizidgefährdet ist! Dann geh ich eben alleine aus, Herrgott noch mal.

Als ich vorm Cookies ankomme, ist es bereits Mitternacht. Die Zeit, zu der in einer Stadt wie Berlin das Nachtleben gerade erwacht. Vor dem Eingang steht eine meterlange Schlange von Szene-Leuten zwischen Anfang zwanzig und Mitte dreißig, die rauchend, biertrinkend oder mit ihren Mobilfunkgeräten herumspielend versuchen, auf möglichst obercoole Weise die Wartezeit in der Kälte zu überbrücken. Nachdem ich bei Maurice für fünfunddreißig durchgegangen bin, mache ich mir keine Gedanken, reihe mich ein und zünde mir eine Zigarette an. Die beiden Türsteher am Eingang machen sich wichtig und spielen die üblichen Spielchen, deren Regeln nur sie selbst kennen. Mal werden gleich zehn Leute auf einmal durchgelassen, dann passiert zwanzig Minuten lang gar nichts. Als drei aufgemotzte Party-Blondinen vor allen anderen durchgewunken werden, macht sich allgemeiner Unmut breit. »Die haben bestimmt mit dem Türsteher geschlafen«, witzele ich und grinse zwei Typen an, die hinter mir in der Schlange stehen.

Die beiden schauen mich verwirrt an. Es scheint nicht üblich zu sein, dass man beim Anstehen vor Szene-Clubs miteinander spricht. Wahrscheinlich komme ich jetzt total uncool rüber. Die Tatsache, dass ich selbst zwar nicht mit dem Türsteher, dafür aber mit dem Barkeeper geschlafen habe, verkneife ich mir lieber.

Nach geschlagenen vierzig Minuten stehe ich schließlich vor den gestrengen Richtern über Top oder Flop im nächtlichen Exzessdschungel. Genauer gesagt vor einem hässlichen Narbengesicht mit Militärjacke und einem Schwarzen mit modischem Ziegenbärtchen und Wollmütze. Zitternd harre ich ihres Urteils darüber, ob ich dieser heiligen Clubbing-Hallen würdig bin. Zittern tue ich allerdings nicht vor Angst, sondern vor Kälte.

Das Narbengesicht taxiert mich eingehend und fragt: »Bist du alleine?«

Da haben wir es wieder, das berühmte Wort: alleine. Es darf nicht wahr sein! Wir befinden uns in einer europäischen Metropole im einundzwanzigsten Jahrhundert, aber selbst vor narbengesichtigen Türstehern muss sich eine moderne Frau dafür rechtfertigen, dass sie alleine unterwegs ist.

»Ja«, sage ich ganz cool und nehme einen letzten Zug von meiner Zigarette. »Ich bin ganz alleine unterwegs. Ohne Babysitter, Bodyguard oder großen Bruder.«
Der Schwarze lacht und winkt mich durch. Offenbar habe ich den Hippnesstest bestanden.
Das Cookies ist ein verschachteltes, dunkles Loch. Schwarze Wände unterteilen die Location labyrinthartig in verschiedene kleinere Bereiche, und ich komme nicht nur an einer Pappmaché-Grotte, sondern auch an einer im Neo-Kitsch-Stil gestalteten Wedding-Chapel vorbei – Plastikmadonnen und -blumen inklusive. Spätestens, als ich den Hauptraum betrete, frage ich mich, ob das Cookies nicht mal einen coolen Innenausstatter anheuern sollte, denn der Raum hat das Ambiente eines Edelpuffs. Die relativ kleine Tanzfläche wird an einer Seite von Sitzgelegenheiten aus schwarzem Kunstleder und an der anderen von einer Bar eingerahmt. Auf dem Tresen stehen hohe Lampen in der Form verschlungener Fasanenkörper, die ein funzeliges Licht abgeben. Maurice kann ich nirgendwo entdecken. Ich hole mir einen Drink und stelle mich an den Rand der Tanzfläche. Aus den Boxen wabert klebrige Trance-Musik, die von einem langhaarigen Jesustypen aufgelegt wird. Nicht nur der DJ, sondern auch etliche der Gäste, die den Club bevölkern, sind bei näherem Hinsehen gar nicht so szenig, cool und sexy, wie man denken sollte, sondern blass, pickelig und schlecht angezogen. Die beiden Halbgötter am Eingang scheinen wohl doch nicht so wählerisch zu sein, wie sie vorgeben. Nun, wenn man bedenkt, wie sie selbst aussehen, ist das nicht verwunderlich. Als ich mich weiter umschaue, bemerke ich einen blonden Typen, der mich interessiert betrachtet. Ich finde, er sieht ganz nett aus, und erwidere seinen Blick mit einem einladenden Lächeln. Sofort schaut der Typ demonstrativ weg. Na gut, dann eben nicht, denke ich und widme mich wieder der Begutachtung der mich umgebenden Szenerie. Nach wenigen Minuten schaue ich erneut zu dem blonden Typen rüber. Er

beobachtet mich schon wieder! Vielleicht hat er mein Lächeln vorhin nicht bemerkt, denke ich und strahle ihn unmissverständlich an. Das Gesicht des Typen zeigt den Anflug eines unsicheren Lächelns, dann verfällt er offenbar in eine Ganzkörperlähmung. Jedenfalls rührt er sich nicht vom Fleck. Verwirrt wende ich mich ab und beschließe, eine Runde zu tanzen. Da spricht mich plötzlich jemand von der Seite an.

»Was haben wir denn da für ein Leckerli!«, sabbert es ganz dicht an meinem Ohr, und schon schrammt ein Strohhalm um Haaresbreite an meinen Nasenlöchern vorbei.

Ich drehe mich um und traue meinen Augen nicht: Es ist der Typ von der Erotikparty! Ganz offensichtlich erkennt er mich nicht wieder. Vermutlich hat er schon so vielen potenziellen Leckerlis seinen Strohhalm in die Nasenlöcher gebohrt, dass er sich an die Details nicht erinnern kann.

»Wir kennen uns«, sage ich abweisend.

»Quatsch! Woher denn?«, ruft der Typ in seiner mir bereits bekannten überspannten Art.

»Von dieser Erotikparty, *Frivole de luxe.*«

»Nicht, dass ich wüsste. Na los, probier mal. Schmeckt toll!«

Wieder habe ich seinen Drink vor der Nase, und wieder schiebe ich seine Hand mit dem Glas weg. Mit dem Kerl stimmt doch was nicht!

»Du bist wohl in die Flirtschule von Mario Barth gegangen?«, frage ich belustigt.

»Was laberst du denn da?«, meckert der Kerl erbost.

Ich lasse ihn einfach stehen und begebe mich auf die Tanzfläche. Dort tummeln sich bereits etliche magersüchtige Girls in extrem hohen Schuhen und extrem kurzen Kleidchen, die extrem halbherzig im Takt wippen und dabei ihre extrem winzigen Täschchen in die Höhe recken wie Trophäen. Ich vermute, ihr minimalistischer Tanzstil soll bezwecken, dass sie ihre minimalistischen Kleidchen nicht vollschwitzen. Hin und wieder schmiegt sich ein Girl eng an ein anderes und reibt ihr Becken mit kreisenden Bewegungen am Hinterteil ihrer Vorderfrau. Da die Ladies nicht gerade aussehen wie typische Lesben, nehme ich an, das soll eine Art stimulierendes Balzritual für die Kerle sein. Diese lungern bewaffnet mit ihren obligatorischen Bierflaschen am Rand der Tanzfläche herum und checken ab, welches der Girls potenziell zum Abschleppen in Frage käme. Sofern sie sich das überhaupt trauen. Mir kommt es eher so vor, als würde hier überwiegend geglotzt. Zudem erscheint mir die ganze Szenerie wie eine Art Viehmarkt, auf dem uniform aussehende Frauen zusammengetrieben wurden, damit sie sich vor uniform aussehenden Männern produzieren, auf dass sie von ihnen zum Geschlechtsverkehr auserwählt werden. Abartig! Jetzt begeben sich allerdings auch ein paar Typen auf die Tanzfläche. Entweder hopsen sie unbeholfen herum wie Trampolinspringer mit Gleichgewichtsstörung oder stehen nur da und recken eine geballte Faust zum Rhythmus der Musik in die Höhe. Plötzlich taucht aus dem Dunkel ein arabisch aussehender Typ auf, der mich offensiv antanzt, allerdings in einem Stil, der hier komplett aus dem Rahmen fällt: Er breitet beide Arme zur Seite aus und lässt seinen vorgestreckten Brustkorb mit einer orientalisch anmutenden Schüttelbewegung hin- und herzappeln. Endlich mal einer, der nicht auf obercool macht, denke ich, wie erfrischend. Also lasse ich es mir gefallen, weiche aber ein Stück zurück. Der Typ kommt näher, und ich weiche wieder zurück. Dieses Spiel dauert etwa eine halbe Minute, dann rückt der Araber an mich heran.

»Wie isse Name?«, brüllt er gegen die Musik an.

Na gut, sein Deutsch ist verbesserungswürdig, aber immerhin spricht er mich überhaupt an. Angesichts der übrigen kommunikationsgestörten Selbstdarsteller hier ist das ja schon mal ein Umstand, der Anerkennung verdient.

Also brülle ich meinen Namen zurück.

»Ich Achmed!«, schreit Achmed mich wieder an. »Bisse du ausse Berlin?«

Ich nicke.
Achmed kommt mit ausgebreiteten Armen noch ein Stück näher auf mich zugeschüttelt. »Machst du ofters her?«
»Hä?«
»Machst du ofters her?«
»WAS?«
»OB – DU – OFTERS – HIER?«
»Ach so! Nein, heute zum ersten Mal!«
»Wo du wohnen?«
Respekt. In der Zeit, in der Achmed zum Punkt kommt, haben die coolen Jungs hier noch nicht mal ihre Bierflasche entdeckelt. Sie sollten sich wirklich mal eine Scheibe von ihm abschneiden.
»Berlin«, antworte ich ausweichend.
»Ja, aber welche Bezirk?«
»Lichtenrade«, lüge ich.
»Ich aus Neukölln! Du mit Auto hier?«
Alles klar. Achmeds gezielte Fragerei ist zwar von erfrischender Direktheit, aber auch nur allzu leicht zu durchschauen. Was die deutschen Männer zu wenig haben, haben die südländischen eben zu viel.
»Nein!«, rufe ich und gebe Achmed pantomimisch zu verstehen, dass ich genug vom Tanzen habe.
Während ich wieder Richtung Bar flüchte, höre ich Achmed hinter mir herrufen: »Könne wir zusamme Kaffee trinke gehe!«
Ich gehe an einer Gruppe Mädels vorbei. Eines von ihnen wurde offenbar von einem attraktiven Typen angesprochen und sagt gerade pikiert: »Nee, lass mal, bin mit meinen Mädels hier. Kannst mich ja auf Facebook adden.«
Der Typ und das Mädchen zücken ihre Smartphones und wischen darauf herum. Sind die hier alle durchgedreht? Wenn sich die jungen Frauen alle so albern aufführen, wundert es mich nicht, dass die Kerle zu Salzsäulen erstarren. Meine blonde Salzsäule steht jedenfalls immer noch an der Bar. Kaum tau-

che ich auf, starrt er mich wieder an wie ein Fisch. Es gibt nur zwei Erklärungen für dieses abstruse Verhalten: Entweder der Kerl ist superschüchtern oder superarrogant. Ich entscheide mich für erstere Variante und beschließe, ihn anzusprechen. Schließlich habe ich erst neulich in einem Artikel gelesen, Männer würden sich wünschen, dass Frauen öfter mal die Initiative ergreifen. Warum sollen die Kerle auch immer den ersten Schritt machen? Ist doch total von gestern. Dieser ganze Jäger-Sammler-Kram stammt doch aus der Steinzeit. Außerdem sehe ich aus dem Augenwinkel, dass Achmed die Tanzfläche verlässt und bedrohlich auf mich zusteuert, vermutlich, um mich nach meiner Telefonnummer zu fragen.

Ich nehme all meinen Mut zusammen und gehe zu dem Typen rüber. »Hi«, eröffne ich das Gespräch.

Der Typ schaut mich ähnlich verdattert an wie die beiden Jungs vorhin in der Schlange. »Hi …«, sagt er freundlich.

Wir stoßen mit unseren Drinks an. Ich überlege kurz, was Männer üblicherweise in so einer Situation sagen würden. Intuitiv verwerfe ich »Wie isse Name?«, »Bisse du ausse Berlin?« sowie »Was haben wir denn da für ein Leckerli?« und entscheide mich für ein lässiges: »Alles klar?«

»Jepp, und bei dir?«, erwidert der Typ.

»Auch.«

Der Typ starrt unergründlich lächelnd vor sich hin und nippt an seinem Getränk. Ich krame in meinem Kopf nach weiteren typisch männlichen Anbaggerstrategien.

»Zigarette?«, frage ich und hole meine Schachtel raus.

»Nö danke, ich rauche nicht.«

»Ach so.«

Ich zünde mir eine Zigarette an. Schweigen. Mein Gott, ist das anstrengend! Langsam begreife ich, was Männer durchmachen, wenn sie eine Frau ansprechen. Ich versuche es mit etwas Intelligentem, das gleichzeitig cool rüberkommt. Mal sehen, ob ich ihn damit aus der Reserve locken kann.

»Spannender Mix von Acid Trance, Ambient und Funkelementen«, fachsimpele ich.
Der Typ wirft mir einen verstörten Blick zu. »Kennst dich da aus, oder was?«, fragt er nervös und nippt an seinem Drink.
»Kann man so sagen, bin Musikerin.«
»Hm«, macht der Typ. »Und womit verdienst du dein Geld?«
»Äh ... Na, mit Musik. Das ist mein Beruf«, erwidere ich, leicht genervt über seine blöde Frage.
Der Typ zieht eine Augenbraue hoch. Ob er skeptisch oder beeindruckt guckt, ist schwer zu sagen. Was auch immer es ist, es führt beides nicht dazu, dass er auftaut. Im Gegenteil. Ich habe den Eindruck, er fühlt sich zunehmend unwohl, um nicht zu sagen: Er wirkt regelrecht verschreckt.
»Bist eine von diesen resoluten Powerfrauen, was?«, sagt er und mustert mich kurz.
»Wie kommst du denn darauf?«, frage ich verwirrt.
Vor meinem geistigen Auge erscheint sofort wieder der Männerhirn-Werkzeugkasten, und in einem solchen wurde ich offenbar gerade in das Fach *Resolute Powerfrau* einsortiert, vermutlich in Ermangelung eines Fachs für Multitools. Bestimmt steht noch ein dickes, fettes *ACHTUNG, GEFÄHRLICH!* darüber, mit Totenkopfsymbol und zwei gekreuzten Knochen.
»Na, so dein ganzes Erscheinungsbild. Deine ganze Art. Dass du mich hier einfach so anquatschst und so.«
»Sorry, wenn ich dich belästige.«
»So war es ja gar nicht gemeint, bloß ... mir ist das irgendwie too much, wenn Frauen mich so straight anflirten. Versteh mich nicht falsch, bist 'ne echt tolle Frau, aber ... ich hab das Gefühl, dass ich dich sowieso nur langweilen kann.«
»Wieso?«, frage ich völlig verständnislos. »Was machst du denn so? Erzähl doch mal!«
»Ich bin Kommunikationswirt. Bei 'ner Bank in Frankfurt.«
Ich schaue ihn perplex an. Was hat er gesagt, was er ist? »Kommunikationswirt«? Ich habe in meinem ganzen Leben noch

keine derartige Flachpfeife in Sachen Kommunikation erlebt, und er sagt mir, er sei »Kommunikationswirt«?!

»Ja, ich glaube, da hast du recht«, lache ich. »Das war das langweiligste Gespräch, das ich je geführt habe.«

Der Typ ist schwer beleidigt, trinkt sein Glas aus und kratzt die Kurve. Ich fahre mir durchs Haar und nehme einen Zug von meiner Zigarette. Das darf nicht wahr sein, oder? Ich bin eine tolle Frau – auch so ein Begriff, den ich langsam nicht mehr hören kann! –, und deshalb bin ich »too much« für ihn? Was zum Teufel ist hier eigentlich los? Gilt es heutzutage schon als komplette Überforderung, wenn man versucht, mit jemandem ein normales Gespräch zu führen? Leben junge Leute bereits so sehr in Ersatzwelten wie Facebook & Co., dass sie reale Begegnungen nicht mehr gebacken kriegen? Oder kommen Männer einfach nicht mit selbstbewussten Frauen klar?

Plötzlich spielt sich die gerade erlebte Szene noch einmal vor meinem geistigen Auge ab, diesmal aber mit umgekehrten Rollen: Ein attraktiver Mann Ende dreißig geht zu einer hübschen Frau Ende zwanzig und spricht sie an:

»Hi«, sagt er.

»Hi«, erwidert sie freundlich.

»Alles klar?«

»Jepp, und bei dir?«

»Auch.«

»Zigarette?«, fragt der Typ.

»Nö danke, ich rauche nicht.«

Bis hierher würde vermutlich alles ziemlich genauso ablaufen wie mit mir und dem Typen. Aber jetzt käme die entscheidende Wende!

»Spannender Mix von Acid Trance, Ambient und Funkelementen«, fachsimpelt er.

Die Frau wirft ihm einen bewundernden Blick zu. »Kennst dich da aus, oder was?«, fragt sie beeindruckt.

»Kann man so sagen, bin Musiker«, erklärt er und grinst selbstgefällig.
»Wow …«, schmachtet die junge Frau und spielt kokettierend mit ihren blonden Locken. »Bist einer von diesen Machertypen, was?«
»Wenn du meinst …«, grient er, und sie bekommt fast einen Orgasmus. »Und was machst du?«
»Ich bin Krankenschwester. Auf der Kinderstation«, haucht sie.
Damit wäre sie die perfekte Frau für ihn, und die Sache wäre geritzt.
Manchmal wünschte ich, ich wäre ein Mann.
»Du mir geben deine Telefonnummer?«, brätzt es mir plötzlich ins linke Ohr, und ich zucke erschrocken zusammen. Achmed hat mir doch aufgelauert. Wenigstens er scheint nicht das geringste Problem mit der Realität zu haben.
»Nein«, sage ich.
»Dann ich dir geben *meine* Telefonnummer«, beschließt Achmed.
»Von mir aus«, sage ich und tippe seine Nummer in mein Handy.
Das erscheint mir die wirkungsvollste Methode, um ihn loszuwerden.
»Du mich rufen an?«, fragt Achmed.
»Mal sehen«, sage ich. »Ich wollte gerade gehen. Bis dann!«
Ich beschließe, mir den anderen Dancefloor des Clubs anzusehen, und drängele mich an der Bar vorbei. Da entdecke ich ihn: Maurice. Er steht am entgegengesetzten Ende des Tresens und quatscht mit den drei aufgemotzten Party-Blondinen, die am Eingang durchgewunken wurden. Offensichtlich klopft er irgendwelche Sprüche, und die Mädels gackern albern. Ich stehe wie angewurzelt da, starre zu ihm herüber und rauche meine Zigarette auf. Das sind sie also, die dümmlichen Schlampen, die nur zum Ficken gut sind. Wenn sie wüssten, wie sehr

Maurice sie im Grunde verachtet. Oder hat er mir das nur erzählt, um potenziellen Eifersuchtsanfällen vorzubeugen? Maurice produziert sich auf eine Art, die ich ihm gar nicht zugetraut hätte. Dann schreibt er etwas auf einen Zettel und reicht ihn der tussigsten der drei Blondinen. Ich weiß genau, dass es seine Telefonnummer ist. Ein brennendes, schmerzhaftes Gefühl macht sich in mir breit und kriecht mir bis unter die Haarwurzeln. Es war eine gottverdammte Scheißidee, heute hierherzukommen. Dieser ganze Abend war eine Scheißidee. Ich komme mir komplett fehl am Platz vor und beschließe zu gehen. In diesem Moment schaut Maurice zu mir herüber. Unsere Blicke treffen sich, und Maurice wirkt fast schockiert. Dann nickt er mir kurz zu – mit einem freundlichen, unverbindlichen, kalten Service-Lächeln. Ich glaube es nicht.

Er kommt zu mir herüber. »Was machst du denn hier?«, fragt er fast ein wenig genervt.

»Du scheinst dich ja irrsinnig zu freuen, mich zu sehen«, erwidere ich verstimmt.

»Hör zu, ich … Ich muss arbeiten und hab nicht so viel Zeit«, erklärt er.

»Zeit genug, um mit anderen Frauen zu flirten«, sage ich eine Spur zu scharf.

Erst in diesem Moment wird mir klar, wie sehr es mich trifft. Und wie sehr ich mir etwas vorgemacht habe. Ich bin verliebt in Maurice, verliebt über beide Ohren. Er aber offenbar nicht in mich.

»Willst du was trinken?«, fragt er im Service-Ton.

»Nein danke. Ich wollte gerade gehen.« Ich wende mich abrupt ab, drehe mich aber noch einmal kurz um und sage mit einem Zittern in der Stimme: »Mach's gut, Maurice.«

Er starrt mich verwirrt und ungläubig an.

Dann gehe ich.

Kapitel 19

Sonntagmorgen, halb zehn. Nachdem ich unruhig und traumlos geschlafen habe, werde ich wach. Verschlafen blinzele ich gegen das Tageslicht an. Dann fällt mir der gestrige Abend ein. Mit einem schweren Seufzer ziehe ich mir die Bettdecke über den Kopf und schlafe weiter.
Sonntagmittag, halb eins. Nachdem ich unruhig und traumlos geschlafen habe, werde ich wach. Verschlafen blinzele ich gegen das Tageslicht an. Dann fällt mir der gestrige Abend ein. Mit einem schweren Seufzer ziehe ich mir die Bettdecke über den Kopf und schlafe weiter.
Sonntagnachmittag, halb vier. Mit einem lauten Aufschrei werde ich wach. Ich bin doch noch drei Stunden lang in Tiefschlaf verfallen und hatte einen grauenhaften Traum: Ich befand mich auf der Rückbank eines Taxis. Serkan saß am Steuer, sah aber völlig verändert aus, er trug ein Ziegenbärtchen und eine Wollmütze. Wie immer raste er im Affentempo durch die Stadt, diesmal fummelte er aber nicht an seinem Handy, sondern an einer tussigen Party-Blondine herum, die auf dem Beifahrersitz saß und grell lachte.
»Serkan, jetzt hör auf damit, du bringst uns noch alle um!«, schrie ich immer wieder in Todesangst. Plötzlich entdeckte ich voller Entsetzen Achmed neben mir auf der Rückbank.
Er rückte ganz dicht an mich heran und redete aufdringlich auf mich ein: »Gehe wir zusamme Kaffee trinke!«

»Nein!«, rief ich vehement.
»Gibse du mir deine Nummer, und ich rufen dich an!«
»Auf keinen Fall!«
»Oder ich geben dir meine Nummer, und du rufen mich an!«
»Hau ab!«, schrie ich wieder.
Plötzlich drehte sich Serkan zu mir um und brüllte: »Ey, jetzt zick hier nicht so rum, schließlich fahren wir zu eurer Hochzeit. Da wird er ja wohl deine Nummer haben dürfen!«
Dann schaltete sich auch die Party-Blondine ein und gackerte: »Sie kann froh sein, dass sie überhaupt noch einen abbekommt in ihrem Alter. Für wen hält sie sich eigentlich?«
»Maurice!!!!«, schrie ich verzweifelt. »Wo bist du, Maurice!!!«
»Ey, Maurice ist jetzt mit Liesbeth zusammen, das kannst du voll vergessen!«, rief Serkan.
Serkan und die Blondine lachten laut und gehässig, und als ich mich zu Achmed umdrehte, war es plötzlich nicht mehr Achmed, sondern der Leckerli-Jäger, der neben mir saß. Er hielt mir schon wieder breit grinsend irgendetwas ins Gesicht und hechelte: »Na los, probier mal, schmeckt super!« Als ich näher hinsah, fiel mir auf, dass es kein Drink, sondern eine Flasche Duschgel war. Verzweifelt versuchte ich, sie ihm zu entreißen und über den Kopf zu kippen, aber ich schaffte es nicht. Dann rüttelte ich panisch an der Tür, um aus dem Wagen zu springen, aber sie ging nicht auf. Entsetzen packte mich, und ich fing an zu schreien. In diesem Moment muss ich wach geworden sein.
Mit einem weiteren schweren Seufzer quäle ich mich aus dem Bett. Ich habe genug geschlafen, und einen derartigen Alptraum will ich nicht noch mal über mich ergehen lassen. Außerdem fällt mir siedend heiß ein, dass Albert ja heute Abend Sophie und Julian zu mir bringt. Ich muss noch dringend aufräumen und was zum Abendessen vorbereiten. Als ich mich im Badezimmerspiegel betrachte, zucke ich zusammen. Ich bin leichenblass und sehe fix und fertig aus. Meine Augen sind

gerötet und total verquollen – was wohl daran liegt, dass ich heute Nacht fast eine Stunde am Stück wie ein Schlosshund geheult habe. Ich klatsche mir eimerweise kaltes Wasser ins Gesicht und begebe mich unter die Dusche. Irgendwie bin ich heilfroh, dass heute die Kinder für ein paar Tage zu mir kommen. Das wird mich davon abhalten, weitere Dummheiten zu begehen. Überhaupt beschließe ich, nie mehr in meinem ganzen Leben auszugehen. Sollen sie mich doch alle am Arsch lecken.

Zwei Stunden später habe ich wieder einigermaßen menschliche Züge angenommen, den Besuch der Kinder vorbereitet und mein Handy angeschaltet. Mein Display zeigt an, dass Tilda und Liesbeth versucht haben, mich zu erreichen. Von Maurice keine Nachricht. Ich schüttele seufzend den Kopf. Wie konnte mir das nur passieren, dass ich mich in diese Sache so hineinsteigere? Wie konnte ich nur so blauäugig sein und glauben, dass ich für einen abgefuckten Typen wie Maurice jemals etwas Besonderes sein könnte? Und seit wann habe ich es überhaupt nötig, hinter dreißigjährigen, emotional gestörten, selbstverliebten Barkeepern herzurennen, die ihr Archäologiestudium nicht auf die Reihe kriegen? Hey, ich bin Marlene Berger, die den Soundtrack zu *Zwielicht* geschrieben hat! Marlene Berger, eine gestandene Frau, die zwei Kinder großgezogen, eine Ehe geführt und sich ganz nebenbei noch eine künstlerische Karriere aufgebaut hat. Marlene Berger, die trotz ihrer neununddreißig Jahre noch jung, dynamisch und cool rüberkommt. Marlene Berger, eine »tolle Frau«!

»Ha!«, entfährt es mir zynisch, und ich trete voller Wucht gegen einen meiner Küchenstühle, dass er krachend umfällt. »Eine tolle Frau! Was habe ich eigentlich davon?!«

Dann lasse ich mich auf meinen Sessel sinken und fange wieder an zu heulen. Der graue Himmel draußen spiegelt meine Seelenlage ausgesprochen passend wieder. Hört dieses Schmuddelwetter eigentlich gar nicht mehr auf? Mich überkommt eine ätzende Mischung aus Wut, Selbstmitleid und tiefer Traurigkeit. Ganz ehrlich: Ich scheiß drauf, eine »tolle Frau« zu sein. Wenn ich resümiere, was ich bislang erlebt habe, dann sind »tolle Frauen« ganz offensichtlich das Letzte, was Männer wollen. Vor meinem geistigen Auge ziehen wie in einem Panoptikum Klaus Schulte-Dupont mit seiner devoten Freundin, Hinrich mit seiner nichtsahnenden Frau, der blonde Typ im Cookies und nicht zuletzt natürlich Albert und Sybille vorbei. Männer wollen offenbar keine starken Frauen, die interessant und unabhängig sind. Zumindest nicht als Partnerin. Alles, was wir Frauen an Männern schätzen – Charisma, Humor, Intelligenz, Stärke, ihre Platin Card –, finden Männer an Frauen zwar reizvoll, aber höchstens für eine Affäre. Binden wollen sich die meisten Männer scheinbar an Frauen, denen sie sagen können, wo es langgeht. Denen sie sich überlegen fühlen können. Die suchen keine Frau mit Esprit, sondern eine, die ihnen ihre Esprit-Hemden bügelt. Und irgendwie ist das ja auch logisch. Denn was bleibt einem Mann noch, der eine Frau weder mit seinem Bankkonto noch mit seinem Alfa Romeo, noch mit seinem Doktortitel beeindrucken kann, weil sie das alles bereits selbst hat? Der muss seinen Männerhirn-Werkzeugkasten ja komplett auseinandernehmen und danach wieder neu sortieren! Das ist eindeutig zu viel verlangt.

Meine Grübeleien werden jäh durch das Klingeln meines Handys unterbrochen. Es ist Tilda.

»Marlene, dieser Typ tut dir nicht gut«, ist Tildas Fazit, nachdem ich ihr alles über die letzten beiden Begegnungen mit Maurice bei mir zu Hause und im Cookies erzählt habe. »Beende die Sache besser gleich, bevor du dich noch mehr verstrickst. Dann tut es nämlich richtig weh.«

»Vielleicht habe ich ja auch überreagiert. Vielleicht war er einfach nur so überrumpelt von meinem Auftauchen und gestresst, weil er arbeiten musste.«

»Marlene!«, ruft Tilda streng. »Wenn es so wäre, dann hätte er längst bei dir angerufen und sich entschuldigt. Stattdessen liegt er vermutlich gerade mit einer dieser Tussen im Bett. Oder mit irgendeiner anderen Frau, so inflationär, wie er seine Telefonnummer in der Stadt verteilt.«
»Vielleicht gehört es ja dazu, dass er als Barkeeper ein bisschen flirtet. Vielleicht ...«
»Ich höre immer nur ›vielleicht‹. Du bist die ganze Zeit damit beschäftigt, ihn zu entschuldigen. Aber mal ganz nüchtern betrachtet: Er hat dich behandelt wie den letzten Dreck. Wie jemand, den er gar nicht richtig kennt. Schon sein Zuspätkommen bei eurem letzten Date war ja wohl unter aller Sau. So was musst du dir nicht antun.«
»Stimmt.«
»Hak ihn ab.«
»Wird gemacht.«
»Next one, please.«
»Okay.«
»Auch andere Mütter haben hübsche Söhne.«
»Ja doch!«

Kaum habe ich aufgelegt, ruft Liesbeth an.
»Hallo Marlene, ich wollte fragen, wie es dir gestern noch so ergangen ist. Hatte ein wirklich schlechtes Gewissen, dass ich dich so alleine gelassen hab.«
Ja, das kannst du auch haben, blöde Kuh, denke ich.
»Ich war noch in ’nem Club«, sage ich kurz angebunden.
»Und war es gut?«
»Nein, es war ziemlich scheiße«, sage ich absichtlich hart, um Liesbeths Gewissen noch zu verschlechtern.
»Das tut mir leid. Warum denn?«, fragt Liesbeth kleinlaut.
»Weil es scheiße ist, alleine in einen Club zu gehen. Zumal wenn man dort einen Mann trifft, der ...« Ich habe einen Kloß im Hals.

»Was denn?«, fragt Liesbeth erschrocken.
»… in den man verliebt ist und der sich dann benimmt wie ein Arschloch«, beende ich meinen Satz.
»Oh … Davon hast du gestern ja gar nichts erzählt«, murmelt sie.
Wie sollte ich auch, wenn du mich die ganze Zeit mit Kacka und Pupu volltextest und ich nicht eine Sekunde zu Wort komme, denke ich genervt.
»Weißt du, Marlene, vielleicht solltest du dich jetzt erst mal auf deine beruflichen Sachen konzentrieren«, sagt Liesbeth oberlehrerhaft. »Dann wird der Richtige schon ganz von selbst kommen. Dann, wenn du es gar nicht mehr erwartest.«
»Na, das sind ja rosige Aussichten«, sage ich zynisch.
»Ich verstehe sowieso nicht, warum du dich neuerdings so viel im Nachtleben herumtreibst. Ich könnte das gar nicht mehr.«
»Wie wir gestern gesehen haben«, antworte ich knapp.
»Und in diesen Clubs und Bars wirst du wohl kaum einen Mann kennenlernen, der zu dir passt und für eine feste Beziehung taugt.«
»Liesbeth, ich weiß im Moment doch gar nicht, wer oder was zu mir passt und ob ich überhaupt schon wieder eine neue feste Beziehung will! Ich glaube, ich bin dafür gar nicht bereit.«
»Hm. Wie du meinst.«
Eine kurze Pause entsteht, und ich spüre förmlich, dass Liesbeth noch irgendeine Neuigkeit auf Lager hat, die sie unbedingt ausspucken will.
»Ich bin seit gestern Abend übrigens wieder mit Jochen zusammen«, sagt sie schließlich.
»Ach was …«, erwidere ich tonlos, denn ehrlich gesagt überrascht mich das nicht weiter.
»Ja, ich habe einfach gemerkt, wie viel er mir doch bedeutet. Und allein schon wegen Linus ist es mir wichtig, dass wir eine

richtige Familie sind. Ich habe keine Energie mehr, um noch mal neu anzufangen.«

Das glaube ich ihr gern – sie hat ja noch nicht mal genügend Energie, um auf zwei Millimeter hohen Absätzen von einem Parkplatz zu einer Kneipe zu laufen, geschweige denn einen Abend mit einer Freundin zu verbringen, ohne ununterbrochen mit ihrem verzogenen Sohn über dessen Exkremente zu diskutieren.

»Na, dann viel Spaß«, sage ich und kann mir einen ironischen Ton nicht verkneifen.

»Entschuldige, aber es klingt ein bisschen so, als seist du neidisch, Marlene«, antwortet Liesbeth spitz.

»Neidisch? Worauf bitte soll ich neidisch sein? Ich bin gottfroh, dass ich gerade keinen nervigen Kerl an der Backe habe, der ständig Ansprüche an mich stellt. Tu, was du für richtig hältst!«, erwidere ich ungehalten.

»Das mit der Liebe klappt bei dir auch noch, Marlene …«, sagt Liesbeth jetzt im Mutti-Tonfall.

Ich bedaure, dass wir dieses Gespräch am Telefon führen, denn ich könnte ihr jetzt glatt eine reinhauen.

»Liebe?«, lache ich auf. »Du willst mir doch nicht allen Ernstes erzählen, das zwischen dir und Jochen sei Liebe? Ich dachte, er sei gar nicht dein Typ!«

»Das verstehst du nicht. Wir lieben uns halt auf eine reifere Art«, erwidert Liesbeth bissig.

Ich will gerade dazu ansetzen, Liesbeth von meinem reifen Dialog mit Jochen in der Küche zu erzählen, als es an der Tür klingelt. Das müssen Albert und die Kinder sein. Ich beschließe, dass es sowieso besser ist, wenn ich mich in Zukunft aus Liesbeths Leben raushalte, und beende das Gespräch.

Sophie und Julian stürmen in mein Loft, beladen mit ihren Schultaschen und Rucksäcken, in denen sich diverse Klamotten befinden. Julian kramt ein ferngesteuertes Segelboot hervor.

»Guck mal, das hat mir Sybille geschenkt!«, strahlt er. »Und Sophie hat einen ganz teuren neuen Jogginganzug bekommen.«
Ich sehe das Segelboot an, und eine unglaubliche Wut steigt in mir auf. Was bildet diese Frau sich eigentlich ein? Was für eine Show zieht sie hier ab? Glaubt sie wirklich, sie könnte sich die Zuneigung von Sophie und Julian durch einen Container voller Geschenke erkaufen? Ganz abgesehen davon werde ich nicht zulassen, dass meine Kinder zu verwöhnten Konsum-Gören mutieren, die andauernd mit Zeug vollgestopft werden, das sie gar nicht brauchen und das ich ihnen allerhöchstens zum Geburtstag oder zu Weihnachten schenken würde.
Ich drehe mich zu Albert um, der noch in der Tür steht.
»Würdest du mir bitte mal die Telefonnummer von Sybille geben?«, sage ich.
Albert blickt mich alarmiert an. »Wieso das denn? Was willst du von ihr?«
»Ich würde mich gerne mal mit ihr über den Geschenketerror unterhalten, den sie hier abzieht. Hat sie es wirklich so nötig, sich bei dir einzuschleimen?«
»Ich weiß nicht, was das soll, Marlene. Sie meint es doch nur gut.«
»Und ich meine es besser.«
»Ich rede mit ihr«, erwidert Albert verärgert.
»Tu das. Ich verbitte mir das jedenfalls. Sag ihr das.«

Eine weitere Stunde später habe ich mit den Kindern zu Abend gegessen und fühle mich schon wieder wesentlich gefasster. Julian lümmelt sich auf mein Bett und hört über seine Kopfhörer irgendeine Hörspiel-CD. Sophie und ich machen es uns auf dem Sofa bequem.
»Mom, ich muss dir was sagen …«, beginnt Sophie.
»Was denn?«
»Ich hab voll Liebeskummer …«, seufzt sie.
»Ich auch …«, seufze ich.

»Echt? Wieso?«, fragt Sophie erstaunt.
»Egal. Erzähl du.«
»Also, du weißt doch, dass ich Tobias total süß finde. Aber obwohl ich ihn immer anlächle, beachtet er mich gar nicht. Mit den anderen Mädchen redet er immer so locker rum, nur mit mir nicht. Da guckt er immer so komisch weg, als würde er mich gar nicht sehen.«
Kommt mir irgendwie bekannt vor.
»Weißt du: Manchmal gucken die Jungs gerade dann weg, wenn sie ein Mädchen besonders toll finden. Weil sie sich nicht trauen, es anzusprechen. Und mit den Mädchen, mit denen sie locker rumscherzen, sind sie einfach nur gute Kumpels.«
»Meinst du?«, fragt Sophie zweifelnd.
Tilda würde mich vermutlich ohrfeigen und meine Worte als beschönigenden Schwachsinn abtun. *»Wenn Männer einen nicht angucken, dann haben sie kein Interesse. Basta, aus, Ende. Männer sind nicht so kompliziert!«*, höre ich Tilda im Geiste grausam urteilen.
»Weißt du, manchmal hab ich das Gefühl, dass die Jungs immer nur auf die doofen Zicken stehen. Die schon ’nen großen Busen haben und kurze Röcke tragen und so«, sagt Sophie.
»Tja, das Gefühl habe ich manchmal auch«, seufze ich.
»Und ich bin halt nicht so«, sagt Sophie unglücklich.
Ich betrachte sie lächelnd. Sophie ist nicht nur ein bildhübsches Mädchen, sie ist auch klug, begabt und selbstbewusst. Ich bin sicher, sie wird später mal eine von diesen sogenannten tollen Frauen.
»Und ich hoffe, du wirst auch nie so, Sophie. Auch wenn du es dann vielleicht etwas schwerer hast, einen passenden Freund zu finden, als die Schl…, äh, Mädels mit den großen Busen und den kurzen Röcken.«
Ich bin schockiert. Beinahe hätte ich »Schlampen« gesagt. Wobei ich einräumen muss, dass diese Bezeichnung bei den drei Party-Blondinen aus dem Cookies und der Dicke-Titten-

plus-Minirock-Fraktion aus Sophies Klasse mehr als angebracht ist.
»Manchmal hab ich aber Schiss, dass mich nie ein Junge will.«
Angesichts der Schisser-Attitüde, die moderne Männer tollen Frauen gegenüber an den Tag legen, kann ich ihr das nicht verdenken.
»Hm«, nicke ich. »Ich auch. Aber du wirst einen finden, ganz sicher.«
»Du auch, Mom.«
Sophie und ich lachen und nehmen uns in den Arm.
»Erzählst du mir morgen, warum DU Liebeskummer hast?«, fragt Sophie.
»Mal sehen«, erwidere ich zögernd.

Als die Kinder schon schlafen, gehe ich auf den Balkon, rauche noch eine und lasse mir die Gespräche mit Tilda, Liesbeth und Sophie durch den Kopf gehen. Ich fühle mich mal wieder entsetzlich verloren. Was ist richtig, und was ist falsch? Was ist gut für mich, und was ist schlecht? Will ich Liebe oder einfach nur Sex? Bin ich schon alt oder immer noch jung? Bin ich zu verrückt oder zu normal? Bin ich attraktiv genug, bin ich gut genug, liege ich im Trend? Ich komme mir vor wie ein gedopter Alien im Hamsterrad der Neuzeit! Aber das Verrückteste ist: Meine dreizehnjährige Tochter und ich haben am Ende des Tages die gleichen Probleme. Offenbar kommen Frauen heutzutage nicht in die Wechseljahre, sondern in die Postpubertät.
Als ich wieder reingehen will, klingelt mein Handy. Ich kann kaum glauben, was ich da sehe: Es ist Maurice. Wie hypnotisiert blicke ich auf das Display, aber ich gehe nicht ran. Irgendwann hört das Klingeln auf. Na gut, mein Freund, denke ich und fühle mich auf einmal sehr souverän. Du willst also Spielchen spielen? Das kannst du haben. Ich nehme mir vor, mindestens zwei weitere Kontaktversuche von Maurice abzuwarten, bevor ich mich bei ihm melde. Der Junge soll sich jetzt mal richtig anstrengen.

Kapitel 20

»Es gibt jetzt nur noch eins, Marlene«, erklärt Guido und macht eine dramatische Geste. »Und das ist Internetdating. Nur das kann dir helfen, über deinen Kummer mit diesem Kerl hinwegzukommen.«
»Ich bin nicht der Internettyp«, winke ich ab. Ich bin eindeutig angeschickert. »Ich glaube nicht an die Liebe per Mausklick.«
»Wer redet denn hier von Liebe?«, fragt Guido verständnislos.
»Ich glaube an das Mysterium des Unvorhersehbaren, ich glaube an Schicksal!«, lalle ich pathetisch und schlürfe meinen Longdrink. »Dass sich zwei Menschen begegnen, wenn sie sich begegnen sollen. Dass sie sich sehen, sich erkennen und sich finden.«
Guido schaut mich an, als wolle er mich schnellstmöglich in die nächste Anstalt einweisen lassen: »Okay, du bist eindeutig total durch den Wind. Du klingst wie ein schlechter Rosamunde-Pilcher-Roman!«
»Rosamunde-Pilcher-Romane sind *alle* schlecht«, sage ich.
»Stimmt«, kichert Guido.
»Ich habe keine Lust mehr auf Dates«, lamentiere ich. »Männer sind scheiße. Ich will einfach nur meine Ruhe haben.«
Guido rollt mit den Augen. Dann bedeutet er dem Barkeeper, mir noch einen starken Drink zu mixen. Es ist Samstag, und

wir hängen seit langer Zeit mal wieder in unserer alten Stammkneipe rum, der Haifisch-Bar in Kreuzberg.
»Du brauchst jetzt keine Ruhe, sondern Ablenkung!«, beharrt Guido.
»Was soll ich denn da ins Profil schreiben, hä?«, nöle ich abfällig. »›Weiblich, blond, mittelmäßig, unentschlossen und hilflos sucht Typen, der ihr mal klarmacht, was Sache ist im Leben‹? Das ist es doch, was die Kerle suchen, oder?«
»Was ist zum Beispiel mit diesem heißen Gerät von dieser Sexparty?«
»Olli ...«, sage ich tonlos und nehme einen großen Schluck aus meinem Glas.
»Genau! Es ist mir ein Rätsel, warum du dir den nicht schon längst unter den Nagel gerissen hast.«
»Olli berlinert ...«, lalle ich.
»Na und?! Wer sagt, dass du mit ihm reden sollst!«
»Ich finde es aber abturnend, wenn ein Mann ›rallern‹ und ›büjeln‹ sagt.«
»Lass ihn doch sagen, was er will. Hauptsache, er ist gut im Bett, Herrgott noch mal!«
»Das sagst du so. Aber du bist ja auch schwul ...«, murmele ich und leere mein Glas in einem Zug.
Guido seufzt und sieht sich um. »Schau dir doch bitte mal den süßen Barkeeper an. Der hat eben schon interessiert zu dir rübergeguckt.«
»Geh mir weg mit Barkeepern!«, protestiere ich so laut, dass der süße Barmann beleidigt wegguckt.
»Marlene, tut mir leid, du bist eindeutig ein Fall fürs Internet.«

Eine Woche später hat Guido mich weichgeknetet, und ich habe mir ein Profil auf einer Internetdating-Börse angelegt. Vielleicht hat er recht, und ich kann diesen ganzen Wahnsinn mit Maurice tatsächlich nur hinter mir lassen, indem ich mich mit ein paar anderen Kerlen amüsiere. Maurice ist schließlich nicht der Einzige, mit dem man guten Sex haben kann, das wäre ja wohl gelacht! Soll er sich seine blöden Cookies-Schlampen meinetwegen reihenweise unter den Nagel reißen. Was er kann, kann ich auch! Ich habe mein Profil bewusst unverbindlich gestaltet und behaupte, ich sei offen für alles.

Eine weitere Woche später. Dave ist mein mittlerweile fünftes Date. Nummer eins war ein französischer Coffeeshop-Besitzer, der auf dem Foto im Internet aussah wie eine perfekte Mischung aus dem jungen Paul McCartney und Hugh Grant, sich in natura aber als Sarkozy für Arme entpuppte. Ihm folgte ein humorloser, sächselnder IT-Manager, der seit Jahren erfolglos versucht, seine Frau zu betrügen, und während unseres Dates pausenlos betonte, wie eloquent, amüsant und attraktiv er sei. Danach hatte ich das Vergnügen mit einem Wirtschaftsstudenten aus Togo, dessen zweite Frage war, ob ich ihn heiraten und acht Kinder mit ihm wolle, er bräuchte dringend einen deutschen Pass. Schließlich traf ich mich noch mit einem verklemmten österreichischen Hotelier, der sich einen Schlager mit dem Refrain »Moagst amoal an moam Almdudler zupfaln« als Handyklingelton heruntergeladen hatte, welcher während unseres Treffens gefühlte achtzigmal seine endlosen Monologe unterbrach – bei welchen er im Übrigen chronischen Mundgeruch verströmte.
Die Chancen auf heißen Sex als Ablenkungsmanöver haben sich bislang gen null bewegt, und mittlerweile bin ich fast am Ende meiner Bereitschaft angekommen, mir weitere Horror-Dates anzutun. Aber Dave gebe ich noch eine Chance. Er ist Arzt, Australier und hat mir ein paar ausgesprochen witzige Mails geschrieben.
Ich treffe ihn im Hefner, einer versnobten und dementsprechend hochpreisigen Bar in Berlin-Charlottenburg. Eigent-

lich ist mir das Ambiente zu schickimicki, aber mir schien es eine passende Location für ein Date mit einem Chirurgen.
Als Dave pünktlich und eiligen Schrittes die Bar betritt, bin ich zunächst leicht schockiert. Dave ist klein. Sehr klein! Im Klartext: Er ist nur unwesentlich größer als ich. Dennoch würde ich behaupten, dass er – im Gegensatz zu allen anderen, die ich bisher getroffen habe – besser aussieht als auf seinem Profilfoto. Er hat weiche, fast jungenhafte Züge, stechende dunkle Augen, schulterlange schwarze Locken und strahlt ein gewisses Charisma aus. Er könnte auch als Dirigent oder Schriftsteller durchgehen. Sein gerade mal zehnminütiges Zuspätkommen entschuldigt er mit der Erklärung: »I had to do some operations, you know.« Das traut man ihm auf den ersten Blick gar nicht zu, vor allem, weil er so klingt, als hätte er seinen Stimmbruch immer noch nicht ganz überwunden. Irgendwie schrill und permanent einen Halbton zu hoch.
Nachdem Dave mir zuvorkommend den Barhocker zurechtgerückt und souverän einen guten Wein geordert hat, fragt er gezielt meine biographischen Eckdaten ab. Wie üblich erzähle ich von meinen Projekten, von meinem Auftrag für Hagen Bruns' neuen Film und von meinem Studio in Schöneberg.
»Composer! Wow! That's interesting, that's impressing, that's something really special!«, begeistert sich Dave.
Ärzte seien aber auch eine ganz besondere Spezies, leitet er geschickt zu sich selbst über. Dieses Muster kenne ich inzwischen schon zur Genüge von meinen vorherigen Dates: Ich darf zehn Minuten reden, vermutlich, damit ich das Gefühl habe, auch etwas gesagt zu haben, aber der Rest des Abends gehört der Selbstdarstellung des Mannes. Im Vertrauen gesagt, seien alle Ärzte total durchgeknallt, erklärt Dave weiter. Das läge an ihrem anstrengenden, nervenaufreibenden Job.
»Absolutely crazy, you know. Me for example«, Dave schüttelt den Kopf, als könne er es selbst nicht glauben. »I'm a sex maniac.«

Klingt eigentlich perfekt – wenn Dave nur nicht so unheimlich klein wäre. Und nicht diese komische Stimme hätte. Und nicht so ganz anders aussehen würde als Maurice.
Mit leicht fiebrigem Blick fährt Dave fort: »I need sex every day, you know, a lot of sex! I could fuck all the time. And what I prefer most are threesomes. Threesomes are the best you can have.«
In diesem Moment stellt uns der Barkeeper zwei Gläser Wein auf den Tresen.
Dave nimmt einen großen Schluck aus seinem Glas und fragt mich dann in einem Tonfall, als würde er mir die Chance bieten, die Musik für einen Hollywoodfilm zu schreiben: »Do you want a threesome with me and a colleague of mine?«
Ich schaue zuerst in das breit grinsende Gesicht des Barkeepers und danach auf meine Uhr. Es hat gerade eine Viertelstunde unseres Dates gebraucht, da fragt mich der »kultivierte« australische Arzt auch schon unverblümt, was ich von einem Dreier mit ihm und seinem Kollegen halte. Spontan trinke ich mein Weinglas halb leer. Grundsätzlich habe ich ja nichts dagegen, gleich zwei Männer auf einmal angeboten zu bekommen. Ich habe auch nichts gegen Direktheit – wobei Dave die ganze Sache eindeutig mit etwas mehr Charme hätte anzetteln können. Vor allem mit mehr Sinn für – da haben wir es wieder, das berühmte Wort – Erotik.
Dave hält mir sein iPhone unter die Nase. In gedämpftem Ton, als würde es sich um eine höchst geheime Mission von internationaler Bedeutung handeln, erklärt er mir: »That's Patrick. He is my assistent. He is interested.«
Ich starre auf das Foto auf dem Display, und mir stockt einen Moment der Atem: Patrick ist heiß. Definitiv der erste männliche Lichtblick seit langem. Und in diesem Moment reift in mir ein fieser Plan: Ich muss es schaffen, Dave abzuschütteln und mir Patrick unter den Nagel zu reißen.

Dave gegenüber gebe ich mich betont gleichgültig und sage achselzuckend: »Okay, he looks quite nice.«
Dave lächelt erfreut und erklärt: »Perfect! He's already there.« Dann deutet er auf die Tür.
Ich schaue Richtung Tür, durch die – als wären wir in einer Schmierenkomödie – Patrick wie aufs Stichwort die Bar betritt. Die Herren Ärzte ziehen ihre Show wahrlich in einem rasanten Tempo durch.
Patrick steht jetzt vor uns, lächelt mich charmant an und sagt: »Hallo, ich bin Patrick.«
»Ich weiß …«, antworte ich mit einem süffisanten Grinsen und blicke in seine leuchtend blauen Augen.
Der Abend entwickelt sich vielversprechender, als ich dachte. Patrick ist blond, sportlich, etwa einsneunzig groß und schätzungsweise Anfang dreißig, und er ist definitiv sexy.
Frohlockend trinke ich einen Schluck aus meinem Weinglas, als wie aus dem Nichts eine Frau neben Patrick auftaucht und sich ihm um den Hals schmeißt. Sie ist ebenfalls blond und um die dreißig, trägt eine weiße Bluse zu einem Kostümrock sowie einen streng zurückgebundenen Zopf und wirkt wie eine spießige Möchtegern-Arztgattin.
»Das ist Bianca«, klärt mich Patrick auf, legt den Arm um sie und zwinkert mir gleichzeitig verführerisch zu, als wolle er sagen: Das ist zwar Bianca und sie steht auf mich, aber das soll uns nicht davon abhalten, miteinander zu flirten.
Ich bin verstimmt. Extrem verstimmt. Was soll *das* denn jetzt, bitte?
Dave hingegen kommt langsam in Fahrt. Er hat vier Cocktails bestellt, hebt sein Glas und prostet uns allen zu: »Great! I love to be here with you folks! We all could have sex together tonight!«
Ich rolle mit den Augen, Patrick grinst entschuldigend, und Bianca wirft mir befremdete Blicke zu. Wer zum Teufel ist diese Tusse? Und warum bringt Patrick sie mit, wenn er eigentlich

hergekommen ist, um einen Dreier mit Dave und mir anzuzetteln? Wir führen öden Small Talk, während Dave zunehmend betrunkener wird. Was zur Folge hat, dass er über nichts anderes mehr sprechen kann als über Sex. Außerdem versucht er ununterbrochen, mir den Arm um die Schultern zu legen, was ich genauso ununterbrochen abwehre. Bianca rückt ihrerseits immer näher an Patrick, während sie mir hilfesuchende Blicke zuwirft. Offenbar überfordert sie die Situation noch viel mehr als mich. Patrick lässt keine Gelegenheit aus, mich vielsagend anzugrinsen, was ich dezent erwidere. Es gibt keinen Zweifel mehr: Der französische Coffeeshop-Besitzer, der sächselnde IT-Manager, der Student aus Togo und der österreichische Hotelier sind definitiv zu toppen. Dies ist eindeutig das durchgeknallteste Internetdate, das ich bislang hatte.

»Bianca, tell me …«, kräht Dave, nun schon enorm angeheitert. »When did you have your last threesome?«

Das war offensichtlich die falsche Frage, zumindest für die zugeknöpfte Bianca. Mit versteinerter Miene rückt sie ihr Blüschen zurecht, steht entschlossen auf und marschiert Richtung Klo. Ihre Blicke bedeuten mir, ihr zu folgen. Da ich wissen will, was hier vor sich geht, absolvieren wir den obligatorischen Toilettenbesuch unter Frauen.

»Sag mal, was ist denn dieser Dave für ein Idiot?!«, entlädt sie sich, sobald wir unter uns sind.

Ich erfahre, dass sie seit kurzem eine Affäre mit Patrick hat, den Abend eigentlich kuschelnd mit ihm auf seinem Sofa verbringen wollte und nun total genervt ist, dass er nichts Besseres zu tun hat, als sie zu diesem absurden Treffen mit diesem irren Australier mitzunehmen. Wenigstens ich sei ja ganz nett. Ob ich nicht mit Dave die Fliege machen und sie beide alleine lassen könne? Ich lächle gequält und verspreche, ich würde tun, was ich könne.

Während Bianca sich wieder zu Patrick gesellt, kommt mir Dave entgegengeeilt und zieht mich Richtung Zigarettenauto-

mat. Er habe gerade mit Patrick gesprochen, der von Bianca ziemlich genervt sei. Eigentlich habe er sie nur als Absicherung mitgebracht, falls die Dreiersache mit uns nach hinten losginge. Nachdem er mich aber nun kennengelernt habe, wolle er sie so schnell wie möglich loswerden. Mit der Aufgeregtheit eines kleinen Jungen, der gleich zum ersten Mal Riesenrad fahren darf, erklärt Dave mir den aktuellen und natürlich höchst geheimen Plan, den er und Patrick ausgeheckt haben: Patrick werde Bianca mal eben in seine um die Ecke befindliche Wohnung bringen, um ihr dort das Schäferstündchen zu gewähren, nach dem sie verlange. Anschließend würde er sie nach Hause schicken, und dann stünde einem Dreier nichts mehr im Wege. Patrick habe da eine gute Kondition, fügt Dave albern kichernd hinzu. Dann wird er wieder ernst und sagt gönnerhaft: »You should be really proud. You are ten years older than Bianca, but still we want you and not her!«
Starker Tobak. Was bilden sich diese aufgeblasenen Ärzte eigentlich ein? Ich zünde mir eine Zigarette an und denke: Willkommen im zwischenmenschlichen Konsumzeitalter, wo jeder mal schnell zum Wegwerfartikel wird, wenn was Reizvolleres auf der Bildfläche auftaucht. Da kann ich ja von Glück sagen, dass ich an diesem Abend offenbar den Jackpot gezogen habe und der interessantere Artikel bin. Was für selbstherrliche Ärsche können Männer bloß sein? Wenn Dave wüsste, dass ich nicht einen Pfifferling darauf gebe, von zwei kindsköpfigen, egomanischen Chirurgen zur Sex-Gespielin auserwählt worden zu sein! Irgendwie tut mir Bianca fast leid. Was mache ich hier eigentlich? Bin ich wirklich so am Ende, dass ich mir so was antun muss? Sollte ich mich nicht lieber aus diesem ganzen Irrsinn ausklinken? Aber irgendetwas hält mich, irgendetwas zwischen Trotz und Neugier.
Als Dave und ich zum Tresen zurückkommen, hängt Bianca bereits knutschend an Patricks Lippen, was dieser widerwillig über sich ergehen lässt. Sanft schüttelt er Bianca ab, und wir

brechen auf. Eine Straßenecke weiter vor Patricks Haustür wird für Bianca eine Verabschiedung inszeniert.

»Okay, Patrick, see you tomorrow! Don't be too rude to her!«, kräht Dave und gackert.

Während Patrick mit Bianca abzieht, begeben Dave und ich uns in eine weitere Bar, das Vagabund. Hier wollen wir uns die Zeit vertreiben, in der Patrick und Bianca es miteinander treiben. Das Ganze fühlt sich an wie eine abgeschmackte Mischung aus Rotlichtgewerbe und Mordkomplott. Es gibt einen verschwörerischen Plan, bei dem Bianca zum Loser auserkoren wurde. Obwohl sie glaubt, Patrick sei der von ihr für diese Nacht gebuchte Gigolo, schleppt der sie nur heimtückisch in seine Wohnung, um sie aus dem Weg zu räumen. Dave und ich, die beiden Mitwisser, sitzen währenddessen in einer zwielichtigen Spelunke und warten darauf, dass Patrick sein schmutziges Geschäft erledigt. Dann werden wir den fragwürdigen Machenschaften nachgehen, die das eigentliche Ziel dieses Stelldicheins sind. Aber wissen Dave und Patrick auch, dass es eine heimliche Saboteurin ihrer Pläne gibt, nämlich mich?

Das Ambiente des Vagabund jedenfalls passt perfekt zum Gesamtszenario. Diese offiziell als »Herrenclub« firmierende Location scheint das Mekka aller abgetakelten Schwuchteln, gealterten Puffmuttern und dubioser Zwittergestalten des Charlottenburger Nachtlebens zu sein. Der Mittelpunkt des kleinen, rötlich ausgeleuchteten Raums ist eine u-förmige Bar, die mit Glitzerdeko und anderem kitschigen Schnickschnack geschmückt ist, wie es in Kneipen mit stark schwulem Einschlag üblich ist. Die Atmosphäre erinnert an eine Mischung aus Montmartre-Bar und Russendisko, gewürzt mit einem Schuss Reeperbahn, das Ganze aber auf Alt-Berliner »Schick« getrimmt. Am Tresen der Bar hängen dementsprechende Gestalten herum, die man dank der düsteren Beleuchtung nur schemenhaft erkennt. Links neben mir lehnt ein Zwei-Meter-

Mann mit sonnenstudiogegerbter Haut und Glatze am Tresen. Genauso stelle ich mir einen in die Jahre gekommenen Zuhälter vor. Er trägt einen knittrigen, weißen Anzug, am Hals lassen sich Tattoos und eine schwere Goldkette erkennen, seine Gesichtszüge haben etwas Brutales, und seine vollständig beringten Hände halten sich an einem Glas Whisky und einer Zigarette fest, welche er abwechselnd zum Mund führt. Ihm gegenüber sitzt ein Typ um die dreißig mit einer wilden Lockenmähne, der wild gestikulierend auf seine Begleiterin einredet und sich anhört wie ein tuntiger Rudi Carrell. Seine Begleitung dürfte mindestens doppelt so alt sein wie er, was sie aber durch ein übertriebenes Make-up, eine Menge Modeschmuck und orange gefärbte Haare zu kaschieren versucht. Ein paar stiernackige Mittfünfziger osteuropäischen Aussehens haben sich auf der anderen Seite der Bar eingerichtet und schwadronieren seit Daves und meiner Ankunft in meine Richtung, zwinkern mir zu und heben die Gläser. Angesichts der Klientel in diesem Laden verwundert es mich nicht weiter, dass ich hier auffalle. Endlich mal eine Puppe unter fünfzig – da kommt Leben in die Bude.
Ich bin mittlerweile auf Whisky pur umgestiegen und lasse mich von Dave mit seiner Trennungsgeschichte volllabern. Wenigstens redet er mal nicht von Sex. Das Wesentliche seiner Story ist das Übliche: dass seine Ex-Frau (natürlich) eine dumme, geldgierige Zicke ist, die ihn (natürlich) nie verstanden hat und sich deshalb (natürlich) nicht darüber wundern dürfe, dass er sie (natürlich) ständig betrogen habe. Alle zehn Minuten schaut Dave unruhig auf die Uhr und sagt Dinge, die man übersetzen könnte mit: »Wo zum Teufel bleibt Patrick?«, »Ist er immer noch nicht mit ihr fertig, der Deckhengst?« und »Verdammte Scheiße, sie wird ihn doch nicht umgestimmt haben!« Ganz offensichtlich hat Dave inzwischen Notstandsalarmstufe eins erreicht, was den von ihm ersehnten Dreier betrifft.

Nach etwa einer Dreiviertelstunde taucht Patrick auf. Länger hätte ich es jetzt auch definitiv nicht mehr mit Dave ausgehalten. Patrick kommt etwas breitbeinig auf uns zu, was ich merkwürdig finde, denn schließlich dürfte wenigstens er seinem Notstand Abhilfe verschafft haben. Vermutlich liegt es am berühmten Testosteronüberschuss. In seinem Gesicht sitzt ein dümmlich-zufriedenes Grinsen, und es fehlt nur noch, dass er seinen Hosenlatz zumacht. Ich starre ihn an und frage mich erneut: Will ich das wirklich? Will ich die Nummer zwei auf Patricks heutiger Fickliste werden?

Patrick gesellt sich zu uns. Jetzt ist es so weit. Wenn ich das hier durchziehen will, muss ich handeln und Patrick mitteilen, dass ich gar keinen Dreier will, sondern nur ihn allein. Ich ordere einen Kurzen.

Wie auf Bestellung fängt nun auch noch der schwule Holländer von gegenüber an, mir Botschaften zu übermitteln. Immer wieder zeigt er auf Patrick und Dave und macht Gesten der vehementen Abwehr. Das Ganze würzt er mit einem gespielt entsetzten Gesichtsausdruck, als wolle er sagen: *»Lass bloß die Finger von denen!«* Ich grinse ihn an und mache eine beschwichtigende Geste, die sagen soll: *»Keine Sorge, ich habe alles im Griff.«* Auch wenn ich in Wirklichkeit das Gefühl habe, *nichts* im Griff zu haben. Der schwule Holländer winkt mich zu sich rüber. Ich folge seiner Einladung, weil ich nun doch neugierig bin, was er mir zu sagen hat.

»Was sind das für zwei Seis-Kerle?!«, produziert er sich, und ich bemerke, dass er nicht nur mit niederländischem Akzent spricht, sondern auch stark lispelt. »Du bis eine tolle Frau, du brauchs was andere als so billige Type!«

Möglicherweise ist er so etwas wie ein verkappter Bote des Universums, der mir eine Warnung überbringen soll. Ein Hermes in Gestalt eines Freaks. Aber sollte ich etwa auf eine lispelnde holländische Tunte hören, wenn es darum geht, in einer Berliner Februarnacht existenzielle Entscheidungen bezüglich meines Sexlebens zu treffen? Kann ja sein, dass dem Universum gerade kein überzeugenderer Bote zur Verfügung stand, aber das will ich gerade nicht wahrhaben. Außerdem muss ich mir endlich beweisen, dass Maurice ein austauschbarer und mittelmäßiger Langweiler ist.

Die orange gefärbte ältere Dame gesellt sich zu uns.

Die Rudi-Carrell-Tunte moderiert: »Das is Gertrud, meine Nachbarin. Sie ist zweiundsiebzig und ich vierunddreißig, aber wir sind wie Pech und Swefel – süß, oder?« Er gibt ein schrilles Lachen von sich und zeigt seine gelben, schiefen Zähne.

Spätestens jetzt komme ich mir vor wie in einem total skurrilen Film, für den Luis Buñuel das Drehbuch geschrieben und Ed Wood die Regie geführt hat und bei dem sich jeder fragt, wann der ganze Scheiß ein Ende nimmt. Als Dave seinen Platz am Tresen verlässt und Richtung Toilette verschwindet, sehe ich meine Chance gekommen. Entschlossen gehe ich zu Patrick rüber, setze mich neben ihn und lege lächelnd meinen Arm um seine Schultern.

Gerade will ich ansetzen, etwas zu sagen, als Patrick mir seinen Zeigefinger auf den Mund legt und raunt: »Sag nichts. Wir müssen keinen Dreier mit Dave haben. Ich denke, wir können uns auch zu zweit sehr gut amüsieren.«

Dann küsst er mich kurz, aber auf entwaffnend sinnliche Art auf den Mund und sieht mir tief in die Augen. Gleichzeitig drückt er mir etwas Hartes, Kantiges in die Hand.

»Das ist der Schlüssel zu meiner Wohnung«, raunt er mir ins Ohr. »Mommsenstraße hundertvier, dritter Stock rechts. Geh schon mal vor, ich regle das mit Dave und komme in zehn Minuten nach.«

Spätestens nach dem Kuss bin ich willenlos. Patrick küsst einfach phantastisch. Und einer, der gut küsst, stellt eine ernsthafte Gefahr für Leib und Leben für mich dar, weil er meinen kompletten Verstand ausschaltet. Ich starre Patrick hypnotisiert an, nicke und verlasse wie ferngesteuert die Bar – seinen

Haustürschlüssel fest umklammert. Was aus Dave wird, ist mir schlichtweg egal. Vermutlich wird er sich restlos betrinken. Vielleicht erhängt er sich auch. Vielleicht schleppt er aus Frust aber auch einfach die zweiundsiebzigjährige Nachbarin der holländischen Tunte ab – oder beide, um Dreier-mäßig doch noch auf seine Kosten zu kommen.
Fünf Minuten später stehe ich vor einer Charlottenburger Prachtvilla und stecke den Schlüssel ins Schloss. Zwei weitere Minuten später betrete ich eine Altbauwohnung von etwa hundertfünfzig Quadratmetern Größe, ausgestattet mit Parkettböden, Stuck vom Feinsten und ausgesuchten Antiquitäten. Über den Mietpreis dieser erlesenen Wohnstätte möchte ich mir lieber keine Gedanken machen. So ein ausgewachsener Arzt lässt sich offenbar nicht lumpen. Ich stelle mich darauf ein, dass Patrick länger als zehn Minuten brauchen wird, um Dave beizubringen, dass aus dem Dreier heute nichts mehr wird. Daher betrete ich selbstbewusst Patricks Markenküche, schalte das Radio ein, plündere seinen Kühlschrank und köpfe schon mal eine Flasche Champagner. Die Digitaluhr auf Patricks Designerherd zeigt mir an, dass es bereits 3:10 Uhr ist. Im Radio läuft *Staying alive* von den Bee Gees, und plötzlich fühle ich mich ganz leicht. Die Odyssee durch die Wirren und Abgründe dieses Abends hat sich doch gelohnt. Ich tanze champagnertrinkend durch Patricks Luxuswohnung. Ich werde Sex mit einem attraktiven Arzt haben, und Maurice kann mich mal am Arsch lecken. Gerade bin ich im Flur angekommen, als die Haustür aufgeht und Patrick hereinkommt. Wir sehen uns nur kurz an, dann stürzen wir uns aufeinander. Mein Champagnerglas fällt zu Boden, Patrick reißt sich die Klamotten vom Leib, reißt mir die Klamotten vom Leib, hebt mich dann hoch und drückt mich gegen die Wand. Ja, genauso habe ich mir das vorgestellt.
»Mein Gott, Schatz, warum lernt immer Dave solche Frauen wie dich kennen und ich nie«, flüstert Patrick erregt.

»Keine Ahnung …«, murmele ich verwirrt.
»Ich hätte es nicht ertragen, dich mit ihm teilen zu müssen, Schatz«, keucht Patrick.
Ich stutze und schaue ihn an: »Was hast du gesagt?«
Patrick redet sich weiter in Ekstase: »Los, Schatz, küss mich!«
Ich halte inne und schließe die Augen. Das darf jetzt nicht wahr sein. Ich habe so lange durchgehalten, und nun gehört Patrick zu der Sorte Typen, die Frauen beim Sex mit »Schatz« anreden. Hilfe!
Ich drehe sein Gesicht zu mir und sage bestimmt: »Könntest du bitte damit aufhören?«
Er schaut mich irritiert an, aber sein Blick scheint leicht an mir vorbeizugehen, um nicht zu sagen: Er schielt! Überhaupt sieht er aus der Nähe betrachtet gar nicht mehr so gut aus. Seine Haut ist unrein, und seine Nase wirkt irgendwie unförmig. Bei manchen Menschen gibt es dieses merkwürdige Phänomen. Auf den ersten Blick scheinen sie unglaublich attraktiv, und je näher man ihnen kommt, desto hässlicher werden sie.
»Was meinst du?«, fragt Patrick.
»Dieses Schatz-Getue. Könntest du bitte damit aufhören?«
Er zuckt mit den Schultern: »Klar, Schatz. Wenn du's nicht magst.«
Ich löse mich aus seiner Umklammerung und sage bestimmt: »Weißt du, ich finde, wir sollten generell nicht so viel labern, das ist abturnend!«
»Das sage ich dir auch jedes Mal, Liebling!«, höre ich plötzlich und zu meinem Entsetzen eine Frauenstimme sagen.
Eine verschlafen aussehende, attraktive halbnackte Frau mit zerzaustem dunklem Haar lehnt im Türrahmen.
Hektisch klaube ich meine Klamotten vom Boden auf und halte sie mir vor den Körper.
»Oh, Schatz!«, entfährt es Patrick, aber diesmal meint er die andere, und ich ahne Schlimmes. »Bisschen geschlafen?« An

mich gewandt erklärt er völlig ungerührt: »Darf ich vorstellen, Anja, meine Freundin.«
»Aha!«, erwidere ich pikiert.
Ich finde es ja toll, wenn was los ist, aber dieser Abend hält Überraschungen in einem Ausmaß bereit, das mir entschieden zu weit geht.
»Eine schöne Frau hast du mitgebracht«, bemerkt Anja schelmisch grinsend, während ihr Blick an mir herauf- und herunterwandert.
Mein Blick wiederum wandert fragend zu Patrick. »Was soll das Ganze hier bedeuten?«, entfährt es mir genervt, und ich fange an, mich anzuziehen.
»Na ja ...«, versucht Patrick mich zu beschwichtigen, »ich dachte ... da du offen bist für einen Dreier ... und wir beide aber keine wirkliche Lust auf Dave hatten ...«
Ich erstarre. »Moment. Du hattest das alles von Anfang an geplant? Und als du Bianca mitgenommen hast, war deine Freundin auch schon hier?!«
Patrick hebt entschuldigend die Schultern: »Und wenn schon! Anja steht halt auf Bianca ...«
Nicht zu fassen. Ausgerechnet die verklemmt wirkende Bianca entpuppt sich als Sex-Luder der Charlottenburger Schickeria. Die Welt ist verrückt geworden.
»Dave hat recht, ihr Ärzte seid doch alle total krank!«, rufe ich wütend.
Anja lacht auf und wendet sich Patrick zu: »Jetzt sag nicht, dass du schon wieder diese Arzt-Nummer abgezogen hast?«
»Wie bitte?!«, kreische ich.
»Okay, es wird wohl Zeit, dass du mal aufgeklärt wirst«, sagt Anja belustigt. »Ich bin es, die hier die Ärztin ist. Mir gehört auch diese Wohnung. Patrick ist Krankenpfleger und Dave übrigens auch. Aber was spielt das schon für eine Rolle? Hast du nun Bock auf einen Dreier mit uns oder nicht?«

Das darf alles nicht wahr sein. Ich komme mir vor wie der größte Trottel auf der Welt. Ich schüttele vehement den Kopf und sage bissig: »Nein danke!« Dann drehe ich mich auf dem Absatz um und verlasse die Wohnung.

Während ich das Treppenhaus herunterhaste, höre ich Anja noch sagen: »Was ist das denn für eine Verrückte?«

Auf der Straße angekommen, denke ich: Die holländische Tunte war definitiv ein himmlischer Bote, hätte ich doch auf sie gehört! Und mit Internetdates bin ich durch, und zwar endgültig! Einige Meter weiter schlägt meine Wut urplötzlich in Sentimentalität um. Ich laufe den nächtlichen Bürgersteig entlang, alles verschwimmt vor meinen Augen, und ich stammele wehmütig: »Maurice … Maurice, du Scheißkerl …«

Kapitel 21

Am nächsten Morgen sitze ich vor meinem PC und versuche herauszufinden, wie ich mein Profil auf dem bescheuerten Datingportal löschen kann. Diese Funktion ist natürlich mehr als gut versteckt, um nicht zu sagen: unauffindbar.

»Das gibt's doch nicht!«, fluche ich, als ich in den AGBs endlich den Hinweis finde, dass ich mich erst in vier Wochen abmelden kann. Genervt will ich mich ausloggen, da bemerke ich, dass mein virtueller Dating-Briefkasten eine neue Nachricht enthält. Bitte nicht schon wieder ein Irrer, denke ich, als ich sie öffne.

Ein Typ mit dem Pseudonym »liebe-oder-so« schreibt Folgendes: *Hey Marlene, kannst dich noch an mich erinnern? Ist schon 'nen Zacken her, aber nachdem ich auf dein Profil hier gestoßen bin, hab ich dich mal gegoogelt. Vermelde Beeindrucktsein darüber, was aus dir geworden ist. Komme übernächstes Wochenende nach Berlin und fänd's spannend, dich nach der langen Zeit mal wiederzusehen. LG, Burkard.*

Ich starre perplex auf die Nachricht. Burkard? Was für ein Burkard? Ich studiere sein Profilfoto, auf dem er allerdings mit Sonnenbrille und Schirmmütze abgebildet ist. Und dann macht es klick: Ach du Scheiße, das ist Burkard van Vollenhoven! Mein Ex-Freund! Das darf jetzt nicht wahr sein, oder? Burkard war meine erste richtig große Liebe, vor einundzwanzig Jahren. Damals in Marburg, wo ich mich ein paar Semester im Fach Musikwissenschaften herumgequält habe, bevor ich nach Berlin ging, um Komposition und Tontechnik zu studieren. Ich hatte nicht nur diesen Typen, sondern auch die ganze damalige Lebensphase erfolgreich verdrängt. Und jetzt kontaktiert er mich nach einem gefühlten halben Jahrhundert über ein Datingportal im Internet? Wie abgedreht ist *das* denn? Ich stehe auf und mache mir einen Kaffee. Das muss ich erst mal sacken lassen. Wenn man nach einer langjährigen Beziehung wieder Single ist, scheint man nicht nur seinen Freundeskreis einer Generalinventur unterziehen zu müssen. Es scheint auch ein ungeschriebenes Gesetz zu sein, dass plötzlich Menschen aus der Vergangenheit auftauchen, von denen man glaubte, sie nie wiederzusehen. Vielleicht sind es auch nur die Auswirkungen extraterrestrischer Schwingungen oder des Maya-Kalenders, aber die Tatsache, dass man sich von einem Menschen oder einer bestimmten Art zu leben verabschiedet, scheint auf einer übergeordneten Ebene neue Energien freizusetzen.

Wie dem auch sei, die entscheidende Frage ist: Will ich Burkard wiedersehen oder nicht? Burkard war der Mann, nach dem ich mich erst wochenlang hoffnungslos verzehrte, weil es mir unmöglich erschien, ihn jemals zu bekommen, und mit dem ich dann ein halbes Jahr eine nervenaufreibende On-off-Beziehung pflegte. Das lief so ab: Spätestens nach drei harmonischen Treffen, die vermuten ließen, zwischen Burkard und mir könnte echte Verliebtheit im Spiel sein, bekam er regelmäßig seinen Nähe-Distanz-Rappel. Er erkannte schlagartig, dass die Tatsache, dass ich Möbel besaß, ihm zum Geburtstag gratulierte, nach dem Aufwachen »Guten Morgen« und vorm Schlafengehen »Gute Nacht« sagte, unerträglich spießig, einengend und für die gewollte Nichtexistenz seines Lebenskonzepts höchst unzuträglich waren, und gab mir den Laufpass. Dieser Zustand dauerte im Schnitt drei bis vier Wochen an, bis

Burkard es ohne meine einengende Spießigkeit offenbar nicht mehr aushielt und wieder vor meiner Tür stand. Daraufhin gab es wieder zwei bis drei harmonische Treffen, bis Burkard sich wieder eingeengt fühlte und sich wieder vorläufig verabschiedete. Damals nannte ich es »leidenschaftlich«, heute nenne ich es einfach nur bekloppt. Wegen Burkard habe ich zum ersten Mal in meinem Leben die Pille genommen. Wegen Burkard habe ich mir die erste sexy Unterwäsche gekauft. Wegen Burkard habe ich gefühlsduselige Gedichte geschrieben und vertont. Und Burkard hat mich in mehrfacher Hinsicht entjungfert. Mit Burkard habe ich meinen ersten Joint geraucht, meinen ersten Whisky getrunken und zum ersten Mal Frank Zappa gehört – auf dem Futon in seinem Zimmer der achtzehnköpfigen Wohngemeinschaft, deren Mitglied er war. Die mit dem Klo, das nie geputzt wurde und genauso roch. *Die* WG in Marburg, wo man wohnte, wenn man cool war und dazugehörte. Burkard eröffnete mir die Welt des Blues und des Rock 'n' Roll, er nahm mich mit in die einschlägigen Clubs und Konzerte. Die Konzerte, die ich bis dato gekannt hatte, hatte ich ausschließlich mit meinen Eltern besucht, um dort Schubert, Haydn und Rachmaninoff zu hören. Alles andere war laut meiner Mutter »Bums-Musik« – womit sie ja nicht unrecht hatte, auch wenn sie es anders meinte.
Warum soll ich mir nicht einfach anschauen, was aus dem coolen Burkard geworden ist? Zumal ich mich immer noch nicht nachhaltig genug von Maurice abgelenkt habe? Und ein Date mit einem Ex-Freund ist ja auch etwas komplett anderes als mit irgendeinem Freak aus dem Internet.

Zwei Wochen später. Es ist der letzte Samstag im Februar, und ich stehe auf Gleis 13 des Berliner Hauptbahnhofs. In wenigen Minuten soll der Zug eintreffen, der Burkard von Marburg nach Berlin bringt. Ich zücke noch einmal meinen kleinen Handspiegel und überprüfe mein Make-up. Nervosität

erfasst mich. Gleich ist es so weit. Burkard wird leibhaftig vor mir stehen.
Als wir telefonierten, um den Termin für unser Treffen auszumachen, klang seine Stimme höher, als ich sie in Erinnerung hatte. Das hat mich insofern irritiert, als seine tiefe, männliche Stimme immer etwas war, was ich besonders anziehend fand. Aufgrund des etwa einstündigen Telefonats weiß ich nun auch, dass Burkard als Sportmasseur bei einem drittklassigen Fußballverein arbeitet, dass er nie geheiratet und keine Kinder hat und immer noch in Marburg wohnt. In derselben WG von damals. Was ich zugegeben etwas beunruhigend finde. Es mag ein Vorurteil sein, aber wenn Leute ihr Leben lang an dem Ort kleben bleiben, aus dem sie stammen, hat das für mich immer etwas von Stagnation – zumal wenn es sich um einen eher provinziellen Ort handelt. Das kann ich genauso wenig nachvollziehen wie Weihnachten bei den Eltern feiern, obwohl man schon fünfunddreißig ist, oder im Jahr 2013 lila gefärbte Karottenjeans tragen. Aber was soll's – schließlich will ich Burkard ja nicht heiraten, sondern mich nur zwei Tage mit ihm vergnügen.
Sonderbarerweise fällt mir bei dem Wort »vergnügen« in Kombination mit Burkard die Wohnzimmercouch meiner Eltern ein. Und schlagartig weiß ich auch, warum: Auf dieser hatte ich drei Wochen nonstop heulend zugebracht, nachdem Burkard und ich uns nach einem letzten, erschöpfenden On-off-Gerangel endgültig getrennt hatten. Meine Mutter hatte mir damals gesagt: »Marlene, so geht das nicht weiter. Du musst dich mal wieder ein bisschen vergnügen!«
In diesem Moment fährt der Zug ein und holt mich in die Gegenwart zurück. Ich sehe mein Spiegelbild in den vorbeiflitzenden Fenstern des Zuges, wuschele mir meine Frisur in Form und stelle mich betont lässig in Positur.
Angestrengt starre ich auf die vorbeihastenden Leute. Werde ich Burkard überhaupt erkennen? Als sich die Menschenmen-

ge in alle Richtungen verstreut hat, sehe ich einen Mann, der zielstrebig auf mich zusteuert. Ein unscheinbarer Typ mit verkehrt herum aufgesetzter Schiebermütze auf kahlrasiertem Kopf, Nickelbrille und geschulterter Sporttasche. Das ist er. Burkard. Ich bin perplex. Stimmt nicht: Ich bin entsetzt. Denn Burkard ist nicht nur gerade mal einen halben Kopf größer als ich – was ich verdrängt haben muss –, sondern er hat auch ein total faltiges, käseweißes Gesicht. Zudem trägt er schmuddelige Jeans und eine weiße Kunstlederjacke mit Nieten an den Schultern. Und was das Schlimmste ist: Er trägt ein Nasenpiercing und Tunnelohrringe, und zwar so große, dass seine Ohrläppchen wie Radreifen aussehen. Bäh! Mich überkommt der spontane Impuls, mich einfach umzudrehen, meine ins Haar geschobene Sonnenbrille ins Gesicht zu ziehen und mich unauffällig aus dem Staub zu machen. Ich könnte einfach so tun, als wäre ich eine andere, vielleicht eine französische Touristin. Und wenn Burkard mich anspräche, würde ich verständnislos aufblicken und sagen: »Pardon? Je ne comprends pas!« Burkard versteht kein Französisch, das weiß ich. Stattdessen stehe ich wie angewurzelt da. Und im nächsten Moment befindet sich Burkard drei Zentimeter vor mir und taxiert mich durch seine runden Brillengläser.

Bevor ich irgendetwas sagen oder tun kann, gibt er mir einen kameradschaftlichen Klaps auf den Oberarm und sagt in demselben schnoddrigen Tonfall, den er schon zu Studentenzeiten draufhatte: »Mensch, Marlene, so schnell vergehen zwanzig Jahre, Mensch!«

Dann zieht er mich unbeholfen an sich, gibt mir einen eklig feuchten Kuss auf die Lippen und einen schäkernden Klaps auf den Hintern.

Ich starre ihn entgeistert an und presse heraus: »Hallo Burkard, is ja ’n Ding.«

Fassungslos blicke ich in faltige Eidechsenaugen und rieche ein penetrantes, billiges Aftershave.

»Du siehst toll aus!«, sagt Burkard, begleitet von einem müden Lächeln und einem weiteren kumpelhaften Knuff in meinen Oberarm. »Nicht wiederzuerkennen, Mensch!«
Ich denke: Du auch nicht!, sage aber fröhlich: »Danke, danke!«, und wehre einen weiteren Versuch Burkards ab, mich anzusabbern.
Was zum Teufel fand ich vor einundzwanzig Jahren bloß so toll an Burkard? Abgesehen von seiner Stimme, den blonden Locken, den strahlend blauen Augen und der lässigen Art, einen Joint zu drehen? Aber in den Untiefen der Vergangenheit herumwühlen hilft jetzt gar nichts, denke ich, während ich die Untiefen meiner Tasche nach meinem Autoschlüssel durchwühle, der sich partout nicht finden lässt. Im Moment ist mir nur eins klar: Ich muss um alles in der Welt jede Situation vermeiden, die auch nur halbwegs dazu führen könnte, dass Burkard und ich uns näherkommen. Denn dieser Burkard kommt jetzt und heute noch nicht mal mehr als Vergnügungsobjekt für mich in Frage. Nachdem sich mein Autoschlüssel endlich gefunden hat, finde ich weder den Ausgang zur Tiefgarage noch mein Auto wieder, so dass ich mit Burkard eine halbe Stunde durch den Hauptbahnhof und mehrere Parkdecks irre.
»Ja, der Hauptbahnhof, haha! Den haben selbst wir Berliner noch nicht verkraftet. Völlig unübersichtlich alles hier. Mehr Einkaufsmeile als Bahnhof … Ich fahre ja auch so selten mit dem Auto her, normalerweise komme ich mit dem Taxi, um in den Zug zu steigen.«
Burkard wirft mir einen irritierten Blick zu und murmelt: »Kein Problem, Mensch« und »Kann ja vorkommen oder so …«
Als wir endlich schweißgebadet bei meinem Wagen ankommen, habe ich die rettende Idee, die perfekte Nähevermeidungsstrategie: »Soll ich dir vielleicht gleich mal ein bisschen was von der Stadt zeigen?«

Burkard quittiert den Vorschlag mit seinem Reptilienblick: »Och nö, ich dachte, wir fahren erst mal zu dir und stellen meine Tasche ab oder so …«

Oder so. Na, Prost Mahlzeit. Was auch immer Burkard sich unter »oder so« vorstellt, ich muss verhindern, dass es dazu kommt.

»Ach, das können wir doch immer noch machen! Die ersten Sonnenstrahlen in diesem Jahr sollten wir ausnutzen. Wir sind mittendrin in Mitte – also Berlin-Mitte –, und ich schlage vor, wir gehen erst mal einen Kaffee trinken!«, verkünde ich strahlend.

Burkard ergibt sich achselzuckend und maulig »Von mir aus« murmelnd in sein Schicksal.

Während ich den Wagen aus der Parklücke setze, fällt mir ein, dass mich genau das auch früher schon an Burkard genervt hat. Wenn nicht immer alles genau so lief, wie er es sich vorstellte, zog er einen Flunsch und teilte sein Gras nicht mehr mit mir. So wie einmal, als er unbedingt eine Fahrradtour zu diesem Rockkonzert mit mir machen wollte, das irgendwo in der tiefsten Pampa von Marburgs Umgebung in einer leerstehenden Waggonhalle stattfinden sollte. Sportskanone, die er war, hatte er vor, mit mir eine Strecke von etwa hundertfünfzig Kilometern zurückzulegen und anschließend mit Schlafsäcken in der Waggonhalle zu übernachten. Das Problem war nur, dass für diesen Tag achtunddreißig Grad Hitze vorausgesagt waren – was Burkard allerdings nicht davon abhalten konnte, seine Pläne trotzdem durchzuziehen. Als ich mich weigerte mitzufahren, rastete er aus und schmiss meine heißgeliebten Leonardo-Gläser an die Wand. Ach, stimmt ja: Burkard konnte nicht nur ein unspontaner Sturkopf sein, der einen Flunsch zog, sondern bekam bisweilen auch cholerische Anfälle.

Schweigend steuere ich meinen kleinen Fiat durch Berlin-Mitte. Burkard sitzt auf dem Beifahrersitz und zieht immer noch einen Flunsch. Verdammt, ich habe einen Ex-Freund im Auto, der fünf Stunden Zugfahrt auf sich genommen hat, um mich nach zwanzig Jahren wiederzusehen, und der sich wahrscheinlich eine heiße Nacht mit mir erhofft. Soll ich ihm etwa eine Dreiviertelstunde nachdem er angekommen ist, eröffnen, dass ich am liebsten den Rückwärtsgang einlegen und ihn in den nächsten Zug zu ihm nach Hause setzen würde?

Ich parke und führe Burkard in ein typisches Berlin-Mitte-Café auf der Oranienburger Straße, mit Blick auf den Fernsehturm.

»Damit du mal ein bisschen Berlin-Flair atmest«, kommentiere ich und wähle einen Platz in der Sonne, immer noch im Bemühen, das Beste aus der Situation zu machen.

»Ziemlich laut hier …«, mosert Burkard.

»Tja, hier ist es halt etwas lebhafter als in Marburg«, stichele ich zurück.

»Sorry, aber ich brauche im Moment viel Ruhe«, wird Burkard plötzlich ganz ernst.

»Da ist Berlin natürlich der ideale Ort für, wa?«, frotzele ich, woraufhin sich Burkards Augen zu Schildkröten-Schlitzen verengen.

»Könnten wir uns bitte reinsetzen?«, sagt er, und es ist klar, dass dies eine rhetorische Frage ist.

»Aber es ist doch so schön draußen!«, protestiere ich.

Burkards Stimme ist nun eindeutig bockig: »Mensch, Marlene. Ich. Möchte. Mich. Gerne. Reinsetzen!«

Beinahe hätte ich ein »oder so« hinzugefügt, das ich mir im letzten Moment verkneife, denn vor meinem geistigen Auge läuft ein Film im Schnelldurchlauf ab: Burkard, der einen Flunsch zieht, Burkard, dessen Stimme bockig klingt und »Mensch, Marlene!« sagt, und Burkard, der meine Leonardo-Gläser an die Wand wirft. Stattdessen sage ich so unbeschwert wie möglich: »Okay«, denke aber entnervt: *Oh – mein – Gott!*

Burkard wählt einen Tisch in der dunkelsten Ecke des Cafés und bestellt sich einen grünen Tee. Ich brauche jetzt einen doppelten Espresso.
Burkard rührt in seiner Teetasse und richtet seinen unergründlichen Reptilienblick auf mich: »Ich bin mit den Nerven gerade ziemlich am Ende … oder so. Bis vor zwei Wochen war ich noch in der Psychiatrischen.«
Burkard schenkt seine Aufmerksamkeit wieder dem Umrühren seines Tees. Ich werde von Panik übermannt.
»Wieso das denn?«, frage ich entgeistert.
»Totaler Zusammenbruch, Krise, Verfolgungswahn. Die Ärzte sagen, manisch-depressiv oder so. Alles zusammen …«, resümiert Burkard düster.
Oh, Scheiße!!!!, denke ich alarmiert, sage aber mitfühlend: »Oh, Scheiße …«
Das hat mir gerade noch gefehlt. Burkards Probleme in Ehren, aber ich möchte im Moment einfach nur mein Leben genießen. Soweit das in Burkards Gesellschaft möglich ist.
Dieser holt nun eine zerknitterte Postkarte hervor, die das kitschig Bildnis eines bärtigen Mannes in Walle-Gewändern und mit Heiligenschein zeigt. »Der heilige Pjotr«, murmelt er ehrfürchtig. »Hat mir mal ein russischer Priester geschenkt, als es mir echt dreckig ging. Ist so was wie mein Schutzengel. Gibt mir positive Energien …«
Mir fällt es wie Schuppen von den Augen! Wie konnte ich das nur vergessen. Schon früher saß Burkard nächtelang auf dem Dach seiner WG, kiffte und gab tranceartige Gesänge von sich, weil er glaubte, er könne mit seinem verstorbenen Urururgroßvater in Kontakt treten. Außerdem war er überzeugt davon, dass Kuhmilch schlecht fürs Karma sei. Jetzt erinnere ich mich auch wieder an die Reaktion meiner Mutter, als sie Burkard das erste Mal auf einem Foto sah. Sie verzog das Gesicht, als würde sie einen bösen Geist erblicken, und rief entsetzt: »Och nee!« Vielleicht hätte ich doch öfter auf meine Mutter

hören sollen. Dann würde ich jetzt nicht bei strahlendem Sonnenschein in der dunkelsten Ecke eines Berlin-Mitte-Cafés sitzen und in die Abgründe von Burkards Psyche blicken. Drei Kannen grünen Tee lang breitet Burkard sein verkorkstes Innenleben vor mir aus, und ich nicke stumm und sage betroffen »Hm« und »Aha«. Zwischendurch schiele ich immer wieder nach draußen, wo die Sonne scheint und das Leben tobt. Erst als Burkard mir detailliert von seinem ersten Selbstmordversuch erzählt, bricht sie über mich herein: jene Erinnerung, die ich bis heute erfolgreich in den tiefsten Tiefen meines Bewusstseins vergraben habe. Das einzige Mal, dass ich den – zugegeben etwas halbherzigen – Vorsatz gefasst hatte, mir das Leben zu nehmen, war damals, vor einundzwanzig Jahren. In Marburg. Wegen Burkard! Gott sei Dank kam Tim, mein Mitbewohner, verfrüht aus dem Urlaub zurück und überraschte mich, als ich mich gerade an mehreren aneinandergeknoteten Baumwollstrumpfhosen von C&A an dem Holzbalken meines WG-Zimmers erhängen wollte. Er versuchte, mich davon abzuhalten, wir rangelten wild miteinander, und das Ganze endete damit, dass ich auf meine Schallplattenkiste fiel und mir die Nase brach. Aber das war natürlich nur eine Lappalie im Vergleich zu meinem gebrochenen Herzen.
Burkard hat sich gerade die vierte Kanne grünen Tee bestellt und ist inzwischen zu seinen Kindheitstraumata vorgedrungen: seinem cholerischen Vater, seiner alkoholsüchtigen Mutter und seinem schizoiden Bruder. Warum glaubt Burkard eigentlich, er könne mir das alles so mir nichts, dir nichts aufbürden? Bin ich etwa seine Therapeutin? Wie konnte es nur dazu kommen, dass ich mich wegen einer Flachpfeife wie ihm umbringen wollte! Ich muss ja nicht ganz dicht gewesen sein. Aber dann lichtet sich auch über diesem schwarzen Fleck meines Gedächtnisses der Nebel. Ich sehe Burkard und mich auf seiner Futon-Matratze in seinem WG-Zimmer. Burkard liegt auf dem Rücken, starrt genervt zur Decke und zieht an

einem Joint. Ich habe ihm den Rücken zugekehrt und die Beine angezogen. Burkard sagt unterkühlt: »Mensch, Marlene! Manchmal denke ich wirklich, oh Mann! Oder so ...« Mein erstes Mal. Wir wollten miteinander schlafen, aber Burkard hatte sich so ungeschickt angestellt, dass mir alles weh tat und ich nicht weitermachen wollte. Natürlich lag das Problem Burkards Ansicht nach bei mir, weil ich a) so frigide und b) so überempfindlich war. Zu allem Übel platzte auch noch genau in diesem Moment Burkards gutaussehender Mitbewohner und Aufreißer vor dem Herrn Karsten ins Zimmer und tönte, eindeutig unter Einfluss von zu viel Bierkonsum: »Burkard, haste noch 'n paar Kondome über, in meinem Zimmer warten zwei geile Schnecken darauf, dass ich es ihnen so richtig besorge!« Zwei Tage später erwischte ich Burkard mit einer anderen Frau auf seinem Futon. Ich stand völlig schockiert in der Tür seines WG-Zimmers und stammelte: »Was soll das denn jetzt heißen!?«, woraufhin Burkard nur zurückgab: »Dass es aus ist. Oder so.«
Burkard ist also nicht nur ein maulender, manisch-depressiver und cholerischer Psychopath, sondern auch noch ein Arschloch! Draußen geht gerade endgültig die Sonne unter. Hasserfüllt schaue ich ihn an. Mein Magen knurrt rachsüchtig. Ich habe nicht nur eine unglaubliche Wut im Bauch, sondern auch einen Bärenhunger. Aber wenn ich mich jetzt mit Burkard in ein Restaurant setze, darf ich mir wahrscheinlich zwei weitere Stunden lang Monologe über sein deprimierendes Leben anhören.
»Hör zu, Burkard«, sage ich gespielt liebenswürdig. »Ich würde gerne was essen. Und es wäre doch nett, wenn du noch was von Berlin sehen würdest, wo du schon mal hier bist. Ich schlage vor, wir laufen ein bisschen durch Mitte und holen uns dann 'ne typische Berliner Currywurst!«
Burkard schaut mich an, als wäre ich ein Wesen von einem anderen Stern. Dann hellt sich seine Miene auf, und er fängt

hysterisch an zu kichern. Ich habe es definitiv mit einem Verrückten zu tun.
»Mensch, Marlene ...«, giggelt er und packt die Postkarte des heiligen Pjotr wieder ein. »Du hast recht! Wir sollten uns jetzt mal amüsieren ... Sorry, wenn ich dich mit diesen ganzen Storys zugemüllt hab oder so ...« Er knufft mich in den Arm und versucht erneut, mich an sich zu ziehen. »Ne tolle Frau bist du, Mensch. Nix für ungut, aber hätt ich nicht erwartet. Wenn ich dran denke, was du damals für 'n unsicheres Mädel warst!« Er beugt sich zu mir, glubscht mich durch seine Brillengläser an und fügt verschwörerisch grinsend hinzu: »Aber mein Verhalten war damals auch nicht ganz korrekt oder so, stimmt's?«
Ich rücke einen halben Meter von ihm weg. Nicht nur wegen seinem extremen Mundgeruch, der mir jetzt erst auffällt, sondern auch wegen seinem beschissenen Kommentar. Was bildet er sich eigentlich ein? Dass er hier nach einundzwanzig Jahren auftauchen und mit einem Satz wie »Mein Verhalten war damals auch nicht ganz korrekt oder so« alles ungeschehen machen kann, was er damals verbockt hat? Womöglich hat ihm sein Therapeut in der Psychiatrischen dazu geraten. Aber so leicht kommt er mir nicht davon.
Während wir die Rosenthaler Straße entlangspazieren, versuche ich Burkard daran zu hindern, mir Einblick in seine letzte traumatische Beziehung mit einer Frau namens Christina-Martina zu geben. »Schau mal, Burkard, das sind die Hackeschen Höfe – wunderschöne Architektur, oder?«
»Hm. Aber der Typ da vorne erinnert mich total an den Bruder von Christina-Martina, und ich will im Moment an nichts erinnert werden, was mit Christina-Martina zu tun hat. Können wir also bitte weitergehen oder so?«
Schließlich kommen wir vor einer dieser Imbissbuden an, die den Ruf haben, die »beste Currywurstbude Berlins« zu sein – ich glaube, es gibt mittlerweile etwa fünfzig davon –, als es passiert.

Ich habe gerade ein Stück von meiner Wurst abgebissen, als Burkard schon wieder seine Hand auf meinen Hintern legt, grinst und sagt: »Mensch, Marlene, ich finde, wir sollten uns jetzt mal küssen oder so.«

Das ist schlimmer als alles, was ich erwartet habe. Es ist an sich schon ein totales No-Go, eine Frau auf diese Art zu einem Kuss aufzufordern. Aber dies genau in dem Moment zu tun, in dem sie von einer Currywurst abgebissen hat, ist definitiv schlechtes Timing. Burkard ist nicht nur ein unspontaner, blasser, manisch-depressiver, humorfreier Sturkopf, ein cholerischer Psychopath und ein Arschloch, Burkard hat auch die erotische Ausstrahlung eines hypnotisierten Python!

Energisch entferne ich Burkards Hand von meinem Po und sage, heftig auf meiner Wurst kauend: »Burkard, das kommt jetzt ein wenig überraschend, ich meine, du bist ja gerade erst angekommen, und da sollten wir vielleicht erst mal ...«, ich ringe nach Worten und nach einer rettenden Eingebung. »Wir ... wir sollten tanzen gehen, bevor ... oder so ...«

Burkard ist kurzzeitig eingeschnappt, zieht einen Flunsch und den Senf zu sich rüber, aber dann sagt er: »Von mir aus. Mein Therapeut hat auch gesagt, ich soll mal wieder tanzen gehen. Um meine Aggressionen abzubauen.«

Ich lotse Burkard ins Bohannon, einen Club, in dem ich schon ewig nicht mehr war. Sie spielen dort genau den Soul, auf den ich stehe, und das Publikum ist weder zu stylish noch zu alternativ. Im Moment will ich nur noch eins: mich aus der beklemmenden Zweisamkeit mit Burkard befreien. Vor allem muss ich verhindern, dass er mich wieder küssen will. Und zwar auf eine Art, die ihn nicht zum Ausrasten bringt. Während Burkard sich was zu trinken holt, stürze ich auf die Tanzfläche und gebe mich hemmungslos den funkigen Rhythmen hin. Ich entledige mich des ganzen ätzenden Burkard-Ballasts, schließe die Augen und schwebe wie befreit durch den Raum. Ich weiß zwar noch nicht genau, wie ich erreiche, dass Burkard heute *nicht* seine Tasche bei mir abstellt und etwas passiert, was Burkard mit »oder so« zu umschreiben pflegt, aber ich bin mir plötzlich ganz sicher, dass ich eine Lösung finden werde. Vielleicht könnte ich den Club anzünden und eine Rauchvergiftung simulieren? Nein, besser doch nicht, sonst kommt Burkard noch mit Mund-zu-Mund-Beatmung.

In diesem Moment spüre ich eine fremde, warme Hand in meiner. Ich öffne die Augen und erblicke einen gutaussehenden, großen Schwarzen, der mich antanzt. Er bewegt sich anmutig, legt seine Hand an meine Hüfte und weiß genau, wie er mich drehen, an sich heranziehen und wieder von sich wegschieben muss, damit wir in einem harmonischen Fluss bleiben. Genau das ist es, was ich jetzt brauche. Einen Kerl, der nicht lange fragt, sondern mich einfach packt und mit mir tanzt – und mich außerdem noch eklatant an Maurice erinnert. Was für eine Erleichterung nach dem endlosen Krampf mit Burkard! Ich lache laut auf vor Begeisterung. Der Schwarze lacht zurück, und wir steigern uns in einen wilden, erotischen Tanz hinein, inklusive aufreizendem Hüftkreisen und Powackeln. In diesem Moment sehe ich Burkard am Rand der Tanzfläche stehen und fange kurz seinen Blick ein – zu Schlitzen verzogene, eifersüchtige Schildkröten-Augen. Gleichzeitig zieht mich der sexy Schwarze zu sich und beugt sich zu mir herunter, bis sich unsere Nasenspitzen berühren. Er sagt nichts. Er lächelt mich nur an. Ich lächle zurück. Und auf einmal weiß ich genau, warum ich Burkard nach Berlin eingeladen habe. Der hübsche Schwarze küsst mich. Ich küsse ihn zurück. Und er küsst wie ein Gott. Burkard geht mir so was von am Arsch vorbei. Soll er mich ruhig sehen, wie ich hier vor seinen Augen mit einem anderen flirte, tanze und knutsche. Auch wenn sie erst nach einundzwanzig Jahren kommt: Rache ist süß. Und in diesem Fall zuckersüß!

Eine Hand packt mich unvermittelt am Arm und reißt mich aus der innigen Umarmung mit meinem Tanzpartner.
Burkard steht vor mir wie eine Kreuzung aus Reptil und Rumpelstilzchen und stampft mit dem Fuß auf: »Mensch, Marlene! Was soll das denn heißen?!«, schreit er aufgebracht.
»Dass es aus ist – oder so!«, will ich antworten, aber bevor ich etwas sagen kann, packt mein schwarzer Retter Burkard an den Schultern, schubst ihn von mir weg und sagt eindringlich und mit amerikanischem Akzent: »Fass sie nickt nock mal an, klar?«
Ich mache einen inneren Luftsprung. Manchmal gibt es doch noch Gerechtigkeit im Leben! Wenn auch erst nach einundzwanzig Jahren. Burkards Miene verzieht sich zu einer hasserfüllten Fratze. Er dreht sich auf dem Absatz um, tritt noch mal gegen einen Barhocker, der krachend zu Boden fällt, und wird daraufhin von einem Türsteher aus dem Club hinauskomplimentiert.
»Wer war das denn?«, fragt der Schwarze befremdet und zieht mich zurück auf die Tanzfläche.
Ich winke ab: »Nur mein Cousin. Oder so.«
Der Schwarze lächelt vielsagend, als wüsste er genau, was hier vor sich geht, und raunt mir dann die Worte ins Ohr, die ab jetzt mein Wahlspruch sein werden: »You are a tigress. And you need a tiger!«
Wie sich herausstellt, heißt mein schwarzer Retter Chris, kommt aus New York und ist Tänzer und Fotograf, der gerade ein paar Monate in Berlin verbracht hat. Heute ist sein vorletzter Abend. Hand in Hand gehen wir durch die nächtliche Stadt und reden. Chris erzählt mir, wie merkwürdig er die Deutschen findet. Vor allem die deutschen Frauen.
»Sie sind alle so … wie sagt man … detached and cold«, sagt Chris.
»Du meinst, distanziert und abweisend.«
»Yeah, that's what I mean. You know, in New York sind die Frauen much more open. Sie sprecken Männer einfach an,

wenn sie ihnen gefallen. Einmal hat mich eine Frau mitten auf der Straße angehalten und zu mir gesagt: ›Hey, do you wanna come with me in my apartment and fuck my brain out?‹« Chris lacht und schüttelt den Kopf. »Und die Männer hier … ick habe den Eindruck, dass sie gar nicht *sehen*, wenn eine schöne Frau vor sie steht!«

»Den Eindruck habe ich auch«, seufze ich.

»You know, ich bin viel rumgekommen in der Welt. Ick war ein paar Wochen in Frankreich, da ist Flirten wie eine Sport! Keine schöne Frau kann rumlaufen, ohne dass sie angesprochen wird. Oder schau die Karibik an. Sex ist dort so elementar wie Essen und Trinken. Ehrlich, als ich zum ersten Mal nach Deutschland kam, dachte ich, ich wäre auf einem Friedhof gelandet!«

Chris' Worte klingen wie Nachrichten aus einem fernen Paradies in meinen Ohren. Kann es sein, dass ich einfach nur im falschen Land lebe?

»Ich fühle mich hier auch manchmal wie ein Alien«, sage ich.

»Yeah, you are different«, sagt Chris und lacht. »You are so full of life. Bist du sicher, dass du Deutsche bist?«

Ich lache ebenfalls: »Ich bin mir generell nicht sicher, wer ich bin!«

Aber Chris hat recht, ich bin voller Sehnsucht nach Leben. Habe ich nicht genau das zu Albert gesagt? Dass ich leben will? Vielleicht ist es so simpel? Ich bin ein Mensch, der einfach unglaublich gerne *lebt!* Und wer leben will, darf nicht eingesperrt sein.

Chris bleibt stehen und zieht mich an sich: »Okay, I would like to tell you something. You have everything a woman needs to conquer the world. Trust it. Trust in yourself. Even if other people might tell you that you are wrong.«

Jetzt verstehe ich einmal mehr, warum ich Burkard treffen musste. Durch ihn bin ich Chris begegnet, der es nicht nur endlich schafft, mich erfolgreich von Maurice abzulenken,

sondern mir auch so etwas wie ein Engel zu sein scheint, einer, der mir eine Botschaft übermitteln soll.
Plötzlich fällt Chris gespielt dramatisch auf die Knie, nimmt meine Hand und küsst sie. »If I wasn't going back to New York City in two days, I would ask you if you want to marry me«, scherzt er und lacht. »Therefore I simply ask you: Would you like to spend the night with me?«
Natürlich ist mir klar, dass es Chris nicht ums Heiraten geht, sondern um Sex, aber die Art, wie er das einfädelt, ist schlichtweg entwaffnend.
Also sage ich lächelnd: »Yes, I would love to.«
Das kleine Ein-Zimmer-Apartment von Chris befindet sich im zwanzigsten Stock eines Hochhauses, fünf Minuten vom Bohannon entfernt. Als wir auf seinen Balkon treten, haben wir eine sensationelle Sicht über die erleuchtete Stadt.
»Das ist wundervoll. Ich habe Berlin noch nie aus dieser Perspektive gesehen«, sage ich und weiß: Es ist nicht das erste Mal in dieser Nacht, dass Chris mir neue Perspektiven aufzeigt.
»Come in, it's cold«, sagt er, nimmt mich auf den Arm wie ein Bräutigam seine Braut, trägt mich hinein und legt mich aufs Bett. »Do you think it's strange to have sex in front of a church?«, fragt er.
Ich blicke ihn verwirrt an, dann fällt mir auf, dass man vom Bett aus einen direkten Blick auf die Kuppel des Berliner Doms mit dem großen, goldenen Kreuz hat. Ich muss grinsen.
»No«, sage ich. »I believe in sex. It's something holy, isn't it? Especially sex with angels.«
Chris schmunzelt vielsagend. Dann beugt er sich zu mir herunter, küsst mich zärtlich und beginnt, mich auszuziehen. Chris hat einen durchtrainierten Körper mit einem sexy Tattoo auf dem Oberarm. Hätte ich mir je träumen lassen, mal mit einem so coolen Typen aus New York in einem Hochhaus in Mitte im Bett zu liegen und Sex zu haben? Chris rutscht

nach unten, und sein Kopf verschwindet zwischen meinen Schenkeln. Als ich seine Zunge spüre, schließe ich genussvoll die Augen. Es ist schon erstaunlich, dass ein Tag, der die Hölle war, in einer Nacht enden kann, die dem Himmel so nah ist.

In der folgenden Woche habe ich jeden Tag eine wortreiche Mail von Burkard in meinem Posteingang. Zusätzlich jammert er mir regelmäßig auf den Anrufbeantworter. Er bezichtigt mich nicht nur als gemeine Schlampe, sondern auch als hinterfotzige, abgebrühte Großstadtneurotikerin und macht mich dafür verantwortlich, dass er jetzt wieder in der Psychiatrischen ist. Er hätte bereits drei Selbstmordversuche hinter sich und sämtliche magischen Kräfte aus der Postkarte des heiligen Pjotr vergeudet, um sich wieder aufzubauen. Wenn er mir noch einmal über den Weg laufe, würde er mir das Hirn aus dem Kopf ficken. Im Übrigen würde dieser Club in Mitte gar nicht existieren, er habe im Internet recherchiert und es gäbe keine Disko namens Bi-Hennen. Ich hätte ihn mittels NLP in Trance versetzt und mental manipuliert. Auf die erste Mail antworte ich noch, dass es mir leidtue. Auf die zweite Mail schreibe ich, dass *er* mir leidtue. Und dass er mich mal kreuzweise könne. Ab der dritten Mail antworte ich nicht mehr. Burkard hat sich bis heute nicht bei mir entschuldigt. Und wenn ich bedenke, wie lange ich Rotz und Wasser geheult habe, weil er mich damals gedemütigt und sitzengelassen hat – ganz zu schweigen von meiner gebrochenen Nase und meinem gebrochenen Herzen –, tut ihm ein bisschen Flennen mal ganz gut. Das wird ihm sein Therapeut sicher bestätigen. Und der heilige Pjotr auch. Außerdem hängt jetzt über meinem Schreibtisch ein großer Zettel, auf dem steht: TRUST IN YOURSELF. Manchmal muss eine Frau eben stark bleiben. Stark wie ein Tiger.

Kapitel 22

W*AMAWIHEAB?*

Verwirrt starre ich auf mein Handy. *Wamawiheab?* Was soll diese krude SMS von Olli denn bitte bedeuten? Will der Kerl mich verarschen? Ich simse drei Fragezeichen zurück. Eine halbe Minute später piept es wieder: *SEMIBINIMEBÖ. MÖDIUNSE!*

Hä? Wahrscheinlich sollte ich mir dringend die Do's and Dont's der neuzeitlichen Kommunikation aneignen, aber dieses Gesimse geht mir einfach auf den Keks. Kurzerhand wähle ich Ollis Nummer, um ihn zu fragen, was das Ganze soll. Es klingelt einmal, zweimal, dreimal, aber Olli nimmt nicht ab. Genervt drücke ich die rote Taste und widme mich wieder meinen Mails. Inzwischen habe ich etliche Rückmeldungen auf meine Anfragen für die Maigrün-Konzerte bekommen, so dass die Besetzung für das erste Event schon steht. Meine ehemaligen Bandkollegen Roland und Peer werden Schlagzeug und E-Bass und Jeff, ein Kumpel von ihnen, wird Saxophon spielen.

Mein Handy piept erneut: *HAI Maigrün?*

Okay, es reicht. Wenn Olli sich nicht klar und deutlich ausdrücken kann, ist das sein Problem, nicht meins. Ich habe zu tun, weswegen ich mich bereits die gesamte letzte Woche von Julieta, Olli und vom Maigrün generell zurückgezogen habe. Zugegeben, ich wollte auch vermeiden, Maurice dort über den Weg zu laufen. Er hat tatsächlich noch einen weiteren Versuch unter-

nommen, mich zu erreichen, und eine SMS mit dem Wortlaut *Lebst du noch?* geschickt, die ich aber bis dato ignoriert habe.
In diesem Moment empfange ich eine Mail, die mir mitteilt, dass Olli mir auf Facebook folgende Nachricht geschrieben hat: *Hi Schnecke. Warum antwortest du nicht? Lg*
Kopfschüttelnd logge ich mich auf Facebook ein und antworte: *Weil ich deine SMS nicht verstehe!*
Olli ist immer noch online und schreibt postwendend: *Verstehste keine Kürzel oder wat???*
Nein. Ich verstehe nur Bahnhof!
Noch weniger verstehe ich, warum wir das Ganze nicht schlicht und ergreifend am Telefon klären, anstatt stundenlang zu simsen und zu chatten!
Olli schreibt wieder: *Kiek ma hier!*
Er hat mir einen Link zu einer Website angehängt.
Als ich sie öffne, sehe ich, dass dort seitenlang SMS-Abkürzungen aufgelistet sind. Offenbar ist heutzutage ein Wörterbuch vonnöten, um sich miteinander zu verständigen – und das, obwohl man dieselbe Sprache spricht! Oder auch nicht.
Wie ich jetzt feststelle, bedeutet *WAMAWIHEAB?* nichts anderes als *Was machen wir heute Abend?* und *SEMIBINIMEBÖ. MÖDIUNSE!* übersetzt man landläufig mit *Sei mir bitte nicht mehr böse. Möchte dich unbedingt sehen!* Na, da sind wir ja mal einen großen Schritt weitergekommen. Und das, obwohl erst vierzig Minuten vergangen sind.
Ich schreibe zurück: *Alles im grünen Bereich. Bin nicht böse.*
Olli schreibt zurück: *Na, denn is ja jut. Heute Abend im Maigrün?*
Ich überlege. Eine ganze Woche habe ich mit den Kindern und einem Berg voll Arbeit zu Hause verbracht und merke, wie mir langsam die Decke auf den Kopf fällt. Ich sollte mal wieder ausgehen.
Von mir aus. Um neun?, schreibe ich.
Ma kieken. Lass kurz vorher noch mal tel, antwortet Olli.

Oh nein, es will einfach kein Ende nehmen mit der Ausbaldowerei unseres Dates. Moderne Männer stellen die Geduld einer Frau wirklich auf eine harte Probe. Und wie »telefonieren« mit Olli aussieht, habe ich ja gerade erlebt. Also mache ich kurzen Prozess und tippe: *Ich bin ab neun da. Komm einfach, wann es dir passt.*
Olli schickt mir als Antwort ein Zwinker-Smiley und die Kürzel *FMAD. HAND!*
Ich switche zu der Kürzelliste und suche nach der Übersetzung. Kann man sich nicht einfach ganz normal unterhalten, Herrgott noch mal?! *Freu mich auf dich. Have a nice day,* lautet die Lösung zu Ollis Rätsel. Seufzend logge ich mich bei Facebook aus, um weitere Chat-Attacken zu vermeiden. Nicht nur, weil mir diese Art der Kommunikation zu zeitintensiv ist, sie ist mir auch irgendwie suspekt. Ich stamme aus einer Generation, da hat man sich im Alter von fünfundzwanzig noch Liebesbriefe geschrieben – und zwar handschriftlich! Ich habe einen ganzen Ordner mit Briefen, die Albert und ich uns während seines Moskauaufenthalts geschickt haben. Auf die Briefe des anderen mussten wir mehrere Tage warten, was zwar mühselig war, den Romantikfaktor der ganzen Sache aber erheblich gesteigert hat. Das höchste der Gefühle war damals, in einen Copyshop zu pilgern, um von dort sündhaft teure Faxe zu verschicken. Ein Faxgerät in einem Privathaushalt war quasi so pervers wie ein S/M-Equipment im Schlafzimmer. Und wer damals einen Anrufbeantworter hatte, galt als größenwahnsinniger Technikfreak. Wenn sich damals ein Mann mit einer Frau verabreden wollte, gab es gar keine andere Möglichkeit, als sie persönlich anzurufen. Da war nichts mit *WAMAWIHEAB?, MÖDIUNSE oder Lass kurz vorher noch mal tel!* Und wenn man die Verabredung nicht einhalten konnte, musste man jemanden schicken, der dem anderen das ausrichtete. Ich erinnere mich noch gut daran, dass mein damaliger Kumpel David auf diese Weise seine Traumfrau an seinen Bruder verlor. Damals spielten

Zufälle und schicksalhafte Begegnungen noch eine Rolle. Wenn man einen Menschen kennenlernte, bei dem der Funke übersprang, dann wurde man ein Paar, so einfach war das. Heute, scheint mir, reißt es niemanden mehr vom Hocker, wenn er einen Menschen trifft, mit dem er sich außergewöhnlich gut versteht. Entweder, weil die meisten Leute glauben, sie könnten noch jemand Besseren finden, oder aber, weil sie gar nicht mehr *erkennen,* wenn sie vor einem Menschen stehen, der ihnen ganz offensichtlich vom Himmel geschickt wurde. Weil sie die ganze Zeit zu Hause vor ihrem Schreibtisch hocken und simsen, chatten, posten und mailen, was das Zeug hält, aber im wirklichen Leben weder einen intelligenten Small Talk noch ein gutes Gespräch führen können. Wie auch? Wer heute seine Meinung zu etwas kundtun will, drückt einfach nur bei Facebook auf den »Gefällt mir«-Button und glaubt, er hätte mit jemandem diskutiert. Aber wer weiß, vielleicht schicken wir all die SMS, Mails, Postings und Chat-Comments gar nicht ab, um andere damit zu erreichen, sondern lediglich, um uns zu vergewissern, dass wir noch da sind. Ganz nach dem Motto: Ich simse, also bin ich! Es geht gar nicht um Kommunikation, wie Julieta behauptet. Es geht um die Vermeidung von Kommunikation. Um den einsamen Egotrip zutiefst verunsicherter Menschen, die in einer Welt der scheinbar unbegrenzten Möglichkeiten tagaus, tagein größtmögliche Unverbindlichkeit zelebrieren.

Es ist fast zehn. Olli und ich sitzen seit knapp einer Stunde im Maigrün zusammen. Er trinkt schon das dritte Bier, ich schlürfe immer noch an meinem ersten *Cuba Zombie* – der neuesten Cocktailkreation von Ulrich.

Endlich wagt sich Olli an das Thema heran, das er offenbar schon die ganze Zeit aufs Tapet bringen will.

»Also, Marlene, noch ma janz in Ruhe: Tut ma echt leid wejen meenen Sprüchen uff der Erotikparty. Ick war halt eenfach scharf uff dich.«

Ich muss lachen. »Schon gut, Olli. Wie gesagt, alles halb so schlimm. Sorry meinerseits, falls ich irgendwie unlocker auf dich gewirkt habe.«
»Ach Quatsch«, winkt er ab. »Du weeßt halt, wat de willst. Bist echt ne …«
»Sag jetzt *bitte* nicht ›tolle Frau‹!«, unterbreche ich ihn.
»Wat denn, wat denn, ha' ick schon wieder wat Falsches jesacht, oder wat?«
»Nein, nein, schon gut.«
»Euch Weibern kann man's aber ooch nich recht machen«, beschwert sich Olli. Dann lächelt er versöhnlich. »Also, wenn de willst – aber det is natürlich nur 'n Vorschlach –, jehn wa ma zusammen ins Kitkat. Det is sowieso tausendma besser als det komische *Frivole de luxe*. Da jeht's echt ab.«
»Kitkat? Hab ich schon mal von gehört. Ist das dieser Club, wo es die Leute sogar auf der Tanzfläche treiben?«, frage ich skeptisch.
»Janz jenau«, grient Olli. »Da sind keene Separees nötig! Da macht jeder, wat er will. Und wer nüscht machen will, lässt et eenfach bleiben.«
»Gehst du da öfter hin?«
»Ab und an.«
»Ich weiß nicht. Kann mir nicht vorstellen, dass das mein Ding ist.«
»Ick gloobe sojar, dat det *voll* deen Ding is. Ick weeß, det hört sich komisch an, Marlene, aber ick hab det Jefühl, det da so wat in dir steckt, wat de noch nich richtig rauslässt.«
Wenn Olli wüsste, was ich schon alles rausgelassen habe. Zumindest wenn man bedenkt, dass ich mich gerade mal seit zweieinhalb Monaten auf dem Großstadt-Single-Markt tummele.
»Dit is übrijens die Neue von Ulrich«, wechselt Olli das Thema und zeigt auf eine große rotblonde Frau mit Sommersprossen und einer ausladenden Oberweite, die am Tresen

steht und mich eingehend mustert. »Ich saje nur: Ufjepasst, Tussen-Alarm!«
Bevor ich etwas erwidern kann, steht die Rotblonde auch schon vor unserem Tisch.
»Hey, Tag, ich bin Nina, die Freundin von Ulrich«, quäkt sie. »Hab gehört, du veranstaltest demnächst Musik-Events hier, und wollte mich mal vorstellen, ich bin nämlich Sängerin. Also, eigentlich bin ich Verkäuferin, aber ich singe halt auch.« Sie lacht hysterisch auf und fährt sich mit ihren violett lackierten Krallen-Fingernägeln durchs Haar. »Und na ja, ich würde waaaahnsinnig gerne mal bei euch mitmachen. Kann dir auch mal 'ne Demo-CD von mir geben. Ich sing noch nicht so lange, aber alle geben mir ein supergutes Feedback, und ich denke, meine Stimme ist echt ausbaufähig.«
Ich lächle distanziert. Bei euch mitmachen? Sind wir vielleicht ein Hobby-Gospelchor aus dem Harz?
»Ah ja. Was hast du denn bisher so gemacht?«, frage ich und fühle mich wie ein Jurymitglied von *DSDS,* das einer naiven Bewerberin beibringen muss, dass die Musikbranche keine Karaokeparty für singende Verkäuferinnen ist. »Hattest du Gesangsunterricht? Hast du in Bands gesungen?«
»Nee, also das jetzt nicht. Aber früher hab ich im Schulchor gesungen, und zu Hause in der Badewanne träller ich immer die ganzen Klassiker rauf und runter!«, plärrt Nina mit ihrer Gießkannenstimme, von der ich jetzt auch weiß, an wen sie mich erinnert: Verona Pooth. Wenn sie beim Singen genauso klingt wie beim Sprechen, dann muss ich mir vor dem Hören ihrer CD auf jeden Fall Ohropax besorgen.
»Du meinst Pop- und Jazz-Klassiker?«, frage ich.
»Nee, oh Gott, ich meine Schlager. Ich steh voll auf Schlager. Andrea Berg und so. Sie ist mein ganz großes Vorbild!«
Olli wirft Nina einen Blick zu, als bräuchte er dringend eine chinesische Bodenvase in seiner Nähe.

»Andrea Berg. Ah ja. Also, ich fürchte, da werden wir nicht zusammenkommen. Ich mache Jazz- und Soul-Musik«, sage ich.

»Aber Andrea Berg ist doch auch Jazz und Soul. Die macht doch alle Stile.«

»Nein, Andrea Berg ist eindeutig Schlager«, sage ich freundlich, aber bestimmt. »Das hat weder was mit Jazz noch mit Soul zu tun. Du kannst ja mal zu unserem Konzert kommen, dann wirst du den Unterschied bestimmt erkennen.«

Wird sie bestimmt nicht, denke ich, aber was soll's.

»Gerne!«, quäkt Nina. »Singst du an dem Abend auch selbst?«

»Klar, beim Eröffnungs-Event bin ich für Piano und Gesang zuständig.«

Olli, dem unser Gespräch offensichtlich zunehmend auf den Geist geht, räuspert sich laut: »Ja, schön und jut … Willste noch so 'n Cuba-Ding, Marlene?«

»Äh … Ja, gerne«, sage ich zu Olli, der Richtung Tresen verschwindet.

»Na, dann will ich nicht weiter stören. Ich geb Ulli einfach meine CD, und dann kannst du ja mal reinhören«, scheppert Nina, wuschelt sich mit ihren violetten Krallen noch mal ihre rotblonde Mähne aus dem Gesicht und rauscht ebenfalls davon. Fassungslos blicke ich Nina nach. *Das* ist Ulrichs neue Freundin? Und hat sie ihn gerade »Ulli« genannt? Was will er denn mit dieser geschmacksverirrten Dummbratze? Allein der Sound ihres Sprechorgans schlägt doch jeden in die Flucht. So gut *kann* sie doch gar nicht im Bett sein, dass man das freiwillig erträgt. Geistesblitzartig kommt mir eine Erklärung in den Sinn: Natürlich, da haben wir es wieder! Das »Männer wollen keine tollen Frauen«-Schema schlägt wieder zu. Die wenigsten Männer dulden einen anderen Gott neben sich selbst. Sie gehen zwar mit den »tollen Frauen« gerne mal für eine Nacht ins Bett, kehren danach aber zu ihren langweiligen Tussen zurück. Und was genau folgt daraus? Tolle Frauen haben am Ende zwar viel-

leicht jeden Mann mal für eine Nacht, aber auf Dauer niemanden, und die Verkäuferinnen mit den dicken Titten und den Verona-Pooth-Stimmen kriegen die tollen Männer zwar als festen Partner ab, müssen aber damit rechnen, dass diese sie nach Strich und Faden mit den tollen Frauen betrügen. Bleibt die Frage, welche der beiden Alternativen die bessere ist?
Olli kommt mit zwei Getränken zurück und setzt sich wieder neben mich. »Ick hoffe, die Trulla kommt nich noch ma rüber. Hält ma ja im Kopp nich aus«, sagt er und hebt seine Flasche. »Prost!«
Wir lachen und stoßen an.
»Olli, du bist doch ein Mann.«
»Na, det will ick hoffen!«, grient Olli. »Leider konnt ick dir det bislang noch nich so richtig beweisen.«
»Nein, ich meine, kannst du mir vielleicht erklären, warum Männer wie Ulrich mit Frauen wie Nina zusammen sind?«
»Keene Ahnung. Ulrich steht halt uff Rothaarije«, sagt Olli achselzuckend. »Seene letzte Braut hat fast jenauso ausjesehen wie die da. Und hieß Nana. Ick gloob, der hat da ’nen Fetisch oder so wat.«
Wieder lachen wir.
Als mein Blick auf der Suche nach Nina und Ulrich noch einmal durch den Raum wandert, zucke ich jäh zusammen: Maurice lehnt am Tresen. Eindringlich und mit einem leicht verkniffenen Zug um den Mund mustert er Olli und mich. Unsere Blicke treffen sich. Ein spöttisches Lächeln huscht über Maurice’ Gesicht, und er nimmt einen großen Schluck aus seinem Bierglas. Ganz offensichtlich kommt er sich sehr überlegen vor. Aber wenn ich sein Gehabe richtig deute, scheint er nicht besonders begeistert darüber zu sein, mich hier mit Olli zu sehen. Insgeheim freue ich mich diebisch. Besser hätte es nicht kommen können. Auch ich kann mit anderen flirten, jawohl! Demonstrativ rücke ich noch ein Stück näher zu Olli und gebe mich betont charmant und gut gelaunt. Maurice

wendet sich genervt ab und zündet sich eine Zigarette an. Ich lasse mir von Olli erneut alle Vorzüge des Kitkat-Clubs aufzählen, bin mit meiner Aufmerksamkeit aber bei Maurice und seiner offensichtlichen Eifersucht. Er schaut alle paar Sekunden zu uns herüber, raucht wie ein Schlot und versucht, Blickkontakt mit mir aufzunehmen. Was für eine Genugtuung. Schade, dass Olli meine Telefonnummer schon hat, sonst könnte ich sie ihm vor Maurice' Augen auf einen Zettel kritzeln und überreichen. Irgendwann erhebt sich Maurice, plustert sich auf wie ein eitler Pfau, begrüßt irgendeine Frau demonstrativ mit Küsschen auf beide Wangen und schlendert betont lässig in den hinteren Teil der Bar, so dass ich ihn nicht mehr sehen kann. Ich schaue ihm nach. Blödmann.
Olli bemerkt meinen Blick und fragt: »Kennste den?«
»Äh ... ja«, sage ich knapp.
»Haste wat mit ihm?«
»Nein.«
»Klar haste wat mit ihm, ick bin doch nich blöd, ihr kiekt euch doch schon die janze Zeit so komisch an.«
»Ja, aber das ist vorbei.«
Olli sieht mich forschend an. »Kannste mir im Jegenzug ooch ma wat erklären?«
»Was denn?«
»Warum Frauen wie du uff Scheißkerle wie den da abfahren?«
»Hä?«
»Ick könnte wetten, er hat dich mies behandelt, wa?«
»Äh ... na ja ...«
»Warum steht ihr Frauen immer uff die Kerle, die euch 'nen Arschtritt jeben?«
Ich muss schlucken. Zugegeben, Ollis Fragen haben ihre Berechtigung. Warum findet eine angeblich »tolle Frau« wie ich einen Typen wie Maurice reizvoll? Stehen wir starke Frauen auf chauvinistische Männer, weil wir uns nur bei ihnen »weiblich« fühlen können – »weiblich« im Sinne von schwach und

unterlegen? Wünschen wir uns im tiefsten Innern diese Art der Rollenverteilung und glauben, sie nur bei Machos zu finden? Ich bin entsetzt.

Olli steht auf und sagt deutlich eingeschnappt: »Ick jeh ma pinkeln.«

Und ich sollte mir mal dringend den Kopf durchpusten lassen, denke ich und gehe vor die Tür.

Draußen atme ich tief durch und stecke mir eine Zigarette an. Die unerwartete Konfrontation mit Maurice und Ollis Kommentare haben mich ganz schön aufgewühlt. Eine halbe Zigarettenlänge bin ich allein, dann geht quietschend die Tür auf. Ich drehe mich um: Maurice steht da. Er zündet sich ebenfalls eine Zigarette an und kommt ein paar Schritte auf mich zu. Wir stehen uns gegenüber, rauchen und sehen uns an.

»Was ist los?«, fragt er ganz ruhig.

»Was soll los sein?«, frage ich so beiläufig wie möglich.

»Ich habe versucht, dich zu erreichen. Warum reagierst du nicht?«

»Hör zu, Maurice, lass es einfach«, erwidere ich barsch. »Ich bin nicht der Spielball deiner Launen.«

Olli hat meinen Kampfgeist geweckt. So leicht lasse ich mich von Maurice nicht wieder um den Finger wickeln.

Maurice schnaubt. »Ich spiele doch gar nicht mit dir«, sagt er dann in einem Ton, als würde ein kleiner Junge zu seiner Lehrerin sagen: »Ich war's doch gar nicht!«

»Natürlich tust du das. An einem Tag bin ich gut genug für tollen Sex und gute Gespräche, und am nächsten zeigst du mir die kalte Schulter. Schönen Dank auch.«

Maurice zuckt mit den Achseln und sagt: »Ich bin nun mal ein Sozial-Autist.«

»Du bist *was?*«, frage ich gereizt.

Es ist unglaublich, wie er sein beschissenes Verhalten mit irgendwelchen pseudo-intellektuellen Sprüchen schönreden will. Wie wäre es mal mit einer simplen Entschuldigung!

»Du gehörst eben auch zu der Sorte Männer, die sich nur dann bemühen, wenn man sie zurückweist. So eine Kinderkacke brauche ich nicht.«
Maurice zieht die Brauen hoch und seufzt.
Was hat er erwartet? Dass ich so tue, als sei nichts gewesen, und ihm um den Hals falle? Weil er so unwiderstehlich ist?
»Hast du morgen Abend Zeit?«, fragt er plötzlich.
»Wieso?«
»Ich würde gerne für dich kochen. Wenn du magst. Ich hab morgen frei.«
»Siehst du?!Kaum bist du dir meiner nicht mehr sicher, willst du für mich kochen!«, rufe ich, und im gleichen Moment tut mir mein Ausbruch auch schon leid. Denn ich begreife, dass dies Maurice' Art ist, Entschuldigung zu sagen. Also füge ich etwas ruhiger, aber immer noch unterkühlt hinzu: »Du kannst kochen?«
»Jepp. Zumindest sind meine Spaghetti besser als deine.«
Ich kann nicht verhindern, dass mir ein Lächeln übers Gesicht huscht. Mist. Wenn er so anfängt, finde ich ihn leider wirklich unwiderstehlich.
»Hm«, sage ich zögernd. »Prinzipiell hätte ich schon Zeit …«
»Gut. Sagen wir um sieben bei dir? Ich bringe alles mit.«
»Warum treffen wir uns zur Abwechslung nicht mal bei dir?«
»Zu mir können wir nicht.«
»Warum nicht?«
»Erklär ich dir mal in Ruhe.«
»Also gut. Um sieben bei mir. Ich stelle mich dann auf acht ein«, erwidere ich trotzig eingedenk des Warte-Marathons vom letzten Mal.
Maurice tritt seine Zigarette aus und geht zur Tür. Dann dreht er sich noch mal um und sagt lächelnd: »Ich freu mich.«
»Ich mich auch«, murmele ich verwirrt.
Ich bleibe noch einen Moment lang draußen stehen. Es darf einfach nicht wahr sein. Der Kerl hat es mal wieder geschafft,

mir komplett den Wind aus den Segeln zu nehmen. Gleichzeitig macht sich ein Kribbeln in meiner Magengegend breit. Maurice will für mich kochen. Maurice – der ach-so-coole Barkeeper – will für mich *kochen!* Und er freut sich drauf! Ich balle meine Hände triumphierend zu Fäusten, gebe einen leisen Juchzlaut von mir und mache einen Luftsprung.

Kapitel 23

Marlene, ich bitte dich, wenn ein Mann sagt ›Zu mir können wir nicht‹, dann ist das ein absolutes K.-o.-Kriterium!«, ruft Guido in den Hörer, nachdem ich ihm die letzten Maurice-Ereignisse geschildert habe.

»Guido, du bist Innenarchitekt. Du hast da andere Maßstäbe«, werfe ich ein.

»Unsinn. Ein Mann, der sagt ›Zu mir können wir nicht‹, lebt entweder in einer versifften Bude oder teilt sich die Wohnung mit versifften Leuten, oder – noch schlimmer – er lebt mit einer Frau zusammen. Darüber hinaus will er die Möglichkeit haben, jederzeit gehen zu können, wenn es ihm passt. In jedem Fall hat er etwas zu verbergen. Und was hat er noch mal gesagt, was er ist?«

»Ein ›Sozial-Autist‹.«

Guido schnaubt verächtlich. »Na schönen Dank auch. Aber das Schlimme ist, wer so was von sich gibt, ist nicht unbedingt auf den Kopf gefallen. Das macht es für dich nur noch schwerer.«

»Es macht was schwerer?«

»Ihn abzuhaken!«

Maurice ist auf die Minute pünktlich. Bewaffnet mit einer Tüte voller Lebensmittel und einer Flasche Rotwein betritt er meine Wohnung.

Ich habe heute bewusst keinen Aufriss gemacht. Gut – abgesehen von Baden, Rasieren, Eincremen, Augenbrauenzupfen, Nägellackieren, Schminken und stundenlangem Überlegen, welche meiner Jeans ich mit welchem meiner Shirts kombiniere. Maurice stellt die Sachen auf dem Küchentisch ab und macht sich sofort an die Arbeit.
»Es gibt Steak mit Röstkartoffeln, Kräuterbutter und Salat. Ist das recht?«, fragt er gespielt förmlich.
Ich bin sprachlos. Und total scharf auf ihn. Ich glaube, es gibt nichts Heißeres als Typen wie Maurice, wenn sie für einen kochen. Dennoch lasse ich mir meine Begeisterung nicht anmerken und sage nüchtern: »Klingt gut.«
»Wie wär's mit 'n bisschen Musik? Vielleicht wieder der gute alte Rufus?«, schlägt Maurice vor. »Und wir könnten schon mal 'nen Prosecco aufmachen.«
Ich werfe ihm einen ungläubigen Blick zu. Du liebe Zeit, heute legt er sich aber ins Zeug, denke ich und schmeiße die Rufus-Wainwright-CD ein.
Eine halbe Stunde später hat Maurice ein Essen gezaubert, das jedem Vier-Sterne-Restaurant Konkurrenz machen würde. Ich decke den Tisch und entkorke eine Weinflasche.
»Darf ich Kerzen anzünden?«, frage ich ironisch.
»Ich bitte darum«, erwidert Maurice.
Weitere fünf Minuten später sitzen wir uns wie in einer Schnulze mit Jennifer Aniston und Gerard Butler gegenüber, und Maurice prostet mir formvollendet zu, wobei er mir tief in die Augen blickt. Nicht zu glauben, was der Typ für Seiten an sich hat! Sollte er inzwischen etwa doch begriffen haben, dass ich ihm etwas bedeute?
»Wo hast du so gut kochen gelernt?«, erkundige ich mich.
»Mein Stiefvater ist gelernter Koch.«
»Hm.«
Ich verkneife es mir, nach seinem richtigen Vater zu fragen, nachdem er dieses Thema schon neulich abgeblockt hat.

Überraschenderweise ist es jedoch Maurice, der auf einmal sagt: »Meinen leiblichen Vater hab ich nie kennengelernt. Ich weiß nur, dass er Arzt ist. Irgendwo in Westafrika.«
Abwartend blicke ich Maurice an.
»Er hat meine Mutter geschwängert, als sie neunzehn war«, fährt er fort. »Sie hat es keinem erzählt und mich in der Badewanne ihrer Tante zur Welt gebracht. Mitten in der Nacht. Allein, ohne jegliche Hilfe.«
Ich bin ehrlich betroffen. Zumal ich eine derartige Offenbarung von Maurice niemals erwartet hätte.
»Und dein Vater?«, frage ich vorsichtig.
»Der wurde so schnell wie möglich darüber informiert. Woraufhin er so schnell wie möglich nach Afrika abgehauen ist«, sagt Maurice verächtlich und knallt sich noch eine Portion Kartoffeln auf den Teller. »Sorry, aber bei dem Thema bekomme ich regelmäßig schlechte Laune. Und was mir meine Laune endgültig verdirbt, ist, dass ich es selbst nicht besser hingekriegt hab mit der Familienplanung.«
Ich blicke Maurice verständnislos an: »Wie meinst du das?«
»Ich hab einen vierjährigen Sohn.«
Ich lege mein Besteck zur Seite. Das wird ja immer bunter!
»Hast du noch mehr Überraschungen auf Lager?«, frage ich und schenke mir Wein nach.
Nicht, dass ich ein Problem damit habe, dass er Vater ist, im Gegenteil, dafür erhält Maurice gerade eine ganze Ladung Sympathiepunkte von mir, aber langsam komme ich nicht mehr mit. Was will der Typ eigentlich? Erst erklärt er, wir sollten nicht so viel labern, weil das abturnend sei, und jetzt schüttet er mir hemmungslos sein Herz aus. Irgendwie bin ich verstimmt. Ich habe die Willkür satt, mit der er mich behandelt – je nachdem, wie ihm gerade zumute ist, lässt er mich mal abblitzen und dann wieder ganz nah an sich heran.
»Sag bloß, jetzt bist du geschockt?«, lacht Maurice und greift über den Tisch nach meiner Hand.

Wenn er mich nur nicht so ansehen würde, verdammt!
»Äh … Ja. Ich meine, nein«, sage ich verwirrt. »Ich hätte das nur überhaupt nicht von dir gedacht. Was ist denn mit … mit der Mutter des Kindes?«
»Von der bin ich getrennt. Seit einem halben Jahr. Alles ziemlich kompliziert.«
»Und siehst du deinen Sohn noch?«
»Ja. Ab und zu.«
Ich trinke mein Glas zur Hälfte leer. Man scheint Maurice beim besten Willen nicht greifen zu können. Immer, wenn ich glaube, ich wüsste, mit wem ich es zu tun habe, zaubert er eine neue venezianische Maske hervor, hält sie sich vors Gesicht und ruft: »Ätschibätsch! Das bin ich gar nicht, ich bin *das* hier!« Oder ist auch Maurice ein Multitool, das ich in meiner rosafarbenen Frauenhirn-Kommode etwas zu voreilig in das Fach *Arschloch-Macho-Frauenheld* einsortiert habe? Wobei er mir momentan gar nicht mehr wie ein Macho-Arschloch vorkommt, sondern vielmehr wie ein zutiefst verletzter Junge, der irgendwie die Orientierung verloren hat. Falls er sie jemals besaß.
»Fällt es dir deshalb so schwer, dich auf jemanden einzulassen?«
»›Deshalb‹? Weshalb?«
»Wegen allem. Wegen deinem Vater, der gescheiterten Beziehung?«
»Was weiß ich. Lasse ich mich schwer ein?«
»Ich habe schon den Eindruck.«
»Ich finde, ich lasse mich gerade sehr auf dich ein. Zumindest für meine Verhältnisse.« Maurice wirft mir einen vielsagenden Blick zu.
»Vielleicht, aber sobald es zu nah wird, läufst du weg.«
»Tun wir das nicht alle?«, fragt Maurice und zuckt mit den Achseln.
Ich stehe auf und räume das Geschirr ab. Dann setze ich mich wieder an den Tisch und zünde mir eine Zigarette an.

»Mag sein, aber deshalb muss man noch lange keine Spielchen spielen und andere verletzen«, sage ich.
»Wenn du die Situation im Cookies meinst: Es gehört nun mal dazu, dass ich mit den Frauen flirte. Damit sie wiederkommen, verstehst du? Die meisten halte ich lediglich bei der Stange. Ich mache ihnen Hoffnungen, gebe ihnen meine Nummer, aber in den seltensten Fällen fange ich was mit ihnen an. Wenn ich es mir nämlich mit einer verscherze, kommen ihre Freundinnen auch nicht mehr.«
Ich bin baff. Maurice schafft es immer wieder, die Dinge in ein völlig anderes Licht zu rücken. Im Nachhinein komme ich mir fast lächerlich vor. Oder ist das wieder nur Teil seines Spiels?
»Also spielst du nicht nur mit mir, sondern auch mit diesen Girls«, sage ich provokant.
»Ihr Frauen liebt diese Spielchen doch, oder?«
»Wie bitte?«
»Es macht euch an.«
»Du hast sie ja nicht mehr alle!«
Maurice lächelt unergründlich und zündet sich ebenfalls eine Zigarette an. »Das, was du Spielchen nennst, erhält die Leidenschaft zwischen zwei Menschen.«
Obwohl mich seine Kommentare im ersten Moment wütend machen, beschleicht mich das ungute Gefühl, dass er gar nicht so unrecht hat. Wenn man sich des anderen nie sicher sein kann, hält das eindeutig das Feuer am Brennen. Die Sicherheit und Geborgenheit einer eingefahrenen Ehe sind ja bekanntlich Gift für jede Leidenschaft.
»Warum haben du und deine Ex euch eigentlich getrennt?«, wage ich zu fragen. »Hast du sie betrogen?«
»Es wurde mir zumindest unterstellt«, antwortet Maurice ausweichend.
»Hast du oder hast du nicht?«
Maurice schaut mich an. Dann seufzt er und sagt: »Ja, hab ich.«
Für einen Moment schweigen wir beide.

»Hör zu, ich bin für konventionelle Beziehungen einfach nicht gemacht. Warum auch immer«, sagt Maurice dann. »Und mein Eindruck ist, du auch nicht.«

»Stimmt«, gebe ich zu.

»Für mich zählt der Moment. Ist es weniger wert, einen einzigen intensiven Abend mit jemandem zu verbringen, als ein halbes Leben? Kann man sich nicht auch für einen Abend ›ernsthaft einlassen‹? Für eine Nacht?«

Ich denke an die Nächte mit Gabriel und Chris und nicke nachdenklich.

»Ich kann nun mal nicht so leben, immer mit derselben Frau zusammen sein, immer mit derselben Frau schlafen«, fährt Maurice fort. »Ich liebe den Sex. Ich liebe die Frauen.« Er sieht mich an, als würde ihm plötzlich bewusst, dass das, was er da gerade gesagt hat, verletzend für mich sein könnte. »Was nicht heißt, dass es nicht auch Frauen gibt, mit denen ich den Sex ganz besonders liebe. Mit dir zum Beispiel.«

Besonders. Er hat es ausgesprochen, das magische Wort. Also bin ich doch etwas Besonderes für ihn. Mir wird in diesem Moment klar, dass ich Maurice für alles andere als ein Arschloch halte. Im Gegenteil, auf einmal kommt es mir so vor, als wären wir uns auf eine Art sehr ähnlich. Und ich bin – und zwar genau deshalb, weil er so ist, wie er ist – hoffnungslos verliebt in ihn.

»Man sollte im Hier und Jetzt leben«, sage ich nachdrücklich, als wolle ich es mir selbst noch einmal vor Augen führen. »Es gibt die Liebe, und es gibt noch eine Menge anderes. Jedes Gefühl hat seinen Wert. Der Mensch ist nun mal nicht für die Monogamie gemacht.«

Maurice sieht mich überrascht an und zieht an seiner Zigarette. Dann lacht er auf. »Und das aus dem Mund einer Frau! Ich fasse es nicht!«

»Wichtig sind Wertschätzung und Respekt«, fahre ich fort. »Ich habe keine Lust auf Männer, die mich behandeln wie Dreck, nur weil sie mich nicht einsortiert kriegen.«

»Ich weiß es zu schätzen, das mit dir hier«, sagt Maurice plötzlich ernst und nimmt erneut meine Hand. »Du kannst davon ausgehen, dass ich dich respektiere. Aber bitte erwarte nicht von mir, dass es in meinem Leben nur dich gibt.«
Ich schaue Maurice an, und vor meinem inneren Auge sehe ich ihn in jener Nacht im Cookies mit den Party-Blondinen schäkern. Kann ich das akzeptieren? Kann ich das wirklich akzeptieren? Dann kommt mir plötzlich ein ganz anderes Bild in den Sinn: Maurice, wie er am Tresen sitzt und eifersüchtig zu mir und Olli herüberstarrt.
»Wie ist es mit dir? Kannst du akzeptieren, dass es auch andere Männer in meinem Leben gibt?«
Maurice guckt mich irritiert an und zieht die Hand weg. Anscheinend haben ihn das noch nicht viele Frauen gefragt.
»Keine Ahnung. Klar. Warum nicht? Schließlich haben wir keine feste Beziehung. Du bist mir ja keine Rechenschaft schuldig«, sagt er ausweichend. Dann blickt er mir direkt ins Gesicht und fragt argwöhnisch: »Gibt es denn andere?«
Ich schmunzle: »Nicht wirklich.«
»Sag bloß, du hast was mit diesem Olli?«
»Olli baggert ununterbrochen an mir herum, aber ich steh nicht auf ihn.«
»Bist du sicher? Eine Menge Frauen stehen auf diesen Idioten.«
»Na ja, zugegeben, sein Sixpack macht mich schon irgendwie an …«, scherze ich.
Maurice verzieht gespielt beleidigt sein Gesicht.
Ich stehe auf, gehe zu ihm rüber und setze mich auf seinen Schoß. Er schlingt die Arme um mich und ich schmiege mich an ihn. Mehr nicht. Wir sitzen einfach nur da.
»Maurice …«, flüstere ich nach einer Weile.
»Marlene …«, flüstert Maurice.
Wir hätten genauso gut »Ich liebe dich« sagen können, aber das wäre zu abgedroschen gewesen. Und viel zu konventio-

nell. Maurice küsst mich, und ich frage mich, ob Leidenschaft und das Gefühl des Verliebtseins überhaupt dafür gemacht sind, länger anzudauern als für eine kurze, begrenzte Zeit? Liegt es nicht in der Natur des Verliebtseins, nicht von Dauer zu sein? Warum versuchen wir trotzdem, den Zustand des Verliebtseins in das zu verwandeln, was nach dem Verliebtsein kommt? Und was muss passieren, damit man bereit ist, sich darauf einzulassen?

Eine von vielen möglichen Antworten auf diese Frage bekomme ich zwei Tage später durch die Freisprechanlage meines Autos.

»Sybille ist schwanger«, schallt mir Alberts Stimme entgegen.

»Wie bitte?!«, rufe ich und stoppe den Fiat mit quietschenden Reifen vor einer roten Ampel, die ich beinahe überfahren hätte.

Ich habe gerade die Kinder zur Schule gebracht. Es ist kurz nach acht, und ich dämmere in einem semikomatösen Wachzustand vor mich hin, der es mir gerade noch erlaubt, die nötigsten Verkehrsregeln zu beachten. Auf Nachrichten wie diese ist mein Organismus noch in keiner Weise eingestellt – schon gar nicht ohne Kaffee.

»Ich wollte, dass du es von mir erfährst, und nicht von den Kindern.«

»Die Kinder wissen es schon?«, stottere ich.

»Ja.«

»Und wie haben sie reagiert?«

»Sophie hat einen Heulkrampf bekommen, und Julian hat sein Zimmer verwüstet, aber das wird schon wieder.«

»Wenn du das sagst …«

»Ich werde dann die Scheidung einreichen.«

»Gern. Äh, ich meine, sicher.«

»Sybille und ich wollen früher oder später heiraten.«

Ich gähne: »Klar.«

»Scheint dich ja irrsinnig vom Hocker zu reißen«, bemerkt Albert spitz.
Was hat er erwartet? Dass ich einen hysterischen Anfall bekomme? Dass ich drohe, mich umzubringen? Dass ich drohe, Sybille umzubringen? Ehrlich gesagt lässt mich das alles ziemlich kalt.
»Sybille und ich werden uns ein Haus suchen, in dem wir gemeinsam mit allen Kindern und Sybilles Tieren leben können.«
Na, dann viel Spaß, denke ich schadenfroh. Vor meinem geistigen Auge sehe ich Albert irgendwo in Kleinmachnow, Wustermark oder Birkenwerder ein sabberndes Balg zwischen Rasenmähen, Zäunereparieren und Hundehüttenbasteln mit sich herumtragen und laut fluchen, während die Stimme seiner Sybille aus dem Haus herausdringt und ihn zusammenscheißt, weil sie mit Putzen, Kochen und Wäschewaschen nicht mehr hinterherkommt. Spätestens dann dürfte zumindest *ihre* Verliebtheitsphase endgültig vorbei sein.
»Klingt logisch«, erwidere ich knapp. »Na, dann herzlichen Glückwunsch.«
»Danke. Ach, übrigens, ich möchte mit Sybille einen Tanzkurs machen, der findet immer Sonntagabend statt. Könntest du die Kinder in dieser Zeit schon sonntags nehmen?«
»Einen Tanzkurs? Wieso das denn? Macht ihr nach einem Monat Beziehung bereits eine Paartherapie? Oder ist das eine vorbeugende Maßnahme?«, stichele ich.
»Sehr witzig, Marlene.«
»Ich nehme sie.«
»Gut. Das ist nett.«
Ich lege auf. Unglaublich, jetzt hat diese Rote-Herzen-Fetischistin Albert auch noch ein Kind angedreht! Unaufgefordert Geschenke zu verteilen, war ja immer schon eine ihrer Stärken. Vermutlich hat die gewitzte, bodenständige Tierärztin das alles gewissenhaft ausbaldowert – und mal eben »ganz

aus Versehen« die Pille abgesetzt –, weil sie genau wusste, dass ein Typ wie Albert keine Frau sitzenlässt, die schwanger von ihm ist. Eine Frau, die einen zukünftigen Maier-Nachfahren im Brutkasten hat, wird selbstredend geheiratet. Sollen sie doch.

Ich werde dem Mann, den ich zu lieben glaube, sämtliche Freiheiten der Welt zugestehen – ebenso wie mir selbst. Und zwar ohne Erwartungen. Entweder wird er ein Teil meines Lebens, oder ich werde ihn irgendwann verlieren. Aber das ist nun mal der Weg, den ich wähle. Albert und ich hätten weiß Gott nichts Besseres tun können, als uns zu trennen.

Kapitel 24

Maurice und ich sehen uns nun schon seit gut eineinhalb Monaten regelmäßig ein- bis zweimal die Woche. Dass er sich immer mit vagen Sprüchen wie »Bis bald«, »Lass uns telefonieren« oder »Wir sehen uns irgendwann« verabschiedet, versuche ich nicht überzubewerten – obwohl es mich jedes Mal irritiert. Sauer werde ich allerdings, wenn er kurzfristig und ohne Begründung absagt. Immerhin hat er inzwischen kapiert, dass Spontananfragen wie »Treffen wir uns in einer Stunde bei dir?« oder »Bist du noch wach?« um drei Uhr nachts für eine berufstätige Single-Mutter von zwei Kindern eine schlichte Zumutung sind. Ich versuche meinerseits zu kapieren, dass man Pünktlichkeit und Zuverlässigkeit vielleicht von einem Verwaltungsbeamten erwarten kann, nicht aber von Maurice. Warum ich so viel Wert darauf lege, weiß ich selbst nicht, schließlich ist es streng genommen total kleinlich und spießbürgerlich. Und außerdem hat Maurice ganz andere Qualitäten – wie Sex-Appeal, Sex-Appeal und … ach ja, Sex-Appeal. Tildas Interpretation meiner Amour fou mit ihm lautet: »Dich interessieren zurzeit halt nur Männer, die das komplette Gegenteil zu Albert sind: unzuverlässig, unseriös, unehrlich und unreif. Dafür aber irgendwie … unwiderstehlich!« Bei all diesen »Un«s ist unsere Liaison in einer Hinsicht besonders »un« – nämlich undefiniert. Maurice und ich leben und lieben einfach fröhlich drauflos, völlig ohne Plan. Aufregender

Sex gehört zwar nach wie vor zu unseren Lieblingsbeschäftigungen, aber wir wagen uns mittlerweile auch an so unaufregende Aktivitäten wie Kinobesuche oder Essengehen heran. Bei unserem letzten Treffen nahm mich Maurice auf dem Weg vom Parkplatz zu meiner Wohnung sogar an der Hand, was mich beinahe zu einem weiteren Luftsprung verleitet hätte. Alles in allem geben wir uns aber große Mühe, den Grad von Vertrautheit und Nähe wohldosiert zu halten. Obwohl sich Maurice auffällig oft danach erkundigt, ob ich mich noch mit anderen Männern treffe. Einmal wollte er sogar wissen, warum in meinem Badezimmer ein zweites nasses Handtuch über der Heizung hängt. Als ich ihm erklärte, dass ich vor unserem Treffen beim Sport gewesen und dort ein anderes Handtuch benutzt hätte, war er sichtlich beruhigt. Es ist schon erstaunlich, welche Freiheiten Männer sich selbst herausnehmen und wie schwer es ihnen fällt, diese auch Frauen zuzugestehen. Zu meiner Erleichterung scheine ich bei Maurice zumindest weder Gernotsche Minderwertigkeitskomplexe noch Phobien nach dem Strickmuster *Powerfrau gleich Bedrohung* auszulösen. »Wann lernt man schon mal eine Filmmusikproduzentin kennen. Ist doch cool!«, lautete sein Kommentar zu diesem Thema. Die von mir geschriebene Musik für *Zwielicht,* die ich ihm auf seine Aufforderung hin an einem Abend vorspiele, scheint ihn ebenfalls zu beeindrucken.

»Hört sich alles in allem so an, als sei er der perfekte Mann für dich«, erklärt Tilda, als wir mal wieder im Café beim Frühstück zusammensitzen.

»Hast du ihm eigentlich schon gebeichtet, dass du nicht fünfunddreißig, sondern fast vierzig bist?«

Ich schrecke zusammen. Das Thema hatte ich völlig verdrängt. »Nein«, sage ich etwas betreten.

»Willst du es ihm irgendwann mal sagen?«

»Alter spielt keine große Rolle zwischen uns.«

»Vielleicht nicht für dich. Aber vielleicht für ihn.«
Ich blicke Tilda erschrocken an. »Glaubst du, dass … dass er mich zu alt findet, wenn er es erfährt?«
»Was weiß ich«, erwidert Tilda und macht eine hilflose Geste. »Frag ihn doch einfach. Auf deine Kinder hat er doch auch ganz locker reagiert.«
»Apropos …«, murmele ich. »Maurice weiß bislang nur von einem Kind. Von Julian.«
»Marlene!«, tadelt mich Tilda. »Du hast ihm noch immer nichts von Sophie erzählt? Warum stehst du nicht dazu?«
»Keine Ahnung! Es war keine Absicht. Eigentlich wollte ich ihm *gar nichts* von den Kindern erzählen. Aber dann lag da das Playmobilauto von Julian und …«
»Glaubst du etwa, dass du als vierzigjährige Frau mit zwei Kindern für einen dreißigjährigen Mann nicht attraktiv sein könntest?«, fragt Tilda jetzt fast vorwurfsvoll.
»Weiß nicht … vielleicht …«, murmele ich. Dann blicke ich zu Boden und sage: »Ja.«
»Marlene. Du liebst Maurice doch. Du solltest ihm die Marlene zeigen, die du bist. Und wenn er die nicht zurücklieben kann, dann ist er nicht der Richtige für dich. Punkt.«
»Du hast ja recht, aber …« Panik ergreift mich. »Es ist nicht so einfach, jemanden zu finden, von dem man auch nur ansatzweise glaubt, man könne mit ihm so etwas wie eine …«, ich stocke kurz, »… Beziehung führen. Heutzutage will sich keiner mehr festlegen, alle wollen sich alles offenhalten, haben zwar maßlose Ansprüche, wollen aber gleichzeitig größtmögliche Unverbindlichkeit. Besonders die Generation der Dreißigjährigen. Und ich bin sowieso keine Frau, die so leicht jemanden findet, der zu ihr passt. Ich bin fast vierzig, habe zwei Kinder, lege weder Wert auf ein Reihenhaus in Kleinmachnow noch auf weiteren Nachwuchs, habe einen ungewöhnlichen Beruf, den die meisten Männer entweder merkwürdig oder abschreckend finden, und darüber hinaus sehr spezielle Vor-

stellungen vom Leben und von Beziehungen. Und wenn sich ein Typ wie Maurice entgegen aller realistischen Annahmen auf mich einlässt, dann grenzt das an ein Weltwunder. Ich werde einen Teufel tun, das aufs Spiel zu setzen, nur wegen einer blöden Zahl, die mein biologisches Alter anzeigt!« Ich beende meinen Monolog und atme tief durch.
Tilda sieht aus, als hätte sie eine Windböe umgeweht. Dann lächelt sie und sagt: »Ich kann dich ja verstehen. Aber was nützt dir dieses Weltwunder, wenn es auf einer Lüge aufgebaut ist? Und trotz aller Unkonventionalität suchst du doch einen Mann, der sich zu dir bekennt, oder? Egal, wie alt du bist. Egal, wie kompliziert du bist. Egal, wie viele Kinder du hast.«
Ich schweige ratlos.
»Ganz abgesehen davon, Marlene …«, sagt Tilda. »Du solltest versuchen, mit Maurice zu klären, was genau ihr da miteinander am Laufen habt. Freiheit schön und gut, aber auch die Freiheit braucht einen Rahmen. Glaub mir, ich spreche aus Erfahrung.«
Ich seufze. »Du hast ja recht. Ich werd ihn bei Gelegenheit drauf ansprechen.«

Zu Hause angekommen, schicke ich Maurice eine SMS mit der Frage, ob er diesen Mittwoch, also übermorgen, Zeit hat. Der Mittwoch ist nach wie vor »unser« Tag. Mittwochs gehen Sophie und Julian nach der Schule zu Albert, und die Abende sind exklusiv für Maurice reserviert. Ich freue mich bereits tagelang im Voraus darauf, obwohl ich nie ganz sicher sein kann, ob wir uns wirklich sehen. Denn meist bestätigen wir unsere Treffen erst einen Tag vorher oder am Tag selbst per SMS oder Facebook-Chat. Doch heute habe ich das Bedürfnis, diesen Abend mit ihm vorauszuplanen.
Der heutige Tag vergeht ohne eine Antwort von ihm. Inzwischen ist es acht Uhr abends, ich habe den Nachmittag mit Sophie und Julian verbracht und gerade mit ihnen gegessen. Jetzt

stehe ich auf dem Balkon, rauche eine Zigarette und trinke eine Weißweinschorle. Maurice lässt mich ja generell nur allzu gerne warten, aber dass er mich einen ganzen Tag lang warten lässt, kenne ich bis dato nicht. Ich spüre, wie Wut in mir aufsteigt. Mit mir kann man es ja machen. Ich bin ja die ach-so-tolerante Freak-Versteherin Marlene Berger, die die Unkonventionalität mehr liebt als alles andere! Aber ist es wirklich zu viel verlangt, zeitnah auf eine SMS zu antworten? Oder pünktlich zu einer Verabredung zu erscheinen? Oder beim Abschied zu sagen: »Wir sehen uns nächsten Mittwoch!« anstatt »Wir sehen uns irgendwann!«? Fühle ich mich von Maurice nicht andauernd hingehalten und vertröstet? Wie sehr würde sein Sex-Appeal eigentlich wirklich geschmälert, wenn er pünktlich und verlässlich wäre? Fand ich ihn an dem Abend, als er Punkt sieben bei mir auf der Matte stand und für mich kochte, etwa weniger attraktiv? Nein. Ich fand ihn sogar noch anziehender. Ist Maurice' Theorie, dass Vertrautheit und Nähe der Todesstoß für jede Leidenschaft sind, vielleicht doch kein Ausdruck von moderner Abgeklärtheit in Sachen Liebe, sondern Ausdruck einer emotional gestörten Persönlichkeit? Und ist seine mangelnde Verbindlichkeit nicht bloß liebenswert-chaotisch, sondern vor allem respektlos? In diesem Augenblick klopft es an die Scheibe der Balkontür. Sophie stemmt die Hände in die Hüften. Dann öffnet sie die Tür und sagt eindringlich: »Mama?! Was muss ich da sehen? Du rauchst schon wieder?«
»Doch nur eine kleine Zigarette.«
»Ja, ja, das sagst du jedes Mal, und hinterher liegen dann zwei im Aschenbecher!«
»Na ja, zwei …«
»Und du betrinkst dich doch nicht schon wieder?«
»Betrinken? Ich bitte dich. Da ist zur Hälfte Wasser drin!«
»Du weißt genau, dass ich noch total traumatisiert bin von der Nacht, als Papa dich betrunken aus dem Taxi gezerrt hat«, mahnt Sophie vorwurfsvoll.

Obwohl die Temperaturen draußen recht kühl sind, bricht mir der Schweiß aus.
»Aber das war doch eine Ausnahmesituation wegen unserer Trennung, du weißt schon…«, stottere ich.
»Trotzdem. Wenn das so weitergeht, ruinierst du noch komplett deine Gesundheit«, doziert Sophie streng. »Wir haben da neulich in der Schule einen Film gesehen: Die Lungen von Rauchern sind schwarz. *Pechschwarz!* Und einem Mann wurde ein Bein amputiert, und in der *Bravo* habe ich gelesen, dass man vom Rauchen Falten kriegt und ganz hässlich wird! Und ich will keine hässliche Mutter!« Sophie scheint zufrieden mit ihrer Strafpredigt und verschwindet.

Von Maurice höre ich weder am nächsten noch am übernächsten Tag etwas. Ich bin nicht nur enttäuscht, ich habe auch keinerlei Geduld mehr. Also rufe ich ihn an, erwische aber nur die Mailbox und hinterlasse ihm eine Nachricht. Auch darauf erhalte ich keine Antwort. Als ich ihn am Donnerstag online auf Facebook antreffe, chatte ich ihn an: *Warum meldest du dich nicht???*
Es vergeht eine Minute, bis Maurice' Antwort kommt: *Sorry, habe viel zu tun.*
Ich stutze. Seit wann hat er viel zu tun? Und selbst wenn, seit wann hält ihn das davon ab, sich bei mir zu melden oder sich mit mir zu treffen?
Was denn?, schreibe ich.
Wieder vergeht eine gefühlte Ewigkeit, bis das Plop-Geräusch ertönt, das mir den Eingang seiner Antwort signalisiert.
Studium, Job, Kind, das Übliche halt.
Kein Wort über ein Treffen. Also hake ich nach. *Sehen wir uns in diesem Leben noch mal?*
Eine Minute vergeht. Zwei Minuten vergehen. Drei Minuten vergehen. Langsam werde ich sauer. Ich habe die Warterei so satt.

Könnte auf einen Sprung bei dir vorbeikommen, lese ich schließlich.
Auf einen Sprung? Was soll *das* denn bedeuten? Ich frage ihn, was das bedeutet.
Hab heut leider nicht so viel Zeit, sorry. Muss später noch arbeiten. Aber für zwei Stunden könnt ich vorbeikommen. Um halb neun bei dir?
Ich starre auf die Nachricht. Irgendetwas ist hier faul, aber gewaltig! Bis dato hat er sich für unsere Dates alle Zeit der Welt genommen. Wir haben unsere Begegnungen regelrecht zelebriert, und bis jetzt ist er jedes Mal über Nacht geblieben. Ganz abgesehen davon weiß ich zufällig, dass er donnerstags nie im Cookies arbeitet.
Ich beschließe, ihm all diese Fragen persönlich zu stellen, und schreibe lediglich zurück: *Gut. Dann bis später!*

Maurice erscheint wie gewohnt nicht um halb neun, sondern mit einer halben Stunde Verspätung. Er wirkt übermüdet und abgehetzt. Kaum hat er die Tür hinter sich geschlossen und sich seiner Jacke entledigt, zieht er mich an sich, küsst mich und versucht, mir mein T-Shirt auszuziehen. Was ich noch bis vor kurzem extrem anturnend gefunden habe, finde ich heute befremdlich. Zumal Maurice irgendwie abwesend wirkt – so, als wolle er den Sex schnellstmöglich hinter sich bringen. Mit sanfter Gewalt entziehe ich mich ihm.
»Stimmt was nicht?«, fragt er.
»Das würde ich gerne von dir wissen«, entgegne ich und gehe hinüber zu meinem Küchentisch.
»Wieso?«, fragt Maurice und folgt mir.
»Seit wann antwortest du mir nicht mehr auf meine SMS? Und seit wann hast du keine Zeit mehr, einen ganzen Abend mit mir zu verbringen?«
Maurice setzt sich und fragt genervt: »Seit wann führen wir solche Diskussionen?«

»Seit heute«, sage ich und mache eine Flasche Wein auf, damit die Stimmung nicht komplett in den Keller geht.
»Jetzt mach doch kein Drama daraus. Nur, weil ich einmal nicht gleich geantwortet habe!«
»Du hast *gar nicht* geantwortet. Drei Tage! Wenn ich dich nicht auf Facebook angechattet hätte, hättest du dich vermutlich bis jetzt nicht gemeldet«, sage ich und gieße Maurice ein Glas Wein ein.
»Na und? Mein Gott, ich habe es halt vergessen!«
»Vergessen?! Wenn einem etwas wichtig ist, vergisst man es nicht.«
»Ich bin ein Chaot. Ich habe schon viel wichtigere Sachen vergessen, als dich anzurufen!«
Ich starre ihn an. »Wie war das?«
Offenbar wird ihm bewusst, was er gerade gesagt hat. »Sorry, war nicht so gemeint«, murmelt er.
»Das will ich hoffen«, sage ich barsch. »Hör zu, Maurice, dieses ewige Warten auf dich, auf deine Antworten, auf dein Erscheinen, darauf, dass du mal Farbe bekennst – das macht mich auf Dauer wahnsinnig.«
Er blickt mich verständnislos an. »Dass ich *Farbe* bekenne? Wie meinst du das? Was erwartest du denn von mir?«
»Ich glaube nicht, dass ich zu viel erwarte, wenn ich mir wünsche, dass du *ein Mal* pünktlich bist!«, verbeiße ich mich ins Detail.
Ich erkenne mich selbst nicht wieder. Ich höre mich an wie eine verbiesterte Gouvernante, die ihrem ungezogenen Schüler die Leviten liest.
»Du bist doch sowieso zu Hause.«
»Ach, und da kann man mich ewig warten lassen! Weil ich ja sowieso zu Hause bin!«, ereifere ich mich.
Maurice vergräbt sein Gesicht in den Händen und stöhnt. Dann blickt er mich an. »Es geht hier doch gar nicht um mein Zuspätkommen, oder?«

Ich zünde mir eine Zigarette an. Maurice hat vollkommen recht. Das blöde Pünktlichkeitsthema ist nur ein Vorwand, um ihm meine Wut darüber zu zeigen, dass ich mich schlecht behandelt fühle. Die Warterei steht für etwas ganz anderes: Für das Warten darauf, dass er begreift, dass ich ihm wichtig bin.
»Maurice, ich ...«, beginne ich zögernd. »Ich habe dir nicht ganz die Wahrheit über mich gesagt. Ich bin nicht fünfunddreißig, ich werde in einem Monat vierzig. Und ich habe nicht nur einen siebenjährigen Sohn, ich habe auch eine dreizehnjährige Tochter.«
Maurice starrt mich an, sagt aber nichts.
»Weißt du, ich habe mich einfach schon lange nicht mehr mit einem Mann so wohl gefühlt wie mit dir. Egal, was wir tun – es fühlt sich super an. Und ich glaube, dass ...« Ohne dass ich es verhindern kann, steigen mir Tränen in die Augen. »... wir beide uns auf eine sehr ... merkwürdige Art ... lieben.«
Maurice starrt mich weiter an und sagt immer noch nichts.
»Aber ich habe den Eindruck, du stehst nicht dazu«, erkläre ich und ringe um Fassung. »Du trittst das alles immer wieder mit Füßen. Du siehst gar nicht, dass es etwas Besonderes ist.«
Na super. Jetzt habe ich den Fehler gemacht, über den ich in meinem Alter längst hinaus sein sollte: einen Mann wachrütteln oder gar ändern wollen, indem man ihm Vorwürfe macht. Maurice schließt die Augen und versucht offenbar, die Beherrschung zu bewahren. Als er seine Augen wieder öffnet, blickt er mich ruhig an und sagt langsam und betont freundlich: »Ich finde es auch toll mit dir. Und ich möchte dich weiterhin treffen. Obwohl du vierzig bist und zwei Kinder hast.« Ein amüsiertes Lächeln gleitet über sein Gesicht, das mich ansteckt, und wir müssen lachen. Erleichterung überkommt mich. Anscheinend habe ich mich mal wieder in etwas reingesteigert. Dass Maurice meine Beichte bezüglich meines wahren Alters und der Existenz eines weiteren Kindes so locker aufnimmt, ermutigt mich, in die Offensive zu gehen.

»Könntest du dir so etwas wie eine offene Beziehung mit mir vorstellen?«, frage ich.
»Wenn du damit meinst, dass wir ein festes Paar werden, das nebenher ab und zu auch andere hat, dann nein«, sagt er und zündet sich eine Zigarette an.
»Warum nicht?«, frage ich. »Spielt unser Altersunterschied doch eine Rolle?«
»Ich würde jetzt nicht sagen, dass er *gar* keine Rolle spielt. Aber das ist es nicht.«
»Was ist es dann?«
Maurice zieht an seiner Zigarette und sieht mich dann durchdringend an. »Okay, Marlene, ich habe dir auch nicht die ganze Wahrheit gesagt.«
»Wie meinst du das?«, frage ich und ahne nichts Gutes.
»Meine Ex und ich, wir sind quasi wieder zusammen.«
»Wie bitte?«, entfährt es mir kaum hörbar, und ich lasse das Weinglas, das ich gerade zum Mund geführt habe, sinken.
»Wir wollen noch mal so was wie einen Versuch starten«, redet Maurice weiter. »Nicht, dass ich sie liebe. Es ist wegen unserem Kind. Ich kann einfach nicht mit ansehen, dass der Kleine keine richtige Familie hat. Ich will nicht denselben Fehler machen wie mein Vater. Bin da wohl doch konservativer, als ich dachte. Und er leidet ganz offensichtlich unter der Trennung. Meine Ex macht mir deshalb schon lange die Hölle heiß.«
Ich blicke Maurice entgeistert an. Hat er sich selbst gerade als konservativ bezeichnet? Dieser Freak? Und seine Ex macht ihm »die Hölle heiß«? Seit wann lässt sich ein Kerl wie Maurice von einer Frau die Hölle heißmachen? Durchschaut er denn nicht, dass ihr angeblich leidendes Kind nur die Masche seiner Ex ist, um ihn zurückzugewinnen?
»Ich weiß, das kommt jetzt etwas überraschend«, sagt er. »Ich hätte dich darauf vorbereiten sollen, klar. Das heißt ja auch nicht, dass wir uns nicht mehr sehen können.«

»Moment«, sage ich. »Du willst wieder mit deiner Ex zusammen sein und dich trotzdem weiter mit mir treffen? Weiß sie denn von uns?«
»Natürlich nicht!«, sagt Maurice und lacht kurz auf, um zu kaschieren, dass er sich sichtlich unwohl fühlt.
»Natürlich *nicht*? Das heißt, du willst dich heimlich mit mir treffen? So etwa alle drei Wochen für einen schnellen Fick? Hast du dir das so vorgestellt?« Plötzlich legen sich ein paar Schalter in meinem Frauenhirn um, und es macht sehr laut klack-klack. »Ach, *deshalb* wolltest du heute nur für zwei Stunden vorbeikommen! Und hast angefangen, mir gleich die Klamotten vom Leib zu reißen! Weil du mich mal eben schnell flachlegen wolltest, um dann wieder zu *ihr* zu hetzen? Wartet sie schon mit dem Essen auf dich?« Ich springe auf und laufe aufgebracht durch das Loft. Dann bleibe ich stehen, denn es hat erneut sehr laut klack-klack gemacht. »Du bist schon länger wieder mit ihr zusammen, stimmt's? Seit einer Woche? Seit zwei?«
Maurice sagt nichts und blickt mich schuldbewusst an.
»Seit *mehr* als zwei Wochen?!«, rufe ich.
»*Was* genau ist das Problem?«, fragt Maurice, jetzt ebenfalls wütend.
Er versteht offenbar gar nichts.
»Was das Problem ist?! Ich will nie wieder die Geliebte eines Mannes sein, der anderweitig gebunden ist, das ist das Problem!«, rufe ich. »Zumindest nicht, so lange er sie hinter ihrem Rücken betrügt. Und erst recht nicht, wenn ich ihn liebe und eigentlich selbst die Frau an seiner Seite sein möchte!«
Tränen laufen mir übers Gesicht.
Maurice sieht mich hilflos an.
»Wie kannst du mit einer Frau zusammen sein, die du nicht liebst?«, schleudere ich ihm entgegen. »Das ist doch total verlogen!«
»Wo steht, dass man immer die Wahrheit sagen muss?«, ruft er ärgerlich.

»Ja, sicher, leg dir alles schön so zurecht, wie es für dich passt! Ich vermute, es ist ganz bequem, zu ihr zurückzugehen, oder? Bei ihr wirst du schön bekocht und betüttelt und hast dein warmes Nest, und den aufregenden Sex holst du dir bei Frauen wie mir«, sage ich bitter.
Maurice steht auf, kommt zu mir herüber und nimmt mich in den Arm. Mir wird bewusst, wie lange mich schon niemand mehr in den Arm genommen hat, woraufhin ich wieder anfangen muss zu heulen. Maurice streichelt mir über den Rücken, während meine heißen Tränen einen nassen Fleck auf seinem T-Shirt hinterlassen.
»Marlene, ich … Ich mag dich«, sagt er leise. »Du bist für mich nicht nur ein Fick, und das weißt du auch.«
Mir wird klar, dass dieses »Ich mag dich« das Höchste der Gefühle ist, wozu Maurice imstande ist. Aber mir ist es zu wenig. Ich will keine Zugeständnisse mehr an Männer machen, die zu schwach, zu feige, zu selbstverliebt oder zu bequem sind, um sich zu mir zu bekennen. Ich will keine Entschuldigungen mehr für ihr arschiges, unverbindliches Verhalten und ihre emotionale Unfähigkeit finden müssen. Schlagartig kommt mir der Satz in den Sinn, den Chris damals zu mir gesagt hat: *»You are a tigress and you need a tiger.«* Genau, ich suche einen Tiger. Einen Mann, der genauso stark ist wie ich und mir auf Augenhöhe begegnet.
»Bitte geh jetzt«, sage ich plötzlich entschlossen und löse mich aus Maurice' Armen.
Er sieht aus wie ein kleiner Junge, der nicht weiß, was er falsch gemacht hat. »Heißt das, dass du mich nicht mehr sehen willst?«, fragt er verdattert.
»Ja, das heißt es«, erwidere ich. »Geh zu deiner Freundin, mach ihr fünf Kinder und werde glücklich.«
Maurice zieht seine Jacke an, und bevor er aus der Tür geht, dreht er sich noch mal um. »Das kannst du doch nicht ernst meinen, dass du das hier so krass beendest …«

»Doch«, sage ich knapp.
Er sieht mich ein letztes Mal an, dann fällt die Tür hinter ihm ins Schloss.
Ich hole die Rufus-Wainwright-CD aus dem Regal, zerbreche sie wütend in zwei Stücke und schmeiße die Teile mit voller Wucht in den Müll. Dann lasse ich mich aufs Bett fallen, vergrabe mein Gesicht in den Kissen und heule zwei Stunden durch.
Schließlich stehe ich völlig erschöpft auf, klatsche mir Wasser in mein verquollenes Gesicht, mache mir einen Tee und setze mich an meinen Flügel. Die Musik kommt von ganz allein. Ich konnte meinen Liebeskummer schon immer sehr wirkungsvoll heilen, indem ich Songs darüber geschrieben habe. Also sitze ich die ganze Nacht am Piano und schreibe einen Song über Maurice. Es wird ein melancholisches, jazziges Stück und schildert genau, wie ich mich fühle. Vor allem aber schildert es das, was mir die Essenz unserer merkwürdigen Beziehung gewesen zu sein scheint: Aussichtslosigkeit. Daher nenne ich den Song schlicht *Futility.*

Kapitel 25

Der letzte Donnerstagabend im April ist gekommen und damit das erste Konzert im Maigrün. Inzwischen herrschen laue Temperaturen, und die Stadt ist erfüllt von Lindenduft. Vor dem Eingang der Bar tummeln sich eine Menge Leute. So gut besucht war das Maigrün das letzte Mal an Silvester. Doch heute herrscht eine spezielle Atmosphäre. Denn neben dem üblichen Szene-Publikum und den Stammgästen sind etliche meiner Freunde und Bekannten anwesend, unter ihnen natürlich auch Tilda, Guido und – zu meiner Überraschung – Liesbeth. Seit unserem Streit haben wir nicht mehr miteinander gesprochen. Nach und nach strömen die Gäste in die Bar. Im hinteren Teil stehen bereits das Klavier und Rolands Schlagzeug. Jeff fummelt an der Gesangsanlage herum, um die Lautstärke meines Mikros einzustellen, und Nina wurde von Ulrich beauftragt, das Eintrittsgeld zu kassieren – wenigstens davon dürfte sie als Verkäuferin ja etwas verstehen.

»Was sagst du dazu, wie voll ich den Laden gekriegt hab?«, ruft Ulrich mir zu. »Das muss heute richtig gut werden, Marlene, hörst du!«

»Klar«, entgegne ich unterkühlt. Ulrich geht mir langsam gehörig auf den Keks mit seinem selbstgefälligen Gehabe. Glaubt er wirklich, der heutige Andrang ist allein auf seinem Mist gewachsen? Weil er ein paar Flyer in der Bar ausgelegt hat? Und dass unser Konzert gut wird, davon sollte er eigentlich überzeugt sein.

»Marlen, isch bin schon süper-geschpont«, raunt mir Luc ins Ohr und gibt mir einen Kuss auf die Wange. »Aber nischt wieder in Ohnmacht follen, ja?«
»Wenn, dann fällst *du* gleich in Ohnmacht – wenn du uns hörst!«, scherze ich, aber mein gereizter Unterton ist kaum zu überhören. Wenn weder Ulrich noch Luc mir etwas zutrauen, warum machen wir den Mist hier dann eigentlich?
Roland kommt zu mir und sagt: »Ich würd sagen, wir fangen in einer Viertelstunde an. Mehr Leute passen sowieso nicht mehr rein.«
Er hat recht, das Maigrün ist zum Bersten voll. Die Leute stehen dicht gedrängt um die Nische herum, in der wir spielen werden, und versuchen bereits, uns durch Pfiffe zum Anfangen zu bewegen. Nachdem Ulrich sein Okay gegeben hat, starten wir mit einer Adaption des mitreißenden Incognito-Songs *Don't you worry 'bout a thing.* Kaum erklingen die ersten Takte, stolpern Luc, Ulrich und Karl mit vor Staunen offenen Mündern hinter dem Tresen hervor. Was zum Teufel haben sie gedacht? Dass ich eine mittelmäßige Karnevalsband anheuern würde, die man nur besoffen ertragen kann?
Nachdem wir den Song zu Ende gespielt haben, begrüße ich die Gäste: »Hi Leute, wir freuen uns riesig, hier zu sein! Wir haben schon ewig nicht mehr zusammen gespielt, aber ich denke, wir werden das ab jetzt wieder öfter machen. Nicht nur im Maigrün, sondern auch in anderen Locations!«
Applaus brandet auf. Olli und Julieta stehen ganz vorne und beim nächsten Song fangen sie an, wild zu tanzen. Innerhalb kürzester Zeit reißen sie den Rest der Leute mit, und spätestens nach der dritten Nummer ist das ganze Maigrün am Abrocken. Ich bin stolz. Und hatte fast vergessen, wie gut es sich anfühlt, auf der Bühne zu stehen und live Musik zu machen.
Nach einer Dreiviertelstunde herrschen Sauna-ähnliche Temperaturen, und wir beschließen, eine Pause zu machen. Wäh-

rend die meisten Leute nach draußen strömen, stürmen Olli und Julieta auf mich zu.
»Total cool!«, ruft Julieta begeistert und versäumt es dabei nicht, Jeff kokett zuzuzwinkern.
»Also, Marlene, ick sach ma so, ick wusste ja schon, dat de 'ne Wucht bist. Aber det hier toppt noch ma allet, wat ick bisher von dir jesehen und jehört hab.«
»Danke!«, sage ich glücklich.
Ulrich gesellt sich zu uns. »Nicht schlecht, Leute«, sagt er mit einem überheblichen Lächeln, als wäre er auch nur ansatzweise in der Lage, das zu beurteilen. »Aber ihr seid viel zu laut, das geht so nicht. Wir hatten schon ein paar Mal Ärger mit den Bullen, weil die Nachbarn sich beschwert haben. Also spielt bitte leiser.«
Roland, Jeff und Peer schauen sich verständnislos an.
»Leiser? Mann, wir haben ein Schlagzeug und ein Saxophon dabei. Da geht nichts leiser. Wir sollten doch Stimmung machen, oder etwa nicht?«, fragt Jeff leicht angesäuert.
»Wie auch immer, ihr müsst leiser spielen. Schließlich habe ich einen Ruf zu verlieren«, meckert Ulrich und geht anschließend einfach weg.
»Dann lad dir keine Musiker ein«, murmelt Jeff ihm hinterher und schnaubt verächtlich. »Leiser! Habt ihr schon mal leisen Soul gehört?«
Roland und Peer lachen, und ich bin endgültig stinksauer auf Ulrich. Welche Laus ihm auch immer über die Leber gelaufen ist – sein Verhalten ist das Allerletzte.
Ich brauche dringend frische Luft und gehe mit Olli nach draußen, wo wir auf Tilda und Guido treffen.
»Hey, Süße, es ist so toll, dich mal wieder live zu hören«, sagt Tilda und umarmt mich.
»Eigentlich hätte ich gleich draufkommen können, dass es nur eins gibt, was dir über Liebeskummer hinweghilft: Musikmachen!«, ruft Guido aufgedreht.

Etwas abseits entdecke ich Liesbeth, die sich in dieser Szenerie nicht besonders wohl zu fühlen scheint. Erstaunt bemerke ich, dass sie eine offensichtlich neue Jeans und ein schickes Top trägt und sich sogar dezent geschminkt hat. Die Sensation sind allerdings ihre Schuhe, die einen sage und schreibe vier Zentimeter hohen Absatz haben! Ich gehe zu ihr rüber und umarme sie spontan.

»Schön, dass du gekommen bist«, sage ich.

Sie lächelt verlegen. »Danke, das ist lieb. Ich bin auch froh, dass ich hier bin. Ihr seid wirklich klasse. Auch wenn ich mir in dieser Bar etwas fehl am Platz vorkomme.«

»Warum denn?«, frage ich. »Du siehst super aus, ehrlich.«

In diesem Moment pikst mich etwas in die Schulter. Ich drehe mich um und sehe, dass es die violetten Fingernägel von Nina sind, die sich in meine Haut krallen.

»*Gaaaanz* toll!«, lässt Nina ihre Verona-Pooth-Stimme ertönen. »Meine Güte, ihr seid ja richtig profimäßig!«

Besonders im Gegensatz zu dir, denke ich und verkneife mir, sie zu fragen, ob sie inzwischen den Unterschied zwischen Soul und Andrea Berg erkannt hat.

»Der Trompeter gefällt mir am besten«, erklärt Nina und macht große Kulleraugen.

»Du meinst den Saxophonisten«, sage ich freundlich.

»Wie auch immer. Hauptsache, es klingt gut«, trötet sie. »Dann bis gleich!«

Kopfschüttelnd schaue ich ihr hinterher.

Zehn Minuten später beginnen wir den zweiten Teil des Konzerts mit einem fetzigen Song aus unserem eigenen Repertoire. Aufgrund des mittlerweile gestiegenen Alkoholpegels der Gäste ist die Stimmung ausgelassen bis wild, und nach dem dritten Uptempo-Stück tanzt erneut die ganze Bar.

Jeff schnappt sich das Mikro. »Hey, guys! Marlene hat es eben schon gesagt: Es ist wirklich super, dass wir heute hier für euch spielen dürfen!«

Applaus brandet auf.
»Marlene hat das hier alles organisiert, danke, Marlene«, fährt Jeff fort.
Wieder gibt es Klatschen und bestätigende Rufe. Plötzlich glaube ich zusammenzubrechen. Mitten in der Menge – ganz weit hinten – entdecke ich das Gesicht von Maurice. Wie lange ist er schon hier? Er muss nach der Pause gekommen sein, sonst hätte ich ihn mit Sicherheit vorher schon bemerkt. Sein Erscheinen ist das Letzte, womit ich gerechnet habe. Aber dann fange ich mich wieder. Soll er ruhig da sein und mir zuhören. Soll er sich die Marlene noch mal in Ruhe ansehen, die er gehen ließ. Ich werde mich nie wieder von ihm aus dem Konzept bringen lassen. Schon gar nicht jetzt.
»Und heute hat sie außerdem einen brandneuen Song im Gepäck, den wir jetzt spielen werden, eine absolute Premiere also. Ich finde, er geht richtig unter die Haut. Ein Song über die Liebe, wenn sie aussichtslos ist.«
»Jeff, komm zum Schluss, es ist heiß hier drin«, ruft Roland dazwischen, und ein paar Leute lachen.
»Okay«, lacht Jeff. »Also, jetzt mal nichts zum Abtanzen, sondern zum Relaxen. Viel Spaß mit *Futility!*«
Ich beginne mit den ersten Klavier-Akkorden. Zu wissen, dass Maurice im Publikum steht und den Song hört, versetzt mich einmal mehr in die melancholische Stimmung, in der ich ihn geschrieben habe. Mit jedem Ton wird es stiller in der Bar, und man merkt, dass die Ballade die Leute auf ihre Art ebenso bewegt wie die schnellen Songs. Beim zweiten Refrain schaue ich ins Publikum und fange Maurice' Blick auf: Er sieht mich an, mit seinen tiefliegenden, abgründigen Augen, ganz ernst und fast betroffen, und mir ist klar, dass er genau weiß, dass es in diesem Lied um uns geht.
Am Ende des Songs bricht begeisterter Jubel aus, und Jeff nickt mir anerkennend zu. Wir spielen unser zweites Set zu Ende und geben aufgrund des frenetischen Beifalls zwei Zugaben.

Als wir aufstehen und uns verbeugen, tobt der Raum, und wir entschließen uns zu einer allerletzten Zugabe. Gerade wollen wir uns zu unseren Instrumenten begeben, als es passiert: Nina kämpft sich durch die Menge zu uns vor. Als sie vor mir steht, rieche ich, dass sie eine extreme Fahne hat, und bevor ich irgendetwas tun kann, schnappt sie sich mein Mikro.

»Das war total spitze!«, plärrt sie überdreht hinein und blickt sich ein wenig unsicher um.

Ulrich ermuntert sie grinsend und mit heftigem Kopfnicken, fortzufahren.

»Wenn ihr nichts dagegen habt, würd ich auch noch was singen!«, verkündet Nina daraufhin.

Jeff, Roland und Peer sehen sich befremdet an. Ich erstarre. Trotz des vernichtenden Blicks, den ich Ulrich zuwerfe, fängt er an, rhythmisch zu klatschen und »Nina! Nina!« zu rufen. Das darf nicht wahr sein. Ein paar Leute, offenbar Freunde von Ulrich, fallen in das Klatschen und Rufen ein.

»Nur ein Lied. Bitte!«, haucht Nina ins Mikro.

Ich gebe mich geschlagen. Was, verdammt noch mal, soll ich auch sonst tun, ohne mich extrem unbeliebt zu machen? Schließlich sind eine Menge Stammgäste und Freunde von Ulrich anwesend, und da kommt es wohl nicht gut an, wenn ich der Freundin des Barbesitzers einen Wunsch abschlage. Obwohl ich das Schlimmste befürchte.

»Wir spielen aber keine Schlager«, erkläre ich ihr und hoffe, sie damit abzuschrecken.

Ninas Blick wandert nervös zu den Musikern und dann wieder zu mir. »Was ... was schlagt ihr denn vor?«

»Kennst du *Sunny?*«, fragt Jeff, der die Lage erkannt hat und versucht, einen guten Kompromiss zu finden.

Ich atme auf. *Sunny* wäre immerhin ein Song, der stilistisch einigermaßen zu unserem Repertoire passen würde.

»Ja, den kenne ich!«, schreit Nina begeistert und klatscht in die Hände. »Habt ihr den Text?«

Peer reicht Nina das Notenblatt mit dem Text.
Sie starrt angespannt auf das Blatt. »Also, Noten kann ich nicht lesen, aber ich kenn die Melodie.«
»Okay, dann lass mal hören. Ich nicke dir zu, wenn dein Einsatz kommt«, sage ich.
Wenn mir vorher schon warm war, dann bricht mir jetzt der Schweiß aus. Wir beginnen, das Intro zu spielen, und mit Hilfe meines überdeutlichen Kopfnickens schafft Nina es tatsächlich, ihren Einsatz nicht zu vermasseln. Dafür vermasselt sie alles andere. Sie schafft es weder, einen einzigen Ton sauber zu treffen, noch kann sie den Rhythmus halten, geschweige denn mit dem Mikrofon umgehen. Sie presst es so dicht an den Mund, dass ihr unerträgliches Gegröle von noch unerträglicheren Fiepgeräuschen überlagert wird. Sie kann froh sein, dass Dieter Bohlen nicht anwesend ist, denn sein Kommentar würde wahrscheinlich lauten: »Das klingt, als wenn sie dir die Stimmbänder amputiert und durch verschimmelte Spaghetti ersetzt hätten!« Nina fühlt sich aber offenbar wie die Finalistin von *The Voice of Germany* und würzt ihr peinliches Gelalle mit sämtlichen abgedroschenen Schlagergesten, die sie jemals bei der Hitparade von Dieter Thomas Heck gesehen hat. Mich wundert es nicht, dass die meisten Leute fluchtartig die Bar verlassen. Guido, Tilda, Liesbeth und Olli stehen mit entsetzten Gesichtern da, und Julieta – offensichtlich schon wieder stark bekifft – lacht sich kaputt. Ich bin stinksauer. Mit Mühe und Not bringen wir den Song zu Ende. Ulrich und seine Handvoll Freunde brechen in begeisterten Jubel aus. Nina verbeugt sich vor den wenigen Zuschauern und stöckelt unter starkem Schwanken zu Ulrich, dabei stolpert sie heftig über ein Kabel, fällt mit voller Wucht auf ihn drauf und schmeißt ihn fast um. Ulrich überschüttet sie unbeirrt mit Lobeshymnen.
Ich koche vor Wut und gehe entschlossen zu Ulrich rüber. »Kann ich dich kurz sprechen?«, frage ich.
Ulrich sieht mich erstaunt an: »Klar.«

Wir gehen in den Küchenraum, und als mein Blick auf die Kühltruhe fällt, auf der ich Sex mit Maurice hatte, verschlechtert sich meine Laune augenblicklich um das Dreifache.

»Kannst du mir bitte mal erklären, was das sollte?!«, bricht es aus mir heraus. »Das ist heute *unser* Konzert!«

»Ja und?«, erwidert Ulrich kalt. »Ist doch super gelaufen!«

»*Nein!* Es ist *nicht* super gelaufen!«, rufe ich aufgebracht. »Deine Freundin hat alles kaputt gemacht mit ihrem versoffenen Gegröle!«

»Hör auf, Nina zu beleidigen!«, entgegnet Ulrich sauer und baut sich vor mir auf. »Immerhin habe *ich* dir ermöglicht, hier überhaupt aufzutreten. Und *ich* bin es immer noch, der entscheidet, wer hier singen darf und wer nicht.«

»Was du nicht sagst!«, schreie ich. »Du kannst froh sein, dass wir uns bereit erklärt haben, überhaupt in deiner Spelunke zu spielen! Bist du dir eigentlich darüber im Klaren, mit wem du es zu tun hast? Du hast doch überhaupt keine Ahnung von Musik! Glaubst du im Ernst, dass das, was Nina da macht, auch nur ansatzweise *gut* ist?!«

»Ja, ja, ihr seid alle die megatollen Filmleute oder was auch immer. Haltet euch für was Besseres«, schnaubt Ulrich.

»Wenn wir uns für was Besseres halten würden, hätten wir nie hier gespielt!«

»Ja, alles klar. Denk, was du willst, ich muss mich um meine Gäste kümmern.« Ulrich stürmt aus der Küche.

Ich könnte explodieren vor Wut und Enttäuschung.

Als ich wieder nach draußen gehe, legt Roland mir den Arm um die Schulter.

»Hey, nimm dir das nicht so zu Herzen. Alle fanden es super, und das kann uns auch diese blöde Kuh nicht kaputt machen«, sagt er.

Olli und Julieta kommen zu uns herüber.

»Tut ma echt leid, Marlene«, sagt Olli. »Die Trulla is ja wohl ’n Total-Flop.«

Julieta grinst bekifft und scheint lediglich eine weitere Flirt-Attacke auf Jeff im Sinn zu haben, den sie in ein Gespräch über die Blastechnik beim Saxophonspielen verwickelt. Plötzlich geht mir alles hier unglaublich auf die Nerven. Ganz abgesehen davon, dass Ulrich es null zu schätzen weiß, wie viel Zeit und Arbeit ich investiert habe, um ihm an einem stinknormalen Donnerstag mit unserem Konzert die Hütte zu füllen, sehe ich auch das Maigrün mit seinen vermeintlich coolen Statisten plötzlich in einem ganz anderen Licht: Ich betrachte Julieta, die wie ein bekiffter Zombie auf Jeff einredet und ständig ihre Haare nach hinten wirft, ich sehe Ulrich und Karl, die miteinander tuscheln und mir böse Blicke zuwerfen, und ich sehe Nina, die schwankend am Tresen steht und sich den nächsten Drink hinter die Binde kippt. Mein Blick schweift zu Luc hinüber, der mit irgendeiner Frau turtelt und ihr an den Hintern grapscht. Ich sehe sie mir alle noch einmal in Ruhe an. Plötzlich erscheint mir das alles hier wie die traurige Zusammenkunft kaputter Gestalten, und mir wird klar, dass ich heute das letzte Mal im Maigrün bin. Eine Welle von Erschöpfung und Übelkeit überkommt mich, und ich flüchte nach draußen. Vor dem Eingang stehen immer noch viele Leute herum, unter ihnen auch wieder Tilda und Guido.

»Es war toll. Aber der Laden hier ist nichts für dich, Marlene«, sagt Tilda, als könne sie meine Gedanken lesen.

Wir zünden uns jeder eine Zigarette an.

»Für ein erstes Revival nach so langer Zeit war es genau richtig«, resümiert Guido. »Aber Tilda hat recht, ihr müsst woandershin. Du wirfst hier Perlen vor die Säue.«

»Liesbeth ist wahrscheinlich schon nach Hause gegangen, oder?«, frage ich.

»Nein, erstaunlicherweise nicht«, sagt Tilda lächelnd. »Sie unterhält sich gerade sehr angeregt mit dem Arnold Schwarzenegger da drüben.«

Ich blicke mich um: Liesbeth steht lachend und quatschend mit Olli zusammen. Dabei ist es fast Mitternacht, da müsste sie doch längst im Bett liegen. Ich fasse es nicht. Und was ich noch weniger fasse: Sie raucht eine Zigarette und trinkt Bier aus der Flasche! Jetzt huscht mir doch ein Lächeln übers Gesicht.
Tilda stupst mich an und beugt sich zu mir: »Ist er das? Hinter dir …«
Ich drehe mich um und sehe Maurice. Er steht mit ein paar Leuten zusammen und schaut mich mit dem Anflug eines Lächelns an.
»Ja, das ist er«, raune ich zurück. Ich muss schlucken. Über den Ärger mit Nina hatte ich ihn total vergessen.
»So gut sieht er nun auch nicht aus …«, murmelt Tilda.
Ich weiß genau, dass sie das nur sagt, um mich zu stärken.
»Ich sage nur, er ist ein Vollidiot«, mischt sich Guido halblaut ein. »Wie kann man das Angebot ausschlagen, eine Frau wie dich an der Seite zu haben und sich trotzdem noch auf andere einlassen zu dürfen? Der spinnt doch!«
»Was mach ich denn jetzt?«, frage ich und ziehe nervös an meiner Zigarette.
»Geh doch ganz locker zu ihm rüber und sag Hallo«, schlägt Tilda vor.
»Niemals! *Er* muss Hallo sagen«, meint Guido.
Ich drehe mich noch mal um. Maurice sieht mich wieder lächelnd an. Ich habe ihn aus meiner Wohnung geworfen, und er ist trotzdem hergekommen. Für ihn ist das vermutlich ein großer Schritt, denke ich, gebe mir einen Ruck und gehe zu ihm.
»Hey«, sage ich.
»Hey, Marlene«, erwidert er. »Respekt, das war große Klasse.«
»Danke.«
»Wusste ja schon, dass du gut Klavier spielst. Aber deine Stimme … wow. Ganz im Gegensatz zu der von Ulrichs Neuer.«
Wir lachen. Auch wenn sich alles in mir dagegen sträubt, dafür könnte ich Maurice abknutschen.

»Und ’n schöner Song, dieser … wie hieß er noch?«
»*Futility.*«
»Genau. Hat mich ’n bisschen an den guten, alten Rufus erinnert …«
»Tatsächlich? Stimmt, jetzt, wo du’s sagst. Waren wohl unbewusste Schwingungen …«
»Es tut mir leid«, sagt Maurice plötzlich und lässt seinen Blick nervös umherwandern.
Dieser Satz muss ihn große Überwindung kosten.
»Okay«, sage ich nur.
»Vermiss dich. Würd dich gern wiedersehen«, fügt er hinzu und blickt zu Boden.
Am liebsten würde ich mir die Ohren zuhalten. Warum kapieren manche Menschen immer erst dann, dass sie etwas Wertvolles besessen haben, wenn es weg ist? Wie sehr habe ich mir so eine Aussage schon früher von Maurice gewünscht.
»Was genau vermisst du?«, frage ich.
»Alles. Den Sex, die Gespräche, alles …«
Roland und Jeff tauchen neben uns auf und unterbrechen unsere Unterhaltung.
»Äh, ich will nicht stören, Marlene, aber wir müssten noch die Abrechnung machen. Haben die dir schon das Geld gegeben?«, fragt Roland.
»Nein. Ich kümmere mich drum.«
Roland und Jeff verschwinden wieder.
»Bist du noch einen Moment hier?«, frage ich Maurice.
»Klar. Regel dein Zeug, ich warte hier.«
Ich gehe hinein, wo Ulrich mich schon zu erwarten scheint. Er winkt mich in die Küche.
»Hier, für euch«, sagt er kurz angebunden und überreicht mir einen Umschlag.
Ich hole das Geld aus dem Umschlag und starre ihn verdattert an: »Wie jetzt? Nur hundertfünfzig Euro? Der Laden war doch proppenvoll!«

»Schon, aber ihr bekommt ja nur die Eintrittsgelder.«
»Moment mal, wir hatten vereinbart, dass wir auch am Getränkeumsatz beteiligt werden.«
»Davon war nie die Rede«, sagt Ulrich und verschränkt die Arme vor der Brust.
»Okay, Ulrich, es reicht. Nicht nur, dass deine Nina uns das Konzert versaut hat, jetzt willst du mich auch noch mit der Gage über den Tisch ziehen?«, sage ich aufgebracht. »Selbst wenn es nur die Eintrittsgelder wären, müssten dabei weit mehr als hundertfünfzig Euro rauskommen.«
»Wir hatten eine Menge Freikarten.«
»*Freikarten?* Wieso das denn?!«
»Unsere Stammgäste haben wir natürlich umsonst reingelassen. Und meine Freunde auch. Das war ja wohl klar.«
»Es war gar nichts klar. Du kannst doch nicht einfach über unseren Kopf hinweg Freikarten verteilen! Zumal wenn es unsere Einnahmen sind!«
»Ich kann machen, was ich will. Das hier ist *meine* Bar.«
»Und es war *unser* Konzert!«
Jeff und Roland betreten den Raum. Offenbar haben sie unseren Streit durch die angelehnte Tür gehört.
»Alles in Ordnung, Marlene?«, fragt Roland.
»Nein. Ulrich will uns nur die Eintrittsgelder auszahlen. Außerdem hat er endlos Freikarten verteilt, ohne das vorher mit uns abzusprechen«, erkläre ich und zittere vor Wut.
Jeff und Roland werfen sich einen kurzen Blick zu. Es ist nicht das erste Mal in ihrer Musikerlaufbahn, dass sie Derartiges erleben.
»Okay, mein Freund«, sagt Jeff zu Ulrich. »Du zeigst uns jetzt die Kasse, und wir zählen ganz in Ruhe nach, was du heute eingenommen hast. Ich schätze mal, das sind mindestens tausend Euro. Und das Ganze teilen wir dann wie besprochen durch fünf.«
Ulrich verschränkt bockig die Arme vor der Brust.

»Er scheint uns nicht verstanden zu haben«, sagt Roland und baut sich bedrohlich vor Ulrich auf. Roland, fast zwei Meter groß, mit wilder Mähne und schwarzer Lederjacke, weiß seine Rocker-Optik in solchen Situationen immer wirkungsvoll einzusetzen.
Nach einigen Sekunden gibt sich Ulrich tatsächlich geschlagen und verlässt den Raum.
»Es tut mir so leid«, sage ich niedergeschlagen. »Das konnte ich nicht ahnen. Ich erkenne Ulrich einfach nicht mehr wieder.«
»Das hier könnte einiges erklären«, sagt Roland und hält eine Plastiktüte in die Höhe, in der sich eine weiße, pulvrige Substanz befindet. »Hier liegt Koks rum.«
Ich starre die Tüte an: »Du meinst …«
»Ich meine, das würde passen: sein übersteigertes Ego, seine Unzuverlässigkeit, seine Launen … Typisch für Kokser«, erklärt Roland.
Mir verschlägt es endgültig die Sprache: Ich habe also mit einem Junkie Geschäfte gemacht?
Wieder betritt Ulrich den Raum, diesmal mit einem wesentlich dickeren Umschlag. »Hier. Macht damit, was ihr wollt«, schnaubt er und pfeffert ihn uns vor die Füße.
Jeff und Roland zählen das Geld und teilen es auf. Ulrich hat sage und schreibe tausendfünfhundert Euro eingenommen und wollte mir gerade mal zehn Prozent davon auszahlen! Wir verlassen die Küche, ohne ihn auch nur noch eines Blickes zu würdigen.
Als wir zu unseren Instrumenten gehen, kommt mir Luc entgegen und will mich an sich ziehen.
Ich schubse ihn weg und fauche: »Lass das! Bin ich deine persönliche Angrapsch-Station, oder was?«
Er schaut mich erst überrascht, dann wütend an. »Dümme Zicke«, zischt er.
»Ach, ist *das* dein berühmter französischer Charme?«, schieße ich zurück, und meine Enttäuschung über Ulrich, das Mai-

grün, den Verlauf dieses Abends und nicht zuletzt über die Sache mit Maurice entlädt sich wie eine Explosion über Luc. »Ich wette, ihr Franzosen kriegt eh alle keinen hoch!«
Mir ist klar, dass ich zu weit gegangen bin.
In Lucs Augen lodert der pure Hass. »Versteh schon, dü bist mehr so 'ne kleine Afrikanerschlampe!«, keift Luc. »Isch weiß doch genau, dass Maurice dich fickt.«
Ich erstarre. Wutentbrannt gehe ich auf Luc zu und packe ihn am Kragen. »*Was* hast du gesagt?!«, rufe ich.
Gerade will ich Luc eine kräftige Ohrfeige verpassen, als mich jemand packt und sanft zur Seite schiebt. Es ist Maurice. Ohne einen weiteren Kommentar haut er Luc mit voller Wucht die Faust ins Gesicht. Der wesentlich schmächtigere Luc taumelt nach hinten und fällt zwischen zwei Stühle auf den Boden. Luc rappelt sich sofort wieder hoch und stürmt auf Maurice zu, der ihn aber an beiden Armen festhält, so dass Luc mit seinen Fäusten nichts gegen ihn ausrichten kann. Also tritt er wild um sich und versucht, Maurice am Schienbein zu treffen. Jeff und Roland, die das Geschehen verdattert verfolgt haben, kommen herangestürmt und versuchen, Maurice daran zu hindern, Luc erneut eine zu verpassen. Ulrich und Karl eilen ebenfalls herbei und zerren an Luc herum. Schließlich gelingt es Jeff, Roland, Ulrich und Karl mit vereinten Kräften, die beiden Kampfhähne voneinander zu trennen. Luc zeigt Maurice mit wutverzerrter Miene den Stinkefinger, wischt sich Blut von der Lippe und verschwindet Richtung Männerklo. Die wenigen noch anwesenden Frauen – ich zähle fünf – stürzen taschentücherzückend hinter Luc her, inklusive der Dunkelhaarigen, der er vorhin an den Hintern gegrapscht hat. Völlig geschockt stehe ich da. Irgendwie läuft gerade alles aus dem Ruder. Maurice fährt sich verstört durchs Haar und sieht ziemlich fertig aus.
»Wenn das noch einmal vorkommt, warst du das letzte Mal hier!«, fährt Ulrich ihn an.

Ohne zu antworten, geht Maurice nach draußen. In diesem Moment tut er mir ehrlich leid. Mir wird bewusst, dass er sich nicht nur mit Luc geschlagen hat, weil dieser ihn selbst, sondern auch, weil er *mich* beleidigt hat. Noch nie hat sich ein Mann für mich geschlagen! Nicht mal Albert mit dem russischen Aufseherfuzzi.

»Jetzte jibt's eenmal 'ne Schläjerei im Maijrün, und ick verpasse et! Sacht nächstet Mal bitte Bescheid, damit ick mitmachen kann«, frotzelt Olli, der mit Liesbeth hereinkommt.

Liesbeth kichert eine Spur zu laut und zu albern, als dass man nicht sofort erkennen würde, dass sie angeschickert ist – und total auf Olli abfährt. Auch Tilda und Guido sind mittlerweile in die Bar gekommen.

»Wir sollten verschwinden«, sagt Tilda entschlossen.

»Scheißladen!«, keift Guido absichtlich laut, damit Ulrich und Karl es hören.

Ich gehe zu Roland, Peer und Jeff, die ihre Instrumente zusammengepackt haben.

»Oh Mann, was für ein Abend. Wenn die nächsten Konzerte auch so ablaufen, überleg ich mir noch mal, ob ich mitmache«, lacht Jeff und nimmt mich in den Arm.

Als wir mit unseren Sachen beladen die Bar verlassen, ist es bereits halb eins. Maurice steht rauchend in einer Ecke – genau in der Ecke, in der er gelehnt hat, als ich ihn zum ersten Mal auf der Silvesterparty gesehen habe. Plötzlich kommen alle Erinnerungen hoch – an die magische Nacht, die mir endgültig zu meinem neuen Lebensgefühl verholfen hat. An die Nacht, in der ich das letzte Mal mit Gabriel gesprochen habe und in der mir klarwurde, dass ich an der Schwelle zu einem neuen Lebensabschnitt stehe. Ich denke auch an all die anderen Nächte im Maigrün, all die verrückten, lustigen und berauschenden Nächte. Es war eine tolle Zeit. Eine Zeit, in der ich so getan habe, als wäre ich eine Single-Frau Mitte dreißig, die keine Kinder hat. Eine Zeit, die nötig war, um dem wilden, lebenshungrigen und abenteuerlustigen Teil in Marlene Berger, der viel zu lange brachgelegen hatte, endlich wieder zu seinem Recht zu verhelfen. Und eine Zeit, die vorbei ist. Denn ich will nicht mehr so tun, als wäre ich eine Single-Frau Mitte dreißig, die keine Kinder hat. Ich will die Frau sein, die ich bin: Marlene Berger, fast vierzig und demnächst geschieden, Musikerin und Produzentin und Mutter von zwei Kindern. Und nach wie vor lebenshungrig und abenteuerlustig. Vielleicht nur nicht mehr ganz so wild.

Ich gehe hinüber zu Maurice. »Also ich muss schon sagen: Das war toll von dir, wie du mich verteidigt hast«, sage ich lächelnd. Dann füge ich leise hinzu: »Ich weiß das sehr zu schätzen. Danke.«

»Schon gut. Wollte diesem aufgeblasenen Franzosen eh mal eine reinhauen«, murmelt Maurice, und dann lächelt auch er.

»Also dann …«, sage ich und strecke meine Hand nach ihm aus.

Maurice ergreift sie mit beiden Händen und fragt: »Gehst du?«

»Ja«, sage ich.

Wie immer löst die Berührung unserer Hände eine Welle von Energieströmen zwischen uns aus.

»Sehen wir uns mal wieder?«, fragt er.

Am liebsten würde ich ihm um den Hals fallen und laut »Ja!« rufen. Stattdessen frage ich leise: »Hat sich an deiner Situation etwas geändert?«

Er schüttelt den Kopf: »Nein.«

»Dann nicht. Du weißt doch, ich kann das nicht, so, wie du dir das vorstellst.«

Maurice schaut zu Boden. »Warum nicht?«, fragt er. »Kannst du meine Situation denn nicht verstehen?«

»Doch«, sage ich. »Aber ich möchte endlich wieder für jemanden die Nummer eins sein, weißt du.«

Maurice nickt stumm, dann sagt er: »Kann ich ebenfalls verstehen. Und du hast es auch verdient.«
Wenn ich bedenke, dass unser erster Kontakt wortloser Sex im Küchenraum dieser Bar war, haben wir es ganz schön weit gebracht mit dem Kommunizieren, denke ich gerührt.
»War eine schöne Zeit mit dir«, sage ich und versuche angestrengt, ein paar Tränen zu unterdrücken.
»Ja. Mit dir auch«, sagt Maurice, und auch seiner Stimme merkt man an, dass ihm der Abschied nicht leichtfällt. Dann drückt er noch einmal meine Hand.

Guido und Tilda bringen mich zu meiner Wohnung und helfen mir, meine Sachen hochzutragen. Zum Glück sind sie da, sonst hätte ich vorhin wahrscheinlich nur noch geheult. Oben angekommen, mache ich zur allgemeinen Entspannung einen Wein auf, und wir lassen uns auf mein Sofa fallen.
»Und wie geht's jetzt weiter?«, fragt Tilda.
»Keine Ahnung«, sage ich. »Ich fürchte, es steht mal wieder ein Umzug an.«
»Jetzt schon?«, fragt Tilda entgeistert. »Warum das denn?«
»Weil eine Wohnung ohne Wände denkbar ungeeignet ist für eine freiberufliche Musikerin, die regelmäßigen Besuch von ihren Kindern hat«, erkläre ich. »Sophie und Julian brauchen ihre eigenen Zimmer, sonst bleiben sie auf Dauer bei Albert. Und ich brauche auch ein eigenes Zimmer.«
»Apropos, was gibt es denn Neues an der Albert-Front?«, erkundigt sich Guido.
»Er hat sich mit Sybille einen alten Bauernhof irgendwo in der Pampa vor Berlin gekauft. Inklusive Scheune und Pferdekoppel.«
»Ach du liebes bisschen!«, ruft Guido und rollt mit den Augen. »Dann kann er sich ja jetzt auf einen geruhsamen Lebensabend vorbereiten.«

»Wie willst du eigentlich deinen vierzigsten Geburtstag feiern?«, wechselt Tilda das Thema.
Ach du Schande. Mein vierzigster Geburtstag. Stimmt, der ist ja schon in zwei Wochen!
»Musst du mich ausgerechnet jetzt daran erinnern?«, seufze ich.
»Ich habe eine super Idee: Feier ihn doch im Maigrün!«, albert Guido herum.
»Oh ja!«, rufe ich. »Und ich engagiere Nina für ein Geburtstagsständchen!«
»Und Luc wird sicher gerne mit dir dazu tanzen!«, kreischt Guido.
»Lieber nicht, sonst fängt Maurice wieder eine Schlägerei mit ihm an«, witzelt Tilda.
Wir lachen uns kaputt, und die Anspannung dieses irrsinnigen Abends fällt endlich von mir ab.
»Am liebsten würde ich einfach alles stehen und liegen lassen und wegfahren. Und zwar ganz weit weg«, erkläre ich und schenke uns Wein nach.
»Dann tu das doch«, erwidert Tilda.
»Ach, wohin soll ich denn?«, winke ich ab.
»Dir wird schon was einfallen.«
Einfach wegfahren. Vielleicht ist die Idee gar nicht so schlecht. Gefeiert habe ich schließlich genug in der letzten Zeit.
»Flieg doch nach Tokio und besuch deinen Erzengel Gabriel«, scherzt Guido, der mittlerweile ziemlich angeheitert ist.
In diesem Moment macht es mal wieder klack-klack. Erzengel? Engel? Natürlich, das ist es! Ich werde einem Engel einen Besuch abstatten. Aber nicht Gabriel.

Kapitel 26

Zehn Tage später sitze ich im Flugzeug.

»Nein, ich habe *kein* Problem damit, vierzig zu werden«, musste ich meinem gesamten Freundes- und Bekanntenkreis in den letzten Tagen immer wieder versichern. »Ich fühle mich so jung wie noch nie. Ich muss nur mal raus aus Berlin.«

Tilda hat mich zum Flughafen begleitet und mir ein Päckchen mit auf den Weg gegeben, das ich erst an meinem Geburtstag öffnen darf.

Als das Flugzeug abhebt, mache ich es mir in meinem Sitz so bequem wie möglich und schließe die Augen. Liesbeth hat mir am Tag nach dem Konzertabend im Maigrün genauestens Bericht darüber erstattet, was sich noch alles ereignet hat, nachdem Tilda, Guido und ich gegangen waren. Sie war mit Olli in der Bar abgestürzt und danach tatsächlich mit ihm im Bett gelandet. Zum wiederholten Mal muss ich kichern, weil ich das alles so verrückt finde. Meine Sitznachbarin wirft mir einen irritierten Blick zu.

»Marlene, dieser Olli ist einfach der Wahnsinn!«, hatte Liesbeth am Telefon geschwärmt. »Ich weiß jetzt endlich, was mir mit Jochen gefehlt hat: guter Sex!«

»Das hätte ich dir auch so sagen können«, hatte ich geantwortet. »Aber dass du auf Kerle wie Olli abfährst, war mir bislang neu.«

»Ich hab doch immer schon auf so Bauarbeitertypen gestanden«, hatte Liesbeth kichernd entgegnet. »Und diese Berliner Schnauze macht mich sowieso total an.«
Jedenfalls sind Liesbeth und Olli zum Erstaunen aller jetzt ein Paar, und Jochen ist endgültig ausgezogen. Ich gönne Liesbeth und Olli ihr neues Glück von ganzem Herzen.
Liesbeth hatte außerdem zu berichten, dass Maurice sich an jenem Abend noch mit Luc versöhnt und sich restlos mit ihm betrunken habe. Gemeinsam hätten sie irgendwann am Tresen gehockt, benommen vor sich hingestarrt und immer wieder Sachen gelallt wie »Liebe is doch eh nur 'ne chemische Reaktion …«, »Man kann nich alles haben …« oder »Weiber …«.
Doch damit nicht genug: Nina habe Ulrich in flagranti mit einer rothaarigen Frau namens Nona auf dem Männerklo erwischt und versucht, ihrer Nebenbuhlerin mit ihren violetten Fingernägeln das Gesicht zu zerkratzen. Danach habe Nina vor der Bar einen hysterischen Schreikrampf bekommen, woraufhin Anwohner Ulrich die Polizei auf den Hals gehetzt haben.
Mir entfährt ein tiefer Seufzer, und meine Sitznachbarin wirft mir nun einen besorgten Blick zu.
Bilde ich mir das nur ein, oder haben wir in Sachen Liebe und Beziehungen jegliches Maß verloren? Sind wir so verzweifelt auf der Suche nach Alternativen zu traditionellen Beziehungsformen, dass wir völlig orientierungslos und egozentrisch geworden sind? Mir scheint, als hätten Worte und Handlungen ihre Bedeutung verloren. »Ich liebe dich« zu sagen, vertrauensvolle Gespräche zu führen, sich einem anderen Menschen zu öffnen, guten Sex miteinander zu haben – all das scheint nicht mehr wichtig zu sein. Alles ist so austauschbar und beliebig geworden. Offenbar leben wir in einer Welt, in der große Gefühle eine Halbwertszeit von maximal vierundzwanzig Stunden haben; in einer Welt, in der man sich nicht mehr festlegen will, weil immer noch etwas »Besseres« kommen könn-

te. Gibt es denn wirklich keine Möglichkeit, Vertrautheit, Geborgenheit und Nähe in Einklang mit Leidenschaft und sexueller Ekstase zu bringen? Gibt es die nur, wenn man das »Zuckerbrot und Peitsche«-Spiel spielt und sich der Nähe-Distanz-Neurose hingibt? Die Monogamie scheint mir jedenfalls ein für den Menschen ungeeignetes Lebenskonzept zu sein. Und doch suchen wir unser Lebensglück in einem einzigen Menschen. Möglicherweise, weil wir das Urbedürfnis haben, irgendwann irgendwo anzukommen. Weil wir Familien gründen wollen. Weil wir ein Zuhause brauchen. Wie auch immer, eins weiß ich genau: Ich werde mich nie mit einem Küchenfenster zufriedengeben, das auf eine verkehrsberuhigte Straße zeigt.

Ich zappe durch das Filmangebot des Flugs. Unter anderem ist *Die Reifeprüfung* mit Dustin Hoffman von 1967 dabei. Irgendwie bleibe ich an diesem Titel hängen und mir kommt ein lustiger Gedanke: In einer modernen Version dieses Films würde Benjamin Braddock alias Dustin Hoffman vermutlich nur müde mit den Schultern zucken, wenn sein Schwarm Elaine ihm einen Korb gibt. Denn auf seinem iPhone würden bereits unzählige Frauen auf ihn warten, mit denen er sich problemlos über Elaine hinwegtrösten könnte. Schon bei der ersten Unbequemlichkeit in dieser aussichtslos erscheinenden Liaison hätte er das Handtuch geschmissen, anstatt um sie zu kämpfen. Vielleicht sollte man bei bestimmten Filmen einen Vermerk hinzufügen: *Achtung! Dieser Film wurde in einer Zeit gedreht, in der es weder Internet noch Handys gab und Menschen noch an etwas glaubten, das »die wahre Liebe« genannt wurde.* Ich muss laut lachen, woraufhin mich meine Sitznachbarin nicht mehr irritiert oder besorgt, sondern nur noch genervt anschaut.

Ich weiß genau, dass Maurice' Kommentar lauten würde: *»Was ist schon ›wahre Liebe‹?«* Ja, was ist das? Ist sie ein Märchen? Wurden wir nur so sozialisiert, dass wir nach ihr su-

chen, oder ist sie ein zutiefst menschliches Bedürfnis? Und geht es wirklich um das Bedürfnis, ein Paar zu sein, oder einfach nur um das Bedürfnis, sich zu paaren?
In diesem Moment ertönt eine Durchsage: »Meine Damen und Herren, wir möchten Sie darauf hinweisen, dass Sie Ihre Sicherheitsgurte lösen und Ihre Mobilfunkgeräte wieder anschalten dürfen. Wir wünschen Ihnen einen guten Flug.«
Ich hole mein Handy heraus und schalte es ein. In der Zwischenzeit sind mehrere Nachrichten eingegangen.
Die erste ist von Sophie: *Hi Mom, wünsch dir noch mal eine gute Reise und vermiss dich jetzt schon voll. Meld dich, wenn du gelandet bist, und vergiss nicht, mir was mitzubringen. Kuss, dein Sophielein.*
Die zweite ist von Tilda: *Süße, hab eine tolle Zeit und lass mal von dir hören. Freu mich jetzt schon auf unsere Nachfeier deines Geburtstags! Drück dich.*
Die dritte ist von Chris: *Hey Babe, I'm looking forward to seeing you in a few hours. I'll wait for you at the gate. Big hug.*

Drei Tage später sitze ich in New York City in einer Bar namens Arome – eine Location in Manhattan, gegen die das Maigrün in Sachen Coolness und Szenigkeit ein oller Saftladen ist. Chris hat ein paar seiner Künstlerfreunde eingeladen, die alle in der Musik-, Film- oder Theaterbranche arbeiten. In der Bar spielt eine kleine Formation Smooth Jazz. Eine schwarze Sängerin wird von drei Musikern an Piano, Kontrabass und Saxophon begleitet. Ich hätte mir keinen besseren Ort für meinen vierzigsten Geburtstag wünschen können.
Der Barkeeper kommt mit einem großen Tablett voller Gläser und einer Flasche Champagner zu unserem Tisch.
»Listen, guys!«, ruft Chris in die Runde. »Es ist gleich zwölf und Marlene wird – wie alt wirst du noch mal, Marlene? Ah ja, dreißig!«
Alle lachen.

»Ick fühle mick geehrt, dass du deinen Geburtstag hier in New York mit uns verbringst«, setzt Chris seine kleine Rede fort und ruft dann in die Runde: »Hey, let's sing *Happy Birthday!*«

Chris gibt der Band ein Zeichen, und die Musiker beginnen, eine jazzige Version von *Happy Birthday* zu spielen. Chris und seine Freunde, und nach und nach auch ein paar weitere Gäste, singen lautstark mit. Anschließend klatschen alle, stoßen mit mir an und umarmen mich. Ich strahle übers ganze Gesicht und komme mir vor wie in einer Folge aus *Sex and the City.*

»Mein present für dick habe ich nicht dabei. Du bekommst es morgen«, sagt Chris verschmitzt. »Ick verrate dir nur so viel: Es findet am Broadway statt.«

Wahnsinn: Offenbar hat Chris seine Beziehungen spielen lassen und Karten für irgendein Musical organisiert.

Ich gebe ihm einen Kuss auf die Lippen und sage: »Das ist wundervoll. Danke.«

In diesem Moment fällt mir Tildas Päckchen ein, das ich mitgenommen habe. Ich hole es aus meiner Tasche und packe es aus. Es ist eine DVD – ein Film mit dem Titel *Last Night.* Tilda hat eine Karte dazu geschrieben: *Liebe Marlene, dies ist einer meiner Lieblingsfilme, und ich denke, er passt gerade gut zu deiner Lebenslage. Einer meiner Lieblingssätze darin lautet: »Ich glaube nicht, dass Alex jemals sesshaft werden wird. Er scheint mir allein vollkommener zu sein.« So wie du, meine Liebe, scheint mir! Kuss, Tilda.*

Ich halte die Karte in Händen und lächle gerührt. Was wäre ich ohne all meine wunderbaren Freunde! Dieser Geburtstag ist perfekt. Aber es kommt noch besser. Als die Band *Time for love,* diesen superschnulzigen, tollen Randy-Crawford-Song, anstimmt, nimmt Chris meine Hand und führt mich auf die Tanzfläche.

»You remember that evening I saved you from your cousin?«, fragt er lächelnd.

Dann legt er seine Hände um meine Taille, und ich schlinge meine Arme um seinen Nacken. Während wir eng aneinandergeschmiegt tanzen, denke ich: Genau so fühlt es sich an, wenn eine starke Frau von einem starken Mann geführt wird. Ich weiß, dass Chris nicht »der Eine«, der »Richtige«, der »Mann meines Lebens« ist. Aber er ist hier und jetzt und in diesem Moment genau der Richtige, um mir Halt und Zuflucht zu geben und mich wieder einmal zu retten – aus den Fallstricken und Verwirrungen dieses Lebens.

DANKE

Zunächst einmal danke ich dem Himmel, dass ich die Chance erhalten habe, auf diese Art als Autorin zu arbeiten. Das Schreiben dieses Buchs hat mich unglaublich erfüllt und bereichert, und ich hatte – obwohl es mich zweifellos enorm viel Schweiß gekostet hat – eine Menge Spaß dabei. Insofern danke ich all denen von ganzem Herzen, die mich dazu ermutigt und mir während des Entstehungsprozesses mit Rat und Tat zur Seite gestanden haben. Ganz besonders danke ich:

Droemer Knaur für ihr Vertrauen in mein Buch und dafür, dass sie mir ermöglicht haben, es unter wundervollen Bedingungen fertig zu schreiben!

Julia Cremer, meiner Lektorin und strengen Wächterin über alle Doppelpunkte und: Ausrufezeichen!, für ihr wachsames Auge und ihr wertvolles Feedback.

Jo van Nelsen, der als Erster das fertig geschriebene Manuskript gelesen hat, für seine unschätzbare Motivation und Unterstützung nicht nur in inhaltlicher, sondern auch in menschlicher Hinsicht.

Elsa Middeke für ihren Glauben an mich sowie für ihre entscheidenden Impulse bei der Entwicklung des Exposés zu diesem Buch.

Lennart Siebert für seine fabelhafte Arbeit als Literaturagent.

Dem gesamten Wortunion-Team für die tolle Zusammenarbeit.

Volker Surmann für seine maßgebliche Hilfe, indem er meine Texte genau zur richtigen Zeit an genau den richtigen Ort vermittelt hat.

Der Grafikagentur Zero für das gelungene Cover.

Kathrin Wolf für wichtige letzte Hinweise.

Und nicht zuletzt danke ich natürlich all den Menschen, die mich zu diesem Buch inspiriert haben und ohne die es nie entstanden wäre!